Anna Fischer

Herz im Schneegestöber

W0202599

Montlake Romance

Das Buch

Wie jedes Jahr will Umweltaktivistin Josie Weihnachten bei ihrer Familie in den USA verbringen. Auf dem Weg dorthin macht sie unfreiwillig Bekanntschaft mit dem gut aussehenden, aber arroganten Finanzmanager Adam Harper. Sehr schnell prallen ihre Weltanschauungen aufeinander.

Dann legt auch noch ein Jahrhundert-Schneesturm den gesamten Flugverkehr lahm. Weil Josie es zu Weihnachten nach Hause schaffen und Adam zu seinem wichtigen Geschäftstermin kommen will, schließt das ungleiche Paar notgedrungen Waffenstillstand und begibt sich auf einen abenteuerlichen Roadtrip. Und plötzlich kommen bei beiden wider Erwarten mitten im Schneegestöber Frühlingsgefühle auf …

Die Autorin

Der Name »Anna Fischer« ist eine Liebeserklärung an ihre verstorbene Mutter und steht für Liebesromane mit Seele, Herz und einer ordentlichen Portion Humor.

Anna Fischer möchte Geschichten erzählen, um die Welt vielleicht ein kleines bisschen zum Positiven zu verändern. Sie sollen ihre Leser zum Lachen, Weinen und Träumen bringen, sie motivieren, ihre Wünsche anzugehen und Vertrauen in sich selbst zu fassen. Oder auch nur helfen, die Alltagssorgen für ein paar Stunden zu vergessen. Mit den ersten drei Bänden ihrer zauberhaften »Herz«-Reihe hat die Autorin bereits zahlreiche Leser begeistert.

ANNA FISCHER

Herz im Schnee-gestöber

ROMAN

Montlake Romance

Deutsche Erstveröffentlichung bei
Montlake Romance, Amazon Media EU S.à r.l.
38, avenue John F. Kennedy, L-1855 Luxembourg
Oktober 2019
Copyright © der deutschsprachigen Ausgabe 2019
By Anna Fischer
All rights reserved.

Umschlaggestaltung: zero-media.net, München
Umschlagmotiv: © Jamie Grill / Getty; © Markus Bernhard / Getty;
© Dmitry Melnikov / Shutterstock; © OK-SANA / Shutterstock;
© schab / Shutterstock; © Olaf Naami / Shutterstock;
© Billion Photos / Shutterstock; © KosVlad / Shutterstock;
© Jag_cz / Shutterstock
1. Lektorat: Marketa Görgen
2. Lektorat und Korrektorat: Verlag Lutz Garnies, Haar bei München
www.vlg.de
Gedruckt durch:
Amazon Distribution GmbH, Amazonstraße 1, 04347 Leipzig /
Canon Deutschland Business Services GmbH, Ferdinand-Jühlke-Str. 7,
99095 Erfurt /
CPI books GmbH, Birkstraße 10, 25917 Leck

ISBN 978-2-49670-143-2

www.montlake-romance.de

Letztlich sind wir doch alle wie Schneeflocken.
Jeder einzigartig auf wunderbare Art und Weise.

1. Kapitel

»The End« erschien mit geschwungener Schrift auf dem Bildschirm, wie es bei alten Schwarz-Weiß-Hollywoodstreifen so üblich war. Im nächsten Moment bewegten sich die beiden Wörter auseinander und ein »Happy« fügte sich ein. »The Happy End«. Während des Abspanns liefen die berührende »Moonlight Serenade« des Glenn Miller Orchestra und bei mir die Tränen. Das war definitiv eines meiner ganz persönlichen Guilty Pleasures: heimlich rührselige romantische Komödien zu schauen! Da blieb kein Auge trocken, auch wenn ich wusste, dass der von der Traumfabrik produzierte Kitsch so real war wie ein Lametta pupsender rosa Elefant.

Ich saß im Flieger auf der Fensterseite, der Platz neben mir war frei. Auf dem Platz am Gang saß eine Frau um die fünfzig, die seit dem Abflug in ihrem Buch las.

»Ein echter Weihnachtsklassiker«, sagte sie. Offenbar hatte sie mitbekommen, was ich mir da angeschaut hatte. Sie streckte sich zu mir rüber, um mir ein Taschentuch zu reichen. Mir war es unangenehm, obwohl mir selten etwas unangenehm war.

»Danke.« Schnell wischte ich mir damit die Wangen trocken.

»Ich weine auch regelmäßig bei solchen Filmen. Schon die großen Philosophen von Sokrates bis Kant wussten, dass man mit Weltenfluchtfilmen dem Alltag entfliehen kann. Zumindest hätten sie das so gesagt, hätten sie nur einmal einen solchen Film gesehen.« Sie blinzelte amüsiert über ihre Lesebrille und zwinkerte mir zu. Ich musste schmunzeln, als ich sah, dass auf ihrem Monitor derselbe Film lief.

Vielleicht wäre es besser gewesen, mir keine solche Liebesschnulze anzusehen, rührte das doch nur in tiefen Seelenwunden, von denen ich dachte, sie seien längst geheilt. Oder war es schlicht der Wunsch nach einer beglückenden Beziehung, die trotz der typischen Aufs und Abs bis ins hohe Alter hielt? Der leer gebliebene Sitzplatz zu meiner Rechten erschien mir wie ein Symbol für mein Gefühl, in Sachen Liebe Vorstellungen zu haben, die keiner mehr erfüllen wollte. Besonders in diesen Tinder-Date-, Partnertauschbörsen-, Freundschaft-Plus- und Seitensprung-Plattform-Zeiten der Generation Beziehungsunfähig 2.0 wirkte ich mit meiner monogamen Einstellung wie ein Relikt aus den verblümt-verkitschten 1950er-Jahren.

Das Display vorne im Gang zeigte die Flugstrecke an. Schon bald würden wir in New York landen.

Schon lange hatte ich Weihnachten nicht mehr als Single gefeiert. Die vergangenen Male hatte mich noch mein Ex zu meiner Familie begleitet, doch nach unserer letzten Silvesternacht beendete er die Beziehung. Er konnte sich einfach nicht vorstellen, mir eines Tages meinen größten Wunsch zu erfüllen und mir am Traualtar die ewige Treue zu schwören. Für ihn war das nur ein sinnloser Brauch und meine Einstellung zur Heirat empfand er als zu konservativ. An sich hatte ich damit auch meinen Frieden gefunden, doch als mein Ex sich vor einigen Wochen ausgerechnet mit meiner Nachfolgerin, der rothaarigen Französin Elle aus unserem Team, nach nicht einmal einem

Jahr seit unserer Trennung verlobte, stieß mir das doch sehr bitter auf. Letztlich gab mir das auch den Anstoß, meinen Job zu kündigen und mir etwas Neues zu suchen. Dieser Flug zu meiner Familie war deshalb auch ein Abschied von meiner langen Zeit in Hamburg.

Wenn ich daran dachte, überkam mich Traurigkeit. Ich war nun schon achtundzwanzig, war beziehungserprobt und begehrt, aber keiner wollte mich heiraten und schon gar nicht mir ewige Treue schwören. Dabei war ich nicht einmal besonders anspruchsvoll. Er musste ein gutes Herz haben, meiner Seele nahekommen und die gleichen Wertvorstellungen haben. Das durfte gern auch ein mittelloser Straßenmusikant sein, wie in dem Hollywood-Kitschfilm. Selbst wenn der Ehering, mit dem er um meine Hand anhielte, so ein Teil wäre, mit dem man Dosen öffnete, würde ich »Ja!« sagen, vorausgesetzt die Liebe stimmte. Ich wäre bereit, mit ihm durch die Hölle zu gehen. Doch heutzutage wird man ja gleich ausgetauscht, wenn etwas mal nicht so funktioniert, wie der Mann sich das vorstellt, oder die Liebenden probieren sich wild aus wie mein Ex, um dann zum Nächstbesten zu wechseln. Probiert man es bei Tinder & Co., findet man entweder sein Glück oder schmeißt es in den virtuellen Mülleimer der schnellen Liebe.

Ich blickte aus dem Flugzeugfenster. Durch den blauen Himmel und die strahlende Sonne hätte man meinen können, man befände sich in der Karibik. Die dunklen Gewitterwolken unter uns sahen aus, als wären sie ein flauschiger Teppich, den man mal gründlich staubsaugen sollte.

»Wohin geht denn die Reise?«, fragte die Frau mit dem Taschentuch und riss mich aus meinen Gedanken. Sie war in Amsterdam zugestiegen, doch erst jetzt, wenige Minuten vor unserer Ankunft in New York, kamen wir ins Gespräch.

Ich mühte mich zu einem Lächeln. »Nach Woodland … Weihnachtsferien bei meiner Familie.«

»Woodland? Ist das in der Nähe von New York?«

»Nein. Komplett auf der anderen Seite. An der Westküste.«

»Ah, okay. Das Land ist einfach so riesig. Kein Wunder, dass man es früher auch das Land der unbegrenzten Möglichkeiten nannte. Ich bin schon froh, wenn ich mich in New York nicht verlaufe«, lachte sie.

Ich nickte zustimmend. »Das kenne ich.«

»Ich bin nur für drei Tage in New York, weil ich an der Universität einen Vortrag halten soll. Am 21.12. geht's wieder zurück«, sagte sie und reichte mir über den freien Sitz hinweg die Hand. »Galena Dimitrowa. Ich komme ursprünglich aus Bulgarien, lebe aber seit vielen Jahren in den Niederlanden, im schönen Amsterdam.«

»Josie Olsen«, stellte ich mich vor und schüttelte ihre Hand.

»Oh«, sagte sie. »Klingt skandinavisch.«

»Mein Vater ist Deutscher, gebürtiger Ostfriese, also ein echtes norddeutsches Küstenkind von einer Hallig, die meine Großeltern noch bewirtschaften, und meine Mutter ist Amerikanerin mit schwedischen Wurzeln.«

»Sehr interessante Mischung, wie ich finde. Und das sieht man Ihnen auch an.«

»Aha?«, lachte ich. »Wie sehe ich denn aus?«

»Hm.« Sie nahm mich unter die Lupe. »Da ist etwas nordisch Elfenartiges in Ihren Gesichtszügen und Ihrem Haar. Im Blick haben Sie etwas sehr Zielstrebiges – wie ein Wandervogel. Die legeren, abgenutzten Klamotten, ihr blonder Wuschelkopf. Sie tragen kein Make-up, und obwohl Sie sehr zart wirken, haben Sie raue Hände. Das heißt, dass Sie auch zupacken können. Das haben Sie wohl von Ihrem Vater. Das Kind von der Hallig.« Sie lächelte mich an.

»Ja, ich bin in meinem Leben wirklich schon ziemlich herumgekommen«, erwiderte ich. »Ich muss sagen, Sie haben eine sehr gute Menschenkenntnis.«

»Das bringt mein Beruf so mit sich …«

»Sie sind Psychologin, schätze ich.«

»Gut getroffen.«

»Das war nicht so schwer, mit Blick auf Ihre Lektüre.« Ich deutete auf den »Diagnostic and Statistical Manual of Mental Disorders«-Wälzer auf ihrem Schoß. Sie lächelte.

Auch ich hatte mich eine Zeit lang mit Psychologie beschäftigt. Das Erschütternde an diesem internationalen Diagnose-Handbuch war, was alles inzwischen psychologisiert und mit Pillen bekämpft wurde. »Früher nannte man ADHS bei Kindern ›Wirbelwind‹ oder ›Zappelphilipp‹!«

»Ja«, stimmte sie mir zu. »Der Katalog ist mittlerweile umstritten.« Würde man stur danach gehen, müsse man bald die halbe Menschheit in die Geschlossene einweisen. Daher versuche sie als Gastdozentin einer New Yorker Universität die jungen Studenten – und zukünftigen Psychologen – darauf zu eichen, nicht jede Auffälligkeit sofort mit Pillen zu bekämpfen. »Was machen Sie denn beruflich? Wenn ich fragen darf …«

»Ich bin Umwelt-Aktivistin, sofern das eine Berufsbezeichnung ist«, sagte ich lachend. »Um der Natur, also der Erde, den Menschen in der Dritten Welt und den Tieren eine Stimme zu geben! Aber jetzt bin ich genau genommen erst einmal arbeitslos!«

Sie war sehr angetan und wollte mehr über meine Reisen und die Hilfsaktionen wissen, an denen ich schon teilgenommen hatte.

»Die letzten vier Jahre war ich in Hamburg bei der US-Umweltorganisation ›One Green World‹ in führender Position tätig«, erzählte ich. Aber nach so vielen Jahren wolle ich nicht mehr so viel Zeit für Büroarbeiten oder Online-Petitionen aufwenden. Es ziehe mich mehr an die Front. »Ich will wieder in Gebiete, wo ich direkt helfen kann!«

Natürlich verschwieg ich der freundlichen Psychologin den eigentlichen Auslöser, nämlich dass ich das mit meinem Ex hinter mir lassen wollte. Gemeinsam im Orga-Team mit ihm und seiner frischgebackenen Verlobten zu sitzen, kratzte viel zu stark an meinem Selbstwertgefühl.

»Jetzt haben Sie vermutlich einen komplett verkorksten Eindruck von mir, was?«

Sie blickte überrascht. »Wie kommen Sie darauf?«

»Sie denken sich doch bestimmt: Wenn sich jemand im Flieger einen kitschigen alten Weihnachtsliebesfilm anschaut, muss es definitiv eine Person sein, die sich … nach Liebe sehnt«, scherzte ich, obwohl es ja der Wahrheit entsprach.

»Sehnen wir uns nicht alle irgendwie nach Liebe und dem richtigen Partner fürs Leben?«

Sie lächelte mich an, als wüsste sie ganz genau, dass auch ein Mann hinter meiner Flucht steckte, und erzählte mir, sie sei zwei Mal geschieden und habe einen Sohn aus zweiter Ehe. »Er spricht seit einem Jahr kein Wort mehr mit mir, weil ich ihm seine Drogen nicht finanzieren will.« Sie brauchte diese heile Welt in der Weihnachtszeit wohl gerade mehr als jemals zuvor und blickte auf den Weihnachtsfilmklassiker, der immer noch auf ihrem Monitor zu sehen war. Auch starke Frauen mussten ab und zu Weltenflucht betreiben …

»Ich schätze Menschen wie Sie«, meinte Ms Dimitrowa. »Sie machen diese Welt ein kleines Stückchen besser. Machen Sie weiter so und verbreiten Sie Ihre Liebe dort, wo sie gebraucht wird.«

»Sie aber auch«, erwiderte ich mit einem leichten Kloß im Hals. Sie nickte warmherzig und ein Anflug von Rührung huschte über ihre Augen, dann setzte sie ihre Lesebrille wieder auf, drückte den Kopfhörerstöpsel in ihr linkes Ohr und vertiefte sich erneut in ihre Unterlagen, während an ihrem Bildschirm »Ist das Leben nicht schön?« lief.

Der Kapitän teilte uns mit, der Anflug auf New York beginne in wenigen Minuten. Ich blickte aus dem Fenster und sah, wie sich der Wolkenteppich zum Glück etwas lichtete. Ich hasste es, durch ein Unwetter zu fliegen und durchgeschüttelt zu werden. Aber wer mochte so was schon? Vielleicht ein masochistisch veranlagter Pilot in SM-Lederkluft, der strahlend die Turbulenzen genoss. Es ertönte der Signalton fürs Anschnallen.

Mir war, als würde dieser Signalton einen neuen Lebensabschnitt einläuten. Ich schlüpfte in meine hellblauen Stiefeletten, die ich während des Fluges ausgezogen hatte, und nahm mir vor, all meine negativen Gedanken abzuwerfen, die unguten Gefühle meiner letzten Beziehung hinter mir zu lassen und mich auf meine Familie zu freuen. Jetzt musste ich nur noch in den Anschlussflieger umsteigen und heute Nacht würden mich meine Eltern in Seattle in Empfang nehmen. Kaum hatte ich das beschlossen, ertönte die Durchsage des Kapitäns, dass wir mit einer gut einstündigen Verspätung landen würden. Was bedeutete, dass es mit dem Anschlussflug ganz schön eng werden würde. Als ausgewiesener Schussel war ich zudem unsicher, auf Anhieb das richtige Gate zu erwischen. Es hatte schließlich Tradition, dass ich mich in Flughäfen verlief. Und nicht nur da. Mein Vater hatte dazu einmal etwas sehr Passendes gesagt, bevor es für mich mit einer Hilfsorganisation in den Dschungel ging: »Josie, ich mache mir keine Sorgen, ob du in einem Urwald überleben kannst, das schaffst du! Aber ich mache mir ernsthafte Gedanken, ob du jemals wieder dort herausfindest!«

Als wir die Wolkendecke durchflogen, peitschte unablässig Schneeregen gegen das Fenster. Trotzdem konnte ich bereits verschwommen die Lichter von New York sehen und ein Gefühl von Heimkehr machte sich in mir breit.

In der Halle des New Yorker Flughafens hingen riesige Adventskränze von der Decke. Lichterketten brachten Kinderaugen zum Leuchten und ein überdimensionaler Weihnachtsbaum war festlich geschmückt. Obwohl mir Ms Dimitrowa beim Abschied den Weg zu meinem Terminal noch mal genau beschrieben hatte, verlief ich mich und landete Josie-typisch am falschen Gate. Selbst ein völlig Betrunkener verfügte über eine bessere Orientierung als ich in nüchternem Zustand.

Im Grunde war die Sache gelaufen und ich hätte meinen Anschlussflug verpasst. Doch mein Glück im Unglück war, dass die Anschlussmaschine ebenfalls verspätet dran war, der Start verschob sich, da sie wegen Kälteeinbruchs erst enteist werden musste. Endlich mal eine Verzögerung, die einen positiven Effekt hatte. Diese Reise stand, zumindest für mich, unter einem äußerst guten Stern, dachte ich erleichtert, legte meine Jacke ab und setzte mich auf einen der gemütlichen blauen Sessel im Wartebereich. Durch die breite Fensterfront sah man das wilde Schneegestöber. Abgeflogen war ich in Hamburg bei stolzen zehn Grad und Sonnenschein, hier in New York waren wir im tiefsten Winter angelangt. Wenigstens würden es weiße Weihnachten werden.

Ich wollte meine Eltern anrufen und ihnen Bescheid geben. Doch ich erreichte niemanden. Sie waren sicherlich noch auf dem Wochenmarkt in Portland, um wie jeden Samstag an ihrem Stand selbst angebautes Gemüse zu verkaufen. Ich sprach ihnen auf die Mailbox, dass ich mich verspäten und mich noch mal mit der planmäßigen Ankunftszeit in Seattle melden würde.

Als ich das Handy einsteckte, hatte ich unfreiwilligen Blickkontakt mit einem solariumgebräunten Mann in Markenjeans, spitz zusammenlaufenden Lackschühchen und einem prolligen Pailletten-T-Shirt der Kategorie »schlechter Geschmack«. Er war der Typ »italienischer Gigolo«, der mir in seinem Markennamen-durchdrungenen Outfit gegenübersaß.

Selbst an seinem Gürtel prangte in silbernen Buchstaben der Herstellername. Dumm von mir, dass ich ihn auch noch belustigt angrinste. Er interpretierte es als Interesse an seiner Männlichkeit und schob wie einstudiert lässig seine Sonnenbrille hoch auf seinen kurz geschorenen Kopf, wie man es selbst in einem Werbespot für ein Herrenparfüm der 1980er-Jahre als »too much« empfunden hätte. Jede seiner Bewegungen wirkte so exakt einstudiert, als wäre er ein Stand-up-Comedian, der einen gewissen Typ Mensch parodieren wollte. Doch er stand nicht auf einer Bühne, sondern saß direkt vor meinen Augen nur mit mir als Publikum. Ich schaute schnell weg und tat so, als würde ich meine Flugticketunterlagen sortieren.

»Ciao, Bella, wie geht's dir?«, hörte ich ihn um Aufmerksamkeit betteln. Normalerweise falle ich ja nicht in das Beuteschema solcher Typen, aber mit meinem neugierigen Blick hatte ich es anscheinend heraufbeschworen.

»Was machst du hier, Bella?«

Ich musste schmunzeln und konnte ihn nicht weiter ignorieren. »Warten … Bello«, machte ich mir einen Spaß draus. Fast hätte ich noch »auf den Weihnachtsmann« hinzugefügt, doch möglicherweise hätte er das für bare Münze genommen!

»Was für ein Zufall! Ich auch … Dann leiste ich dir Gesellschaft, damit du dich nicht so langweilst, Bella«, kündigte er an und setzte sich breitbeinig neben mich. *Oh je, auch das noch*, dachte ich. Zum Glück würde das Boarding bald beginnen.

Der Designklamotten-Mann stellte sich als Pietro Rizzo vor, der seit ein paar Jahren einen gut laufenden Jeansladen in Miami führte. »Die besten italienischen Jeans, die es in den USA gibt«, betonte er und versuchte, mich mit Fotos von seinem Auto, seinem Haus am Strand und seinem angeblich eigenen Motorboot zu beeindrucken. Er zeigte mir auf seinem Handy auch Beweis-Selfies dafür, dass schon unzählige Berühmtheiten seinen Jeansladen besucht hatten. Ich kannte keine einzige davon – es handelte sich wohl um B-Prominenz, die vermutlich aus dem »Dschungelcamp« oder dem »Big Brother«-Haus stammte.

Ich hatte schon viele Reisen hinter mir und entsprechend viele Begegnungen mit Männern – auch mit solchen, die auf der Suche waren. Meist suchten sie natürlich jemanden für eine schnelle Nummer. Da war ich definitiv nicht die richtige Ansprechpartnerin. Daher wusste ich, wie ich mit diesem Typus Mann umgehen musste – auch wenn diese Karikatur von einem italienischen Gigolo meine erste unheimliche Begegnung dieser Art war und der Kerl mir mit seinen Sprüchen einiges abverlangte. Zumindest hatte das, was er so vom Stapel ließ, einen vorübergehenden Unterhaltungswert. Er meinte beispielsweise, ich hätte eine so starke Ausstrahlung, dass man meinen könnte, ein Atomkraftwerk sei in meiner Nähe explodiert, und dass Gott einen besonders guten Tag erwischt habe, als er mich erschuf. Und noch ein Fremdschämspruch, den er mir allen Ernstes ohne den Anflug von Ironie servierte: »Wenn du blonder Engel hier bist, wer spielt dann im Himmel Harfe?«

Bei dem Spruch musste ich lachen. Er war nicht einmal großartig verunsichert davon, sondern freute sich darüber, dass er mich so gut unterhielt. Dann haute er gleich ein paar weitere solcher Knaller aus seiner Sprücheschublade raus! Von »Was gibt es sonst noch für Sehenswürdigkeiten in deiner Stadt außer dir?« bis hin zu »Hast du mal 'ne Landkarte, Bella? Hab mich grade in deinen Augen verloren.«

Ich kam mir vor wie bei der versteckten Kamera. Der glaubte doch nicht ernsthaft, er könnte mit solchen Sprüchen bei einer Frau landen? Als er dann noch feststellte, zwischen uns passe die Chemie super und er werde sich an jeden dieser Momente hier mit mir selbst auf dem Sterbebett erinnern, hatte ich bei all der Süßholzraspelei Sorge, Karies zu bekommen. Zum Glück begann endlich das Boarding.

»Du, entschuldige. Du bist schon ein … Netter. Aber Pietro, ich geb dir mal einen Tipp für die Zukunft. Frauen mögen vor allem authentische Typen. Versuch es das nächste Mal einfach ohne diese auswendig gelernten Sprüche und diese aufgesetzte Coolness. Sei am besten einfach du selbst!«

Er blickte mich kurz irritiert an, schaltete dann aber wieder in den Kampfmodus: »Aber das bin ich doch. Ich bin ich selbst, Bella! Ich bin ich«, grinste er mich an, als wäre er ein karikiertes Honigkuchenpferd.

Es war klar, dass ich mir den Ratschlag hätte sparen können. »Also, ich muss leider los. Mein Flug geht jetzt …«

»Lass uns in Kontakt bleiben. Komm mich mal in Miami besuchen! Das mit uns, das ist etwas Besonderes. Magie! Das spürst du doch auch, das darf nicht einfach so enden.«

»Du hast recht«, log ich.

»Super! Ich wusste es! Gibst du mir bitte deine Nummer, Bella? Damit ich dich anrufen kann!« Er zückte sein großes Smartphone, das in einer hässlichen Schlangenlederschutzhülle steckte, und bat mich, ihm die Nummer zu sagen.

»Die Landesvorwahl ist Deutschland – also 0049 …« Ich hatte gehofft, dass ihn das bereits abschrecken würde. Doch er war sofort Feuer und Flamme.

»Ich liebe Deutschland! Bayrisches Bier auf dem Oktoberfest! Da bin ich immer mal!«

»Schön«, sagte ich und nannte ihm eine Fake-Nummer.

»Und dein Name, Bella?«

»Gertrude«, log ich erneut.

Er drückte auf Speichern und dann sein Handy gegen die Brust. »Gertrude Bella, ich werde die Sekunden zählen, bis ich dich wieder hören kann.«

»Auf bald, Pietro«, bekam ich gerade noch so über die Lippen, schulterte meinen kleinen Rucksack und machte mich auf den Weg. Irgendwie tat mir dieser solariumgebräunte Marken-Zombie inzwischen ein wenig leid. Er würde immer ein künstliches Leben führen. Ich wollte nicht wissen, was der beim ersten Date alles vom Stapel ließ. Zum Abschied warf er mir mehrere Handküsse nach. Ob er je bei einer Frau mit dieser Masche landen könnte? Ich war heilfroh, als ich durch den Schleusenarm auf die freundlichen Stewardessen zumarschierte.

Nachdem ich mich an Bord durch den rappelvollen Gang der Economyclass gezwängt hatte, traf ich neben meinem reservierten Platz auf einen extrem dicken Mann mit freundlichen Augen. Am Fensterplatz auf seiner anderen Seite saß eine sympathisch aussehende Frau. Sie hielten sich an den Händen.

»Soll ich Ihnen helfen?«, fragte der Mann, als ich meinen kleinen Rucksack verstauen wollte. Ich fand das sehr nett von ihm, benötigte aber keine Hilfe. Außerdem wollte ich ihm keine Umstände bereiten. Bei seinem Gewicht hätte er sich mit Mühe aus dem Platz hieven müssen. Ich holte ein Buch aus der Tasche und setzte mich. Als ich den Gurt an der Seite zurechtlegen wollte, bemerkte ich, dass der Herr mit seiner Körpermasse ein wenig über meine Armlehne reichte. Er entschuldigte sich sofort für sein Körpervolumen, schließlich hätte ich dadurch weniger Platz.

»Das macht gar nichts, ich kann ein wenig davon entbehren«, lächelte ich ihn an.

»Ja, da haben Sie recht«, lachte er auf. »Wenn ich einen Aufschlag bezahlen müsste, dann sollten Sie einen Preisnachlass erhalten.«

»Danke schön«, mischte sich seine Frau ein. »Sie sind sehr freundlich. Leider sind nicht alle so tolerant. Wenn Sie wüssten, wie oft ich ihn zu Diätprogrammen geschleppt habe. Aber irgendwie hilft das alles nichts.«

»Wenn man unter einer Schilddrüsenunterfunktion leidet und die auch mit Tabletten nicht in den Griff bekommt, dann setzt man schon Fett an, sobald man nur an ein saftiges Steak denkt«, seufzte er.

»Das Wichtigste ist doch, dass man sich wohlfühlt in seiner Haut«, meinte ich, und seiner liebenswerten Ausstrahlung nach schien das bei ihm so zu sein.

Seine Frau hielt ihm liebevoll die Hand. »Ich liebe dich so, wie du bist«, sagte sie. »Jedes Gramm an deinem Körper.«

»Dann muss deine Liebe wirklich groß sein«, erwiderte er.

»Das ist sie«, meinte sie und gab ihm ein Küsschen. Es tat gut, so ein nettes und aufgeräumtes Paar neben mir zu haben, bei dem die Liebe spürbar war. Das sagte ich ihnen auch.

»Einen guten Flug!«, wünschten wir uns gegenseitig.

»Hoffentlich wird er nicht allzu turbulent«, meinte ich beim Blick durch das Fenster. Ein Schneesturm tobte. Die Dame bot mir selbst gebackene Schoko-Cookies an. Gerade als ich beherzt zugreifen wollte, räusperte sich jemand lautstark neben mir.

»Sie sitzen auf meinem Platz!«, hörte ich diesen Jemand verärgert sagen. Ich sah hoch und blickte in die böse funkelnden Augen eines grimmigen alten Mannes mit grauen Augenbrauen, die zusammengewachsen waren. Er meinte tatsächlich mich.

»Das tut mir leid, Sir, aber das ist mein Platz …«, murmelte ich und holte mein Ticket hervor, um es ihm zu beweisen.

»Offenbar scheinen Sie etwas an den Augen zu haben, denn das ist meine Reservierung!«

Sehr freundlich, dachte ich und überprüfte die Nummern. Das Ticket wies einwandfrei diesen Platz hier am Gang aus. Er zeigte mir sein Ticket mit derselben Platzreservierung.

»Also? Ich habe wohl recht, wie Sie sehen können! Wenn ich Sie bitten dürfte, meinen Platz zu räumen«, raunzte er mich an.

»Halten Sie bitte mal die Luft an! Wie Sie ebenfalls sehen können, steht auf meinem Ticket exakt dieselbe Platznummer drauf.«

»Das ist mir doch egal, was auf Ihrem steht. Auf meinem steht eindeutig dieser Platz!«, schrie er, als würde es hier um Leben und Tod gehen.

»Gut. Dann schlage ich vor, einer von uns beiden sitzt bei dem anderen die sechs Stunden auf dem Schoß!«, spottete ich. Er warf mir vor, ich hätte keinen Respekt vor dem Alter. Natürlich hatte ich das. Aber deshalb musste man sich doch nicht alles bieten lassen! Er nahm wie in Raserei mein Buch aus der Ablage und warf es auf den Gang.

»Hallo? Sind Sie noch ganz sauber?«, rief ich. Dann wollte er meinen Rucksack aus dem Gepäckfach über mir zerren, um seine Tasche hineinzustecken.

»Werter Herr!«, kam mir mein voluminöser Sitznachbar zu Hilfe. »Lassen Sie die Frau in Ruhe. Oder wollen Sie wissen, wie es sich anfühlt, wenn fast drei Zentner auf Ihnen liegen!«

Erst jetzt riss sich der alte Mann ein wenig zusammen.

»Gibt es ein Problem, Sir?«, fragte die herbeieilende Stewardess.

»Ja, und zwar ein ganz gewaltiges Problem! Diese ignorante Person sitzt auf meinem Platz! Und der Typ daneben hat mich mit seinem Gewicht bedroht.«

Ich verkniff mir weitere Kommentare, es hätte die Situation nur verschärft.

Die Stewardess überprüfte beide Tickets. Wie ich bereits geahnt hatte, lag eine versehentliche Doppelreservierung vor.

»Das ist doch eine Frechheit Ihrer Fluggesellschaft!«, ließ der graue Wolf nun seine Wut an der Stewardess aus. »Arbeiten bei Ihnen noch Menschen, die denken können? Oder wird das neuerdings auch schon eingespart?« Er murmelte so etwas wie »Sauladen« vor sich hin.

»Es tut mir leid, aber so was kann schon mal vorkommen, Sir.«

»Darf es aber nicht. Dafür werden Sie schließlich von mir mit diesem überteuerten Flugticket mehr als gut bezahlt«, regte er sich weiter auf. »Und was gedenken Sie nun zu unternehmen? Denn ich werde auf gar keinen Fall die Maschine wechseln.«

»Das müssen Sie auch nicht«, sagte die Stewardess freundlich. Es gebe selbstverständlich ein kostenloses Upgrade, da in der Businessclass noch ein Sitzplatz frei sei. Der alte Mann griff sich seine Tasche und zupfte seinen Mantel zurecht. »Das ist ja wohl auch das Mindeste!«, murmelte er und schickte sich an, ihr nach vorn in die Businessclass zu folgen.

Doch die Stewardess bat überraschenderweise mich, den Platz zu räumen, und wies mich an, dem »freundlichen Herrn« den von ihm gebuchten Platz zu überlassen.

»Aber«, wollte er bereits protestieren. Doch sie überging ihn einfach und half mir mit meinem Rucksack. Ich war ganz irritiert, dass das Upgrade mir zugutekommen sollte, und entschuldigte mich noch bei dem freundlichen Dicken und seiner Frau, dass sie jetzt so ein Scheusal neben sich sitzen hätten. Sie winkten ab und meinten, sie würden schon mit ihm fertig werden.

»Der wird diese Reise nicht mehr vergessen, wenn er keine Ruhe gibt – dafür werd' ich sorgen!«, schwor er augenzwinkernd. Dann wünschten sie mir noch eine schöne Zeit in der Businessclass und schon mal im Vorfeld frohe Weihnachten.

»Auch Ihnen frohe Weihnachten!«, erwiderte ich und lächelte dem liebenswerten Ehepaar zu, während der alte Mann immer noch griesgrämig im Gang stand. »Ach, wollen Sie doch lieber stehen?«, fragte ich zum Abschied bissig, während ich der Stewardess in die Businessclass folgte.

Wäre dieser Choleriker nicht so unverschämt gewesen, hätte ich gern auf das Upgrade verzichtet. Denn die Gefahr war groß, in der privilegierteren Gesellschaft an andere Idioten zu geraten. Schließlich tummelten sich hier viele Egomanen, die ihren gehobenen Lebensstil der Ausbeute ihrer Umwelt verdankten, nach dem Motto: höher, weiter, schneller, ohne Rücksicht auf Verluste. Hauptsache mehr Beinfreiheit und Essen à la carte.

Die Businessclass stand im Widerspruch zu dem, wofür ich kämpfte: den schonenden Umgang mit Ressourcen. Das hätte nur noch ein Upgrade in die First Class toppen können.

Ich spürte die abschätzigen Blicke der fein gekleideten Passagiere, doch das war mir egal. Ich definierte meinen Wert schließlich nicht über meine Klamotten.

Die freundliche Stewardess brachte mich zu einem Fensterplatz, den ich wohl bekommen sollte. Darauf lagen eine elegante Laptoptasche sowie ein beigefarbener Mantel. Längs über der Rückenlehne hing eine schwarze Kleiderschutzhülle mit Haken, in der sich vermutlich ein Anzug befand. Der Besitzer war anscheinend der vornehme Kerl im maßgeschneiderten Anzug, der den Gangplatz belegte. Er hatte den Arbeitstisch an der Mittelkonsole herausgeklappt und war vertieft in seine Arbeit am Laptop. Daneben standen eine Tasse mit schwarzem Kaffee und ein Glas Mineralwasser.

»Entschuldigen Sie, Sir«, sprach die Stewardess ihn an. »Der Platz ist für die Dame hier reserviert.«

Er sah etwas abwesend auf. In dem Moment hatten wir Blickkontakt. Er war ungefähr Mitte dreißig, hatte einen dunkelbraunen Kurzhaarschnitt mit einer lässigen, zum Scheitel gekämmten Tolle und sah äußerst gepflegt aus, wenn auch übermüdet. Ich ertappte mich bei dem Gedanken, dass ich ihn echt ganz schnuckelig fand. Er hätte auch gut und gern Model bei irgendeiner dieser Nobel-Modemarken sein können. Allerdings stand ich eigentlich gar nicht auf solche aufgetakelten Typen mit Maßanzug und Krawatte. Mir waren Naturburschen lieber.

Auch wenn seine braunen Teddybäraugen etwas sehr Liebes hatten.

»Oh, Ihre Kollegin meinte, der wäre nicht reserviert. Ich hatte mich extra von meinem Platz umgesetzt, um etwas mehr Ruhe zum Arbeiten zu haben.«

»Kein Problem. Ich kann mich auch auf Ihren alten Platz setzen«, meldete ich spontan an.

Die Stewardess klärte mich auf, dass dort nun der Herr sitze, der hier seinen Platz gehabt hatte. »Sir, leider gab es Fehlbuchungen durch das Reservierungssystem. Wären Sie bitte so freundlich?«

Er reagierte nicht sofort, so, als suchte er noch nach einer anderen Lösung.

»Keine Sorge, ich quengle nicht und bin seit meinem fünften Lebensjahr stubenrein«, scherzte ich. Während die Stewardess grinsen musste, zeigte er keine Regung.

»Dürfte ich Sie bitten, Sir?«, fragte sie höflich, aber nun entschiedener.

»Ja, natürlich. Einen Moment bitte.« Er packte die sehr edel aussehende Laptop-Ledertasche in den an seiner Seite der Mittelkonsole angebrachten Stauraum.

»Soll ich Ihren Mantel und Ihre Kleiderhülle mitnehmen und für Sie aufhängen?«, fragte die Stewardess.

»Ja, gern.« Er reichte ihr die beiden Teile. Ich entschuldigte mich für die Unannehmlichkeiten. Er nickte bloß leicht, ohne einen Blick an mich zu verschwenden, und tippte weiter konzentriert auf seinem Laptop herum.

»Wenn Sie einen Wunsch haben oder Hilfe benötigen, ich bin jederzeit für Sie da«, meinte die freundliche Stewardess zu mir. Ich dankte ihr sehr und versicherte, dass ich wunschlos glücklich sei, woraufhin sie mir freundlich zulächelte und bepackt mit den Klamotten meines Sitznachbarn im hinteren Bereich verschwand.

»Sie können auch gern den Fensterplatz haben«, sprach ich ihn an.

»Nein, das Licht am Fenster stört mich nur beim Arbeiten am Laptopbildschirm. Wenn Sie die Jalousien bitte unten lassen könnten, wäre ich Ihnen sehr dankbar.« Er betonte den Satz so, als hätte ich keine Wahl. Ich blickte auf die drei verdunkelten Fenster in unserer Sitzreihe.

»Kein Problem. Wer will denn auch im Flugzeug aus dem Fenster schauen, bei einem Businessclass-Platz mit gleich drei Fenstern«, meinte ich ironisch neckend.

An seinem Blick erkannte ich, dass er auch den Scherz nicht lustig fand. Er versank sofort wieder in das Schreiben am Laptop und war so fokussiert, als arbeitete er an der Widerlegung von Einsteins Relativitätstheorie. Wie konnte man nur so penetrant am Bildschirm hängen?

Ein »Hallo« zurück oder ein Blick wären bestimmt nicht zu viel verlangt gewesen, aber zumindest würde der Flug entspannt verlaufen. Immerhin würde ich mit ihm keinen Small Talk führen müssen.

Ich öffnete das Gepäckfach direkt über Mr Laptop und wollte meinen Rucksack darin verstauen. Dort befand sich ein edler Lederaktenkoffer, daher brauchte ich etwas länger, um meinen Rucksack noch hineinzubekommen. Außerdem musste ich mich mit meinen eins achtundsechzig ziemlich strecken. Mir entging nicht, dass sich mein Sitznachbar davon etwas gestört fühlte, da ich leicht über ihn gebeugt war. Schließlich versuchte ich, die Klappe mit einem starken Ruck zuzubekommen. Doch ich rutschte ab und verlor das Gleichgewicht. Dabei traf mein Fuß unbeabsichtigt sein Schienbein. Er zuckte schmerzverzerrt zusammen und blickte mich ziemlich genervt an.

»Ups! Tschuldigung«, meinte ich unangenehm berührt. »Aber irgendwie hängt hinten etwas fest und ich bekomme meinen Rucksack nicht reingedrückt.«

Er holte das »Etwas« heraus: ein kleines edles Baccarat-Präsenttütchen, das ich durch mein Drücken völlig eingequetscht hatte.

»Hab ich wohl übersehen«, meinte ich entschuldigend.

»Bei dem Parfüm handelt es sich um ›Les Larmes Sacrées de Thèbes‹ von Baccarat, falls Ihnen das was sagt«, versuchte er, mich aufzuklären. Ich schüttelte den Kopf, denn ich hatte keinen blassen Schimmer. »Das kostet 6 800 Dollar pro Unze und es gibt nur sechs Flakons weltweit.«

Ach du Scheiße!, dachte ich. *Wer um alles in der Welt gibt so viel Geld für Parfüm aus?* Er blickte angesäuert in das Tütchen und ich erkannte an seinem Blick, dass es wohl wenigstens innen unbeschadet war.

»Tschuldigung … aber wenn es so wertvoll ist, wäre es denn dann nicht besser, wenn Sie es in Ihren Koffer tun?«

Klar war es ein wenig frech, aber auch einfach nur ein sinnvoller Hinweis. Ohne mich eines Blickes zu würdigen, öffnete er daraufhin seinen Koffer, in dem sich eine Menge Akten und Papiere befanden, und verstaute den edlen Duft. Ich konnte es immer noch nicht fassen, wie man für Parfüm so viel Geld ausgeben konnte. Von einer Unze dieses Wässerchens könnte eine indische Durchschnittsfamilie mindestens zwei Jahre lang leben.

»Weihnachtsgeschenk für Ihre Frau?«, fragte ich.

»Für die Frau eines Geschäftspartners«, murmelte er.

Um welche Geschäfte es sich da wohl handeln musste, wenn man solch teure Präsente verteilte? Ich wollte es nicht wissen. Er packte meinen Rucksack. Ein kurzes Ruckeln und zack war er im Fach drin. Ich dankte ihm und wollte noch schnell einen Kugelschreiber und mein kleines Notizbuch aus dem Seitenfach herausholen. Doch als ich den Reißverschluss öffnete, fielen nicht nur Notizbuch und Kugelschreiber heraus, die ich gerade noch so auffangen konnte, sondern auch noch mein Portemonnaie und der gesamte Inhalt an Münzen, die auf ihn herunterprasselten. Diese in einem Bruchteil von Sekunden ablaufende Kettenreaktion fühlte sich an wie eine Ewigkeit. Als dann aber auch noch mein Smartphone aus der Taschenöffnung rutschte und ich förmlich in Slow Motion sah, wie es jeden Moment auf seinem Laptop knallen würde, griff ich beherzt zu. Durch eine reflexartige Bewegung gelang es mir zwar, das Handy aufzufangen, doch dabei stieß ich gegen die Kaffeetasse, deren schwarze Brühe sich über die Tastatur seines silbergrauen Laptops ergoss. Als er nachfassen wollte, landeten einige Spritzer außerdem auf seinem weißen Hemd.

»Nein, verdammt!«, rief er, während er auf das Kaffeeschlachtfeld vor sich schaute. Die halbe Businessclass blickte zu uns.

»Ups. Tschuldigung«, kam es erneut schuldbewusst über meine Lippen. Ich fühlte mich wie der größte Tollpatsch aller Zeiten!

Er hielt den Laptop so, dass möglichst viel von der Flüssigkeit heraustropfen konnte, und zog den Stecker raus. Ich riss mein Halstuch herunter, um damit grob sauber zu machen.

»Bitte, lassen Sie das, Sie haben schon genug angerichtet«, fuhr er mich harsch an, nahm aber das Tuch, um damit sein Notebook notdürftig zu säubern.

»Es tut mir so wahnsinnig leid. Ich wusste nicht, dass die Sachen in meiner Tasche verrutscht waren …«

»Und dass wir auf der Erde immer noch den Gesetzen der Schwerkraft unterliegen, wussten Sie wohl auch nicht mehr!« Genervt wischte er mit meinem Halstuch seinen Laptop ab.

»Ich hab es ja nicht mit Absicht getan. Vielleicht war ich für einen Moment etwas unkonzentriert«, schoss ich zurück, denn beleidigen ließ ich mich trotz allem nicht.

»Na, dann bin ich ja heilfroh. Aber weil Sie so gedankenlos waren, haben Sie mich gerade zwei Tage meines Lebens gekostet, wenn die Daten weg sein sollten! Falls es nur dabei bleibt! Vielen Dank dafür!«

Er war natürlich zu Recht sauer auf mich. Das war ja auch eine echt bescheuerte Aktion von mir gewesen. Trotzdem musste man daraus kein übergroßes Drama machen.

»Wie gesagt, es tut mir wahnsinnig leid und ich werde Ihnen den Schaden auf jeden Fall ersetzen«, murmelte ich, weil ich nicht wusste, was ich sonst sagen sollte. Immer noch stand ich hilflos im Gang herum.

»Schon gut. Vergessen Sie es einfach …« Er reichte mir das völlig mit Kaffee durchnässte Halstuch und fischte aus seinem Amenity Kit einige Stofftaschentücher. Diese legte er auf dem Tisch aus und platzierte die Tastatur sehr geschickt kopfüber darauf. Anscheinend wusste er ziemlich gut, was zu tun war, wenn einem solch ein Missgeschick passierte. Schließlich stand er auf. »Sie entschuldigen mich?«, fragte er und drängte sich recht grob mit seinem Kulturbeutel an mir vorbei in Richtung Toiletten.

Irgendwie konnte ich ihn ja verstehen, aber so unfreundlich zu sein, war auch nicht gerade die feine und höfliche Art. Die Stewardess brachte mir ebenfalls eines der wohl in der Businessclass üblichen Amenity Kits und auch gleich Putzzeug, da sie mein Malheur bemerkt hatte.

»Das tut mir so leid mit der Sauerei …«, sagte ich.

»Ach«, sagte sie. »Kein Problem. Das kann doch jedem mal passieren.«

»Na ja, aber ich hab ihm wohl gerade mit einem Schlag seine Arbeit, seinen Laptop und sein Hemd ruiniert. Den blauen Fleck am Schienbein nicht mitgezählt …«

»Das nenn ich doch mal effiziente Anmache«, scherzte die sympathische Stewardess und zwinkerte mir aufmunternd zu. Auch ich konnte mir ein Lächeln nicht verkneifen, stellte jedoch klar, dass solche arroganten Typen definitiv nicht in mein Beuteschema passten.

Gemeinsam entfernten wir die Kaffeeflecken, hoben mein restliches Kleingeld sowie sein hinuntergefallenes Visitenkarten-Etui vom Boden auf und im Nu war fast alles wieder wie neu. Bis auf den Laptop, der immer noch am Austropfen war.

Dann machte ich es mir auf meinem Fensterplatz gemütlich. Es war wirklich angenehmer, hier zu sitzen als in der Economyclass. Die Beinfreiheit und der Komfort der bequemen Sitze taten richtig gut. Als ich meine Schuhe auszog, fiel mir ein auf dem Boden liegendes Visitenkärtchen auf. »Adam Harper. Personal Consulting Manager« stand darauf und »World Wide Financial Banking Group« mit einer Anschrift in Singapur. Alles in schwarz umrandeten gestanzten Schriftzügen auf goldenem Grund. Vermutlich war es sogar komplett aus echtem Gold. So schwer, wie mir das mickrige Kärtchen vorkam, war das nicht auszuschließen. *Wie protzig*, dachte ich. Der Firmenname sagte mir etwas, da er immer mal wieder in Zeitungsartikeln vorkam, in denen über die reichsten Menschen der Welt berichtet wurde. Es war eine Bank für Superreiche! Und wie jeder weiß, legen dort natürlich auch Superreiche aus Ländern, die ihr Volk unterdrücken, ihr Geld an und finanzieren damit Waffen für unnötige Kriege. Oder sie spekulieren mit Lebensmitteln, um noch reicher zu werden, was zu Hungersnöten in Drittweltländern führen kann.

Diese Information reduzierte meine Schuldgefühle wegen der Unannehmlichkeiten, die ich diesem Herrn bereitet hatte, auf ein Minimum. Er war ein Mann der Großfinanzwelt und genau die Sorte Mensch, die für noch mehr Ungleichheit auf der Welt sorgte. Ich als Umweltaktivistin setzte mich für die armen Menschen dieser Welt ein. Unterschiedlicher konnte man von der Lebenseinstellung her wohl nicht sein. Neben mir saß sozusagen der Teufel persönlich. Na, das würde ein lustiger Flug werden.

2. Kapitel

Gerade als die Stewardess mir die Speisekarte reichte, kehrte Mister goldverzierte Visitenkarte zurück. Er wirkte munterer, aber sein weißes Hemd war nicht viel sauberer.

»Ihr Platz ist gereinigt worden. Falls Sie noch einen Wunsch haben, Sir?«, erkundigte sich die Stewardess.

»Ja, einen Wunsch habe ich tatsächlich und den hatte ich beim Boarding auch schon Ihrer Kollegin genannt. Bringen Sie mich in die First Class«, sagte er.

»Es tut mir leid, Sir. Das geht nicht.«

»Aber ich habe es schließlich gebucht!«

»Sie bekommen die Differenz von uns gutgeschrieben …«

»Ich will kein Geld zurück, ich will meinen First-Class-Platz, den ich bereits vor über zwei Wochen gebucht habe. Wenn es sein muss, zahle ich gern noch was drauf, wenn das helfen sollte!«

Autsch!, dachte ich nur. Es war schon irgendwie deprimierend, dass ich wohl so unerträglich für ihn war, dass er sogar einen Aufpreis zahlen würde, um hier wegzukommen. So etwas Uncharmantes hatte ich wirklich noch nie erlebt. Klar, dass er sauer auf mich war, aber das nahm schon abstruse Züge an. Die Stewardess verwies nochmals auf die Buchungsfehler und dass kein Platz mehr frei sei, den er dort einnehmen könnte. Sie überreichte ihm die Speisekarte für den Lunch, den wir nach dem Erreichen unserer Flughöhe einnehmen würden. Ich konnte an ihrem Blick erkennen, dass ich definitiv nicht die Einzige war, die diesen Kerl neben mir ziemlich anstrengend fand.

Trotzdem wollte ich das Beste daraus machen und ein bisschen Small Talk betreiben. »Na ja, wegen des Buchungsfehlers sitze ich zum ersten Mal in der Businessclass«, sagte ich und mühte mich zu einem Lächeln.

»Ja, ich leider auch«, murmelte er genervt, ohne den Blick von seinem umgeklappten Laptop zu nehmen. Da sich ein erneutes Entschuldigen irgendwie überflüssig anfühlte, meinte ich mit Blick auf seine Flecken: »Sie sollten Gallseife verwenden.«

Er hantierte an seinem Laptop herum, ohne auf mich zu reagieren.

»Gallseife hilft!«, sagte ich erneut mit Nachdruck.

»Was?« Er blickte mich an, als machte ich ihn gerade darauf aufmerksam, dass er sich doch mal wieder waschen könnte.

»Sie sollten Gallseife auf die getrockneten Kaffeeflecken geben, bevor Sie Ihr Hemd in die Waschmaschine stecken. Das hilft beim Auswaschen recht gut. Die Flecken dürften dann passé sein.«

Er starrte mich irritiert an.

»Ein kleiner Trick so von Hausfrau zu Hausfrau«, scherzte ich augenzwinkernd, um die Situation aufzulockern, schließlich sah er nicht wie jemand aus, der seine Wäsche selbst wusch. Er hatte sicherlich eine Putzfrau dafür und wenn die krank war, kaufte er sich vermutlich einfach ein neues Hemd.

»Danke. Ich werde es mir merken«, meinte er knapp und packte seinen Laptop mit frischen Taschentüchern auf den

Fußboden. Ich kam mir immer noch schuldig vor. Er gab mir aber auch keine Chance, mich besser zu fühlen.

»Na ja, immerhin kann man das Ganze auch positiv betrachten: Durch mich haben Sie mal eine verdiente Pause bekommen.«

An seinem Blick bemerkte ich sehr deutlich, dass er der Situation nicht viel Positives abgewinnen konnte. »Also zum einen kann ich mir gerade keine Pause erlauben, und zum anderen: Ich weiß nicht, wie erholsam es für Sie wäre, wenn Sie wüssten, dass vielleicht gerade eine laufende Investition von mehreren Millionen Dollar komplett den Bach runtergeht, weil Sie nicht mehr online sind.«

Ich musste schwer schlucken. »Sie scherzen, oder?«

Er schaute mich nur ernst an.

»Oh nein«, meinte ich bestürzt. Jetzt hatte ich ein noch viel schlechteres Gewissen.

»Vergessen Sie es einfach und lassen Sie uns das Thema beenden«, meinte er dann plötzlich sehr milde und holte ein Tablet mit Tastatur aus dem Seitenfach der Mittelkonsole hervor.

»Ich werde natürlich für den Schaden aufkommen – abgesehen von den möglichen Verlusten aufgrund Ihrer Internet-Abstinenz!«, beteuerte ich nochmals, auch wenn ich das Gefühl hatte, die Reinigung seines Hemdes und vor allem die Reparatur seines Laptops Marke Luxusklasse würden mich teuer zu stehen kommen.

»Lassen Sie mal gut sein«, meinte er mit einem nicht ganz uncharmanten, aber müden Lächeln und blickte dann auf sein startbereites Tablet.

»Aber wenn ich den Schaden nicht begleichen soll, dann darf ich Ihnen doch wenigstens einen neuen Kaffee bringen lassen?«

»Nein, danke. Mit Kaffee bin ich genug … eingedeckt …«, murmelte er, den zweiten Teil mehr zu sich.

»Vielleicht wollen Sie ein Glas Sekt?«

»Nein.«

»Sie bevorzugen vermutlich eher Champagner.«

»Nein, auch das nicht. Haben Sie vielen Dank.«

»Vielleicht ein kühles Bier?«

»Vielen Dank. Wirklich nicht.«

»Etwas Süßes?«

Er schüttelte den Kopf.

»Oder etwas anderes?«

Meine Fragerei schien zu nerven. »Nein, auch nichts anderes«, sagte er mit einem Hauch Schärfe. »Und wenn irgendwann doch, dann kann ich schon selbst bestellen. Haben Sie vielen Dank.«

»Ich wollte nur freundlich sein«, meinte ich abschließend.

»Hören Sie«, sagte er dann und entschuldigte sich für seinen rauen Tonfall. »Ich stehe gerade ziemlich unter Druck wegen meiner Arbeit, zudem habe ich einen neunzehnstündigen Nonstop-Flug von Singapur nach New York in den Knochen.« Es tue ihm leid, er sei momentan in einer Art Tunnel und dann …

»… kommt diese tollpatschige Kuh hereinspaziert und zerstört Ihre gesamte Arbeit und verursacht zu alledem noch ein Millionen-Dollar-Verlustgeschäft für Sie!« Dabei blickte ich ihn betroffen an. Er musste schmunzeln, verkniff sich jedoch weitere Ausführungen. Auch ich musste lächeln, denn seine Augen hatten etwas sehr Warmherziges, was seiner arroganten Art diametral entgegenstand. Das war der erste Moment, in dem ich merkte, dass er aus seiner Workaholic-Blase auftauchte.

»Entschuldigung angenommen«, meinte ich keck. »Aber wenn ich irgendetwas zur Wiedergutmachung tun kann, dann lassen Sie es mich bitte wissen. Egal, was es ist …« Hatte ich das gerade wirklich gesagt? Ich spürte förmlich, wie mir das Blut ins Gesicht schoss. »Also, Sie wissen schon, wie ich das meine …«, ergänzte ich peinlich berührt. Zum Glück war er nicht der solariumgebräunte Gigolo, den ich schon in Gedanken sagen hörte: *Ich wüsste da schon was, Baby! Treffen wir uns in zwei Minuten auf der Toilette?*

Aber von Adam Harper kam weder ein doppeldeutiges Lächeln noch eine zweideutige Aussage: »Es ist alles gut. Herzlichen Dank, Miss.«

Da war ich doch sehr überrascht, welche Seite er plötzlich an den Tag legte. Mr Hyde wurde offenbar zu Dr. Jekyll!

»Josie Olsen!«, nutzte ich die Gelegenheit, mich vorzustellen.

»Adam Harper … Freut mich.« Wir gaben uns die Hand und er lächelte.

»Na ja, das mit dem ›freut mich‹ glaub ich Ihnen jetzt nicht so recht«, scherzte ich.

»Das haben Sie gesagt«, meinte er schmunzelnd. Sein Blick wanderte zurück auf die Zahlen der Börse, wie ich von der Seite erkennen konnte.

Wie weich seine Hände doch waren, dachte ich. Bestimmt hatte dieser Mann noch nie in seinem Leben harte Arbeit verrichten müssen. Und der monatliche Termin bei der Kosmetikerin war sicherlich auch fest eingeplant.

»Ich kann Sie im Übrigen beruhigen, Ms Olsen«, meinte er plötzlich. »Die Transaktion wurde nicht durchgeführt – somit habe ich zumindest keinen Millionenschaden erlitten.«

»Dann bin ich ja erleichtert«, erwiderte ich vollkommen ernst.

In diesem Moment kündigte der Pilot via Lautsprecher an, dass nun die Starterlaubnis da sei und es jeden Moment losgehe. Die Stewardess wies die Fluggäste an, sich für den Start anzuschnallen.

Mr Harper wurde von ihr aufgefordert, sein Tablet vorübergehend wegzupacken. Dies tat er dann auch schnell und als er sich in seinen Sitz zurücklehnte und seine Augen schloss, bemerkte ich, wie er sehr tief durchatmete. Für ihn war ich wohl die Nervensäge schlechthin. Dennoch ließ ich mir davon nicht die Vorfreude darauf nehmen, in einigen Stunden endlich bei meiner lieben Familie zu sein.

Nachdem wir die Flughöhe erreicht hatten, packte Adam sofort wieder sein Tablet auf die Tischablage. Ich blätterte durch mein inzwischen randvolles Notizbuch, denn immerhin hatten wir schon den 18. Dezember und es waren nur noch vierzehn Tage offen, bevor ich einen neuen Block beginnen würde. Das machte mich immer wehmütig, denn dann hieß es, von einem Lebensjahr Abschied zu nehmen. Ich besaß mindestens schon ein Dutzend solcher Jahres-Tagebücher, in denen ich nicht nur Interessantes und Anekdoten des Alltags notierte. Manchmal zeichnete ich auch etwas hinein oder klebte etwas auf die Seite, wie getrocknete Blätter von Bäumen aus den Regionen der Welt, in denen ich mich gerade aufhielt – beispielsweise ein Feigenblatt aus Afghanistan –, oder andere Dinge, die eine Bedeutung für mich hatten. Manchmal war es auch nur so etwas wie ein in der Jackentasche entdecktes Papier eines Bonbons, das ich in der Mongolei gegessen hatte und das mich an jenen Tag erinnern sollte, als ich zum letzten Mal in einer Jurte übernachtete. Oder eine Einladung zu einem interessanten Vortrag, den ich besucht hatte.

Die Stewardess fragte, welches Mittagsmenü wir ausgewählt hatten. Sie blickte mich an, nach dem Motto *Ladies first*, doch Mister »Zeit ist Geld« neben mir bemerkte das erst gar nicht. »Den auf der Haut gebratenen Wildlachs mit Krabben in Weißweinsoße mit Spinat und Kartoffelpüree und ein Glas Cabernet Sauvignon dazu. Danke!« Er überreichte der Stewardess die Speisekarte und blickte umgehend wieder auf sein Tablet.

»Sehr gern, Sir. Möchten Sie noch eine Nachspeise dazu?«

Er lehnte dankend ab, ohne dabei von seinem Tablet aufzuschauen. Die Stewardess blickte mit einem deutlichen Mundverzieher nun wieder mich freundlich an. »Und was darf es für Sie sein, Miss?«

»Ich hätte da ein paar Fragen zu den Gerichten ...«

»Kein Problem ... ich helfe Ihnen sehr gern weiter«, meinte sie.

»Die gebratene Hähnchenbrust, ist die aus biologischer Freilandhaltung?«

»Das tut mir leid, wir haben leider keine Biogerichte zur Auswahl. So etwas kann man nur vorbestellen.«

Ich war überrascht. Gerade in der gehobeneren Klasse hätte ich mehr Qualität erwartet. Selbst die Bahn in Deutschland bot mittlerweile Speisen in Bioqualität an.

»Aber wir haben alternativ zwei vegetarische Gerichte zur Auswahl«, schlug sie vor.

Es gab ein veganes grünes Thai-Curry mit Tofu, asiatischem Gemüse und Reis sowie Quinoa-Grünkohlsalat mit Tomaten und Mandeln. Das war die magere Alternative für Vegetarier.

»Ich kann Ihnen das vegane Gericht sehr empfehlen«, meinte die Stewardess. Doch Tofu schätzte ich aufgrund von Gentechnik und der starken Verarbeitung nicht so sehr. Außerdem war die Ökobilanz durch die langen Importwege über den halben Globus viel schlechter als bei regionalem saisonalem Gemüse oder Fleisch vom Bauern.

»Wie sieht es denn mit dem Gemüse aus? Woher beziehen Sie es?«

Adam Harper griff sich mehrfach nervös an die Krawatte, weil es ihn sichtlich nervte, dass ich über ihn hinweg mit der Stewardess ein Gespräch führte.

»Also, das weiß ich so jetzt nicht aus dem Kopf. Da müsste ich mal geschwind meine Kollegin fragen.«

»Das wäre klasse, wenn es nicht allzu große Umstände macht. Ich bin prinzipiell sehr daran interessiert, in welchem Ausmaß Biolebensmittel oder regionale Lebensmittel im Mainstream-Angebot inzwischen genutzt werden, weil ich viel mit ökologischem Anbau zu tun habe.«

»Arbeiten Sie an einer Studie?«, meinte die junge Frau ernsthaft interessiert. Sie studiere selbst neben ihrem Job als Stewardess Soziologie im Fernstudium, wie sie mir verriet.

»Nein, ich bin beruflich im Umweltschutz aktiv und es ist eher eine private Studie, könnte man sagen, die auch ins Berufliche reicht. Der Übergang ist bei mir fließend.«

»Ich möchte ja nicht schon wieder unhöflich sein«, meinte mein Sitznachbar mit deutlich bissigem Unterton. »Aber die Stewardess möchte vermutlich auch noch die anderen Fluggäste bedienen.«

»Also, das ist kein Problem, Sir. Ich bin ja schon fast durch und meine Kollegin hat das im Griff«, half sie mir freundlicherweise aus dieser unangenehm angespannten Situation.

»Na ja, dann …«, meinte er genervt und versank wieder in seine Tablet-Arbeitswelt.

Um meinem Sitznachbarn entgegenzukommen – ich war ja kein Unmensch –, entschied ich mich letztlich für den Quinoa-Grünkohlsalat.

»Welches Dressing hätten Sie gern dazu?«

»Welche haben Sie denn zur Auswahl?«

»Oh, da haben wir eine riesige Auswahl. Ranch-Dressing, Blue-Cheese-Dressing, Thousand-Island-Dressing …« Während die Stewardess eine Liste von gefühlt einem Dutzend Dressing-Varianten aufzählte, brach mein Sitznachbar auffällig genervt sein Tippen ab und griff sich mit gesenktem Kopf an seinen Nasenflügel. Dabei hielt er die Augen geschlossen.

»… American Dressing, Cranberry-Dressing, Honey-Mustard-Dressing …«

Ich unterbrach sie, um seinem Leiden ein Ende zu bereiten. »Okay, danke … Wäre es auch möglich, den Salat einfach mit Essig und Öl zu bekommen?«

»Selbstverständlich«, lächelte sie und notierte es sich. Mr Harper hielt seine Position fast meditativ weiterhin ein. Auch die Stewardess musste darüber schmunzeln und merkte, dass es jetzt schnell gehen sollte, sonst drohte hier eine Bombe hochzugehen. »Darf es denn auch ein Glas Cabernet Sauvignon sein?«, fragte sie mich der Zeitersparnis wegen.

»Da ich davon ausgehe, dass Sie keine Bioweine haben, nein danke. Für mich dann lieber ein stilles Wasser.«

»Möchten Sie vielleicht eine Nachspeise?«

»Oh ja, sehr gern.«

»War ja klar«, hörte ich recht deutlich den sarkastischen Kommentar von Mr Zeitdruck neben mir. Das wiederum empfand ich als frech, schließlich war ich ihm auch entgegengekommen. Also bat ich die Stewardess, mir doch bitte die Nachspeisen zu nennen. Sie grinste verhalten, erkannte sie doch an meinem Blick, dass ich meinem Sitznachbarn aufgrund seiner uncharmanten Art eins auswischen wollte.

»Also, wir haben einen New York Cheesecake, ein Schokoküchlein mit flüssigem Kern, einen Blaubeermuffin mit Vanilleeis oder eine Crème brûlée.« Alles leider auch nur konventionelle Produkte, wie sie extra für mich hinzufügte.

»Der flüssige Kern hört sich verlockend an.«

»Gern. Einmal Schokoküchlein mit flüssigem Kern«, wiederholte sie und tippte es in ihr Gerät. Sie war bereits einen Schritt weg, als mir noch einfiel:

»… und einen Latte macchiato hätte ich gern noch dazu.«

»Sehr gern!«

»… aber wenn es geht, bitte keine Kuhmilch.«

»Das geht. Was möchten Sie denn stattdessen? Wir haben Sojamilch oder auch Dinkel-Mandel-Milch zur Auswahl.«

Mein Sitznachbar knurrte genervt und behielt immer noch seine provokante Stellung bei, mit den Fingern an den Nasenflügeln, bei geschlossenen Augen und gesenktem Kopf. Die Stewardess und ich mussten uns das Lachen verkneifen.

»Okay, dann gern die Dinkel-Mandel-Milch.«

»Das war's?«

»Ja, vielen Dank!« Ich reichte ihr meine Menükarte.

Nachdem die Stewardess mit amüsiertem Grinsen gegangen war, hörte ich meinen Sitznachbarn genervt durchschnaufen. Ich deutete seinen Schnaufer so, dass er mir damit mitteilen wollte, er habe gerade wieder wertvolle Zeit durch mich verloren.

»Zum Glück sind nur zwei vegetarische Gerichte auf der Karte«, nuschelte er vor sich hin, aber so deutlich provokant, dass ich es auch hörte.

Ich zögerte kurz, denn ich war mir nicht sicher, ob ich auf diese blöde Bemerkung eingehen sollte. Nein, beschloss ich, das wollte ich nicht auf mir sitzen lassen. »Was hat denn diese Anspielung zu bedeuten?«

»Gar nichts … vergessen Sie es einfach«, meinte er, offenbar überrascht, dass ich ihn darauf angesprochen hatte.

»Warum haben Sie dann was gesagt, wenn es gar nichts war?«, wollte ich wissen.

»Weil ich es nicht erleben möchte, wie Sie erst in einem Restaurant mit großer Speisekarte bestellen würden«, fuhr es aus ihm heraus. »Hätten Sie vielleicht noch einen von indischen Biobauern handgepflückten Salat, mit dem Ruderboot importiert, um ja die Ökobilanz zu schonen?«, äffte er mich nach. »Ich habe mich schon gewundert, dass Sie nicht nachgefragt haben, ob das stille Wasser aus einer biodynamischen Heilquelle in Mittelerde stammt.«

Das ging nun wirklich zu weit! »Was bilden Sie sich eigentlich ein? Ich mache Ihnen doch auch keine Vorschriften für Ihre Essensbestellungen!«

»Ja, aus gutem Grund. Weil ich auch nicht eine halbe Stunde dafür brauche«, giftete er zurück.

»Aber ich halte Ihnen auch nicht vor, dass es Ihnen anscheinend völlig egal ist, was Sie durch Ihren Konsum anrichten. Nach dem Motto: Nach mir die Sintflut!«

»Da haben wir es! Jetzt werfen Sie es mir doch vor!«

»Nur weil ich mich verteidigen muss gegen Ihre aggressive Art! Sie sollten Ihren Frust über Ihre stressige Arbeit nicht bei anderen abladen.«

»Ach, Blödsinn … Aber ist ja auch egal«, versuchte er, die Diskussion abzuwürgen.

»Nein! Ist es nicht. Sie haben mich gerade massiv beleidigt!«

»Das habe ich nicht. Ich habe bloß meine Meinung gesagt.«

»Ja, aber wie Sie es gesagt haben, das ist beleidigend!«

»Gut, wenn Sie es unbedingt ausdiskutieren wollen … Es wundert mich einfach nur, wie man es fertigbringen kann, endlos über ein Menü zu diskutieren.«

»Erstens übertreiben Sie maßlos und zweitens sind es zwei vegetarische Gerichte! Und das wüssten Sie auch, wenn Sie sich länger mit der Karte beschäftigt hätten und nicht so oberflächlich! Aber das passt ja zu Ihnen!«

»Jaja! Wenn jeder so lange über Dressings und Herkunftsgarantien diskutieren würde wie Sie, dann könnten wir das Mittagessen als Abendessen zu uns nehmen.«

»So etwas kann nur jemand sagen, der sich keine Gedanken darüber macht, was dieses ganze Nahrungssystem für Auswirkungen hat.«

»Ich hab einfach keine Zeit für so einen Quatsch! Und meinen Sie etwa, das interessiert hier irgendjemanden?« Er deutete provokant in das Rund des Businessclass-Bereichs.

»Darum geht es ja! Es interessiert niemanden, weil eben nichts Alternatives auf der Karte steht. Und deshalb versuche ich manchmal mit den Menschen ins Gespräch zu kommen, um ihr Bewusstsein dafür zu schärfen.«

Er lachte süffisant auf. »Ja klar, die Airline stellt nach Ihrer Diskussion mit irgendeiner Stewardess plötzlich ihr Sortiment um! Sicher!«

Ich wollte dem gerade etwas Bissiges entgegnen, als die Stewardess mit einem Zufriedenheitsumfragekärtchen herbeigeeilt kam. »Hier«, sagte sie. »Ich finde Ihre Anmerkungen sehr inspirierend – und würde das gern weiterleiten.« Auf dem Kärtchen könne man Verbesserungswünsche eintragen, meinte sie erklärend. Diese fänden auch oft Beachtung.

Erfreut nahm ich das Kärtchen zur Hand und blickte siegreich lächelnd zu Mr Harper, der augenrollend der Stewardess hinterherblickte.

»Ich denke, der Punkt geht an mich!«

»Wenn es Sie glücklich macht …«

»Ach, wissen Sie, wesentlich glücklicher würde es mich machen, wenn Sie kurz auf eine Zigarette vor die Tür gingen!«

Er blickte etwas pikiert und tippte dann geschwind weiter, um seine Millionen-Deals abzuschließen.

Bald darauf hatte ich fast alle Fragen auf dem Kärtchen so ausführlich wie möglich beantwortet und war gerade dabei, meine Verbesserungsvorschläge auf der Rückseite auszuformulieren. Doch mein recht in Anspruch genommener Kugelschreiber gab nicht mehr sehr viel Farbe ab. Ich musste die Wörter einige Male nachziehen und das Gekritzel ging meinem mehr oder weniger geschätzten Sitznachbarn offensichtlich auf die Nerven.

»Hier! Nehmen Sie bitte …« Er hielt mir geradezu aufdringlich einen goldenen Kugelschreiber unter die Nase, ohne den Blick von seinem Tablet zu nehmen: »Aber ich hätte ihn gern wieder – der kostet mehr als Ihr Wagen!«

»Ich besitze gar keinen! Ich fahre mit dem Fahrrad oder gehe zu Fuß.«

»Wie überraschend«, meinte er mit seinem sarkastisch-abwertenden Unterton. Am liebsten hätte ich sein Angebot ausgeschlagen, doch ich hatte keine Lust auf weitere unnötige Diskussionen. Auf dem goldenen Kugelschreiber, der wirklich sehr schwer war, war sein Name eingraviert. Irgendwie fühlte es sich falsch an, ausgerechnet damit eine Anregung für nachhaltiges Essen auf ein Zufriedenheitskärtchen zu schreiben. Aber ich zog es durch. Nachdem ich alles ausgefüllt hatte, gab ich ihm den Kugelschreiber brav wieder zurück. »Danke fürs Leihen.«

»Nicht dafür«, meinte er plötzlich wieder etwas entspannter. Wahrscheinlich, weil ihm in dem Moment sein auf der Haut gebratener Wildlachs auf einem Porzellanteller serviert wurde, und das Glas Weißwein. Ich bekam meinen Quinoa-Grünkohlsalat mit Essig und Öl.

Wir wünschten uns etwas distanziert »Guten Appetit!« und ich bemerkte, dass Mr Harper beim Essen immer wieder auf meinen Teller blickte.

»Stimmt was nicht?«, wollte ich dann von ihm wissen.

»Nein, nein. Alles gut. Ich frag mich nur, wie man davon satt werden kann.«

Ich erklärte, wie nahrhaft Quinoa sei, dass es ausgesprochen viele Vitamine enthalte und man es auch »das Gold der Inkas« nenne, weil es deren Hauptnahrungsquelle gewesen war.

»Kein Wunder, dass diese Kultur untergegangen ist«, meinte er in einem plötzlichen Anflug von Humor.

»Oh, bekommt der Brummbär seinen Fisch, wird er zahm, oder was? Sind wir nun wieder zum Scherzen aufgelegt?«

»Ich denke, mein Wildlachs hat ebenfalls eine Menge Vitamine. Der hat sogar die wichtigen Omega-3-Fettsäuren«, grinste er mich angeberisch an, als wollte er mir beweisen, dass er sich nicht so oberflächlich mit Ernährung auseinandersetzte, wie ich von ihm dachte. »Das haben Ihre Inka-Körner bestimmt nicht, oder?« Er nahm genüsslich einen Bissen.

Bei seiner überheblich-frechen Art konnte ich es mir einfach nicht verkneifen, ihm unter die Nase zu reiben, welchen Giftcocktail er sich da gerade einverleibte.

»Wieso das denn? Fisch ist doch mit das gesündeste Lebensmittel, das es gibt …«, unterbrach er kurz sein Festmahl.

»Ich würde sagen, mein Quinoa ist im Gegensatz zu Ihrem Wildlachs nicht mit Mikroplastik und Chemikalien verseucht.«

»Jaja, schon gut«, meinte er lächelnd und spülte seinen Bissen mit einem Schluck Weißwein hinunter. Ich zückte mein Smartphone und klärte ihn über meine letzten Aktionen gegen Mikroplastik in der Industrie auf. In vielen Regionen der Meere sei nicht nur die Überfischung ein großes Problem, sondern noch stärker die zunehmende Verseuchung durch die Unmengen von ins Meer gelangten Plastikteilen. Dadurch verendeten viele Fische, da sie es verschluckten. Noch gefährlicher seien die winzigen Kunststoffpartikel, die nicht nur in konventionellen Duschgels, Deosprays und anderen Kosmetika enthalten sind, sondern auch in der Luft, im Boden, in der Nahrung, also praktisch überall vorkommen. Die seien so klein, dass man sie mit dem menschlichen Auge nicht sehen könne, und sie gelangten unter anderem durch den natürlichen Wasserkreislauf in unsere Blutbahnen. Sie könnten Krankheiten und noch nicht abschätzbare Gendefekte verursachen. Und die höchste Konzentration finde sich in Fischen.

»Diese Sache wird doch wie so vieles von den Medien hochgeschaukelt, damit die ihre Auflage und Einschaltquoten steigern können. Angstmache ist ein altbekanntes verkaufsförderndes Mittel!«, hielt er dagegen. Ich wischte über mein Smartphone, um ihm die Fische zu zeigen, die unser wissenschaftliches Team untersucht hatte. In deren Innerem waren neben teilweise großen Plastikteilen auch viele sehr kleine auszumachen. Die Bilder sahen natürlich nicht gerade sehr appetitanregend aus. Fische der Arten, die täglich auf unserer Speisekarte standen, nahmen unzählige Plastikteilchen mit ihrer Nahrung auf und landeten letztlich wieder auf unserem Mittagstisch! Den Kreislauf des Lebens konnte man nicht vertuschen. »Wenn wir Gift in unserem Vorgarten ausgießen, kommt es in welcher Form auch immer durch das Grundwasser zurück in unseren Nahrungskreislauf.«

Mr Harper verzog bei dem Anblick ein wenig das Gesicht. »Und wenn schon … Ich habe schon so viel Fisch in meinem Leben gegessen und lebe immer noch.«

»Na, dann erst mal herzlichen Glückwunsch dazu. Die Dosis macht das Gift. Sprechen wir uns in zwanzig Jahren wieder«, meinte ich und klappte mein Smartphone wieder zu. »Wenn Sie kein Problem damit haben, dann essen Sie doch einfach weiter!«

Er schnitt beherzt ein weiteres Stück von seinem Wildlachs ab, doch plötzlich zögerte er. Ich war erstaunt. *Kaum zu glauben,* dachte ich. Scheinbar machten meine Erzählung und diese schrecklichen Bilder doch Eindruck auf den Reichen-Bank-Fuzzi. Er ließ sein Besteck klirrend auf den Teller fallen und schob den halb gegessenen Wildlachs angewidert zurück. »Herzlichen Dank! Jetzt haben Sie mir auch noch mein Mittagessen versaut!«

»Bestellen Sie sich halt was anderes …«

»Nein danke, dann halten Sie mir einen Vortrag darüber, dass das Rindersteak voller Antibiotika steckt!«

»Oh, Sie haben sich selbst schon recht gut darüber informiert. Ich bin beeindruckt«, meinte ich schadenfroh.

»Nein, habe ich nicht. Aber ich bin ja auch nicht völlig dämlich. In der Großindustrie geht es nun mal um Masse statt Klasse!«, konterte er sauer. »Wenn es nach Ihnen ginge, würden wir am besten wohl wieder alle in Höhlen leben, barfuß am

Lagerfeuer Lieder trällern und Kühe, Schweine und Hühner im eigenen Garten halten.«

»Bis auf die Höhle finde ich diese Vision nicht schlecht«, grinste ich ihn an.

»Sie haben doch wirklich …« Er winkte kopfschüttelnd ab.

»Was habe ich … einen Schuss?«, fragte ich provozierend.

»Ja, den haben Sie! Sie ruinieren mir nicht nur mein Hemd und meinen Laptop, sondern auch noch mein Mittagessen! Und dazu muss ich mir Ihr Geschwafel über Bio-Öko-Lebensmittel anhören, als wäre ich auf einem Seminar für Ökolandbau. Wie sagten Sie vorhin noch: Quengeln würden Sie nicht und stubenrein seien Sie, seit Sie fünf sind? An beidem sollten Sie unbedingt noch arbeiten!«

Ich konnte es nicht fassen, was mir dieser arrogante Typ vorwarf. Der hatte doch wirklich nicht mehr alle Tassen im Schrank!

»Okay, das mit dem Kaffee ist dumm gelaufen! Das war ein unglücklicher Moment, dafür hab ich mich entschuldigt! Ich habe Ihnen eine Wiedergutmachung angeboten, doch Sie lehnten ab. Gut! Akzeptiert! Aber ich wollte Sie von Anfang an nicht stören und habe Ihnen sogar meinen Platz angeboten. Für mich war es auch kein Problem, diese Dreifensterfront geschlossen zu halten, obwohl jeder normale Mensch es genießen würde, diesen Blick hinaus zu haben. Aber damit Sie in Ruhe arbeiten können, habe ich darauf verzichtet.«

»Ja, das stimmt, trotzdem müssen Sie mir nicht ständig in den Ohren liegen und mir Ihre Ökobotschaft aufdrängen!«

»Das habe ich doch gar nicht! Sie haben doch erst mit alledem angefangen und gestichelt, weil Ihnen meine Bestellung auf den Senkel ging! Ich bin nicht diejenige, die permanent kritisiert und an allem herumnörgelt. Selbst die Stewardess haben Sie rundgemacht! Wissen Sie, was Sie sind …?«

Er blickte mich provozierend an. »Was bin ich denn?«

»Ein sehr penetranter und egoistischer Mensch, der nur von anderen einfordert, aber selbst nicht bereit ist, etwas zu geben!«

Er klatschte in die Hände und lachte. »Ach ja, das passt ja perfekt in Ihr oberflächliches Bild von mir! Nach dem einfachen Denkschema: Der Typ sitzt in der Businessclass, er ist reich, also auch automatisch böse!«

»Bei Ihnen trifft es leider den Nagel auf den Kopf, Mr Superreichen-Bänker bei der World Wide Financial Banking Group!«

Er blickte irritiert. »Woher wissen Sie …« Er blickte auf sein Visitenkärtchen-Etui. »Sie haben in meinen Sachen geschnüffelt!«

»Das habe ich nicht! Ein Kärtchen ist auf dem Boden gelandet …«

»Ach, und da haben Sie es als Einladung aufgefasst, einfach mal draufzuschauen.«

»Na ja, hätte ich mir vorher etwa eine Augenbinde anlegen sollen?«

»Zumindest hätte es der Anstand geboten, nicht zu schnüffeln!«

»Ich habe nicht geschnüffelt!«

Ein Herr eine Reihe vor uns blickte über seine Lehne zu uns nach hinten. »Dürfte ich endlich mal um Ruhe bitten! Das ist ja hier wie im Kindergarten!«, raunzte er uns an und eine Dame in der Reihe davor schloss sich unisono ihrem Sitznachbarn an. Wir gaben ihnen mit Handzeichen zu verstehen, dass wir verstanden hatten. Alle ließen sich wieder zurück in ihre Sitze sinken.

»Das trifft es sehr gut! Kindergarten!«, murmelte ich sauer vor mich hin.

»Ach ja? Sie benehmen sich doch kindisch!«, meinte er schroff.

»Das sagt hier der Richtige, Mr Ich-kann-das-jetzt-nicht-mehr-essen-weil-Sie-mir-so-schlimme-Sachen-erzählt-haben«, machte ich mich über ihn lustig.

»Jetzt reicht es mir aber wirklich langsam mit Ihnen!«

»Ach, es reicht Ihnen langsam mit mir? Das ist ja mal originell.«

Das war zu viel! Ich riss die Jalousien meiner Fenster auf und die Sonne schien grell herein auf Adam Harper, der sich geblendet die Hand vor das Gesicht hielt, als wäre er Graf Draculas Sohn. Dabei stieß er seinen Wein um, der sich über sein Tablet ergoss und seinen Anzug bespritzte.

»Verflucht noch mal!«, rief er aus und drehte sein Tablet und die Tastatur um. Das geschah ihm nur recht, dachte ich mir. Wie der sich aufführte, war wirklich nicht zu glauben!

Der Herr hinter uns rief die Stewardess um Hilfe. »Kommt bitte mal jemand und bringt diese beiden Wahnsinnigen zum Schweigen?«

Da ertönte der Gong für eine Durchsage des Piloten. Es wirkte in dem Moment wie der erlösende Gong bei einem Boxkampf, der die Runde beendete und uns Streithähne auseinanderbrachte! Der Kapitän verkündete jedoch keine guten Nachrichten: Aufgrund des derzeitigen Schneesturms, der nun weite Teile des Landes im Griff hatte, müsse die Maschine einen Zwischenstopp in Chicago einlegen. Wie lange es dauern werde, bis es weiterging, und mit welcher Maschine, wisse man noch nicht. Der Pilot bat um Verständnis für die nicht beeinflussbare Wettersituation und forderte alle Passagiere auf, sich nach der Landung am Schalter der Airline über den Weiterflug zu informieren.

»Das darf doch nicht wahr sein!«, stöhnte Mr Harper und fragte die herbeigerufene Stewardess, welche Möglichkeiten es gebe, die Reise fortzusetzen, weil er um sieben Uhr abends einen wichtigen Termin in Seattle habe. Sie bedauerte die

Unannehmlichkeiten, alles Weitere werde das Bodenpersonal mit ihm besprechen. Eventuell würden die Passagiere später auf andere Maschinen verteilt werden.

»Aber ich hab einen wichtigen Termin mit einem der einflussreichsten Menschen dieser Erde!«, echauffierte er sich.

»Also, wenn er so einflussreich ist, dann sollten Sie ihn vielleicht mal fragen, ob er das mit dem Schneesturm regeln kann. Wir können es leider beim besten Willen nicht, Sir!«, meinte sie tough und wies ihn damit elegant in die Schranken.

Er blickte etwas angesäuert drein und fummelte sofort nervös an seinem Smartphone herum. Vielleicht sah er tatsächlich ein, dass man den Wettergott nicht beeinflussen konnte, egal, über wie viele Beziehungen man verfügte.

»Hier, für Sie, für den Fall der Fälle«, sagte die Stewardess und reichte mir ein schriftliches Upgrade meines Flugtickets – damit ich auch weiterhin als Businessclass-Passagier bevorzugt mein Ziel erreichen konnte. Sie meinte es wirklich gut mit mir, womöglich, weil ich mich leider mit diesem ungehobelten Sitznachbarn herumschlagen musste.

Das einzig Gute an diesem ungeplanten Zwischenstopp war, dass ich diesen Arroganzling früher als vorgesehen wieder los sein würde!

3. Kapitel

Der Landeanflug zum Chicago O'Hare International Airport war mit einigen Turbulenzen verbunden und beim Durchschreiten der gläsernen Fluggastbrücke hatte man das Gefühl, der gewaltige Schneesturm werde einen jeden Moment hinwegfegen. Auf dem Weg zu meinem Terminal fluteten gestrandete Fluggäste die Gänge. In den Shuttlebussen bekam man vor lauter Leuten kaum Luft und sie erinnerten mich an das Chaos in Indien, wenn zu viele Menschen nicht nur einen viel zu kleinen Zug überfüllten, sondern auch das Dach bestiegen oder sich an den Seiten festhielten.

Augenscheinlich mussten aufgrund des Sturms eine ganze Menge mehr Flugzeuge außerplanmäßig landen. Ich versuchte, mich in dem Gewühl zu orientieren. Was nicht gerade einfach war, denn es drängelten sich Massen von Menschen an mir vorbei, um möglichst schnell an den Schalter ihrer jeweiligen Fluggesellschaft zu gelangen. Die ein oder andere schön drapierte Weihnachtsdeko wurde dadurch ziemlich in Mitleidenschaft gezogen. Dann kam die Info, dass die nächsten drei Stunden kein Flugzeug abheben werde. Es war also keine Eile geboten.

Ich ging neben den endlos langen Laufbändern her, auf denen vor allem junge Leute mit teilweise wenig Gepäck standen und auf ihr Handy starrten, als hätten sie in unserem modernen Zeitalter das Laufen verlernt. Dabei war ich heilfroh, dass ich nach den etlichen Flugstunden von Hamburg hierher Gelegenheit hatte, mir ein wenig die Beine zu vertreten. Durch farbige Leuchtmittel wirkten die Wand- und Deckenvertäfelungen in dem endlos scheinenden Gang surreal weihnachtlich. Ich kam mir vor wie auf der Geschenkeverpackungsstation des Weihnachtsmannes.

»Oh«, hörte ich eine weibliche Stimme hinter mir. »Die nette junge Dame mit dem Upgrade für die Businessclass.«

Ich drehte mich um und sah den freundlichen Dicken mit seiner Frau vom Laufband aus winken. Sie fuhren langsam an mir vorbei. Ich lächelte und fragte, ob sie einen entspannten Flug gehabt hätten. Sie erzählten, dass es mit dem grummeligen Herrn keine großen Probleme gegeben habe, da der die meiste Zeit geschlafen hatte. Der Zwischenstopp habe ihn dann aber wieder in Rage gebracht. *Trotzdem hatte ich im Vergleich dazu einen weitaus unangenehmeren Flug*, dachte ich und wir wünschten uns gegenseitig noch alles Gute für die Weiterreise.

Die Stimmung unter den Reisenden war ausgesprochen gereizt. Der ungeplante Zwischenstopp durchkreuzte viele Planungen. Besonders die Herrschaften in den feinen Anzügen, ob männlich oder weiblich, hatten vor den Weihnachtstagen wohl noch so manches wichtige Geschäft abzuwickeln und gerieten jetzt offensichtlich in arge Zeitnot – wie ich ja bestens an meinem gestressten Sitzkameraden Mr Harper live und in Farbe hatte miterleben können.

Der Blick auf teure Rolex-Armbanduhren oder High-End-Smartphones war die häufigste Bewegung, die ich unter dieser Gruppe von Wartenden ausmachte. Wie viel Energie hätten diese Menschen doch in Sinnvolles stecken können, statt von einem Termin zum anderen zu hetzen und am eigentlichen Leben vorbeizudriften.

Als ich nach fast dreißig Minuten Fußmarsch mit Backpacker-Rucksack und kleinem Rucksack endlich in Terminal 3 ankam, war ich heilfroh, dass ich mich nicht verlaufen hatte. Die Halle schien aus allen Nähten zu platzen. Dabei handelte es sich hier um den viertgrößten Flughafen der Welt!

Gerade als ich meinen Airline-Schalter erspäht hatte und mich mit meinem Upgrade in die lange Businessclass-Warteschlange einreihen wollte, ertönte die Durchsage, dass aufgrund des Schneesturms alle Flüge gestrichen seien, und das mindestens für die nächsten zwölf Stunden! Ein entsetztes Raunen ging durch die Massen der Fluggäste. Ein Mann trat aus Wut gegen einen Müllbehälter und schrie, er werde den Flughafen verklagen! Zwei Sicherheitsleute kamen angerannt, und da er sich nicht beruhigen ließ, drückten sie ihn zu Boden. Viele amüsierten sich darüber, doch mich machte das eher traurig. Dieser Mann schien auf jeden Fall andere Probleme zu haben als bloß diesen gecancelten Flug.

Vor mir beriet sich eine junge Familie. Dabei nahm die Frau ihren Liebsten und das Töchterchen in die Arme und meinte, sie hätten es doch nicht eilig. Auf einen Tag früher oder später komme es schließlich nicht an. Bis Weihnachten sei ja noch genügend Zeit. Es rührte mich, diese kleine Familie so liebevoll miteinander umgehen zu sehen.

Für mich kam es auf den ein oder anderen Tag auch nicht an. Bis zum 22. Dezember waren es noch vier Tage, dann wäre die Theateraufführung meines jüngeren Bruders Elijah. Es war die Abschlussaufführung seines Schauspielstudiums und er spielte die Hauptrolle in William Shakespeares »Romeo und Julia«. Das wollte ich natürlich unter keinen Umständen verpassen – mein kleiner Bruder als Romeo!

Auf den Nachrichtenbildschirmen wurde über den Schneesturm »Eros« berichtet, der sich rasch von der Ostküste in das Landesinnere ausbreitete. Die Meteorologen hatten bestimmt ihren Spaß bei der Namensvergabe für ihre Stürme, nach welchem Prinzip sie auch immer funktionierte. Es wurde gemeldet, dass inzwischen auch von New York keine Maschinen mehr abflogen. Außerdem blieben in Cleveland, Detroit und im nördlich von Chicago gelegenen Milwaukee die Flugzeuge auf dem Boden. Die Bilder auf den TV-Schirmen sahen aus, als würde eine neue Eiszeit anbrechen.

Nach etwa einer Stunde Wartezeit am Schalter teilte mir die sehr erschöpft aussehende Dame mit, dass die Airline im Falle nicht kalkulierbarer Wetterbedingungen nicht für die Übernachtungskosten aufkomme, aber dank meiner Upgrade-Bordkarte werde man mich mit einem Shuttle zu einem Hotel meiner Wahl bringen. Allein der Service, für mich eine Unterkunft zu buchen, war schon toll. Ich bedankte mich herzlich für ihre Arbeit. Vermutlich hatte sie seit zwei Stunden nichts Freundliches mehr gehört. Zumindest schaute sie mich dankbar an.

»Das ist doch selbstverständlich«, meinte sie lächelnd.

Dann begann sie, die Hotels vorzulesen, in denen sie mir noch ein Zimmer vermitteln konnte. Doch die Preise für eine Nacht waren teilweise teurer als die monatliche Miete meiner Wohnung in Hamburg. Ich beschloss also, mit einer Sitzbank hier in der Wartehalle vorliebzunehmen.

»Es tut mir leid, aber das sind alles First-Class-Hotels und durch die erhöhte Nachfrage sind die Preise auch noch gestiegen«, meinte sie entschuldigend, als wäre das ihre Schuld.

»Kein Problem. Ist für mich nicht das erste Mal, dass ich im Wartebereich übernachte. Hier ist es ja warm. Aber nochmals danke für Ihre Mühen, ich wünsche Ihnen einen hoffentlich stressfreieren Abend!« Ich schulterte meinen Rucksack und ging weiter.

»Warten Sie bitte«, rief sie mir nach und winkte mich zu sich. »Also, ein guter Freund von mir arbeitet bei einer billigeren Hostelkette, die hier nicht auf der Liste steht. Das Hostel liegt zwar direkt an der Interstate 294, dafür kostet das Zimmer aber nur dreißig Dollar inklusive Frühstück. Wäre das okay für Sie?«, fragte sie lächelnd.

Ich nickte erfreut. »Ja, toll. Wenn das geht.«

Sie griff zum Telefonhörer. »Aber sicher, die haben immer was für den Notfall frei«, zwinkerte sie mir zu und reservierte mir mit einem Anruf ein Zimmer.

Sie gab mir einen Coupon für einen der vielen Busshuttles, die die Businessclass-Passagiere in die umliegenden Nobelhotels brachten. Zielort war das Fünf-Sterne-Marriott-Hotel, von dem ich dann etwa noch eine gute Meile die Interstate 294 entlanglaufen musste, um zum Hostel mit dem klangvollen Namen »Xanadu« zu gelangen. Ich hatte sofort den Ohrwurm von Oliva Newton-John im Kopf und summte »Xanadu, Xanadu uh uh … in Xanadu!«, während ich meine dicke Winterjacke vom Rucksack abschnallte und eine Pudelmütze überzog.

Fünf weitere Herrschaften stiegen mit mir vor dem Marriott-Hotel aus. Während sie die Lobby betraten, wollte ich mich auf den Weg machen. Ein Herr mit Zylinder und elegantem Wintermantel-Frack hielt einen Schirm über mich.

»Miss, ich begleite Sie natürlich«, lächelte er mich höflich an.

»Das ist sehr freundlich von Ihnen. Aber ich muss zum Hostel ›Xanadu‹.«

»Oh, da kann ich Sie leider nicht hingeleiten, Miss«, meinte er bedauernd.

Ich musste lachen. »Das ist auch nicht nötig.«

»Darf ich Ihnen vielleicht ein Taxi rufen?«

»Nein, danke. Aber könnten Sie mir vielleicht sagen, in welche Richtung ich gehen muss?«

»Ja, natürlich. Das Hostel liegt in dieser Richtung!« Er deutete hinter mich. »Ein großes Gebäude direkt an der Interstate. Können Sie eigentlich nicht übersehen.«

»Super. Danke schön.«

»Soll ich Ihnen nicht doch ein Taxi rufen?«

»Nein, wirklich nicht. Danke.«

»Aber das ist eine gute Meile und der Weg ist sicherlich nicht geräumt.«

»Kein Problem, ich schaff das schon. Ich mag winterliche Spaziergänge«, meinte ich lächelnd und stapfte los. Ich hatte mal fast ein Jahr in Nepal bei Bergbauern gelebt und war von daher viel Schlimmeres an Kälte und Schnee gewohnt. Als ich ihm zum Abschied zuwinkte, winkte er mir mit immer noch irritiertem Blick nach, als wäre ich lebensmüde.

Der Schnee lag so hoch, dass man den Fußgängerweg nicht erkennen konnte, also orientierte ich mich an der parallel laufenden Interstate. Trotzdem fühlte es sich an, als würde ich querfeldein laufen. Zum Glück hatte ich meine stabilen hellblauen Stiefeletten an, die seit Jahren ihren Dienst taten. Ich war schon immer eher der Typ gewesen, der den Fußweg bevorzugte, statt sich mit einem Taxi irgendwohin kutschieren zu lassen.

Nach einem ordentlichen Marsch durch die Winterlandschaft Chicagos, an einer Unmenge bezaubernder Industriehallen, Müllcontainerabladestellen und einem Diner vorbei, stand ich vor dem sagenumwobenen Xanadu. Der Hostelname war das einzig Schillernde an diesem riesigen, dreißig Stockwerke hohen Betonklotz, der an einen Plattenbau erinnerte. Er wirkte so kühl und anonym, dass selbst das quietschbunte Neonlicht des Hotelnamens über dem Eingangsportal irgendwie traurig erschien. Ehrlich gesagt hatte ich auf mehr billigen Kitsch gehofft. So wie eben bei diesem Olivia-Newton-John-Song.

Ein Hotel mit diesem Namen stellte man sich bunt mit Tieren und Palmen angemalt vor. Wenn wenigstens die Angestellten als Elfen und Feen verkleidet gewesen wären … Doch beim Anblick der nüchternen, unpersönlichen Rezeption wurde jede kindlich-blühende Fantasie sofort im Keim erstickt.

Ich fragte den studentischen Aushilfs-Rezeptionisten, der an einem kleinen Fernseher gelangweilt eine Quizshow schaute, während ich meine Daten auf das Anmeldeformular schrieb, ob es hier im Hostel auch etwas zu essen gebe.

Er deutete hinter mich. »Dort an der Wand hängt unser Nouvelle-Cuisine-Chefkoch, wie wir ihn hier gern nennen«, sagte er schmunzelnd.

Der Nouvelle-Cuisine-Chefkoch war ein Snack-Automat mit abgepackten Sandwiches und Süßkram. Darüber stand eine ziemlich in die Jahre gekommene Mikrowelle mit dem Hinweisschild, man könne sich bei Bedarf damit etwas aufwärmen.

»Oh, lecker«, erwiderte ich grinsend. »Da bekommt man so richtig Heißhunger auf eine kulinarische Reise durch die Köstlichkeiten Chicagos.«

Er musste lachen und empfahl mir als Alternative einen recht guten Diner in der Nähe. »Der liegt einige Meter an der Interstate entlang …«

»Betty's Diner? Da bin ich vorhin vorbeigekommen.«

»Ja, genau. Die Burger sind sehr zu empfehlen!«

»Danke!«, meinte ich, zahlte meine dreißig Dollar und bekam den Schlüssel für mein Zimmer im achtzehnten Stock.

»Sorry, aber seit heute früh funktionieren beide Fahrstühle nicht. Der Techniker wurde wahrscheinlich von Eros verweht. Sie müssen leider die Treppe nehmen.«

»Kein Problem, bei meiner Glückssträhne heute passt das ganz gut ins Bild«, meinte ich ironisch.

Ein wenig außer Atem und ziemlich k. o. schloss ich nach gefühlt zweitausend Stufen die Tür hinter mir und stellte meinen großen und den kleinen Rucksack ab. Das Zimmer war sehr spartanisch eingerichtet, aber sauber. Es war beheizt, ich hatte ein Dach über dem Kopf und ein Bett für eine Nacht, sogar inklusive Frühstück für günstige dreißig Dollar. Mehr war auch nicht nötig.

Bereits am Flughafen hatte ich meinen Eltern eine Nachricht per SMS gesendet, dass sie mich erst mal nicht in Seattle abzuholen brauchten, da ich in Chicago festsaß. Sie mussten inzwischen längst vom Wochenmarkt zurück sein. Deshalb rief ich an, um sie auf den neuesten Stand zu bringen.

Meine Mom ging ran. »Josie, mein Engel, geht es dir gut?«

Ihre Stimme zu hören, bescherte mir viele Glücksgefühle. Das Gefühl von Heimat war einfach eines der schönsten auf der Welt. »Ja, Mom, mir geht es bestens …«

Nachdem sie mich auf Lautsprecher gestellt hatte, damit auch mein Dad und mein Bruder zuhören konnten, erzählte ich ihnen ausführlich von meiner bisherigen Tortur. Da sie wussten, dass das für mich keine große Sache war, nahmen sie es mit Humor.

»Nicht dass du noch bis Weihnachten dort in Chicago festsitzt«, meinte mein Vater.

»Dann würde ich mir das Basketball-Spitzenspiel zwischen den Chicago Bulls und den L.A. Lakers anschauen«, konterte ich, um ihn als absoluten Basketball-Fan neidisch zu machen.

»Josie, dafür bekommst du erstens keine Karte mehr und wenn doch, wäre sie zweitens vermutlich unbezahlbar!«

»… und drittens«, ergänzte ich, »würde ich so ein System finanziell eh nicht unterstützen wollen!«

»Das ist mein Mädchen!«, sagte er stolz, denn auch er war noch bei keinem Spiel live dabei gewesen, da er das Gehalts- und

Werbesystem nicht unterstützen wollte. Fan des Spiels im Allgemeinen war er trotzdem.

»Also, sobald ich weiß, wann morgen der Anschlussflug geht, geb ich euch Bescheid.«

»Mach das, Josie. Morgen kommen ja auch Oma und Opa aus Deutschland.«

»Hey, das ist super. Vielleicht können wir sie ja gemeinsam in Empfang nehmen, sollte ich früher ankommen. Dann müsst ihr nicht zwei Mal fahren …« Nebenbei leerte ich den Rucksack, weil ich mir gleich eine Dusche gönnen wollte.

»Wir fahren sowieso nicht zwei Mal, sondern warten natürlich auf dich, falls du später kommen solltest«, meinte Mom. »Wir gehen mit den beiden einfach so lange irgendwo etwas essen.«

Im Hintergrund hörte ich meinen kleinen Bruder nach mir rufen. »Ich freu mich schon so auf dich, Schwesterherz! Ohne dich und deine wertvollen Tipps zum Schauspiel hätte ich sicher nicht die Hauptrolle in dem Stück bekommen!«

»Das ehrt mich, Elijah. Aber die Hauptrolle hast du bekommen, weil du toll bist! Nur deshalb!«

»Tja, ein neuer Marlon Brando bin ich zwar noch nicht, aber meine Professoren meinen, ich hätte Talent«, sagte er nicht ohne Stolz.

»Ich werde mir deinen Auftritt als Romeo natürlich um nichts in der Welt entgehen lassen. Deine erste große Hauptrolle!«, rief ich euphorisch.

Wir redeten noch eine Weile, dabei erzählte mir Dad, wer von meinen Geschwistern und sonstigen Verwandten alles zu Weihnachten erwartet wurde. Es würde wieder ein großes Fest auf der Farm werden, wie die letzten Jahre. Neben der Vorfreude hinterließ das bei mir auch gemischte Gefühle, schließlich verknüpfte ich so manche schöne Erinnerung der letzten Jahre mit meinem Ex, dem ich eigentlich entfliehen wollte.

Da ich mich längst meiner Klamotten entledigt sowie frische Wäsche zurechtgelegt hatte und nun schon einige Zeit in Unterwäsche im Zimmer stand, würgte ich sie freundlich ab. »Wir sehen uns spätestens morgen Abend, dann können wir die ganze Nacht durchquatschen!«

Sie verabschiedeten sich liebevoll und wünschten mir noch eine gute Reise.

Nach einer wohltuenden heißen Dusche wickelte ich mich in ein großes Badetuch und legte mich entspannt aufs Bett. Für einige Zeit schlummerte ich ein, doch das starke Hungergefühl trieb mich aus meinen Träumen. Ich zog mir etwas Frisches über und machte mich auf den Weg.

Wieder gut eingepackt in meine dicke Winterjacke, die selbst gestrickte Pudelmütze und Handschuhe war ich gerade an der Rezeption vorbeigegangen, als der junge Student hinter dem kleinen TV-Schirm mir nachrief: »Falls Betty's Diner das Ziel ist, ein gut gemeinter Ratschlag: Finger weg von den Käse-Nachos – von dem vielen Käse bekommt man ordentlich Durchmarsch!«

»Okay, danke. Werde ich mir merken!« Da ich eh nicht auf diese Art von Fast-Food-Kram stand, würde ich ohnehin nicht in die Gefahr kommen. Für mich wäre ein leckerer Salat oder eine wärmende Suppe genau das Richtige.

Der Weg in der Abenddämmerung dorthin war weniger anstrengend als gedacht, denn inzwischen war zumindest ein Teilstück zum Diner freigeräumt. Allerdings würde das bei dem Dauerschneefall sicherlich nicht lange so bleiben. Obwohl ich das Gefühl hatte, dass sich der Sturm langsam beruhigte. Vielleicht wäre er morgen früh wirklich komplett weitergezogen. Als ich nach einigen Minuten Fußmarsch durch den Schnee auf das rot-grüne Neonlicht mit der geschwungenen Leuchtschrift Betty's Diner zumarschierte, sah ich durch die Fenster, dass er recht gut gefüllt war.

Nachdem ich mir in dem mollig warmen Diner die Jacke ausgezogen hatte, kam mir freundlich lächelnd eine Kellnerin entgegen. »Herzlich willkommen in Betty's!«

Das hatte ich so sehr vermisst, diese Herzlichkeit in den USA. Wenn man in einen schlichten Diner ging, wurde man trotzdem wie ein König behandelt. Ganz im Gegensatz zu manch einer Lokalität in Deutschland. Dort hatte man häufig sogar das Gefühl, dem Kellner lästig zu sein.

Sie führte mich zu einem der weiter hinten stehenden freien Tische am Fenster mit der typischen roten Ledergarnitur und überreichte mir die Speisekarte. Dann ging sie zu einem Paar, das zahlen wollte. Ich blickte durch die große Fensterfront nach draußen. Es war inzwischen dunkel. In der Ferne sah ich die Lichter des Verkehrs auf der Interstate. Im bunten Neonlicht des Diners tanzten die Schneeflocken einen recht launischen Tanz miteinander. Durch unregelmäßige Windschübe des Sturms sah es so aus, als würden die weißen Flocken ebenso unregelmäßig zwischen Dmitri Schostakowitschs schwebend-elegantem »Walzer Nr. 2« und einem Hard-Rock-Song à la Black Sabbath hin und her wechseln. Ich beobachtete dieses Schauspiel amüsiert. Erst als ich ein lautes enttäuschtes Stöhnen einiger Trucker an der Theke vernahm, richtete sich mein Blick auf den TV-Bildschirm mit den dort laufenden Nachrichten. Bei diesem Schneesturm handelte es sich um ein Jahrhundert-Wetterphänomen! Die Prognosen sahen nicht rosig aus, wie ich auf der Wetterkarte sehen konnte.

Positiv denken! Das war schließlich schon immer meine Devise gewesen. Ich zog meinen dicken Strickpulli aus, denn langsam wurde es mir ziemlich warm hier drin. Darunter trug ich noch ein langärmliges Shirt. Die freundliche Kellnerin fragte mich, ob ich schon wüsste, was ich bestellen wollte. Unangenehm berührt meinte ich, dass ich noch gar nicht geschaut habe. »Kein Problem. Nehmen Sie sich die Zeit, die Sie brauchen«, meinte sie.

»Was können Sie mir denn empfehlen?«

»Also, unser Tagesangebot ist der Mushroom-Bacon-Burger mit Bettys Spezial-BBQ-Soße, French Fries, Coleslaw und dazu ein Getränk Ihrer Wahl.«

»Ich hab schon gehört, dass Ihre Burger lecker sind.«

»Oh ja. Wir haben sogar letztes Jahr zum zweiten Mal die Goldmedaille des großen Illinois-Burger-Tests erhalten.« Sie deutete stolz auf eine Wand mit mehreren Auszeichnungen.

»Nicht schlecht«, meinte ich.

»Ja, unserer Chefin ist die Qualität des Essens und aller Zutaten sehr wichtig. Unser Koch kocht alles frisch und ohne Zusatzstoffe. Wir verarbeiten auch nur bestes Fleisch von regionalen Vertragslandwirten, auf Wunsch sogar in Bioqualität.«

Jetzt war ich doch mehr als überrascht. Das hätte ich nicht erwartet und lobte die Qualitätsversprechen. Dann sah ich am Nebentisch, wie den Gästen zwei große Burger-Teller mit zerlaufenem Käse serviert wurden. Eigentlich hatte ich ja eine Suppe und einen Salat essen wollen, doch jetzt hatte sie mich, ohne es zu ahnen, umgestimmt. Ich nahm den Burger in Bio-Qualität, tauschte allerdings French Fries und Coleslaw gegen eine Vorspeisen-Tomatensuppe und wählte eine Dr Pepper Cola dazu.

»Sehr gern!« Die Kellnerin notierte meine Bestellung.

Wenn schon Junkfood, dann aber auch stilecht, dachte ich. Beim Gedanken an das Essen lief mir bereits das Wasser im Mund zusammen.

Gerade, als sie gehen wollte, fiel mir die Warnung des Rezeptionisten vor den Käse-Nachos ein.

»Welchen Käse verwenden Sie eigentlich auf dem Burger?«, hakte ich nach. Sie hielt inne.

»Wie üblich frischen Cheddar Cheese, wieso?«

»Ist das derselbe, den Sie auch für die Käse-Nachos verwenden?«

Sie schaute etwas irritiert. »Nein, wieso?«

»Nur so … vergessen Sie es. Dann passt alles wunderbar. Danke«, überspielte ich die etwas peinliche Situation. Sie lächelte immer noch irritiert und ging dann in Richtung Küche weiter. In dem Moment beugte sich ein Gast vom gegenüberliegenden Fensterplatz zu mir herüber. Er hatte ein Tablet vor sich liegen.

»Die Stimme in Kombination mit dem Fragenkatalog kam mir doch gleich so bekannt vor!« Mister goldene Visitenkarte alias Adam Harper grinste mich an. »Das ist doch mal ein Zufall, oder?«

»Ja, ein bedauernswerter obendrein«, meinte ich abweisend. Er lachte und schien sich über mich zu amüsieren.

»Haben Sie Drogen genommen?«, fragte ich.

»Ein Bier bisher. Wieso?«, wollte er wissen.

»Na, weil ich dachte, Sie könnten gar nicht lachen«, hielt ich bissig dagegen.

Er stellte sich – in einem neuen Anzug, wie ich sofort bemerkte – vor meinen Tisch. Genervt atmete ich aus, denn ich hatte mich auf einen entspannten Abend gefreut. »Nach Feierabend lache auch ich hin und wieder einmal, aber nur, wenn es mein Terminkalender erlaubt«, ließ er mich wissen.

Ich fand das überraschenderweise charmant. Trotzdem verkniff ich mir eine Reaktion.

»Ich möchte mich in aller Form für mein Verhalten an Bord entschuldigen. Ich war übermüdet, stand sehr unter Druck wegen eines wichtigen Termins in Seattle und dann auch noch dieser ungeplante Stopp hier in Chicago … Ach, wie auch immer, ich stand ziemlich neben mir. Es tut mir aufrichtig leid … Waffenstillstand?«, fragte er reumütig.

Da ich an dem unglücklichen Kennenlernen nicht ganz unschuldig war, lenkte ich ein. »Okay. Solange wir nicht mehr während Ihrer Arbeitszeit nebeneinander in einem Flugzeug sitzen müssen, ist der Waffenstillstand akzeptiert!«

Er lächelte verschmitzt.

»Na, dann wünsche ich Ihnen noch einen schönen Abend«, meinte ich und schaute mir pro forma die Speisekarte an, um die Konversation zu beenden. Doch er blieb vor meinem Tisch stehen.

»Also, wenn Sie auf den Bus warten, würde ich es an Ihrer Stelle draußen an einer Haltestelle versuchen«, empfahl ich ihm. Er überging meinen Kommentar und fragte lächelnd, ob er sich zu mir setzen dürfe.

»Sie scheinen masochistisch veranlagt zu sein, Mr Harper«, erwiderte ich und musste schmunzeln.

»Das heißt also, ja?«

Ich zögerte noch einen Moment. Mein Bauchgefühl sagte mir zwar, dass das nicht gut gehen würde, doch vielleicht irrte ich mich.

»Also meinetwegen, wenn es denn unbedingt sein muss …«

Er schnappte sich das fast leer getrunkene Bierglas von nebenan samt seinem Tablet und ließ sich mir gegenüber nieder. Dann fiel ihm der Spruch auf meinem T-Shirt auf. In Form eines Stempelabdrucks auf einer von Fabrikschloten und Atomkraftwerken überzogenen Weltkugel lautete er: »Fuck Capitalism!«

Schmunzelnd meinte er, ich hätte ein nettes Shirt an. Woraufhin ich ihm erklärte, dass es von meiner Organisation stamme und wir uns unter anderem gegen Raubbaukapitalismus einsetzten.

»Apropos Kapitalismus … natürlich sind Sie eingeladen – als kleine Wiedergutmachung für mein unfreundliches Verhalten«, kündigte er gönnerhaft an.

»Danke, aber ich zahle meins lieber selbst. Fühlt sich besser an.«

»Ich bestehe darauf …«, sagte er, als führten wir gerade ein Geschäftsessen.

Bei jedem anderen hätte ich es nicht durchgehen lassen, schon weil ich ihm ja finanziell einigen Schaden zugefügt hatte. *Doch*, dachte ich mir, *dem Reichen-Bänker wird es an Geld nicht mangeln*. Also: Was soll's!

»Sie konnten wohl Ihren ach so wichtigen Termin in Seattle noch verschieben, was?«, spekulierte ich.

»Ja, woher …« Er stockte verwundert.

»Na ja, bei Ihrer guten Laune brauche ich keine Superkräfte, um das zu kombinieren.«

»Ja«, grinste er. »Es hat geklappt, ihn zu verschieben. Der nächste Termin ist erst am 23.12. um sechs Uhr abends. Seit zwei Jahren taste ich mich da heran und kämpfe um ein Treffen mit diesem Kerl – eine Audienz bei der Queen von England zu bekommen ist einfacher als mit diesem Herrn einen Geschäftstermin. Mein Chef hätte mich gekillt, wäre das schiefgelaufen. Aber nun ist ja alles wieder im grünen Bereich!«

»Kurz vor Heiligabend?«, fragte ich, nachdem ich das Datum realisiert hatte.

»Ja, in der muslimischen Welt gibt es kein Weihnachten. Dort ist das ein ganz normaler Arbeitstag.«

»Für Sie anscheinend auch …«, merkte ich an. Er überging den Einwurf.

»Sind Sie auch im Marriott untergekommen?«, fragte er, offensichtlich um zum Small Talk überzugehen. Nichts mochte ich weniger als diese dümmliche Plauderei.

»Ja, natürlich. Und über die Feiertage fahre ich wie jedes Jahr mit meiner Familie zu unserer Privatjacht nach St. Barth in die Karibik zum Schnorcheln«, meinte ich trocken.

»Sie scherzen, oder?«

Ich hatte ihn irritiert. »Sehe ich etwa so aus, als könnte ich mir eine Nacht im Marriott leisten? Oder dass ich dort übernachten wollte, wenn ich es mir leisten könnte?«, erwiderte ich und fragte nach, wieso er eigentlich nicht dort im Restaurant speiste, dann wäre mir das Treffen hier erspart geblieben.

»Zum einen war das Restaurant dort extrem überfüllt. Außerdem stand sehr viel Fisch auf der Karte und ich verspüre heute keinen großen Drang mehr nach Meeresgetier«, grinste er. »Daraufhin bekam ich vom Concierge den Tipp, dieser Laden hier sei sehr empfehlenswert. Einfach, schlicht, aber gute Qualität. Und so sitze ich nun mit Ihnen hier.«

Es herrschte kurzes Schweigen und wir blickten uns beide ein wenig im Lokal um.

»Wo sind Sie untergekommen?«

»Ein Hostel nicht allzu weit zu Fuß von hier.«

»Schön.« Er bot an, mich auf dem Rückweg selbstverständlich in seinem Taxi mitzunehmen, das gehöre ebenfalls zur »Aktion kleine Wiedergutmachung«, meinte er lächelnd. Sieh an, er hatte doch immer wieder Momente von großem Charme und ehrlicher Ausstrahlung, die ihn nicht so geleckt erscheinen ließen, wie er manchmal in seinem Verkäufer-Small-Talk-Sprech rüberkam. Der dunkle Maßanzug wirkte irgendwie besänftigend und unterstrich seine lieben Teddybäraugen.

»Schöner Anzug«, meinte ich dann auch, um auch mal was Nettes zu ihm zu sagen.

»Danke. Der war eigentlich für meinen Geschäftstermin heute Abend in Seattle gedacht … Nennen Sie mich doch Adam«, meinte er plötzlich.

»Okay, Adam. Ich bin Josie …«, lächelte ich ihn an.

Wir schüttelten uns die Hand.

»Ich denke, wir sind in etwa wie Feuer und Eis«, meinte er grinsend. »Vielleicht auch eher wie Feuer und Öl.«

»Absolut!«, bestätigte ich. »Zusammen könnte es tödlich enden!« Wir mussten beide lachen. Der Stresspickel konnte richtig witzig sein, wenn er wollte. Er nahm einen Schluck von seinem Bier und wir blickten auf die Bilder des Schneechaos, die über die vielen Bildschirme im Diner flimmerten.

»Ich denke, morgen früh wird es weitergehen. Ich habe noch nie erlebt, dass ein Flughafen länger als zwölf Stunden gesperrt war. Die Flugleitung wird sich schon was einfallen lassen, vielleicht Ausweichrouten, auf denen der Sturm umflogen wird. Da ich seit fast sechs Jahren im Vielfliegerprogramm bin, kenne ich mich ganz gut aus, würde ich behaupten«, meinte er nicht ohne Stolz.

»Ach ja? Wie viel fliegst du denn so im Jahr?«

»Manchmal bin ich wochenlang täglich in der Luft. Weltweit. Ich bin so was wie ein direkter Betreuer unserer Bankkunden und muss den Kontakt zu diesen pflegen. Das bedeutet für mich: morgen Seattle, übermorgen vielleicht Paris, Monte Carlo, Dubai, St. Petersburg oder wenn es sein muss, auch zu einem Oligarchen im tiefsten Sibirien.«

»Kann man das heute nicht viel effektiver per Skype-Schalte machen? Wäre auch umweltfreundlicher.«

»Ja, das wäre es vielleicht. Aber Skypen kommt nicht an den persönlichen Kontakt ran. Die wirklich großen Deals werden nicht bei einem Meeting abgeschlossen, sondern danach beim Essen in einem First-Class-Restaurant oder am Abend nach einem Drink an der Bar.«

»Verrückte Welt«, meinte ich nur und verkniff mir jeden weiteren Kommentar.

»Die Maschinen fliegen doch sowieso – ob ich nun mitfliege oder nicht, spielt doch keine Rolle«, meinte er naiv.

»Genau das ist leider das Problem, dass die meisten Menschen so denken. Aber damit liegen sie falsch. Es beginnt immer mit der Entscheidung des Einzelnen!«

Ich sah an Adams Blick, dass er mich vermutlich als Träumerin abstempelte. »Du machst dir sehr viele Gedanken über Dinge, die fast jeder täglich benutzt, ohne es zu hinterfragen. Das gefällt mir!«

Ich war überrascht über seine reflektierte Antwort.

»Und was hat dich dazu gezwungen, in den Flieger zu steigen?«, meinte er schmunzelnd.

»Ich fliege nur, wenn es nötig ist – das ist dieses Jahr mein zweiter Flug zu meiner Familie. Außerdem beteilige ich mich an einem Ausgleichsprogramm, mit dem man seinen CO_2-Ausstoß über Spenden kompensieren kann. Am besten ist es, Geld in Klimaschutzprojekte zu stecken, die ansonsten nicht finanziert werden würden, beispielsweise in den Bau von Solaranlagen in Dritte-Welt-Ländern.«

Er nickte anerkennend. »Sehr löblich von dir. Davon wusste ich nichts. Interessante Idee.«

»Ich hoffe, es inspiriert dich für deine zukünftigen Reisen.« Ich zwinkerte ihm zu.

Er trank den letzten Rest seines Biers. Dann fragte er mich, was genau meine Arbeit als Umweltschützerin beinhalte. Als ich ihm davon erzählte, dass ich in den letzten Jahren bei einer Umweltorganisation als Pressesprecherin und Teamchefin für unterschiedliche Hilfsaktionen gearbeitet hatte, war er überraschenderweise recht interessiert. Ich erzählte von Hilfstransporten in Krisengebiete, aber auch, dass ich bereits vor meiner Zeit dort viel in der Welt unterwegs gewesen war.

Begonnen hatte ich mit siebzehn bei einer Menschenrechtsorganisation, für die ich in verschiedene Länder reiste, um der Bevölkerung Nahrungsmittel zu bringen oder um mich für deren Rechte als eigenständiges Volk stark zu machen. Wir waren direkt an den Krisenherden vertreten, vom Regenwald-Schutzprogramm in Brasilien bis hin zu Hungersnot-Hilfsprogrammen in Eritrea.

»Ich gebe der Natur, also der Erde, den Menschen und den Tieren eine Stimme!«

Er nickte anerkennend. In dem Moment servierte uns die Kellnerin das Essen sowie die Cola für mich und ein weiteres Bier für Adam. Der Mushroom-Bacon-Burger und die Tomatensuppe dufteten großartig. Der Burger war offenbar wirklich mit sehr viel Liebe zubereitet und mir lief das Wasser im Mund zusammen.

»Cola? Ist das nicht giftiges Zeug?«, scherzte Adam augenzwinkernd.

»Die Dosis macht das Gift«, parierte ich seinen charmanten Sidekick.

Adam bekam ein T-Bone-Steak mit Süßkartoffelstampf, Bohnen und Bacon sowie eine große Portion Käse-Nachos im Korb dazu – die, vor denen mich der Rezeptionist gewarnt hatte. Wir wünschten uns guten Appetit und ich aß mit Blick auf die Käse-Nachos zögerlich einen Löffel meiner Tomatensuppe.

»Wenn du auch ein paar haben willst, bedien dich einfach«, meinte er sehr freundlich. Bedienen? *Ich müsste ihn davor warnen*, schoss es die ganze Zeit durch meinen Kopf.

»Was macht man so als Weltretterin an Weihnachten in Seattle? Eine Lichterkette für den Weltfrieden initiieren?«, scherzte er, bevor er sich ein Stück von seinem Steak in den Mund schob.

»Ich komme aus Woodland und wir feiern auf unserer Farm«, meinte ich mit Blick auf seine Hände. Als er sich einen der krossen Nachos griff und kurz davor war, sich diesen einzuverleiben, rief ich »Stopp!« Ich wollte ihn warnen. Er senkte genervt die Hand mit dem Nacho und signalisierte mir, dass ich mir jedes weitere Wort sparen solle. »Bitte nicht wieder irgendwelche Vorträge über Essen und giftige Inhaltsstoffe!«

»Auch wenn ich etwas Negatives über die Nachos weiß, was du nicht weißt?«, fragte ich.

»Ich denke, du weißt eine Menge mehr über Nahrungsmittel als ich, aber bitte … Du hast mir schon den Fisch madig gemacht! Ich möchte diese Nachos einfach nur genießen!«

Ich zuckte mit den Schultern. *Na gut*, dachte ich, *wer nicht hören will, der muss vielleicht fühlen*. Falls der Rezeptionist recht behalten sollte, würde Adam die Rechnung spätestens heute Nacht erhalten. »Dann wünsche ich dir guten Appetit!« Ich lächelte ihn an, während ich mir den nächsten Löffel Suppe genehmigte.

»Herzlichen Dank für die Nachsicht«, meinte er schmunzelnd und steckte sich genüsslich gleich mehrere dieser Nachos in den Mund.

Es war seit gut vierundzwanzig Stunden die erste warme Mahlzeit, die ich zu mir nahm. So einen guten Burger hatte ich lange nicht mehr gegessen. Als wir fast fertig waren, kamen wir wieder mehr ins Gespräch.

»Was hat man denn mit so einem wichtigen Menschen in Seattle zu besprechen?«, wollte ich wissen, bevor ich mir den letzten Bissen des Burgers in den Mund schob.

»Wir wollen ihn für unsere Bank abwerben. Ich schlage ihm verschiedene Aktienanlagemodelle vor und auf ihn zugeschnittene Gewinnmaximierungen seines Vermögens. Dem Angebot dürfte er nicht widerstehen können.«

»Ich gehe davon aus, dass das eine sehr exklusive Klientel ist, die du da in eurer Bank beherbergst. Oder könnte ich bei dir ein Zweitkonto eröffnen?«

»Falls du über genügend Anlagevermögen verfügst, wäre da sicherlich was möglich«, scherzte er.

»Wer ist denn dieser Kerl, an den du dich seit zwei Jahren herantastest, wenn ich fragen darf?«

Er pickte die letzten Käse-Nachos aus dem Korb und meinte, er sei laut Forbes-Liste einer der derzeit fünfzig reichsten Menschen der Welt. »Es ist ein Scheich aus Saudi-Arabien.«

Das versetzte mir einen heftigen Stich ins Herz. Denn jeder wusste, welche Menschenrechtsverletzungen in Saudi-Arabien begangen wurden. Dort gab es Folter und Todesstrafe und unterdrückte Frauen. Ich fragte Adam, ob er wisse, mit wem er da Geschäfte mache?

»Ich habe nicht die Zeit, mich bei jedem so detailliert zu informieren. Außerdem wäre es für meinen Chef vollkommen irrelevant, wenn ich bei einem Kunden etwas Unschönes herausfände. Würden wir danach gehen und selektieren, dann dürften wir vermutlich jeden zweiten Bankkunden nicht aufnehmen.«

»Aber das sollte nicht irrelevant sein! So kann man doch in der Welt nichts verändern.«

»Wir wollen in der Welt auch nichts verändern. Wir sind eine Bank für Superreiche und arbeiten mit deren Geldanlagen – mehr nicht«, entgegnete Adam entschieden.

»Aber du veränderst doch was, nur leider zum Negativen. Nämlich die Ungleichheit in der Welt! Du hilfst den Reichen, noch reicher zu werden!«

»Jetzt mach bitte mal einen Punkt!«, versuchte er, einen Schlussstrich unter die Diskussion zu setzen, da es nun eindeutig unangenehm für ihn wurde.

»Tut mir leid, aber du unterstützt Tyrannen, die in ihrem Land Frauen foltern und unterdrücken.«

»Ich kann ihnen aber auch nicht vorschreiben, wie sie ihr Leben zu leben haben. Da mische ich mich nicht ein!«

»Oh, dazu sollte dich allein schon dein moralisches Gewissen antreiben!«

»Lass uns das Thema wechseln!«, knurrte er, als hätte ich in ein Wespennest gestochen.

»Okay … Wie wäre es mit dem Thema Krieg und Waffenfinanzierung?«

Er nahm genervt einen großen Schluck Bier.

»Dein Scheich hat viel Geld in Waffen investiert, um einen Krieg zu unterstützen, unter dem Hunderttausende leiden. Das ist dann gewissermaßen auch dein Geld und du bist mitschuldig an den Kriegsopfern!«, führte ich ihm deutlich vor Augen, wozu seine Börsenspekulationen und Anlageberatungen für solche Superreichen führten.

»Jetzt reicht es aber …!«, rief er so laut aus, dass selbst die Trucker an der entfernten Theke auf uns aufmerksam wurden. Dann beugte er sich zu mir nach vorn über den Tisch und führte seinen Satz fort. »Bitte lassen Sie es einfach gut sein, okay? Ich schreibe Ihnen auch nicht vor, was Sie in Ihrem Weltenretterberuf zu tun und zu lassen haben, Ms Olsen! Also mischen Sie sich nicht in meine Angelegenheiten ein!«, meinte er entschieden.

»Oh, sind wir jetzt wieder beim Nachnamen?«, grinste ich. *Wie kindisch!*

»Ich denke, das ist besser bei Ihrer Art von Diskussionsführung«, erwiderte er stinksauer.

»Ach ja … wirklich? Wer geht denn gleich die Wände hoch, wenn man die Wahrheit anspricht, Mr Nagelfeile!« Damit spielte ich darauf an, dass er wohl lieber Zeit und Geld für seine Schönheitsmaniküre ausgab, als sich mit den wirklich wichtigen Themen zu befassen.

»Zumindest laufe ich nicht in einem Kartoffelsack mit Löchern herum«, feuerte er mir beleidigend entgegen.

Es wurde so laut zwischen uns, dass die Kellnerin uns freundlich bat, unsere Streitigkeiten etwas leiser auszutragen.

»Wir gehen sowieso«, antworteten wir gleichzeitig. »Die Rechnung bitte – getrennt!«, meinte ich. Adam hingegen bestand auf einer Rechnung und gab ihr seine Platinkreditkarte.

»Nein. Ich zahle mein Essen selbst!«, stellte ich klar.

»Jetzt hören Sie schon auf! Ich habe gesagt, ich lade Sie ein, und das mache ich nun auch«, meinte er entschieden. »Wie gesagt, das geht zusammen!«, sagte er erneut zur Bedienung.

»Nein, ich möchte mit Ihrem Blutgeld nichts zu tun haben!«

Er blickte genervt. »Sie stellen sich schon wieder so kindisch an wie im Flugzeug!«, behauptete ausgerechnet der Obergestresste höchstpersönlich!

Nachdem wir uns ein kurzes Wortgefecht geliefert hatten, wer denn von uns beiden kindischer war, rief die Bedienung plötzlich: »Stopp!« Sie wirkte wie eine Ringrichterin, die uns nur mit Müh und Not voneinander trennen konnte. »Könnten Sie sich bitte endlich entscheiden, wer was zahlt? Wenn Sie noch Zeit brauchen, dann komme ich später noch mal …«

»Nein, nein … Ich bezahle meins selbst!« Ich hielt ihr einen Zwanzigdollarschein hin. »Stimmt so!«

»Schlagen Sie fünfzig Dollar Trinkgeld als kleine Wiedergutmachung auf«, sagte Mr Großkotz. Sie bedankte sich fast schon unterwürfig für so viel Trinkgeld und verschwand mit der Kreditkarte.

»Wow, ist das Ihre Masche?«

»Was für eine Masche?«

»Na ja, das mit der ›kleinen Wiedergutmachung‹. Kaufen Sie die Leute immer mit Ihrem blutigen Geld?«

Meinen geringschätzigen Blick konterte er mit abfälligem Kopfschütteln. Wir waren zwei erwachsene Menschen, die sich so kindisch verhielten, als hätte der eine dem anderen die Sandkastenschippe weggenommen.

Als wir wenige Minuten später in zügigem Schritt den Diner verließen und eingepackt in unsere Mäntel vor dem Eingang im nicht mehr so dichten Schneefall standen, drehten wir uns nur noch einmal kurz pro forma zueinander um.

Ich setzte ein absichtlich künstliches Lächeln auf: »Dann mal gute Nacht!« Und ich murmelte noch deutlich hörbar ein grimmiges »Und hoffentlich auf Nimmerwiedersehen, Mr Harper« hinterher.

»Gute Nacht, Ms Olsen«, antwortete er und fügte dem ein deutlich hörbares »Das hoffe ich doch auch sehr!« hinzu.

Als wir wie auf Knopfdruck getrennte Wege gingen, warf ich ihm noch »blöder Kapitalistenarsch!« nach, während er mir »zickige Ökotussi!« in den Rücken feuerte. In diesem Leben würden wir sicher keine Freunde mehr werden!

4. Kapitel

Das Frühstück im Hostel bestand aus billig verpackten Industrie-Donuts und Instantkaffee. Daneben stand ein Wasserkocher, der höchstens ein paar Dollar gekostet haben dürfte und mit einer zentimeterdicken Kalkschicht versehen war. Dieses kulinarische Highlight ließ ich dann doch aus und zog los, um den nächstbesten Shuttlebus zu erwischen.

Da der Schneesturm wieder heftiger tobte, war es nicht verwunderlich, dass die Fluggesellschaft am Check-in noch keine genaue Auskunft über die Abflugzeiten geben konnte. Die Dame am Schalter meinte, ich solle einfach auf die Anzeigetafel und die allgemeinen Durchsagen achten. Darüber würde ich dann zu gegebener Zeit über den entsprechenden Alternativflieger informiert werden.

Also stellte ich mich auf eine längere Wartezeit ein und nutzte die Zeit zum Entspannen. Ich machte es mir in dem Café namens Eli's Cheesecake gemütlich und gönnte mir neben einem leckeren Guten-Morgen-Cappuccino einen warmen Apple-Cheesecake zum Frühstück.

Dabei holte ich mein Tagebüchlein aus der Seitentasche und notierte mir ein paar Gedanken zum Vortag. Ich grübelte über die positiven Dinge nach. Doch mir fielen nur die grotesken

Begegnungen mit dem Möchtegern-Gigolo und dem alten Choleriker ein, die Verzögerungen oder auch die außerplanmäßige Landung. Und allem voran die Zeit mit diesem Adam Harper, dem für mich personifizierten Ärgernis. Also schrieb ich mir nur die Lehre auf, zukünftig wieder vermehrt auf meinen Bauch zu hören. Ich hätte dem Choleriker das Upgrade gönnen sollen. Der Gedanke, dass er mit Harper zusammengetroffen wäre, amüsierte mich für den Moment. Aber wahrscheinlich hätten sich die beiden prima verstanden.

Während ich den warmen Kuchen genoss, beobachtete ich die Menschen, so wie ich es liebte. Ein Angestellter eines Discounters zog einen Rollwagen mit Getränken hinter sich her und bahnte sich den Weg durch den immer voller werdenden Gang. Ein kleines Mädchen hielt sich an der Hand seiner Mutter und sprang die Quadrate am Boden ab, ein alter Mann leuchtete mit seiner Taschenlampe in einen Müllschlucker und fischte eine Pfandflasche heraus.

Ich hatte Lust, die Stimmung in einer Zeichnung einzufangen. Denn neben dem hektischen Treiben gab es auch einige ganz in sich ruhende Personen. Das war ein interessanter Kontrast zu der Hektik, die in der Halle herrschte. Erst skizzierte ich es, um dann einige Personen feiner auszugestalten. Wie das ältere Ehepaar auf der Bank: Die beiden hatten ihre Reisekoffer neben sich stehen, die Frau lehnte ihren Kopf erschöpft an die Schulter ihres Mannes, der Zeitung las. Oder den Mann in Turbantracht, der so ruhig vor einem Zeitschriftengeschäft stand, dass man hätte meinen können, er sei eine Statue. Eine junge Frau schlummerte auf ihrer Reisetasche, vermutlich hatte sie die Nacht hier verbracht.

Die hektischen Menschen zeichnete ich im Stil einer Langzeitbelichtung einer Fotografie, sodass die Personen wie verschwommene Geister einen Schweif hinter sich herzogen.

Da sah ich plötzlich Adam Harper heraneilen und sich ziemlich gestresst neben das alte Ehepaar setzen! Er tippte hektisch auf seinem Smartphone herum. Das Schauspiel wollte ich mir nicht weiter antun, also zeichnete ich weiter. Ihn würde ich jedenfalls aussparen, schließlich wollte ich mich nicht unnötig ärgern, wenn ich irgendwann durch mein Büchlein blätterte, um in Erinnerungen zu schwelgen. Dennoch sah ich kurze Zeit später neugierig noch mal zu ihm rüber. Er hatte seine Reisetasche auf die Bank neben sich gestellt und seinen Mantel daraufgelegt. Als er schmerzverzerrt innehielt und eine Hand an seinen Bauch legte, fiel mir auf, dass er kreidebleich war. Das lag sicherlich an den Käse-Nachos. Ich konnte mir ein Grinsen nicht verkneifen, das mir dann aber im Halse stecken blieb, als wir dummerweise Blickkontakt hatten. Ich wandte mich ab und nahm den Kaffeelöffel zur Hand. Während ich meinen Cappuccino umrührte, nahm ich aus den Augenwinkeln wahr, dass er zu mir eilte. Oh nein, der hatte mir gerade noch gefehlt. Keine fünf Sekunden später stand er vor meinem Tisch.

»Das trifft sich ja gut!«, schnaufte er erleichtert aus. Ich war irritiert. Schließlich war ich gestern noch die »zickige Ökotussi« gewesen!

»Guten Morgen erst mal«, sagte ich genervt. »Aber so wie Sie aussehen, war der Morgen wohl alles andere als gut für Sie.«

»Hören Sie bloß auf. Die ganze Nacht war schrecklich«, verriet er mir und hielt sich den Bauch.

»Ich wollte Sie ja noch warnen, aber wer nicht hören will …«

»Ach so, sind die verfluchten Käse-Nachos daran schuld?«

Ich nickte.

Plötzlich legte er rasch seine Reisetasche und seinen Mantel auf einem Stuhl ab, bat um Entschuldigung und eilte in Richtung der Toiletten. Ich überlegte, ob ich mich nicht aus dem Staub machen und mir woanders ein Plätzchen suchen sollte. Andererseits würde ich mich sicher nicht von einem Kapitalisten vertreiben lassen!

Als er nach einigen Minuten ziemlich erschöpft wiederkam, bestellte er sich einen Kaffee und setzte sich ohne zu fragen mir gegenüber an den Tisch. Als er mir von seinem massiven Durchfall erzählte und der heftigen Übelkeit, legte ich eine kleine Pause bei meinem Cheesecake ein. So genau wollte ich es nicht wissen. Ich wollte eigentlich gar nichts von dem Typ wissen.

»Ich würde sehr gern hier in Ruhe frühstücken.«

»Aber ich brauche Ihre Hilfe!«

»Meine Hilfe?«, fragte ich verwundert. Die Bedienung brachte ihm einen schwarzen Kaffee. Er nahm aufgedreht einen kräftigen Schluck und erzählte von seiner Idee, sich ein Auto zu mieten und damit gemeinsam die knapp dreihundert Meilen nach St. Louis runterzufahren, denn von dort starteten noch Flugzeuge.

»Ja, das ist doch prima für Sie. Dann wünsche ich Ihnen eine gute Fahrt.«

»Das geht leider nicht so einfach, denn dann wäre ich schon längst unterwegs«, sagte er. »Ich hab meinen Führerschein vor ein paar Wochen abgeben müssen.«

»Das kann ich mir bei Ihnen gut vorstellen. Ich möchte nicht wissen, wie Sie fahren.«

Er überging den Seitenhieb. »Jedenfalls brauche ich dafür einen Fahrer oder eben eine Fahrerin!«

»Und da haben Sie ausgerechnet an mich gedacht?«, fragte ich überrascht.

»Ja. Sie müssen schließlich auch von hier weg und wollen doch pünktlich bei Ihrer Familie sein.«

»Ja, aber ob ich nun ein paar Stunden später oder erst morgen ankomme, spielt bei mir keine Rolle. Geschweige denn, dass ich mir dafür extra einen neuen Flug von St. Louis buchen würde.« Ich schüttelte belustigt den Kopf und wünschte ihm eine gute Fahrt, während ich mich wieder meiner Zeichnung zuwandte.

»Ich zahle Ihnen den Flug, den Mietwagen übernehme ich natürlich auch und wenn Sie wollen, bezahle ich Sie auch für Ihre Dienste als …«

»… Ihr persönlicher Chauffeur?«, meinte ich bissig. »Ich möchte nicht mehr Zeit mit Ihnen verbringen als nötig.«

»Glauben Sie mir, das sehe ich ähnlich!«, konterte er. »Trotzdem bitte ich Sie, dass wir uns einfach gemeinsam helfen, um hier nicht Weihnachten verbringen zu müssen!«

»Bis Weihnachten wird es schon nicht dauern …«

Er fummelte hektisch an seinem Smartphone herum, weil er mir etwas zeigen wollte.

»Sie können es sich doch bestimmt leisten, ein Taxi zu nehmen …« Überrascht musste ich hören, dass er das gerade fast eine Stunde lang ohne Erfolg versucht hatte.

»Dann fragen Sie doch einfach jemand anderen. Sie finden schon noch einen, der das für genügend Geld macht …«

Er sah sich unsicher um und schüttelte dann den Kopf. »Ich bitte Sie. Wir kennen uns bereits und bei einem mir völlig Fremden ist die Vertrauensbasis nicht allzu groß …«

»Sie haben anscheinend vergessen, wie wir uns kennengelernt haben, oder? Das kann man nicht unbedingt ›auf Anhieb sympathisch‹ nennen. Lieber warte ich hier auf das nächste Flugzeug.«

»Aber hier geht nichts mehr. Glauben Sie mir. Ich zeige es Ihnen.« Er tippte weiter in sein Smartphone.

In dem Moment kam tatsächlich die allgemeine Durchsage über die Lautsprecher, dass bis morgen alle Flüge gecancelt worden waren.

»Ich habe es Ihnen gesagt, und wer weiß, ob es morgen weitergeht!«

Ich grübelte.

»Sehen Sie selbst: In wenigen Stunden trifft der Jahrhundertsturm auf Chicago.« Er zeigte mir die Wetterkarte auf seinem Smartphone. Darauf sah man Blizzard Eros. »Und der kann die Stadt hier Tage in Atem halten. Sie sehen ja, wie die Vorboten hier wüten!«

Kein Wunder, dass keiner der Taxifahrer Chicago auf unbestimmte Zeit verlassen wollte. Weihnachten stand schließlich unmittelbar bevor. Mr Bleichgesicht drängte deshalb, es bald anzugehen. »Glauben Sie mir, wenn ich mir ohne Führerschein einen Mietwagen holen könnte, säße ich nicht mehr hier!«

Eine Wurzelbehandlung hätte ich mir angenehmer vorstellen können, als mit diesem Typen durch die Gegend zu fahren. Mindestens vier Stunden, wenn nicht sogar länger, aufgrund des Wetters.

»Wie gesagt, ich komme auch für alle Kosten auf. Auch für den Flug von St. Louis nach Seattle. Und ich verspreche, dass ich es mit meiner Zweitkreditkarte zahlen werde. Darauf sind nur Einnahmen, die ich aus ökologischen Geldanlagen erwirtschaftet habe«, meinte er grinsend. Ich musste schmunzeln. Sein Humor war überraschend.

Letztlich stimmte ich aus einem anderen Grund zu. In drei Tagen, also am 22. Dezember, würde mein Bruder seine Theateraufführung haben, und die anzusehen würde ich nicht schaffen, wenn ich hier in Chicago tagelang kampieren musste. Daher ließ ich mich auf diese Chance ein.

Er klatschte erleichtert in die Hände. »Elijah sei Dank! Dann sollten wir keine Zeit verlieren«, meinte er. Im selben Moment krümmte er sich schmerzverzerrt zusammen und verabschiedete sich schnell nochmals auf die Toilette, mit den Worten: »Ich weiß nicht, was da überhaupt noch rauskommen könnte.«

Für mich war das die Gelegenheit, meinen Cappuccino auszutrinken und den leckeren Apple-Cheesecake aufzuessen.

Nach seiner Rückkehr machten wir uns gleich auf den Weg zur Autovermietung. Denn laut Wetterbericht wäre in knapp drei Stunden kaum noch ein Entkommen aus Chicago möglich. Leider waren wir nicht die Einzigen, die auf diesem Weg ihre Reise fortsetzen wollten. Während wir in der langen Warteschlange standen, kündigte Adam an, in St. Louis den letzten Flug zu nehmen, der heute Abend um 22.32 Uhr gehen würde. Das wäre locker zu schaffen!

»Ich reserviere uns schon mal zwei Plätze in der First Class«, sagte er und murmelte dann: »Mamma Mia, Sie machen aber extrem Karriere in Sachen Flugzeugplätze – erst Economy, dann Business – jetzt sogar First Class!«

»Mit so was können Sie mich nicht beeindrucken!«, konterte ich.

»Das war ein Scherz«, versuchte er, mich doch noch zum Lächeln zu bringen.

»Jaja. Buchen Sie für mich bitte Economy – dann sitzen wir wenigstens getrennt! Und das ist kein Scherz!«

Er drückte auf seinem Smartphone die Bestätigungstaste und grinste. »Zu spät … aber keine Sorge, in der First Class sitzt man selbstverständlich immer getrennt! Ich bin doch nicht lebensmüde.«

Doch dann hielt er sich wieder den Bauch und musste tief durchatmen.

»Oje … die nächste Kolik?«

Er nickte, winkte aber gleich wieder ab. »Schon vorbei …«

»Soll ich Ihnen vielleicht mal was zu essen besorgen? Dort drüben hab ich einen Stand mit frischen Käse-Nachos gesehen. Ich würde Ihnen eine Portion holen«, bot ich ihm aufgesetzt fürsorglich an.

Allein von der Erwähnung wurde er leicht grün im Gesicht und lief dann mit vorgehaltener Hand den inzwischen vertrauten Weg. *Jeder bekommt das, was er verdient*, dachte ich bei mir.

Nach fast einer Stunde Wartezeit am Mietwagenschalter kamen wir endlich an die Reihe. Die Beraterin zeigte uns die kurze Liste der noch zu mietenden Autos. Neben ein paar Benzinern gab es auch einen Tesla. Adam wollte natürlich den SUV mit Allradantrieb.

Die Dame am Schalter tippte sofort drauflos, um es in ihren Computer einzugeben.

»Nein, Mr Harper. Ich fahre keinen SUV!«

»Der ist ganz einfach zu handhaben. Ich bin ihn selbst schon zig Mal gefahren, der reagiert prima und passt zu den Witterungsverhältnissen. Den bekommt kein Orkan von der Straße!«

»Ich fahre auf keinen Fall so einen unnötigen Spritschlucker! Damit fahre ich nicht!«, hielt ich dagegen.

Er wirkte wie vor den Kopf gestoßen und verdrehte übertrieben deutlich die Augen. »Okay, was schlagen Sie vor? Sollen wir uns etwa eine Schlittenkutsche mit Pferden leihen, damit wir der Umwelt nicht schaden?«

»Es gibt ja noch andere Alternativen.«

»Ach ja?«

»Wie wär's mit dem Tesla?«

»Nein, danke! Das ist mir zu unsicher ohne Allradantrieb und mit dieser mickrigen Bereifung. Wir nehmen den SUV!«, meinte Adam.

»Keine Sorge, Sir, alle unsere Autos haben Allradantrieb und selbstverständlich Winterbereifung«, meinte die Dame des Autoverleihs.

»Und wenn uns auf einmal der Strom ausgeht?«, meinte er.

»Bis nach St. Louis schaffen Sie es locker mit einer Akkuladung«, beruhigte die Dame ihn.

»Und wenn wir damit bis nach Seattle kämen – wir nehmen den SUV! Ich bezahle dafür, also entscheide ich, welches Auto wir nehmen!«

»Und ich muss damit fahren! Also entscheide ich! Wir nehmen das E-Auto!«

»Entschuldigen Sie, Madam und Sir!«, ging die Dame am Schalter dazwischen. »Wenn Sie sich noch nicht entscheiden können, dann bitte ich Sie, die anderen Herrschaften vorzulassen!«

»Also nehmen wir das E-Auto, ansonsten stellen wir uns wieder hinten an und gehen letztlich leer aus!«

Zähneknirschend willigte er ein, um keine weitere Zeit zu verlieren. Die hinter uns stehenden Herrschaften klatschten höhnisch Beifall, dass wir uns nun endlich geeinigt hatten.

»Dann brauche ich einen gültigen Führerschein sowie eine Kreditkarte«, meinte die Dame.

Nachdem ich im Vertrag als Fahrerin mit Führerscheinnummer angegeben war und Adam alles bezahlt und unterschrieben hatte, fuhr uns ein Busshuttle zu einem Parkplatz des Autoverleihers. Der Schnee, der dick über den Autos lag, ließ kaum Schlüsse zu, um welchen Fahrzeugtyp es sich bei dem jeweiligen Haufen handelte. Etwas entfernt fuhr eine kleine Straßenräummaschine den Parkplatz entlang und ein paar Arbeiter versuchten, die verbliebenen Autos von den Schneemassen zu befreien.

Der Busfahrer ließ uns direkt an einem Tesla Model S mit dem Wagenplatz-Schild P-471 raus. Ohne dieses Schild hätte man das Auto nicht ausmachen können.

Regelrechte Schneewehen zogen sich von Wagen zu Wagen. Adam hatte nur Lackschühchen, Anzug und Wintermantel an. Völlig ungeeignet, um bei diesen Witterungsverhältnissen ordentlich anpacken zu können. Allein schon die paar Schritte zum Auto ließen ihn mit seinen glatten lederbesohlten Nobelschuhen mehrfach ausrutschen. Gemeinsam strichen wir den Schnee vom Kofferraum, um unser Gepäck verstauen zu können, holten einen Besen heraus und befreiten den restlichen Wagen von der Schneedecke. Dann stiegen wir ein.

Die Akkus waren offenbar nahezu voll geladen. Laut der digitalen Angabe sollte die Akkufüllung für unsere Strecke locker ausreichen. Ich schaltete den Motor ein. Da kein Geräusch ertönte, vermutete Adam, der Wagen sei defekt. Als wir uns dann doch aus der Parkbucht bewegten, hielt er wieder seinen Mund.

»Das ist kein ratternder Dieselmotor – ein E-Motor macht keine Geräusche«, erklärte ich belustigt und zog ihn ein wenig wegen seiner Unwissenheit auf.

Dummerweise drehten beim Losfahren die Reifen durch. Wir hatten uns im Tiefschnee festgefahren – trotz Allradantrieb. »Können Sie hinten mal etwas schieben?«

»Mit dem SUV wäre uns das sicherlich nicht passiert! Das fängt ja gut an«, schimpfte Adam beim Aussteigen und schob an. Ich beschloss, seine Sprüche einfach mehr mit Humor zu nehmen, damit ich mich nicht jedes Mal aufregen musste.

»Gute Arbeit«, lobte ich ihn schadenfroh, als er weiß wie ein Schneemann wieder in den Wagen stieg. Er zeigte mir verärgert seine edlen Nappalederschuhe, die er sich eingesaut hatte.

»Jetzt haben die Latschen wenigstens Charakter!« Amüsiert gab ich Gas.

Gegen halb zwei fuhr ich auf die Interstate 55 in Richtung St. Louis. In eineinhalb Stunden würde hier ein noch viel größeres Schneechaos ausbrechen. Bei normalen Witterungsverhältnissen brauchte man für die Strecke gut vier Stunden. Durch das Schneechaos musste man sicherlich zwei oder drei Stunden draufschlagen. Trotzdem war genügend Zeitpuffer vorhanden, um rechtzeitig für unseren Flug anzukommen.

Die Straße war außerhalb von Chicago frisch geräumt worden, dadurch ging es überraschend zügig voran. Adam schnaufte auf der Beifahrerseite und jammerte über die nicht enden wollenden Bauchschmerzen. Es wurde wohl wieder schlimmer.

»Hätten Sie mich gestern ausreden lassen, dann hätten Sie jetzt dieses Problem nicht.«

»Woher wussten Sie das mit den Käse-Nachos?«

»Der Rezeptionist im Hostel hat mich davor gewarnt.«

»Okay, verstehe.« Er blickte mich nun reumütig an.

»Sehen Sie mal, wir fahren mit einer E-Limousine mit siebzig Meilen pro Stunde leise wie eine Schneeflocke über die geräumte Interstate.« Dabei drückte ich eine Taste des Bordcomputers, der daraufhin unsere Strecke berechnete. Eine angenehme Frauenstimme teilte uns mit, dass wir bei dieser Geschwindigkeit unser Ziel, den St. Louis Lambert International Airport, in exakt vier Stunden und acht Minuten erreichen würden.

Er nickte nun wieder lächelnd. »Wenn wir dort ankommen, lade ich Sie zum Dank zum Essen ein.«

»Nein, danke. Einmal Essen gehen mit Ihnen hat mir für mein Leben gereicht«, lehnte ich ebenfalls lächelnd ab.

»Sie haben recht«, meinte er amüsiert. »Ich bin manchmal nicht einfach.«

Ich lobte ihn zumindest für eine gewisse Einsicht.

»Aber Sie müssen zugeben, Sie können schon auch eine ganz schöne Zicke sein«, meinte er plötzlich.

»Ich muss gar nichts«, meinte ich empört. »Aber wenn man mich mies behandelt, weiß ich mich eben zu wehren! Man nennt Frauen mit dieser Art von gesundem Selbstbewusstsein heutzutage auch nicht mehr Zicke – sondern Feministin!«

»Okay. Sie sind also eine Feministin? Auch wenn ich für Gleichberechtigung bin, so finde ich, sollte man es nicht übertreiben. Zumindest kommt mir die feministische Bewegung manchmal so vor, als wollte sie die Weltherrschaft an sich reißen«, warf er ein.

»Weltherrschaft der Frauen meinen Sie? Dann sehen die Männer mal, was die Frauen in den letzten Jahrtausenden so alles durchmachen mussten!«, hielt ich dagegen. »Und wäre es nicht mal einen Versuch wert, anstatt es weiterhin den Männern zu überlassen? Man sieht ja, was die Herrschaft der Männer so alles angerichtet hat.«

Er blickte ein wenig sparsam, so richtige Argumente dagegen fielen ihm wohl nicht ein.

»Der Feminismus dient nicht der Vorherrschaft der Frauen, sondern der Gleichberechtigung aller Menschen!«, versuchte ich nun klarzustellen. Meiner Meinung nach sei diese Bewegung so lange wichtig, bis dies endlich überall zur Normalität geworden wäre.

Er räumte ein, dass es ohne die feministische Bewegung wohl kein Frauenwahlrecht gegeben hätte, Frauen bis heute vielleicht nicht studieren dürften und gleiche Bezahlung und vieles andere mehr undenkbar wären.

Ich war erfreut über seine doch recht reflektierte Antwort. »Man könnte meinen, Sie seien ein männlicher Feminist«, scherzte ich.

»Vielleicht bin ich das ja?«, erwiderte er und lächelte mir zu.

Während es stärker schneite und ich deshalb die Geschwindigkeit reduzieren musste, unterhielten wir uns noch eine Weile über das Thema Feminismus. Kurioserweise waren wir uns hierbei endlich einmal einig.

»Kaum zu glauben, dass in Ihnen doch so eine Art Frauenversteher schlummert.«

»Ja, das bin ich auch. Warum schauen Sie so skeptisch?«

»Weil ich Sie bisher nicht gerade als einen sehr verständnisvollen Menschen kennengelernt habe, so ruppig, wie Sie mich bisher behandelt haben«, entgegnete ich.

»Wären Sie ein Mann, hätte ich nicht anders reagiert.«

»Das nenne ich doch mal löblich«, meinte ich ironisch.

Da die Straßenverhältnisse immer gefährlicher wurden, reduzierte ich die Geschwindigkeit noch einmal deutlich, setzte den Blinker und fuhr vorsichtig auf die rechte Spur. Er beugte sich provokant nach vorn, als würde er etwas vor der Motorhaube suchen.

»Was ist los?«, fragte ich.

»Das wollte ich Sie gerade fragen und nachsehen, ob Sie so langsam fahren, weil sie als Ökobotschafterin vielleicht irgendwelche Amphibien schützen wollen, die die Straße überqueren könnten«, meinte er.

»Erstens haben wir Winter, da befinden sich Amphibien in der Winterstarre. Also wäre das sehr unwahrscheinlich. Aber um zweitens auf Ihre provokante Andeutung zu antworten: Ich möchte einfach, dass wir St. Louis lebend erreichen.«

»Das schaffen wir sicherlich auch, wenn wir schneller als Schritttempo fahren.«

Ich machte ihm klar, dass mein digitaler Tacho immerhin vierzig Meilen pro Stunde anzeige und dass das deutlich mehr als Schrittgeschwindigkeit sei.

Er wurde immer unruhiger neben mir, weil sich der Verkehr verdichtete. »Geben Sie doch ein bisschen mehr Gas, wir fahren schließlich nicht in einem Truck!«, forderte er mich genervt auf.

»Ihnen ist schon aufgefallen, dass die Straßen glatt sind und voller Schnee, oder? Ich fahre einfach nur vorsichtig.«

»Vorsichtig fahren ist nicht gleich vorsichtig fahren. Sie sehen doch, dass uns die Autos überholen.«

»Ich sehe aber auch, dass uns viele andere nicht überholen. Und das sind diejenigen, die vorsichtig fahren!«

»Na ja, die kommen aber dann auch verspätet an.«

»Was ist eigentlich Ihr Problem? Wir haben genügend Zeit! Kann ich jetzt bitte in Ruhe fahren?«, bat ich ihn.

»Wechseln Sie doch zumindest auf die mittlere Spur und erhöhen Sie das Tempo um ein paar Meilen.«

»Das können Sie gern machen, wenn Sie Ihren Führerschein zurückhaben. Ich fühle mich bei dieser Geschwindigkeit sicher.«

Er rollte mit den Augen. Wieder war bei mir der Moment erreicht, wo ich mich über ihn ärgerte. Wovon wurde er so getrieben? Ob wir nun eine Stunde früher dort ankämen oder später, machte doch überhaupt keinen Unterschied. Wir hatten sowieso den letzten Flieger gebucht.

»Kein Wunder, dass Sie Ihren Führerschein abgeben mussten! Ich möchte gar nicht wissen, weshalb«, gab ich dann auch bissig zurück. Daraufhin schaltete ich das Radio ein. Musik würde mich in gute Stimmung bringen.

Es lief Nicki Minaj mit dem Song »Woman Like Me«. Ich drehte lauter. Doch er machte wieder so leise, dass man es auch hätte ausschalten können.

»Bitte etwas leiser, danke!«

Ich drehte es wieder etwas lauter. »Aber es wäre schön, wenn ich die Musik wenigstens hören könnte. Können wir uns darauf einigen?«

Er stellte wieder so leise, dass die Fahrgeräusche lauter waren als die Musik. Ich drehte es nun absichtlich lauter als zuvor.

»Ich habe bereits Bauchschmerzen«, wieder drehte er leise, »und von solcher Musik bekomme ich dann auch noch Ohrenschmerzen!«

»Also, wenn wir so weitermachen, dann ist das Ding ohnehin bald hinüber«, sagte ich.

»Dann lassen Sie es doch einfach leise«, gab er zurück.

»Und warum lassen Sie es nicht einfach so, dass man normal Musik hören kann?«

»Weil das keine Musik ist!«

Ich atmete einmal tief durch. »Kompromiss: Sie suchen die Musik aus! Und wir hören sie so, dass man sie auch genießen kann. Okay?«

»Gut. In Ordnung.« Er suchte nach einem passenden Sender und blieb nach einiger Zeit bei einem Finanz- und Börsensender hängen.

»Der Finanz- und Börsensender fällt nicht unter Musik!«

Er schmunzelte: »Einen Versuch war es wert!« Dann suchte er weiter und blieb bei einem Oldiesender hängen. »Ach, das ist doch noch richtig gute Musik.« Es lief der soulige Oldieklassiker »Stay« von Maurice Williams & The Zodiacs und ich war ganz überrascht.

»Sicher?«, fragte ich vorsichtshalber nach.

Er nickte. »Ja, das ist definitiv ein guter Song. Gute Musik.«

»Entweder ist das Zufall oder ein Glückstreffer – denn so einen guten Geschmack hatte ich Ihnen nicht zugetraut.«

Er lächelte und zitierte den Text: »*Stay! Just a little bit longer!* Die Zeile passt außerdem auch sehr gut zu Ihrem Fahrstil, da wir ja mittlerweile wirklich beinahe stehen.«

Das Schneckentempo war jetzt allerdings erstrangig dem zäh fließenden Verkehr geschuldet, dem wir mit guter Oldiemusik nun die nächsten zwei Stunden folgten. Trotzdem waren wir nach wie vor gut in der Zeit – bis wir an ein Stauende gelangten. Ich schaltete das Warnblinklicht ein. Adam prüfte seine Staumelder-App. »Verdammt! Über zehn Meilen Stau … wegen eines Auffahrunfalls«, schimpfte er. »So ein Mist! Verfluchter Mist!«

»Da kann man nichts machen«, murmelte ich vor mich hin.

»Wenn Sie schneller gefahren wären, dann wären wir wahrscheinlich gar nicht in den Stau gekommen«, warf er mir vor.

»Dass man einem Stau entkommen kann, den es noch nicht gibt, ist mir neu.«

»Sie haben doch gerade gehört, dass es sich um einen Unfall handelt!«

»Wenn ich schneller gefahren wäre, dann wären wir vielleicht jetzt der Grund für den Stau.«

»Ich hab's Ihnen doch gerade gesagt: Es war ein Auffahrunfall«, betonte er, als wäre ich hörgeschädigt.

»Ja, da ist vermutlich ein Raser jemandem hinten draufgefahren, und das wären dann vielleicht wir gewesen.«

»Oder es ist jemand jemandem draufgefahren, weil der wie eine Schnecke dahingekrochen ist! So jemand wie Sie.«

Ich winkte ab. Es war mir viel zu nervig, schon wieder mit ihm zu diskutieren. Man würde eher einen Baum dazu bringen, sich zu verpflanzen, als diesen Mann zu einer anderen Meinung zu bewegen.

Ich schaltete entschieden den Motor aus, wie es auch alle umliegenden Fahrzeuge taten. Immer mal wieder betätigte ich den Scheibenwischer, damit uns der viele Schnee auf der Windschutzscheibe nicht völlig die Sicht nahm.

Adam schaute nervös nach vorn, zur Seite und auch nach hinten. Dann hatte er offenbar eine Idee.

»Benutzen Sie doch bitte den Standstreifen.«

»Bitte was?« Ich dachte, ich hätte mich verhört.

»Der ist komplett frei. Lenken Sie auf den Standstreifen und wir fahren da weiter.«

»Natürlich werde ich das nicht tun. Ich will meinen Führerschein behalten und nicht im Knast landen.« Er blickte resignierend, da er letztlich wusste, dass ich recht hatte. In dem Moment fuhr ein Auto auf eben diesem Standstreifen an uns vorbei.

»Sehen Sie! Der fährt auch da lang!«

»Ja, das ist auch ein Notarztwagen!«

Genervt schnaufte er durch, beließ es aber dabei.

Nach einer Weile sah ich im Rückspiegel mehrere Officer und Rettungssanitäter, die dick vermummt in Mänteln durch die Reihen gingen und Decken sowie Getränke verteilten. Ein Officer kam zu uns. Er hatte einige Decken auf dem Arm. Adam kurbelte das Fenster herunter.

»Ah, Officer! Sie sind meine Rettung …«

»Funktioniert Ihre Heizung nicht? Brauchen Sie Decken?«, fragte er uns.

»Nein, nein, unsere Heizung funktioniert … Danke schön!«

»Wir hätten auch warmen Tee in unserem Einsatzfahrzeug.« Er deutete auf einen Wagen, der in Schritttempo auf dem Standstreifen vorbeifuhr.

»Danke, Sir. Aber eigentlich geht es um den Standstreifen …«, meinte Adam.

»Was ist damit?«

»Dürfen wir den vielleicht benutzen? Wir haben es sehr eilig!«

»Also, wenn Sie es eilig haben … Klar dürfen Sie den benutzen …«

»Gott sei Dank!«, sagte Adam erleichtert.

»… wenn Ihre Frau den Führerschein verlieren will«, fügte der Officer noch an. »Bitte schön … tun Sie sich keinen Zwang an.«

Es erfüllte mich mit Genugtuung, dass der Officer meine Ansage bestätigt hatte. Jetzt noch Adam Harpers resignierten Gesichtsausdruck zu sehen, war das Sahnehäubchen.

»Das ist nicht meine Frau!«, betonte er. Doch was dann folgte, stellte alles in den Schatten. Es war mir unendlich peinlich, wie er den Officer dazu bringen wollte, uns eine Ausnahmegenehmigung zu erteilen. Er bot ihm sogar allen Ernstes Geld an, wenn er uns mit Blaulicht aus dieser Situation eskortieren würde, und bekam dafür fast eine Anzeige wegen Beamtenbestechung verpasst!

Um die Situation zu entschärfen, redete ich beruhigend auf den Officer ein. So konnte ich gerade noch verhindern, Probleme mit der Justiz zu bekommen. Unser Glück war, dass der Officer keine Zeit für solch einen Blödsinn hatte. »Danken Sie der Lady, dass Sie ohne Anzeige davongekommen sind!« Nachdem der Officer stinksauer weitergegangen war, grummelte Adam enttäuscht vor sich hin.

»Schon gut, Sie müssen mir nicht danken!«

»Wofür denn? Ich hatte ihn doch fast so weit!«

»Ja, dass er uns hinter Gitter gebracht hätte!«

Nach beinahe unendlichen drei Stunden ging es allmählich wieder voran. Aber nur im Schneckentempo. Die Masse an Autos löste sich einfach nicht auf. Spaßeshalber aktivierte ich das Navi. »Bei gleichbleibender Geschwindigkeit erreichen Sie Ihr Ziel in siebenunddreißig Stunden und achtzehn Minuten.«

Adam blickte mich genervt an. »Finden Sie das etwa witzig?«

Ich lächelte ihn an. »Wir sollten es einfach mit Humor nehmen, finden Sie nicht?«

»Nein, finde ich nicht!«, meinte er nur patzig und blickte stur aus dem Seitenfenster.

Obwohl sich der Stau nach gut einer halben Stunde wirklich aufgelöst hatte, war dank der schlimmen Witterungsverhältnisse abzusehen, dass wir den Flug verpassen würden, daher gaben wir auf. So gegen zehn Uhr abends bildete sich gut vierzig Meilen vor den Toren von St. Louis bei Livingston erneut ein Stau. Aufgrund unserer Müdigkeit bogen wir bei der nächsten Möglichkeit ab und beschlossen, uns ein Nachtquartier zu suchen.

Wir landeten bei einem einsam daliegenden Motel, oder, wie Adam es nannte, »am Arsch der Welt«. Das verrottete Schild an der Landstraße hatte – wie auch das Motel selbst – offensichtlich irgendwann in grauer Vorzeit einmal bessere Zeiten erlebt. Es kündigte mit vergilbten und abblätternden Schriftzügen das »Motel Paradise« an. Davor stand ein zerfledderter Weihnachtsmann mit einem im Wind baumelnden, halb herunterhängenden Arm.

Selbst wenn er den Arm hochgestreckt hätte, wäre klar gewesen, dass Standard hier doppelt unterboten wurde. Womit ich kein Problem hatte. »Immerhin hat es vier Wände und ein Bett! Das ist mehr, als viele andere Menschen auf der Welt haben!«

»Wenn ich das verfallene Schild betrachte, können wir ja schon froh sein, wenn nicht Mr Bates höchstpersönlich als seine Mutter verkleidet bereits auf uns wartet!«, mutmaßte er, während ich neben einem rostigen Lkw auf dem einzigen noch freien Platz parkte. Trotz seines nicht gerade einladenden Äußeren schien das Motel recht gut besucht zu sein. Adam sah aus, als hoffte er darauf, dass ich doch nach St. Louis weiterfahren und dort eine Unterkunft suchen würde. Doch den Gefallen tat ich ihm schon allein deswegen nicht, weil ich keine Lust auf den Stau hatte und überdies total müde war. Ich wollte einfach nichts mehr riskieren.

Wir eilten durch den Schneesturm hinein in das Motel. Die Tür quietschte so laut, dass sie die Türglocke fast übertönte.

»Sind wir in der Zeit zurückgereist?«, fragte Adam beim Anblick der orangefarbenen Flower-Power-Kitschtapeten im Stil der 1970er-Jahre und des Mobiliars, das zum Teil Einschläge der 1960er aufwies. Ein paar bunte Weihnachtskugeln hingen an den Wänden, während an der Rezeptionsablage einige Schokoladennikoläuse standen, deren Mindesthaltbarkeitsdatum sicherlich auch in den Siebzigern abgelaufen war.

Ein ziemlich speckiger Typ in dreckiger Jogginghose und schmuddeligem Feinripp-Unterhemd kam aus einem Hinterzimmer auf uns zu.

»Hab ich's nicht gesagt, da kommt Mr Bates«, flüsterte Adam mir angewidert zu. In dem Vorraum war es so kalt, dass sein Atem sichtbar wurde.

Der Typ zog sich eine dicke Winterjacke an und stellte sich hinter den schäbig aussehenden Tresen. Die fettigen Haare seiner Mönchsfrisur standen in alle Richtungen ab, auf seiner Nase thronte eine große behaarte Warze und stahl dem massiv ausgeprägten Doppelkinn beinahe die Show.

»N'Abend«, nuschelte er uns völlig verschlafen zu.

»Guten Abend. Ist recht frisch bei Ihnen«, meinte ich im Hinblick auf die Eiskammer, in der wir uns befanden.

»Die Heizung hier im Vorraum ist ausgefallen«, erklärte er, fast ohne die Lippen dabei zu bewegen. Ich vergewisserte mich, dass die Heizung in den Zimmern aber noch funktionierte. Er nickte.

»Was wollen Sie?«, fragte er und gähnte herzhaft.

»Na ja, Sie sind ein Motel und wir sind Kunden«, meinte Adam genervt. Der Rezeptionist blickte mit völlig leerem Blick zu Adam.

»Ja. Und was wollen Sie?«, fragte er erneut, als wären wir zwei Eindringlinge.

»Es wird Sie vielleicht überraschen, aber wir hätten gern zwei Zimmer«, scherzte Adam und ich fand es sogar recht lustig, wie er mit dem völlig neben sich stehenden Rezeptionisten umging. Er hielt ihm seine Platinkreditkarte hin. Der Rezeptionist nahm sie irritiert entgegen, da er offensichtlich noch nie in seinem Leben so eine gesehen hatte.

»Ist die auch wirklich echt?«, fragte er und biss wie zum Test hinein.

»Ziehen Sie sie halt durch, anstatt darauf zu beißen!«, forderte Adam ihn genervt auf.

»Ja, da haben Sie wohl recht«, sagte der Typ grinsend und zog sie durch sein wenig gepflegtes Lesegerät. »Funktioniert.«

»Wer hätte das gedacht.« Adam sah mich an und rollte mit den Augen. Ich musste grinsen.

Danach hielt uns der Schlafsack zwei Zimmerschlüssel hin. »Sie haben Glück, zwei Betten sind noch frei. Sie sind nämlich nicht die einzig Gestrandeten in dieser Nacht. Das Zimmer 212 ist ein Einzelzimmer, das Zimmer 221 ein Vierbettzimmer – dort schlafen bereits drei Wanderarbeiter.«

Während der Rezeptionist uns mit seinem gelangweilt-leeren Blick die beiden Schlüssel hinhielt, blickte Adam mich unsicher an. »Ist das mit den drei Wanderarbeitern ein Problem für Sie?«

Ich traute meinen Ohren nicht. Wollte der allen Ernstes, dass ich als Frau bei den Wanderarbeitern schlief? Auch wenn er die Übernachtungskosten übernahm, war das ziemlich unverschämt. »Sie sind doch für Gleichberechtigung, oder?«, fügte er noch schamlos hinzu.

Ich griff mir wortlos den Schlüssel für das Einzelzimmer und wünschte ihm beim Weggehen kurz und knapp eine gute Nacht.

Für mich war es wie ein Déjà-vu. Wie am Vorabend telefonierte ich via Lautsprecher aus einem äußerst kargen Zimmer mit meiner Familie. Dabei erzählte ich ihr von meinem Tag mit Adam Harper und dass er sich einfach unmöglich verhielt und stets auf seinen eigenen Vorteil aus war. Auch die Story mit der versuchten Bestechung eines Polizisten ließ ich nicht aus.

Da mein Bruder bereits schlief, bat ich meine Eltern, ihm auszurichten, dass ich alles versuchen würde, pünktlich zur Aufführung da zu sein. Dann legte ich auf und setzte mich an den kleinen Tisch, um ein paar Gedanken in mein Büchlein zu schreiben. Kurz darauf überkam mich die Müdigkeit. Ich wollte mich gerade für das Bett fertig machen, als jemand an die Tür klopfte.

Adam stand davor. *Nicht auch noch der, ich will endlich schlafen.* »Da drüben stinkt es wie im Schweinestall«, murmelte er verzweifelt.

»In dem Zimmer, in dem ich hätte schlafen sollen?«

»Und die Heizung funktioniert auch nur auf halber Stärke. Könnte ich mich bei Ihnen einen Moment aufwärmen? Wäre das möglich?«, fragte er.

Ich musste lachen. »Da hab ich schon bessere Sprüche gehört, um in mein Zimmer zu kommen … Warten Sie einen Moment.«

Ich fischte meine selbst gestrickte Pudelmütze und Handschuhe aus meinem Rucksack und drückte sie ihm in die Hand. »Ich hab immer ein zweites Paar dabei. Also nochmals: eine gute Nacht!«

Er bedankte sich niedergeschlagen – und schlurfte den Gang hinunter. Ich blickte diesem Häufchen Elend durch meinen Türspalt hinterher, wie er die Tür zu dem kleinen Zimmer, in dem er untergebracht war, nach einem mutmachenden Innehalten und Durchatmen öffnete, woraufhin ein lautes Schnarchkonzert den Gang herauf bis zu mir zu hören war. In dem Moment verspürte ich tatsächlich einen Funken Mitleid. Als ich dann sah, wie er noch mal zögerte, sich dann doch überwand und die Nase zuhaltend im Zimmer verschwand, siegte in mir die Schadenfreude.

Amüsiert, aber müde schloss ich die Tür. Wenn ich daran dachte, wie unfreundlich und genervt er den Tag über immer mal wieder gewesen war, geschah ihm das recht!

5. Kapitel

Ich kam in den gut gefüllten Frühstücksraum und sah Adam mit verhangenem Blick am Kaffeespender stehen.

»Guten Morgen!«, begrüßte ich ihn lächelnd. »Erholsamen Schlaf gehabt?«

Sein Gesichtsausdruck sprach Bände: »Ich hab zum ersten Mal in meinem Leben in meinen Klamotten geschlafen, so kalt war mir! Hätte ich gewusst, dass dafür der Frühstücksraum einer Sauna gleicht, hätte ich die Nacht auf dem Büfetttisch verbracht! Und ruhiger wäre es hier außerdem gewesen. Ich habe die Nacht über fast kein Auge zugetan.«

Ich schenkte ihm einen übertrieben mitleidigen Blick und ließ ihn dann wissen, dass meine Heizung einwandfrei funktioniert und ich sehr gut geschlafen hatte. »Wie ein Baby!«

»Schön. Das freut mich für Sie«, grummelte er müde.

Ich nahm mir nur Obst vom Büfett, denn die Frühstücksauswahl lud nicht gerade zum Schlemmen ein. Ich hatte zwar schon in der Wildnis übernachtet und auf meinen Reisen auch das ein oder andere Merkwürdige zu mir nehmen müssen, aber das hier sah nach garantierter Lebensmittelvergiftung aus. In Deutschland hätte man dem ganzen Laden allein aufgrund des Büfetts die Konzession entzogen, doch in den USA gab es keine so strengen Kontrollen.

»Die Mortadella sieht aus, als wäre sie lebendig«, meinte Adam angewidert mit Blick auf die Wurstplatte.

»Nehmen Sie sich doch wenigstens ein paar Früchte, auch wenn sie nicht mehr so knackig wirken«, empfahl ich ihm. »Die kann man schälen und zu einem Obstsalat schnippeln. Und es ist obendrein gesund … gerade bei einem nervösen Magen wie Ihrem.«

»Ist mir zu umständlich. Ich hab mir eh was Frisches bei der Bedienung bestellt. Wobei ich mir nicht mehr sicher bin, ob das wirklich so frisch sein wird«, räumte er ein.

»Wie Sie meinen.«

Er deutete mit einer Mischung aus Faszination und Ekel auf die Fliegen, die sich um die Käse- und Wurstplatten versammelt hatten. »Wusste gar nicht, dass die den Winter überleben können.«

»Na ja, wenn die Bedingungen gut sind, sprich passendes Raumklima und genügend Nahrung, ist das möglich.« Ich verwies auf die tropische Wärme im Speiseraum sowie die Krümel und Fettspritzer unter dem Büfetttisch. Dort stritten sich einige der schwarzen Insekten um einen Wurstzipfel wie ein Schwarm Aasgeier um ein verendetes Kalb.

»Das ist kein Motel Paradise für Menschen, sondern eine paradiesische Auffangstation für Schmeißfliegen!«, schimpfte Adam. Bei dem Wortspiel musste ich sogar lachen.

Mit dem Obst und je einer Tasse Kaffee machten wir es uns in der Mitte des recht großen Frühstücksraums an einem der wenigen noch freien Tische gemütlich. Es gab sogar eine Karte für frisch zubereitete Sandwiches, Omeletts, Rühr- und Spiegeleier.

Eine üppige Frau Mitte fünfzig mit aufgequollenem Mondgesicht und fettigen Haaren, die sie zu einem

Pferdeschwanz gebunden hatte, brachte meiner Begleitung das bestellte Frühstück. Augenscheinlich war sie die Zwillingsschwester des Nachtportiers, da sie nicht nur über eine ähnlich voluminöse Figur verfügte, sondern auf ihrer Nase an exakt der gleichen Stelle eine fast identische prachtvolle Warze trug, aus der Haare sprossen.

»Hier, mein Lieber, deine Eier – so wie du sie haben wolltest«, meinte sie keck in verführerisch flirtendem Tonfall. Bei Adams gequältem Lächeln wusste ich nicht, wovor er sich gerade mehr ekelte – der Anzüglichkeit dieses ungepflegten Prachtweibs oder den Spiegeleiern auf dem Teller. Denn sie waren innen ausgetrocknet, an den Rändern angekokelt und der Speck etwas zu kross geraten. Sie fragte mich, ob ich auch eines ihrer leckeren Eiergerichte bestellen wolle, doch ich lehnte dankend ab. Daraufhin marschierte sie mit drei weiteren Portionen zum hintersten Ecktisch.

»Da scheint Sie jemand ganz schön zu mögen«, meinte ich schmunzelnd zu Adam, während ich einen Apfel schälte. Er verdrehte genervt die Augen.

»Sehen Sie es doch positiv, anscheinend kann wenigstens eine auf diesem Planeten Sie leiden.«

»Sehr witzig. Ich lache darüber, wenn ich wieder mal einen freien Tag haben sollte!«

Plötzlich jubelte es aus der Ecke des Speisesaals – von dort, wo Adams Nachtgefährten, die drei Wanderarbeiter, saßen. Sie sprachen die Bedienung mit »Priscilla« an und schäkerten lautstark mit ihr herum. Einer haute ihr auf den voluminösen Hintern. Ihr schien das zu schmeicheln.

»Na dann! Guten Appetit«, wünschte ich Adam, während ich den Apfel zerkleinerte. Er schob den Teller angewidert von sich weg.

»Da wird Priscilla aber traurig sein, wenn ihr Liebster ihre Eierspeise nicht aufisst«, sagte ich. Dabei könne er sich doch ein

Beispiel an seinen nächtlichen Zimmergesellen nehmen. Denen schien es hörbar zu munden.

»Vermutlich ein ziemlich maroder Familienbetrieb«, mutmaßte Adam. »Da kann man nur froh sein, dass man keine eigene Familie hat.«

»Hab ich's mir doch gedacht, dass Sie Single sind. Wer sollte es auch mit Ihnen aushalten«, neckte ich ihn.

»Dann müssen Sie aber definitiv auch Single sein«, konterte er souverän.

Ich musste grinsen. »Gut. Der Punkt geht an Sie.«

Er sah mir amüsiert in die Augen: »Den Punkt teilen wir uns.«

»Also, Sie haben ab und an wirklich auch mal Freizeit?«

»Wer sagt das?«

Ich schmunzelte, während ich Kiwis schälte und dann stückelte. »Ich zitiere: Ich lache darüber, wenn ich wieder mal einen freien Tag haben sollte.«

»Das heißt ja nicht, dass ich einen freien Tag habe. Sondern nur, dass ich lache, sollte ich mal einen freien Tag haben«, erwiderte er.

»Ohne freien Tag haben Sie demnach nie etwas zu lachen?«, fragte ich amüsiert.

»Wenn ich im Monat ein-, zweimal frei habe, nutze ich meistens die Zeit, um den Plan für die nächsten Wochen vorzubereiten.«

»Puh, das hört sich ja sehr gesund an. Wie eine Magen-Darm-Spiegelung. Was ist mit Urlaub?«

»Kenne ich nicht. Zumindest seitdem ich vor sieben Jahren diesen Posten übernommen hab.«

»Das ist nicht Ihr Ernst?!«

Er nahm einen Schluck von seinem Kaffee. »Doch. Ich lebe für meine Arbeit. Und das ist auch gut so. So erspare ich mir wenigstens ein nerviges Privatleben«, meinte er, das Thema abwürgend. »Was ist mit Ihnen? Machen Sie Urlaub?«

»Ich bin gewissermaßen auch ein Workaholic … so wie Sie«, gestand ich ein.

»Aha, da haben wir es«, meinte er, als würde ich gerade etwas zugeben, das uns auf die gleiche Stufe stellte. Doch anders als er setzte ich mich für das Allgemeinwohl aller ein, die Umwelt, während er sich um das Allgemeinwohl einiger weniger kümmerte – und damit allen anderen schadete. Doch da ich nicht streiten wollte, ließ ich das so stehen. Allerdings stellte ich klar, dass ich mir meine Ruhepausen gönnte. Wie jetzt an Weihnachten bei meiner Familie. »Wo feiern Sie eigentlich Weihnachten? Da nehmen Sie sich doch wenigstens frei, oder?«

Er schüttelte den Kopf. »Wozu? Ich habe keine Familie mehr und außerdem ist das die beste Zeit, mit der arabischen und asiatischen Welt Geschäfte zu machen. Denn die feiern kein Weihnachten.« Er grinste mich an, als sei er besonders ausgefuchst.

»Das ist aber traurig … also vor allem, dass Sie keine Familie mehr haben«, meinte ich bedauernd. Die Vorstellung, Weihnachten allein zu verbringen, war irgendwie schrecklich.

Er zuckte mit den Schultern. »Ach, das ist halb so wild«, sagte er abwinkend. Trotzdem hatte ich das Gefühl, dass ihm das Thema unangenehm war. Sicherlich wollte er nicht gerade mit mir über sein Seelenleben sprechen.

Plötzlich erzählte er wie aus dem Nichts, dass er als Kind immer gern mit seinen Großeltern auf Reisen ein Spiel gespielt hatte: Menschen beobachten und sich vorstellen, was diese Person wohl für ein Leben hatte. Er deutete auf eine Person im Gang hinter mir. Dort stand ein Mann in einem Holzfällerhemd, mit Cap auf dem Kopf, Cowboystiefeln und Jeanshose mit Nieten. Adam wettete darauf, das sei ein Countrymusiker, der mit seiner Band unterwegs war. Ich war mir sicher, dass er Truckfahrer war. Der Typ setzte sich zu vier anderen Jungs, die entweder auch eine Cap oder einen Cowboyhut trugen. *Der Punkt geht an mich*, dachte ich. Eine Trucker-Gang. Doch dann sah ich auf der Ablage der Fensterbank zwei Gitarrenkoffer und mehrere Marshall-Verstärker. »Das kann doch nicht sein, oder?«, fragte ich verblüfft.

Er gestand mir lachend, dass er ein wenig geschummelt hatte und ihm die Truppe schon aufgefallen war, als er den Frühstücksraum betreten hatte.

Ich fragte, was er über die Mittvierzigerin denke, die an einem der hinteren Tische hockte. Neben ihr saß ein etwa fünfzehnjähriges Mädchen, das einen ziemlich zerfledderten Roman las – ganz *oldschool* und nicht mit einem E-Book-Reader.

»Die Frau ist sicherlich alleinerziehend und es ist ihr wichtig, ihrem Kind Werte zu vermitteln. Auch wenn sie ziemlich zu kämpfen hat.«

Seine feinfühlige Analyse verblüffte mich doch sehr – egal ob sie nun stimmte oder nicht, denn letztlich konnten wir das schwer nachprüfen. Aber darum ging es in diesem Spiel offenbar auch nicht. Es ging letztlich um eine Form von Empathie, sich in andere Menschen hineinzudenken und einzufühlen. Etwas, was ich ihm bis vor fünf Minuten nicht zugetraut hätte.

Doch als er in dem allein dasitzenden und apathisch vor sich hinstarrenden Alten in der hinteren Ecke einen Psychopathen vermutete, ernüchterte er mich wieder.

»Das ist doch ein netter älterer Herr, der sicher niemandem etwas zuleide tut«, hielt ich dagegen.

»Sehen Sie nicht diese abgedunkelte Brille? Der hat was zu verbergen«, mutmaßte Adam.

»Ich denke, er hat einfach empfindliche Augen. Deshalb hat er sie als Schutz auf.«

»Ich möchte nicht wissen, wie viele Leichen er schon im Keller seines Hauses vergraben hat«, murmelte Adam nachdenklich.

»Sie meinen das ernst, ja?«

Er nickte.

Da kam eine zittrige ältere Dame zu dem Alten an den Tisch. Sie war offensichtlich seine Frau.

»Bonnie und Clyde waren auch ein Paar, und sie waren trotzdem Verbrecher!«, hielt er an seiner Einschätzung fest. Die ältere Dame stellte ihrem Mann seine Gehhilfe hin und half ihm beim Aufstehen, weil er obendrein ganz offensichtlich blind war.

»Bonnie und Clyde, ja?«, fragte ich belustigt.

»Na ja, der war sicher nicht immer so gebrechlich und blind«, sagte er, konnte sich aber selbst das Schmunzeln nicht verkneifen.

»Sie sind schon ziemlich misstrauisch gegenüber anderen Menschen, nicht wahr, Mr Harper?«

»Na ja, man weiß ja nie, was sich hinter einem Menschen so für Abgründe verstecken. Selbst wenn man mit jemandem Jahre zusammen ist, kann trotzdem etwas Verborgenes zum Vorschein kommen, womit man nie gerechnet hätte, und dann ist es zu spät«, meinte er gedankenversunken.

»Sprechen Sie da aus Erfahrung?«

Mit der Frage schien ich bei ihm einen wunden Punkt getroffen zu haben. Augenblicklich veränderte sich sein Gesichtsausdruck.

»Ist ja auch egal«, murmelte er, zückte sein großes Nobel-Smartphone und klappte die Lederabdeckung auf. »Wir sollten lieber nachschauen, welche Maschine wir nehmen können.« Da wir beide hier im Frühstücksraum kein Netz hatten – vermutlich, weil die vielen Fliegen den Empfang störten, scherzte Adam –, loggten wir uns in das superlangsame WiFi-Netz ein.

»Also, da ist vermutlich die Internetverbindung in Kathmandu besser«, meinte er wieder in seinem genervten Arbeitsmodus.

»So ein Mist!«, schimpfte er plötzlich. Auf meinen fragenden Blick hin klärte er mich auf, dass uns der Schneesturm eingeholt hatte! Es gehe kein Flugzeug mehr von St. Louis raus. Jetzt sah ich es auch auf meinem Smartphone. »Gestern startete die letzte Maschine – für die wir zwei Tickets hatten und die wir verpasst haben.«

»Das ist wirklich blöd, dann war die Fahrt ja umsonst.«

»Nicht ganz«, sagte er. »In Chicago ist immer noch alles dicht und wird es auch die nächsten vierundzwanzig Stunden bleiben.« Er tippte weiter auf seinem Handy herum. Auch in Kansas City stehe bereits alles still. »Ich würde vorschlagen, wir fahren weiter nach Denver. Dort herrscht bestes Flugwetter bei strahlend blauem Himmel.«

»Denver in Colorado?«, meinte ich verwundert.

»Ja, oder kennen Sie noch ein anderes?«

»Sie sind doch verrückt!« Ich dachte, das sei ein blöder Scherz. Wieder tippte er auf seinem Smartphone herum. »Voilà! Ich habe uns auch schon zwei Tickets gebucht! Für den Flug am 21.12. um 22.37 Uhr abends.« Er zeigte mir stolz die Übersicht, dass alle Flüge rausgingen. »Wenn wir zeitig losfahren, müssten wir es bis dahin schaffen.«

»Ich fahre mit Ihnen doch nicht tausend Meilen quer durchs Land nach Denver! Und nur mal so als kleinen Tipp: Es wäre äußerst freundlich von Ihnen, wenn Sie mich erst fragen, bevor Sie mir ein Ticket buchen und für mich den Tag durchplanen. Diese Entscheidung möchte ich dann doch selbst treffen.«

Er entschuldigte sich und fragte mich, ob es ihm erlaubt sei.

Ich winkte ab. So einen unnötigen Stress wie gestern wollte ich mir garantiert nicht noch einmal antun.

Damit hatte er offensichtlich nicht gerechnet. »Wenn es so kommen sollte, dass die Flüge auch da gecancelt werden«, meinte er, »dann fahren wir zur Not eben durch. Dann würden wir es schaffen! Wir könnten uns dann mit dem Fahren abwechseln!«

»Ohne mich!« Ich wollte garantiert nicht die nächsten zwei Tage mit ihm verbringen, so wie er sich als Beifahrer verhalten hatte. »Suchen Sie sich dafür jemand anderen«, meinte ich entschieden.

»Sie wissen genau, dass ich kein sonderlich großes Vertrauen in fremde Personen habe.«

»Na ja, so gut kennen wir uns ja nun auch wieder nicht.« Ich schlug vor, er solle sich doch an seine Zimmerkumpane, die Wanderarbeiter da drüben, wenden.

»Immerhin haben Sie mit denen bereits eine gemeinsame Nacht verbracht«, frotzelte ich. »Da sollte doch nun großes Vertrauen da sein. Und für das nötige Kleingeld würden die bestimmt vieles tun.« Ich zwinkerte ihm zu und schälte währenddessen zwei Birnen.

Er setzte eine Mitleidsmiene auf. »Sie haben doch ein Herz für Menschen in Not.«

»Ach, ja? Ich dachte, ich wäre für Sie bloß die zickige Ökotussi?«

Er blickte mich mit flehenden Teddybäraugen an, als wäre er ein kleiner Junge, dem man das Spielzeug gestohlen hatte, und ich sollte helfen.

»*No way!* Ich fahre noch bis zum Flughafen und Sie können sich dann gern von jemand anderem weiterchauffieren lassen!«

»Aber Sie wollen doch nicht allen Ernstes tagelang am Flughafen kampieren!«

»Doch, wenn es sein muss! Hat doch keinen Sinn, wenn wir die ganze Zeit mit dem Schneesturm fahren!« Ich schälte Bananen und schnitt die braunen Stellen weg.

Er zeigte mir die Vierundzwanzig-Stunden-Prognose des Wetterberichts für Denver. »Wenn wir jetzt losfahren, dann wird uns der Schneesturm niemals einholen. Laut Wetterprognose wird er erst kommende Nacht Kansas City erreichen. Also fast freie Fahrt auf der Strecke nach Denver! Ich bitte Sie inständig, Ms Olsen. Sagen Sie mir, was ich Ihnen Gutes tun kann! Sie fliegen wieder First Class und in Seattle lasse ich Sie auch mit einer Limousine zu Ihrer Familie nach Woodland chauffieren.«

»Mit einer Limousine? Ist das Ihr Ernst?« Ich zog die Augenbrauen hoch. Wie ich zu verschwenderischem Verhalten stand, hätte er mittlerweile wissen können.

»Meinetwegen mit einer E-Limousine!«, fügte er verzweifelt hinzu. Ich musste lachen.

»Ich gebe Ihnen, was Sie wollen! Ich würde Ihnen ja gern etwas zahlen … Und wenn ich eine äußerst großzügige Summe für Ihre Umweltorganisation oder eine Einrichtung Ihrer Wahl spenden würde? Wäre das was?«

Ich schüttelte den Kopf. »Sie sind so unglaublich manipulativ. Aber das funktioniert bei mir nicht. Ich bin nicht käuflich und auch meine Umweltorganisation, wie Sie sie nennen, ist es nicht!«

»Dann ist es auch kein Wunder, dass die ganzen Umweltverbände nicht auf die Füße kommen, wenn sie so wählerisch sind, welches Geld sie annehmen und welches nicht!«, antwortete er patzig.

»Ich bitte Sie! Wie kann man nur so oberflächlich sein? Moral sollte vor jeder Handlung stehen. Ich kann doch nicht mit unmoralischem Geld, welches erst durch Umweltzerstörung und gnadenlose menschliche Ausbeute entstanden ist, die Umwelt retten wollen«, gab ich Kontra.

»Allerdings sollten Sie lernen, dass Sie sich vielleicht auch trotzdem oder gerade deshalb das Geld der Reichen zunutze machen sollten. Denn wenn Sie es für etwas Gutes ausgeben, können die es nicht mehr für etwas Schlechtes ausgeben!«, konterte er clever.

Ich kam ins Grübeln.

»Ach, kommen Sie schon. Haben Sie ein Herz! Sie sagten doch, dass Sie auch mal bei einer Menschenrechtsorganisation gearbeitet haben!«

»Ja, und?«

»Ich bin ein Mensch und brauche Hilfe!«

Nicht zu fassen, wie übertrieben er auf die Tränendrüse drückt, dachte ich, während ich Trauben in meinem Wasserglas säuberte und unter den Obstsalat mischte.

»Dann fahr ich zur Not eben allein«, murmelte er fast schon resignierend.

»Ohne Führerschein?«, fragte ich.

»Die Polizei hat momentan meinen Führerschein, was aber nicht bedeutet, dass ich nicht Auto fahren kann«, meinte er und hielt sich die Hand vor den Mund, als er gähnen musste. »Tschuldigung.«

Was hatte ich bloß verbrochen, dass ich diesen Kerl an der Backe hatte?

Schließlich gab ich nach. Zumal ich keine Schuldgefühle haben wollte, wenn ich in ein paar Tagen bei meinen Eltern in der Zeitung lesen müsste, dass ein übermüdeter reicher Mistkerl am Steuer eingeschlafen war und vielleicht noch eine unschuldige Familie mit in den Tod gerissen hatte. Denn es war definitiv klar, dass er keine zwanzig Meilen weit kommen würde, ohne einzuschlafen.

»Aber ich hab Bedingungen!«, stellte ich klar.

»Alles, was Sie wollen!«

»Keine Kritik an meinem Fahrstil oder irgendwelche Einmischungen oder Nötigungen!«

Er nickte brav.

»Außerdem keine Beamtenbestechungen mehr oder sonstige illegale Handlungen.«

Auch das nickte er brav ab.

»Und als Letztes: Auf Ihrer großzügigen Spende bestehe ich dann doch!«, meinte ich hart.

Er blickte überrascht. »Kein Problem«, grinste er. »Sie werden ja noch zu einer richtigen Geschäftsfrau – fast schon Kapitalismus in Reinkultur«, scherzte er.

Ich ließ ihm seinen Spaß, denn er hatte schließlich recht. Wieso nicht das schmutzige Geld für eine gute Sache umleiten. Somit hatte meine Chauffiererei zusätzlich einen gewinnbringenden Nutzen für eine gute Sache. Außerdem würde ich den Premierentermin meines Bruders am 22. Dezember auf diese Weise sicher schaffen!

»Ich kann Ihnen das mit der Spende auch schriftlich geben und lasse uns den Vertrag von meiner Sekretärin in Denver zufaxen.« Er war schon dabei, eine Nachricht an sie zu senden.

»Nein, keine Sorge – auch wenn es sich komisch anhört, aber ich vertraue Ihnen«, erwiderte ich vielleicht mal wieder zu gutgläubig.

»Okay! Dann haben Sie mein Wort.«

Wir gaben uns die Hand und lächelten. Wenn er nicht unter Zeitdruck stand, leuchteten seine Teddybäraugen lieb. Doch sobald er in den Arbeitsmodus wechselte, mutierten sie zu aggressiven Grizzlyglubschern.

Fürsorglich wie ich nun mal war, schob ich ihm ein Schüsselchen Obstsalat zu. Erst da bemerkte er, dass ich uns beiden jeweils eine Portion geschnippelt hatte. Ich wollte schließlich nicht, dass er mir auf der Beifahrerseite verhungerte. Außerdem sollte er seinem Magen endlich mal ein paar Vitamine zufügen, statt pausenlos schwarzen Kaffee.

»Danke!«, sagte er erstaunt. Er häufte Obststücke auf seinen Löffel und schickte nach, so etwas Gesundes habe er bestimmt schon Jahre nicht mehr gegessen.

»Sie sollten einfach mal wieder Urlaub machen und sich die Dinge gönnen, für die Sie keine Zeit finden, die Ihnen aber guttun würden«, gab ich ihm einen von Herzen gut gemeinten Ratschlag.

Er zuckte mit den Schultern und lächelte. »Vielleicht …« Es hatte eher einen deprimierten Klang. Als hätte er Angst davor, sich Zeit für sich zu nehmen.

Kurz vor St. Louis luden wir die fast leeren Akkus an einer Tesla-Ladestation auf und fuhren dann die Interstate 70 entlang. Auch wenn sie teilweise nicht geräumt war und ich ab und zu mit Schrittgeschwindigkeit fahren musste, war die Weiterfahrt sehr angenehm. Das lag aber vor allem daran, dass Adam nach kurzer Zeit in einen tiefen Schlaf fiel. Die Nacht mit den drei schnarchenden Wanderarbeitern forderte jetzt zu meinem Glück ihren Tribut.

Trotz der Turbulenzen der letzten Tage hatte ich gute Laune. Die Sonne brach durch die Wolkendecke und brachte die Schneelandschaft zum Glitzern. Im Radio lief immer noch der Oldiesender und ich summte leise »Summertime Blues« von Eddie Cochran mit, was so unpassend zu der unwirtlichen Schneelandschaft um mich herum wirkte wie eine Kokospalmenallee an der Interstate im tiefsten Winter. Doch zumindest im Herzen wurde mir dabei sommerlich warm.

Auch erfreute ich mich daran, dass Adam nicht ganz so oberflächlich war wie gedacht. Ich war mir sicher, dass er ein gutes Herz hatte, auch wenn er mir sehr umtriebig vorkam. Rastlos. Während ich ihn auf der Fahrt immer mal wieder betrachtete, erinnerte ich mich an den Moment, als ich ihn das erste Mal gesehen hatte. Er hatte mir auf Anhieb gefallen. Leider machte er dann seinen Mund auf. Offensichtlich stand er so unter Leistungsdruck, dass er deshalb immer wieder in die Rolle des unfreundlichen Arschlochs verfiel.

Nach gut drei Stunden wurde er von seinem eigenen Bauchgrummeln wach. So ein Obstsalat war eben nicht sehr sättigend.

»Wo bin ich?«, fragte er noch geräderter ausschauend als zuvor.

»Knapp hundert Meilen vor Kansas City.«

»Oje, mir brummt der Kopf …«, klagte er, als er sich aufrichtete. Dem folgte erneut ein lautes Magenknurren.

»Ich denke mal, bei Ihnen brummt nicht nur der Kopf«, stellte ich lachend fest.

Er grinste.

»Aber ich hab auch Hunger.«

»Na dann … Bevor wir hier den Chor der hungrigen Mägen veranstalten, sollten wir vielleicht irgendwo was essen, oder?«

»Sehr gern. Dort vorn kommt eine Tanke.«

Ein paar Minuten später betraten wir einen gut besuchten Tankstellen-Laden mit Bistrobereich. Zwischen Schokoriegeln und anderen verpackten Waren gab es noch die Wahl zwischen recht gut aussehenden Donuts und Cookies oder recht unappetitlich aussehendem Convenience-Food, wie recht blassen Hotdogs oder Mikrowelle-Burgern. Das war leider nicht gerade das kulinarische Highlight, das Adam und ich uns gewünscht hatten.

»Setzen Sie sich doch schon mal an den Tisch dort am Fenster, damit uns den niemand belegt. Ich besorg uns was – was möchten Sie denn?«

Ich blickte auf die Unmengen Donuts in der Backwarenauslage, die offensichtlich zuhauf von den vielen Fernfahrern hier verspeist wurden, und entschied mich für einen Cranberry-Donut und einen Nuss-Nugat-Donut.

»Jetzt wollen Sie's aber wissen«, scherzte Adam.

»Wenn ungesund, dann richtig. Ich mache nie halbe Sachen!«, erwiderte ich vergnügt.

»Alright!«, rief er aus. »Was darf es zu trinken sein? Ein Scotch? Oder gleich ein doppelter Wodka?«

Ich entdeckte auf der Heißgetränketafel einen Galão. Dieser starke portugiesische Milchkaffee war jetzt genau das Richtige.

Ich machte es mir am Fensterplatz gemütlich und Adam stellte sich an der etwas längeren Schlange an. Während ich das Treiben draußen auf dem Parkplatz beobachtete, merkte ich, wie ich langsam müde wurde. Letztlich war die Nacht für mich trotzdem recht kurz gewesen, obwohl meine Heizung funktionierte und keine drei schnarchenden Elefanten in meinem Zimmer geschlafen hatten. Der Galão würde mir den kleinen Müdigkeitsschub bestimmt davonfegen.

Adams Stimme riss mich aus den Gedanken. Er wies tatsächlich eine Frau zurecht, die aus einem Model-Katalog hätte stammen können. Sie hatte sich dreisterweise ganz nach vorn gemogelt. Erst tat sie so, als hörte sie Adam nicht, der etwas weiter hinten in der Schlange stand. Doch er verschaffte sich Gehör und machte ihr klar, dass sie sich hinten anstellen solle wie jeder andere auch. Dabei ließ er auch nicht mit sich reden, als die anderen Männer meinten, sie hätten damit kein Problem. Die Frau gab dann nach, da selbstverständlich ein paar andere Frauen in der Schlange Adam beipflichteten, und stellte sich angesäuert mit ihrer Flasche Wasser und einer Zeitschrift hinten an. Der Herr vor ihr wollte ihr den Vortritt lassen, doch sie lehnte ab.

Ihre Schönheit war so makellos, als wäre ihr Gesicht mit einem Bildbearbeitungsprogramm perfektioniert worden. Als Mann hätte ich mich nicht getraut, sie zurechtzuweisen. Aber vielleicht stand bei Adam wieder die Devise »Zeit ist Geld« im Vordergrund!

Als er mit einem Tablett mit Kaffee und Donuts zu mir an den Tisch kam, fragte ich ihn, ob er weitsichtig sei.

»Nein? Wieso?«

»Na ja, Sie haben gerade diesen heißen Feger ohne mit der Wimper zu zucken nach hinten befördert.« Dabei neigte ich meinen Kopf zu der fleischgewordenen Göttin, die immer noch in der Schlange stand.

Er musste schmunzeln. »Nur weil eine Frau ein gewisses optisches Wohlgefallen auslöst, kann sie noch lange nicht die Regeln missachten.«

»Ach, tatsächlich?«, fragte ich verwundert.

»Es geht mir da um Anstand und Gerechtigkeit.«

»Ach, interessant. Weil Sie der Betroffene waren, geht es Ihnen nun ausnahmsweise mal um Anstand und Gerechtigkeit?«

»Was soll das heißen? Weil ich betroffen war? Es ist für mich schon ein Prinzip.«

»Bei dem Polizistenbestechungsversuch gestern haben Sie Ihr Prinzip aber deutlich ausgedehnt ...«

»Das war zugegeben wirklich dumm. Ich hab so was vorher noch nie gemacht und war einfach in Panik. Auf mich wartet das so ziemlich größte Geschäft meiner bisherigen Karriere und das setzt mir ganz schön zu. Da war ich nicht ich selbst«, meinte er reumütig.

»Sie scheinen in den letzten Tagen öfter mal nicht Sie selbst zu sein«, erwiderte ich neckend.

»Hier!« Er stellte mir Kaffee und Donuts vor die Nase. Dann tat er das Gleiche bei sich und räumte das Tablett beiseite. Er betonte schmunzelnd, dass er extra den Donut-Beauftragten hinter der Theke gefragt habe, ob die Zutaten auch aus bio-ökologisch-dynamischem Anbau kämen.

»Und, was hat er geantwortet?«

»Er hat mich einfach nur fragend angeschaut und sagte dann unsicher, dass sie gerade auch Blaubeer-Muffins im Angebot hätten. Ich glaube, der wusste gar nicht, was ich meinte.« Adam lachte und ich musste ebenfalls lachen.

»Übrigens – wie verträgt sich denn eigentlich Ihr ökologischer Fußabdruck mit dem Konsum von Kaffee? Der wächst soweit ich weiß auch nicht an heimischen Vorgarten-Sträuchern«, erwiderte er scharfzüngig, bevor er genüsslich in seinen Double-White-Chocolate-Donut biss.

Dabei behauptete ich ja gar nicht, perfekt zu sein. Immerhin komme bei mir zu Hause nur ein Fairtrade-Kaffee in die Tasse, damit zumindest die Löhne der Arbeiter fairer seien, erwiderte ich schnippisch.

»Ich bin mir nicht sicher, ob Ihr Gal*ão* Fairtrade ist. Soll ich noch mal unseren Mr Allwissend hinter der Theke fragen?«

Ich musste schmunzeln. Adam meinte im weiteren Gesprächsverlauf, er habe über solche Dinge noch nie richtig nachgedacht. Es sei ihm zwar schon bewusst, dass in Sachen Nahrungsmittel vom Anbau über Chemikalien bis hin zur schlechten Bezahlung gerade in Dritte-Welt-Ländern vieles schlecht laufe. Aber im Alltag und vor allem da er ja ständig unterwegs sei, beschäftige er sich eigentlich so gut wie nie mit solchen Fragen. »Sie haben mich da schon ein wenig zum Nachdenken gebracht. In Zukunft werde ich mir auf jeden Fall Bio-Fairtrade-Kaffee kaufen, im Diner auch mal nachfragen, ob regionales Fleisch angeboten wird, und wenn mich eine hilfsbereite Dame vor den Käse-Nachos warnen möchte, lasse ich sie einfach aussprechen«, gab er mir mit einem Augenzwinkern zu verstehen.

Ein merkwürdiger Typ, dieser Adam Harper, dachte ich bei mir. Wenn er das wirklich ernst meinte, hätte mich das natürlich sehr gefreut. Wir genossen die Pause und setzten dann unseren Weg fort.

Nachdem wir weitere zwei Stunden unterwegs waren, checkte er die aktualisierten Wetterdaten. »Ich hab eine gute und eine schlechte Nachricht!«, sagte er.

»Dann erst die gute …«

»Alle Flüge ab Denver heben ab und es gibt dort auch keinen Sturm …«

»Das ist doch super!«

»Ja, allerdings scheint uns der Schneesturm auf den Fersen zu sein.«

»Das war dann wohl die schlechte Nachricht«, grummelte ich und blickte in den immer dichter werdenden Schneefall. Die Straßenverhältnisse waren auch schlechter geworden. Eigentlich war der Plan gewesen, in einem Motel zu übernachten. Doch Adams Meinung nach sollten wir keine Zeit verlieren und die Strecke durchfahren.

»Das schaffe ich unmöglich. Ich kann ja jetzt schon kaum noch die Augen offen halten.« Wobei ich die Idee prinzipiell gut fand, um dem Sturm ein Schnippchen zu schlagen. Weniger gut fand ich die Idee eines Fahrerwechsels, auch wenn mir die Fahrt aufgrund der angespannten Wetterlage in den Knochen hing.

»Ich dachte, Sie hätten ein Grundvertrauen in die Menschheit«, wollte er mich aus der Reserve locken, indem er auf unseren Handschlagvertrag in Bezug auf seine Spende anspielte.

»Ja, aber bei Menschen wie Ihnen hört das Vertrauen auf, wenn mein Leben in Gefahr geraten könnte.«

»Was soll das denn heißen? Das ist aber schon sehr oberflächlich, wie Sie mich beurteilen.«

»Na ja, Sie haben Ihren Führerschein verloren, und gestern habe ich mitbekommen, wie ich Ihrer Meinung nach hätte fahren sollen. So wären Sie also gefahren, wenn Sie am Steuer gewesen wären.«

»Na ja, bloß weil man nicht so übervorsichtig ist wie Sie, heißt das doch noch lange nicht, dass man deshalb halsbrecherisch fährt. Ich hab mir noch nichts zuschulden kommen lassen.«

»Ach ja, und den Führerschein haben Sie aus reiner Liebenswürdigkeit freiwillig bei der Polizei abgegeben.«

Er schaute etwas sparsam.

»Sie haben keinen Führerschein, also dürfen Sie auch nicht fahren.«

»Ach, kommen Sie, ich hab doch nicht meine Fahrfähigkeiten abgegeben, sondern nur meinen Führerschein. Außerdem hat die Polizei bei diesen Witterungsverhältnissen anderes zu tun, als einen führerscheinlosen E-Limousinen-Fahrer anzuhalten.«

»Okay! Aber dann möchte ich zumindest wissen, warum Sie Ihren Führerschein abgeben mussten. Na, sagen Sie schon.«

»Geschwindigkeitsübertretung«, gestand er murmelnd.

»Bingo! Sehen Sie. Genau deshalb habe ich kein Vertrauen in Sie!«

»Ich hab aber nie einen Unfall gebaut oder dergleichen.«

»Was soll mir das sagen? Das war wahrscheinlich nur Glück und lag nicht daran, dass Sie ein so toller Fahrer sind. Mit Ihrem Fahrstil gefährden Sie sich und andere …«

Er richtete sich auf und blickte mich intensiv an. »Geben Sie mir doch bitte eine Chance, Sie von meinen Fahrkünsten zu überzeugen. Wenn ich Ihrer Meinung nach halsbrecherisch fahre, dann stoppe ich sofort, Sie fahren uns zum nächsten Motel und die Sache ist gegessen.«

»Aber Sie müssen schwören, dass Sie anständig fahren!«, verlangte ich.

»Ich will Sie nicht enttäuschen.«

»Ich hoffe, dass ich das noch erleben werde«, meinte ich doppeldeutig und hielt am nächsten Parkplatz an. Wir wechselten schnell die Plätze, die Kälte war extrem. Am Horizont hinter uns sahen wir, wie sich große dunkle Wolkenmassen im bereits abnehmenden Tageslicht auftürmten. Der Blizzard Eros war uns dicht auf den Fersen! Das war unser Verfolger, den wir auf Distanz halten mussten. Deshalb schien mir dieser Fahrerwechsel auch recht sinnvoll.

Ich überzeugte mich in den ersten Minuten, dass Adam sich den Witterungsverhältnissen auch gut anpasste, und erinnerte ihn daran, dass er die nächste Ladestation in Lawrence ansteuern sollte. Dann schloss ich vertrauensselig die Augen. Die Müdigkeit der letzten Reisetage überkam mich und ich schlief ein.

Hoffentlich würde ich sie nicht erst im Jenseits wieder öffnen.

6. Kapitel

Erschütterungen ließen mich wach werden. Im ersten Moment wusste ich nicht, wo ich mich befand. Es war mir, als würde jemand mein Bett durchrütteln und das rot leuchtende Lämpchen wäre die Anzeige eines Weckers. Verschlafen nahm ich durch die Windschutzscheibe ein weißes Rauschen wahr, wie es etwa in grauer Vorzeit bei den alten Röhren-TV-Geräten bei Störungen auftrat. Mir war, als befänden wir uns mitten im Auge des Blizzards. Der Schneesturm hatte uns eingeholt.

Draußen zischte der eisige Wind, ein wahrer Schneebruch brach auf uns herein, die Scheibenwischer gingen auf Hochtouren, doch wir hatten kaum Sicht. Am Wegesrand wankten gigantische Bäume wie trauernde weiße Riesen. Die Äste trugen schwer an der Schneelast. Die Fahrbahn war kaum noch befahrbar und der Allradantrieb stieß an seine Grenzen. Wie es aussah, waren wir mitten in der Eishölle gelandet. Wenigstens gab die Heizung eine schöne Wärme ab.

»Was ist passiert?«, fragte ich Adam benommen. Er versuchte, die beschlagene Windschutzscheibe mit einem Lederputztuch frei zu wischen.

»Ich hab mich verfahren, auf der Suche nach einer E-Zapfsäule. Laut Anzeige gibt's hier etwas abseits von der Interstate eine – aber das Navi spinnt!«

»Sind wir denn schon an Lawrence vorbei?«

»Schon lange!«

»Und weshalb haben Sie dort nicht getankt?«

»Weil ich bei noch fast halber Füllung dachte, es sei unnötig. Ich wollte die nächste nehmen und die habe ich wie gesagt verpasst. Ich war in Gedanken …«

»Sie waren in Gedanken?«, fragte ich ungläubig.

Die nächste Möglichkeit, umzudrehen, wäre erst in über dreißig Meilen gewesen, deshalb entschloss er sich, diese hier anzufahren. Doch das Navi zeigte immer wieder fragmentarisch falsche Routen an und verortete uns momentan sogar in Kalifornien. Wie schön es gewesen wäre, jetzt dort zu sein! Ich gab unsere letzte Route ein, aber das Netz war durch den Sturm gestört.

Verärgert schüttelte ich den Kopf und zog einen Straßenatlas aus dem Handschuhfach. »Was stand denn auf dem letzten Schild, das wir passiert haben?«

Er zuckte mit den Schultern. »Sie sehen doch, dass die Schilder alle zugeschneit sind.«

»Aber irgendwas müssen Sie doch gelesen haben, bevor Sie von der Interstate abgefahren sind? Vielleicht am Navi, als es noch funktionierte?«

»Keine Ahnung. Das Ding hat nur angezeigt, dass in sieben Meilen Entfernung an irgendeinem Diner-Parkplatz eine Ladestation sein soll, dann war der Empfang völlig gestört.« Er wischte erneut die Windschutzscheibe sauber, die aber augenblicklich wieder beschlug. Wir hatten eine Sichtweite von nicht einmal einem Meter!

»Können Sie sich wenigstens an den Ort erinnern, wo Sie von der Interstate abgefahren sind?«

»Irgendwas mit Salwinas oder so!«

Ich suchte fieberhaft auf der Karte im Bundesstaat Kansas nach so einem Ort. »Salina vielleicht?«

»Ja, genau! Und wie müssen wir jetzt fahren?«, fragte er, als hätte ich eine bessere Sicht auf die Straße.

»Dafür sollte ich erst mal wissen, auf welcher Straße wir uns genau befinden und in welche Richtung wir fahren.«

»Sie haben doch die Karte. Sagen Sie es mir!«

»Das weiß ich doch nicht, ich seh auch nicht mehr als Sie! Und auf der Karte gibt es Dutzende von Straßenabzweigungen. Warum haben Sie mich denn bloß nicht geweckt?«

»Ich wollte Sie schlafen lassen. Beruhigen Sie sich mal, ich hab alles unter Kontrolle.«

»Kontrolle sieht für mich anders aus!«, gab ich ernüchtert zurück. Ihm war wohl der Ernst der Lage nicht bewusst. Wir waren ahnungslos in einem Schneeinferno gelandet.

»Apropos Kontrolle! Sie wissen schon, was das bedeutet, wenn das rote Lämpchen leuchtet?«

»Ja, ich bin schließlich nicht dämlich.«

»Das gilt es definitiv noch zu widerlegen, Mr Straßenschild-Legastheniker!«

»Ich sag es Ihnen gern noch mal: Wie soll ich Straßenschilder lesen, wenn sie völlig zugeschneit sind?«

Da hätte man auch mal anhalten und eines der Schilder abwischen können! »Wir haben nur noch wenige Minuten, bis wir stehen bleiben werden.«

Er winkte ab. Wenn bei einem Benziner das Lämpchen rot leuchte, dann habe man noch gut vierzig Meilen Zeit, eine Tankstelle aufzusuchen.

»Ja, aber das ist kein Benziner!«, sagte ich.

»Ganz toll! Ich wollte ja gleich einen SUV nehmen, da weiß ich, wie der zu nehmen ist, und kann auch an jeder Tankstelle tanken!«

»Ach, jetzt bin ich schuld, weil Sie nicht rechtzeitig aufgeladen haben?«

»Jetzt beruhigen wir uns alle mal wieder. Ich bin mir sicher, wir sind auf dem richtigen Weg.«

»Ach ja, Mr Columbus?«

»Irgendwann muss ja zumindest bald mal ein Ort kommen, dann werden wir schon irgendwo aufladen können.«

Laut Karte konnte es schwierig werden, rein zufällig auf einen Ort zu stoßen. Wenn, dann wäre es eine Einöde, und ob wir dort unser E-Auto auftanken durften, stand in den eisigen Sternen.

Wir erreichten eine kleine Kreuzung. »Ich steig da mal aus und wische die Schilder frei!«, kündigte ich an. Dank der Oldschool-Landkarte konnten wir dann unseren Standort ausmachen und den nächsten größeren Ort ansteuern, bevor uns komplett der Saft ausging. Die Außentemperaturanzeige zeigte arktische minus siebenundzwanzig Grad! Ich mummelte mich dick in Klamotten ein und bewaffnete mich mit dem Eiskratzer aus dem Seitenfach.

Schon beim Aussteigen kroch mir die Eiseskälte durch die Klamotten. Aber da musste ich durch!

Ich befreite das erste Schild von Schnee und Eis. Wichita 79 stand darauf. So ein Mist! Das war viel zu weit entfernt. Ich kämpfte mich durch den Sturm zum anderen Schild und kratzte dort mit bibbernden Händen den eisigen Schnee ab. Dead end – Sackgasse!

Frustriert kehrte ich zum Wagen zurück und klärte Adam Harper auf. Ein Gutes hatte die Aktion ja. Wären wir links abgebogen, wären wir womöglich irgendwo im Abgrund gelandet. So bestand die vage Hoffnung, dass während der Fahrt überraschend eine Ortschaft auftauchte.

Doch nach wenigen Minuten ertönte plötzlich ein nerviges Warnsignal. Die äußeren Warnleuchten blinkten automatisch auf und der Hoffnungsschimmer verglomm: Die Akkus für den Motor waren leer und der Wagen rollte langsam aus.

»Verdammt!«, fluchte Adam und versuchte, das Auto wieder zu starten. Vergebens. Wir hatten zwar noch Strom für Licht, Heizung und Warnsignal, aber der Motor hatte sich ausgeschaltet. Wir saßen fest. In einem Jahrhundert-Schneesturm. Wäre ich doch bloß in Chicago geblieben.

»Okay, die Akkus sind leer! Ich ziehe dann mal Bilanz: Wir stehen durch Ihre Gedankenlosigkeit bei Schneesturm und zweistelligen Minusgraden irgendwo mitten in der Pampa im Nirgendwo neunundsiebzig Meilen vor Wichita fest!«

»Ich wollte ja von Anfang an den SUV!«, brummte er. Als ich ihn böse anblickte, nahm er abwehrend die Hände hoch. »Ich wollte es nur noch mal gesagt haben«, fügte er relativierend hinzu. Dann kündigte er an, sich draußen mal umzusehen. Ich fragte ihn, was das bringen sollte. Er meinte, vielleicht würde er ja etwas entdecken.

»Sie sollten sich aber …« Ohne mir zuzuhören, hatte er schon hektisch die Tür geöffnet. Im nächsten Moment sackte die Raumtemperatur um gut zwanzig Grad ab. Er stieg aus und ließ die Tür hinter sich zufallen. »… unbedingt eine Jacke anziehen!«, brachte ich den Satz sinnloserweise zu Ende. Nach zwei Schritten verschwand er vor meinen Augen, als hätte ihn ein riesiges, alles verschlingendes Schneemonster verschluckt.

Ich checkte meinen Handyempfang. Wie zu erwarten, hatte ich natürlich kein Signal. Es waren keine zehn Sekunden vergangen, da riss Adam die Fahrertür auf und sprang in den Wagen. »Scheiße, ist das kalt«, sagte er, dann fiel die Tür ins Schloss. Er rieb sich völlig durchgefroren die Hände. Bei diesen Minustemperaturen in Hemd, Krawatte, dünner Stoffhose und Lackschühchen rauszugehen, war vermutlich in etwa so intelligent wie ungeübtes Nacktbaden im sibirischen Baikalsee!

»Wahnsinn!«, bibberte er. »Brrr. Das ist ja schlimmer als in einer Eistruhe.«

Er knetete die klammen Hände vor dem Gebläse, um sie wiederzubeleben. »Keine Chance, auch nur irgendwas zu sehen! Da ist alles zugeschneit«, meinte er.

Ich fragte ihn, ob sein Handy vielleicht Empfang habe. So teuer, wie das sicher gewesen war, musste es doch an den entlegensten Stellen der Welt noch ein Signal reinbekommen. Doch auch da versagte die Technik.

»Aber wenigstens funktioniert die Heizung!«, meinte er und drehte das Gebläse höher. Der Bordcomputer ließ erneut eine Warnanzeige erklingen. Das Symbol für die Heizung blinkte im Display. Keine zwei Sekunden später gab dann alles den Geist auf.

»Hey. Was ist los?« Erschrocken versuchte Adam, mit den Stellschaltern die Heizung anzumachen. Ohne Erfolg!

»Ich glaub, das hat keinen Zweck«, stellte ich fest. Das war eine äußerst heikle Situation, in der wir da steckten. Rasant breitete sich die Kälte aus.

»Was sollen wir denn jetzt machen?«, fragte er besorgt. »Wir werden doch nicht erfrieren, oder?«

Die Gefahr war leider sehr real. Das sagte ich ihm auch und war selbst für einen Moment geschockt.

»Was haben Sie alles dabei?«, fragte ich, mich wieder auf die Basics des Überlebenskampfes in Notsituationen konzentrierend. Ich dachte an meine Zeit in Nepal zurück. Nun zählte jede Sekunde und wir mussten vor allem schnell handeln, bevor wir immer mehr auskühlten.

»Bloß Akten, Unterlagen und Bilanzberichte! Plus mein mit Kaffee vollgespritztes Hemd und mein schmutziger Anzug! Alles andere ist in Seattle. So eine Tour war ja nicht geplant …«

Das, was er dabeihatte, war zwar deutlich mehr, würde uns jedoch auch nicht wirklich helfen, um hier heil aus der

Sache rauszukommen. »Okay, dann packen Sie mit an, meine beiden Rucksäcke nach vorn zu schaffen! Wir müssen so viele Klamotten überziehen, wie wir nur finden können! Aber schnell – wir dürfen keine Zeit verlieren – unsere Körper dürfen nicht so viel Wärme verlieren!«

»In Ordnung.«

Wir zogen unsere Mäntel über. Ich nahm außerdem meine Pudelmütze und gab ihm meinen Schal, den er sich um den Kopf binden sollte. Wir zählten bis drei, öffneten so schnell wir konnten die Tür, schlossen sie hinter uns und eilten zum Kofferraum. Dabei war mir ohne meinen schützenden Schal, als würden mir Rasierklingen aus Eis das Gesicht zerschneiden. Keine dreißig Sekunden später hatten wir meine beiden Rucksäcke ins Wageninnere geschafft. Ich wies ihn an, seine Schuhe auszuziehen, und warf ihm als Erstes mehrere dicke Wollsocken zu. Es war nun vor allem wichtig, Hände, Füße und den Kopf zu schützen. Dort zog man sich zuerst Erfrierungen zu.

»Erfrierungen? An den Händen?«, fragte er verunsichert.

Wenn wir damit davonkommen würden, wäre ich schon froh. Denn hier ging es um viel mehr als nur um ein paar erfrorene Finger. Es ging um das nackte Überleben.

Ich warf ihm vier meiner größeren T-Shirts zu, die er sich überziehen sollte. Ich zog mir die vier übrigen T-Shirts an und teilte dann meine fünf Pullover auf – ihm passten die zwei großen, selbst gestrickten Pullover, ich zog mir die anderen drei über. Dann bekam er noch meine Regenjacke und zwei meiner langen Unterhosen. Auf seinen Blick hin betonte ich, dass es hier nicht um Mode gehe und er sich deshalb keinen Kopf machen solle.

Der Wind pfiff so stark, dass er einen richtig gruseligen Ton an den Außenspiegeln erzeugte. Nachdem wir uns alles übergezogen hatten, was irgendwie zum Überziehen taugte, kletterten wir auf den Rücksitz. Ich reichte ihm den großen Backpackerrucksack, damit er mit den Beinen hineinschlüpfen konnte. Den kleineren Rucksack nahm ich für meine Beine. So sahen wir dann aus wie zwei bunt verkleidete Marshmallows!

»Die zwei Decken hier wickeln wir um uns herum!«

Wir bauten uns auf den Vordersitzen eine Art Höhle, wie es Kinder gerne taten. Dann gab ich vor, dass wir uns gegenseitig wärmen müssten, weil wir ansonsten keine Chance hätten! Er sah mich irritiert an. »Wie meinen Sie das?«

»Wie schon? Wir müssen uns umarmen!«

Er zögerte, als würde sich etwas in ihm dagegen sträuben.

»Glauben Sie mir, es ist mir genauso unangenehm wie Ihnen – aber wenn wir überleben wollen …«, versuchte ich, ihn zu überzeugen.

»Natürlich …«, meinte er peinlich berührt, als wollte er sein Zögern entschuldigen. Dann umschlang er mich mit seinen Armen. »Das ist nur, weil ich es nicht mehr gewohnt bin, eine Frau in den Arm zu nehmen«, begründete er nochmals sein merkwürdiges Zögern.

Es war zunächst sehr unbequem und auch irgendwie umständlich, wie wir uns umklammerten, bis wir endlich aneinandergeschmiegt die richtige Position gefunden hatten. Doch dann fühlte es sich gut an. Seine körperliche Präsenz und die Wärme, die er ausstrahlte, gaben mir zumindest für den Moment Sicherheit und Hoffnung. Die in mir aufsteigende Panik war mit einem Schlag weg. Ich fühlte mich geborgen und die Angst vor dem Unbekannten war wie fortgeblasen.

»Ja, das ist gut«, sagte er und signalisierte mir dadurch, dass es ihm ähnlich ging. »Und jetzt?«

»Jetzt müssen wir uns wachhalten! Wenn wir einschlafen, könnte das morgen ein böses Erwachen geben. Oder eben keines mehr.«

»Woher kennen Sie sich eigentlich so gut damit aus?«

Ich erzählte ihm von meinem fast einjährigen Aufenthalt in Nepal, wo ich mit einem Hilfstransport nach einer Erdbebenkatastrophe Wiederaufbauarbeit geleistet und mit einheimischen Bergführern eine ähnliche Situation erlebt hatte. Wenige Kilometer vor unserem Zielort gerieten wir in einen Schneesturm. Die Passstraße, die wir mit dem Lkw entlanggefahren waren, wurde durch eine zuvor niedergegangene Lawine blockiert. Auch damals war die Heizung ausgefallen.

»Aber im Gegensatz zu hier wussten wir dort, dass auf jeden Fall nach uns gesucht und bald Hilfe eintreffen würde«, meinte ich nervös.

»Ich hab mal einen Überlebensfilm gesehen über dieses Rugbyteam, das mit einem Flugzeug in den Anden abgestürzt ist. Einige Menschen konnten nur überleben, weil sie das Menschenfleisch der anderen aßen«, erzählte Adam.

»Und was wollen Sie mir damit sagen?«, fragte ich irritiert.

»Na ja, also falls ich zuerst sterben sollte, dann gestatte ich Ihnen, mich zu essen«, antwortete er verschmitzt.

Ich musste grinsen und dankte ihm für diese Gentleman-Geste allererster Güte. »Ich denke, das wird hier sicherlich nicht nötig sein, da wir nicht in den Anden sind und es hier eher ums Erfrieren als ums Verhungern geht.«

»Wer weiß, wie lange wir hier eingeschlossen sind? Also falls doch, tun Sie sich keinen Zwang an.« Ich fand es süß von ihm, dass er nicht in Panik geriet, sondern mir ein Lächeln aufs Gesicht zauberte. Wir hatten definitiv den gleichen Humor. Er hakte nach, ob ich ihm umgekehrt dasselbe gestatten würde.

»Ich bin mir da noch nicht so sicher«, meinte ich keck.

»Also wirklich. Das ist für Sie ein wesentlich besserer Deal!«

»Ach ja?«, meinte ich. »Weshalb?«

»Na ja, ich hab wesentlich mehr anzubieten als Sie«, erklärte er, auf unsere Körper anspielend.

Ich musste lachen. »Das stimmt.« Ich spürte an seine Wange gelehnt, dass er lächelte.

Ein warmherziger Moment, auch wenn die Kälte immer mehr von unseren Körpern in Beschlag nahm.

»Was waren die schönsten Momente in Ihrem Leben?«, fragte ich, nach einem anderen Thema suchend.

»Jetzt, wo wir uns sozusagen zum Fressen gern haben, sollten wir wieder zum Vornamen wechseln«, schlug er vor.

»Gern, Adam. Also noch mal: Erzähl mir von deinen schönsten Momenten.«

Die glücklichen Momente seien bei ihm schon lange her, gestand er. Ihm fiel das Angeln am Wochenende mit seinem Grandpa ein.

Mich machten oft schon die alltäglichen Dinge glücklich. Etwa ein leckeres Stück frischer Apple-Cheesecake, wie ich ihn zuletzt am Chicagoer Airport gegessen hatte, oder der köstliche Galão an der Raststätte.

»… auch wenn der kein Bio-Fairtrade war«, scherzte ich und beschrieb dann die im Neonlicht von Betty's Diner tanzenden Schneeflöckchen oder diesen schönen Moment mit Adam im Frühstücksraum, als wir das Spiel gespielt hatten, welche Persönlichkeiten die Menschen dort wohl sein mochten.

»Man hat das Große im Blick«, stellte Adam fest. »Und sieht dann oft das Schöne im Kleinen nicht.«

Es war ein vertrautes Gespräch, auch wenn uns mit der abnehmenden Körpertemperatur durch die massive Kälte immer mehr eine Trägheit überkam. Und so saßen wir da. Eingepackt und eng umschlungen, während draußen der eisige Tod durch die Gegend wütete.

»Hoffen wir nur, dass das für uns hier nicht das Ende ist«, meinte ich mit letzter Kraft. Mein Gesicht war schon so kühl, dass ich es gar nicht mehr spürte.

Ich hörte ihn noch etwas Unverständliches murmeln, bevor ich mich erschöpft meiner Müdigkeit hingab. Um mich herum wurde alles dunkel. Hätte ich noch Kraft gehabt, so hätte ich eine letzte Frage in mein Büchlein geschrieben. Waren wir vier Tage vor Heiligabend dem Ende geweiht?

7. Kapitel

Ich saß fest und konnte mich nicht rühren. War umgeben von Mauern. Als wäre ich in einen finsteren Brunnen gefallen. Da war ein Licht. Direkt über mir. Es flackerte. Vergrößerte sich, wurde heller und greller. Es blendete mich, sodass ich die Augen schließen musste. Im nächsten Moment fand ich mich in unserem Mietauto wieder, mit Blick in Adams regloses Gesicht. Ich wollte etwas sagen, ihn ansprechen, ihn rütteln, doch ich konnte mich nicht bewegen. Ich fühlte mich schockgefrostet, obwohl ich dick eingepackt war und auch an Adam gedrückt. Panik kam in mir hoch. Mit aller Gewalt versuchte ich, Kraft in meinen Körper zu bekommen.

»Adam«, hauchte ich. Zu mehr war ich nicht imstande. Mir war, als würde der gesprochene Name in einem kalten Hauch verwehen, ohne dass er ihn erreichen konnte. Ich hatte kein Raum- und kein Zeitgefühl mehr. War ich vielleicht bereits tot? Meine Seele auf ewig hier feststeckend, während seine Seele in einer Parallelwelt nach Orientierung suchte.

»Adam?«, fragte ich mit mehr Kraft in der Stimme. Meine Lebensgeister wollten den Tod nicht wahrhaben. Ich konnte langsam einen Arm bewegen und stupste wie in Zeitlupe meinen Weggefährten an. »Adam?«

Seine Augenlider bewegten sich etwas. Gott sei Dank! Er war noch am Leben. Jetzt erst nahm ich dumpf ein Geräusch wahr, das außergewöhnlich schien. Ein dumpfes Schlagen gegen das Fenster. Im ersten Moment dachte ich, die sich im Wind wiegenden Äste eines entwurzelten Baumes würden gegen das Auto schlagen. Doch dann hörte ich Stimmen. Männerstimmen.

»Adam? Hörst du das?«

Langsam kam Leben in seinen Körper. Ich erkannte durch die gefrosteten Scheiben verschwommen zwei in dicke Mäntel eingepackte und Pelzmützen tragende Männer mit Bärten.

»Mir ist kalt«, sagte Adam bibbernd. Dabei klangen seine Worte wie warmer Honig, hatte ich doch befürchtet, er sei tot.

»Jetzt wird alles gut«, sagte ich, während die Männer es schafften, die vereiste Tür aufzubekommen. Im Angesicht der Rettung kam mehr Kraft in meinen Körper. Und auch Adam schaffte es, sich zu bewegen.

»Kommen Sie! Kommen Sie mit«, forderten die Männer uns freundlich auf und halfen uns heraus. Bereits der Gedanke an ein schön beheiztes Auto wärmte mich.

Doch als wir uns umständlich mit den vielen Klamotten aus dem Wagen gezwängt hatten und einige Meter gegen den Schneesturm ankämpfend gegangen waren, mussten wir ernüchtert feststellen, dass die beiden Männer mit einem Kutschenwagen und einem Gespann von vier Pferden unterwegs waren. Zumindest hatten sie in dem abgeschlossenen Kutschenwagen dicke Felldecken, die überraschend gut wärmten.

»Das kann doch nicht wahr sein«, murmelte der wieder zu Kräften gekommene Adam. »Ist der Tesla eine Zeitmaschine und hat uns ins 18. Jahrhundert gewirbelt?«

»Das sind Amish People!«, erwiderte ich flüsternd und bedankte mich bei den beiden für ihre Hilfe.

»Ich weiß. Aber es ist trotzdem sehr befremdlich. Wer rechnet denn mit so was?«

Immerhin würden sie uns an einen sicheren Ort bringen und uns vor dem Erfrieren bewahren. Das empfand er natürlich auch als einen Grund, Dankbarkeit zu zeigen. Sie nickten freundlich, als wäre es nicht der Rede wert, dass wir ihnen das Leben zu verdanken hatten. Sie waren offensichtlich keine Männer der großen Worte, sondern eher der Taten.

Unseren Wagen ließen wir natürlich stehen. Ihn abzuschleppen, hätte nichts gebracht, da er zum einen zur Hälfte eingeschneit war, und es zum anderen bei den Amish People mit ziemlicher Sicherheit sowieso keinen Strom gab. Die Männer versicherten uns aber, sich darum zu kümmern, ihn wieder flottzubekommen, sobald sich die Wetterlage beruhigt hatte. Bei den benachbarten Mennoniten sei es möglich, ihn wieder aufzuladen, aber bis dahin würden wir bei ihnen unterkommen, meinte Isaac, derjenige der beiden Amish, der uns gegenübersaß. Der andere Mann hatte bereits die Zügel in der Hand und stellte sich als Caleb vor.

»Sie können von Glück reden«, sagte er, nachdem wir ein Stück gefahren waren, »dass wir dem Pastor helfen mussten, seine Ziegen zu füttern, da er ein gebrochenes Bein hat, sonst wären wir hier nicht vorbeigekommen.«

»Wir verdanken also unserem Leben den Ziegen Ihres Pastors«, meinte ich.

»Sie verdanken Ihr Leben vor allem unserem Herrn und Gott. Denn der hat uns Ihnen zu Hilfe gesandt«, erklärte mir Isaac freundlich.

Während der Fahrt erfuhren wir, dass die beiden Brüder waren und zusammen mit ihren Familien auf einer kleinen Farm am Rande ihrer Gemeinde wohnten. Sie lebten von den Erträgen ihrer Landwirtschaft und lehnten es komplett ab, moderne Technik in ihr Leben zu integrieren. Als ich erzählte, dass meine Eltern in ähnlicher Form auf einer Selbstversorger-Farm in Woodland lebten, war Adam überrascht.

»Ja, meine Eltern leben eine Art Hippie-Ökobewegung – im Einklang mit der Natur, so gut es eben geht.«

Während wir redeten, taute ich immer mehr auf.

Nach dreißig Minuten erreichten wir besagte Farm der beiden Brüder. Es war ein sehr altes Farmhaus, aus Holzbalken und Brettern gebaut. Vermutlich war es seit Generationen in Amish-People-Hand. Als wir die Küchenstube betraten, in der einige Familienmitglieder zugange waren, und die wohlige Wärme des knisternden Kaminfeuers uns umfing, fühlte ich mich wie neu geboren. Die einfache hölzerne Krippe, die auf einer Kiste arrangiert war, schien handgeschnitzt und mit viel Liebe hergestellt. Ebenso wie die andere Weihnachtsdeko, der mit Strohsternen geschmückte, von der Decke hängende Ast einer Korkenzieherweide.

»Wenn du mich das nächste Mal nach einem der schönsten Momente meines Lebens fragst«, meinte Adam strahlend, »werde ich dir diesen hier beschreiben.«

Ausgerechnet er, der in den besten Hotels der Welt nächtigte und in den teuersten Restaurants dinierte, würde diesen Moment in diesem einfachen Haus, mit den mit der Natur im Einklang lebenden Menschen in ihren karg-schlichten Trachten als einen seiner schönsten beschreiben.

Wir wurden von Calebs sehr junger Ehefrau in Empfang genommen, die neben Isaacs Frau Maria mit mehreren dampfenden Töpfen am Ofen hantierte. Ich war überrascht, denn sie war bestimmt erst Mitte zwanzig und Caleb mochte Mitte vierzig sein. Wobei ihn dieser Amish-Bart wahrscheinlich ein paar Jahre älter wirken ließ. Seine Frau hieß Leah und stellte uns die anderen im Raum vor. In einem Holzschaukelstuhl wickelte Oma Fannie gerade ein Wollknäuel auf. Der hagere Opa

Jeremiah saß ihr auf einem Holzschemel gegenüber und hielt Pfeife rauchend die noch aufzurollende Wolle in den ausgebreiteten Händen. Sein faltiges Gesicht verriet, dass er Unmengen von Geschichten zu erzählen hatte.

Ganze sieben Kinder hielten sich in der offenen Küchenstube auf, alle ähnlich gekleidet. Als uns Leah die Kinder mit Namen vorstellte, stieg ich irgendwann gedanklich aus. So viele biblische Namen hatte ich seit Ewigkeiten nicht mehr gehört.

Zwei Teenager-Mädchen halfen beim Essenmachen, während ein Zwölfjähriger auf die beiden Zwillings-Babys aufpasste, die auf einer auf dem Strohboden ausgebreiteten Decke spielten. Zwei Jungs saßen brav an dem großen Esstisch und schrieben konzentriert etwas mit Kreide auf Holztafeln, was Oma Fannie ihnen diktierte. Anscheinend mussten sie Hausaufgaben machen.

Nachdem die Familie über unsere missliche Lage aufgeklärt worden war, entschuldigte sich Isaacs Frau Maria, dass sie in diesem recht bescheidenen Haus leider kein Gästezimmer besaßen und selbst hier in der Küchenstube drei Kinder schliefen. Deshalb konnten sie uns nur ein bescheidenes Nachtlager bieten. Ich dankte für ihre Gastfreundschaft und betonte, dass uns jedes Nachtlager recht sei.

Wir durften in der warmen Scheune bei den Schafen schlafen. Ich war überrascht, denn wie es aussah, hatte Adam kein Problem damit. *Was so eine Neugeburt doch alles bewirken kann*, dachte ich amüsiert.

Doch dann hakte Maria irritiert nach, ob wir überhaupt verheiratet seien, da sie keine Ringe an unseren Fingern sehe. Klar, dass das in einem strenggläubigen Haus keine unwichtige Sache war. In einem Kloster können Priester und Nonnen auch nicht das Zimmer miteinander teilen.

Adam blickte bangend. »Was wäre, wenn wir es nicht wären?«

Maria schaute ziemlich streng. »Dann müssten Sie, Adam, im Schweinestall übernachten.«

Im ersten Moment dachte er, das sei ein Scherz. Doch dieser äußerst religiösen Frau war es natürlich sehr ernst damit.

»Im Schweinestall? Das ist doch mal ein bitterer Abstieg von der First Class«, murmelte er gequält.

Der Arme sollte im Schweinegestank schlafen. Ausgerechnet er, der vermutlich noch nie einen Stall von innen gesehen hatte. Ich konnte ihm unmöglich erneut so eine schlimme Nacht zumuten.

Adam wollte gerade gestehen, dass wir kein Paar waren, als ich ihm dazwischenfunkte. Ich ergriff seine Hand, schmiegte mich an ihn wie eine liebende Ehefrau und behauptete, dass wir noch ganz frisch verheiratet seien. Er warf mir einen überraschten Blick zu. Weiter erklärte ich, dass wir uns gegen das Symbol der Ringe entschieden hätten, da wir beide keine Ringträger seien. Schließlich schreibe kein Gesetz der Welt vor, dass man welche tragen müsse.

»Ja, wenn das so ist, dann müssen Sie natürlich nicht getrennt schlafen … und herzlichen Glückwunsch nachträglich zur Heirat«, sagte Maria und lächelte uns an. Auch die anderen riefen uns erfreut ihre Glückwünsche zu.

»Vielen Dank! Du hast was gut bei mir«, flüsterte mir Adam zu und ich hörte regelrecht den Stein von seinem Herzen plumpsen. Da standen wir nun Händchen haltend und das traute Paar spielend und ich kam mir vor wie in einer dieser schrägen Hollywood-Verwechslungskomödien, in denen sich zwei Menschen, die sich kaum kennen oder nicht leiden können, als Paar ausgeben müssen.

»Sie wollen sich sicher vor dem Abendessen noch ein wenig frisch machen«, meinte Caleb und wies seine Tochter an, sich um Wasser zu kümmern. Isaac ging wieder hinaus, um die Pferde zu versorgen.

»Ja, sehr gern«, meinte Adam und freute sich wohl auf eine warme Dusche. Leah schickte ihre älteste Tochter weg, damit sie uns frische Klamotten zum Wechseln holte, und beschrieb uns den Weg zum Bad.

»Nochmals tausend Dank für die Rettung vor dem Schweinestall«, sagte er, als wir die Treppe zum ersten Stock der Amish-Farm hochstiegen.

»Denk einfach daran, wenn du deinen Spendenscheck ausfüllst, den du mir versprochen hast«, sagte ich augenzwinkernd.

»Das werde ich«, meinte er gut gelaunt und fragte, auf welche Organisation er ihn denn ausstellen solle. Ich gab ihm den Auftrag, sich selbst kundig zu machen, an wen er die Summe spenden wolle. Es war die einzige Möglichkeit, solche Typen auch mal dazu zu bewegen, sich mit einer ihnen völlig fremden Welt vertraut zu machen. Er versprach, das zu tun, sobald wir wieder ins Internet konnten. Denn in der Amish-Siedlung gab es natürlich kein Netz.

Am Ende des Gangs im ersten Stock erreichten wir einen gekachelten Raum, der wohl das Bad darstellen sollte. Auf einem Tisch lagen Handtücher und daneben stand eine große Schüssel. Adam warf mir einen irritierten Blick zu. »Wo sind die Wasserleitungen?«

In dem Moment kam die älteste Tochter mit einem großen Krug voll frischem Wasser zu uns.

»Da sind sie«, sagte ich zu ihm und schmunzelte. Ihr Papa brachte einen Packen frischer Klamotten und legte sie auf den Stuhl neben dem Tisch. Unsere Kleidung konnten wir nachher über dem Kamin aufhängen, ließ er uns wissen. Er zeigte uns, dass sich die Kernseife in dem Fach unter dem Waschtisch befand.

»Abendessen gibt es in einer halben Stunde«, meinte die Tochter noch.

Mir war es nicht unangenehm, mit einem Mann das Badezimmer zu teilen. Das kannte ich von unserem Camp im brasilianischen Regenwald, wo wir uns gemeinsam am Flussufer gewaschen hatten.

Doch für ihn war es offensichtlich nicht gerade normal, mit einer Frau im Bad zu sein. »Also willst du zuerst …?«, fragte ich, prustete dann aber los, als ich ihn nicht nur mit meinen langen Unterhosen über seiner Anzughose vor mir stehen sah, sondern auch mit dem T-Shirt »Fuck Capitalism«. Er blickte an sich hinunter und musste ebenfalls lachen.

»Wer hätte gedacht, dass dieses T-Shirt mir einmal das Leben retten würde«, meinte er nicht einmal ironisch. Ich ließ ihm den Vortritt beim Waschen.

Er testete das Wasser an. »Verdammt, ist das frostig! Da bekomm ich ja einen Kälteschock und sterbe statt an Erfrierung im Wagen hier unter diesem eiskalten Wasser«, meinte er. »Das fühlt sich ja kälter an als der Eissturm da draußen. Kann man das nicht irgendwie über dem Kaminfeuer anwärmen?«

»Frag doch die nette Tochter. Aber selbst die wird sich über so ein Weichei sicherlich wundern, Mr First-Class-Hotel.«

Er wollte sich schon auf den Weg machen, um wirklich nachzufragen, stoppte dann aber doch an der Tür und ließ die Klinke wieder los. Ich zog mich aus.

»Ein Berg von Mann, aber hat Angst vor kaltem Wasser. Jetzt hab dich mal nicht so, selbst die Mädels hier sind härter im Nehmen als du.«

»Oh, die knallharte feministische Ramboline hat gesprochen, was?«, meinte er spottend.

»Na ja, Ramboline passt ganz gut … ich hab mich im Dschungel teilweise mit kaltem Flusswasser gewaschen. Daran wirst du nicht sterben.«

»Ist ja gut. Es reicht.«

Er hielt den Krug hoch. »Willst du erst … duschen? Oder muss ich?«

»Bitteschön, Weichei first!«, sagte ich, schließlich war ich noch damit beschäftigt, die Flecken aus meinen Klamotten zu bekommen. Als er sich bis auf die Unterhose ausgezogen hatte, hantierte er mit dem Krug Wasser herum und ich musste mir eingestehen, dass er doch einen sehr gut trainierten Body hatte. Ich stellte mir vor, wie es wohl wäre, über seine harten Brustmuskeln zu streichen … Das war sehr wahrscheinlich der langen Männerabstinenz geschuldet, wie ich mir selbst einredete. Auch wenn er sich beim Waschen mit dem eiskalten Wasser nicht gerade wie ein Mann verhielt: »Und deshalb liebe ich den Kapitalismus! Da gibt's richtige Duschen und heißes Wasser en masse«, jammerte er bibbernd.

Ich konnte mich eines Lächelns nicht erwehren und dachte daran, wie schön es jetzt unter einer richtigen warmen Dusche gewesen wäre.

Nachdem er sich frisch gemacht hatte, trocknete er sich ab und zog schnell die beigefarbenen Amish-Klamotten aus Leinenstoff und Baumwolle über. Ich ging splitterfasernackt zum Krug und stellte fest, dass er bis auf einen kläglichen Rest leer war. »Danke, dass du mir noch einen Bodendecker übrig gelassen hast.«

»Kein Ding«, meinte er kurz und versuchte fast krampfhaft, nicht zu mir zu schauen.

»Und für die unglaublich selbstlose Hilfe«, fügte ich hinzu, nachdem er keine Anstalten machte, den Krug aufzufüllen.

»Ich geh dann mal und hol dir neues Wasser«, stammelte er rot anlaufend, als er mich unsicher anblickte.

»Danke«, erwiderte ich nur grinsend. Seine Schüchternheit war süß.

»Ich bin gleich wieder da.« Er verschwand eilig mit dem Krug aus dem Badezimmer. Ich hätte nie gedacht, dass ihn eine nackte Frau so verunsichern könnte. Irgendwie sehr süß, aber bei so einem Bild von Mann, wie er es war, eine witzige Kombination.

Nachdem auch ich mich frisch gemacht hatte, nahmen wir unsere nassen Klamotten mit nach unten, um sie über dem Kaminofen zu trocknen. Das Esszimmer, das sich mit der offenen Küchenstube zu einem großen Raum verband, war warm und sehr heimelig.

»Kommt hierher«, rief uns Caleb zu, »setzt euch zu uns an den Tisch.«

Dort saßen neben den Brüdern und ihren beiden Frauen auch die jüngeren Kinder und die Großeltern. Die beiden ältesten Töchter hatten anscheinend die Aufgabe, das Essen zu servieren, und setzten sich dann später zu uns, als alle Schüsseln mit dampfendem Essen in der Mitte des Tisches verteilt waren. Mit der kompletten Großfamilie war alles sehr eng, dadurch aber auch gemütlich.

Die Schüsseln waren mit lauter leckeren Speisen gefüllt: duftender Hirsebrei, Rote-Bete-Suppe, eingelegte Essiggurken, Haferschleim und Graupeneintopf. Dazu frisch gebackenes Maisbrot, selbst geschlagene Butter und Ziegenkäse. Adam rümpfte die Nase. Auch die Tatsache, dass alle Zutaten aus Eigenanbau stammten, überzeugte ihn offenbar nicht. »Was gäbe ich jetzt für 'nen Burger«, murmelte er.

»Gib doch erst mal dem Essen eine Chance«, flüsterte ich ihm zu.

»Der Hunger wird es schon reintreiben …«, meinte er mit recht sparsamem Blick über die Töpfe und Schüsseln auf dem Tisch.

Er griff nach einem Stück Maisbrot, doch ich machte ihn darauf aufmerksam, dass die Amish People erst ein Tischgebet sprechen wollten. Sie hatten ihre Hände bereits zum Gebet gefaltet und warfen ihm einen irritierten Blick zu.

»Entschuldigung«, murmelte er, ließ das Stück Maisbrot los und zog seine Hand zurück.

»Bitte, Hannah!«, sagte eine der Frauen mit Blick zu ihrer etwa zehn Jahre alten Tochter. »Du darfst heute das Tischgebet sprechen.«

»Vielen Dank, Mama«, antwortete sie und auch wir falteten die Hände zum Gebet, während das Mädchen sprach: »Aller Augen warten auf dich, oh Herr. Du gibst uns Speise zur rechten Zeit. Du öffnest deine Hand und erfüllst alles, was lebt, mit Segen. Herr, segne uns und diese Gaben, die wir von deiner Güte nun empfangen. Amen!«

Alle wiederholten das Amen und die Mutter dankte Gott noch dafür, dass er uns vor diesem Schneesturm beschützt hatte.

»Gott, wir danken dir!«, stimmten alle mit ein.

Wieder wollte Adam zugreifen, doch die Frau bat ihn, als Gast vielleicht auch ein paar Dankesworte an den Allmächtigen zu richten.

»Übernimm das doch bitte du, Schatz«, meinte er mit bangem Blick zu mir. Ich zögerte einen Moment, ob ich ihm helfen sollte. Hilfe suchend blickte er mich an, und formte mit den Lippen ein beinahe flehentliches »B-i-t-t-e«.

Aber dann dachte ich mir, dass es doch mal eine schöne Übung für ihn wäre, etwas Nettes formulieren zu müssen. »Also, ich finde das eine tolle Idee, mein Liebling«, betonte ich. »Gerade du findest doch von uns beiden immer so liebevolle Worte, nicht wahr?« Ich zwinkerte ihm mit einem Zuckergusslächeln zu.

Sein Blick verfinsterte sich und ich senkte den Kopf, damit er mich nicht grinsen sah. Diesmal wollte ich ihm nicht aus dem Schlamassel helfen. Alle warteten gespannt auf seine Worte. Nur das Knistern des Kaminfeuers war zu hören.

»Na, gut. Lieber Gott, du da oben …« Er stockte und ich hatte jetzt schon Mühe, nicht loszulachen.

»Also, wie soll ich das sagen … Ich danke dir sehr, dass uns diese lieben Leute gerettet haben und wir nicht jämmerlich erfrieren mussten. Dass sie uns eine Unterkunft geben, mit frischen Klamotten … einer wahrlich traumhaft schönen Dusche … Ach ja, und dass du mich nicht in einem …« – wir hatten kurz Blickkontakt und ich musste schon wieder schmunzeln, weil ich wusste, wie dankbar er dafür war – »… Schweinestall schlafen lässt, sondern bei meiner geliebten Frau. Auch dafür will ich dir danken …«

Opa Jeremiah schaute skeptisch zu Adam.

»Und danke natürlich für das … Holz im Kaminfeuer, das uns wärmt. Und danke für das wetterfeste Dach, das wir über dem Kopf haben und das uns vor dem Schneesturm schützt! Und danke für das leckere Abendbrot, mit dem wir unseren Hunger stillen können … Danke für …«

Ich stieß gegen sein Schienbein, als Zeichen, dass er es nicht übertreiben sollte.

»… Danke für einfach alles … Ach ja, PS …« – einige der Amish People waren von seinem sehr themenfremden Briefnachsatz irritiert – »… bitte, bitte, lass den Schneesturm nicht weiter bis nach Denver ziehen, damit wir den Flieger nach Seattle morgen noch schaffen und ich meinen Termin halten kann. Das war's! Danke, lieber Gott!«

»Amen!«, sagten wir alle im Chor.

»Du solltest vielleicht mal überlegen, doch noch Pfarrer zu werden. Dein Gebet hat mich tief berührt«, sagte ich belustigt.

Er stupste mich in die Seite und musste selbst schmunzeln.

Dann belud ich meinen Teller und nahm mir auch eine Schüssel von dem Graupeneintopf, während Adam sich zunächst ausschließlich mit Maisbrot und Butter begnügte, die ihm recht mundeten. Isaac reichte ihm eine Schüssel Rote-Beete-Suppe und etwas von dem selbst gemachten Ziegenkäse. Adam wollte zunächst ablehnen, doch Isaac hätte das als Beleidigung empfunden. Also musste er es essen. Und – welch Wunder, es schmeckte ihm plötzlich so gut, dass er um mehr Ziegenkäse sowie Suppennachschlag bat.

Zu trinken gab es Wasser und Kuhmilch. Beim Tischgespräch fragten uns die Großeltern, ob wir beide Kinder haben wollten. Es war schon sehr merkwürdig, diese Frage gestellt zu bekommen, wenn man mit dem Kerl an seiner Seite nicht wirklich zusammen war. Aber ich konnte die Frage ja unabhängig davon beantworten, denn ich wollte definitiv Kinder. So antworteten wir beide spontan gleichzeitig mit »Ja«.

Die Amish lachten.

»Man spürt, dass ihr euch versteht und einfach wunderbar harmoniert«, sagte Maria und die anderen bestätigten das mit einem zustimmenden Nicken. Wenn die gewusst hätten … Wobei mich irritierte, dass es sich in diesem Moment tatsächlich so anfühlte. Aber aufgrund des Überlebenskampfes mussten wir uns ja aufeinander einstellen und ein funktionierendes Team bilden.

Dann setzte sich einer der Jüngsten, der etwa fünfjährige Samuel, auf Adams Schoß und zeigte ihm ein Holzpferdchen, das ihm sein Großvater geschnitzt hatte. Adam wirkte ganz unbeholfen und ich sah natürlich, dass er bisher nicht viel mit Kindern zu tun gehabt hatte und sich gerade einer ihm völlig neuen Situation stellen musste. Aber er bemühte sich und das rührte mich schon etwas.

Nach einer Weile fragte er mich leise, ob ich denn schon entdeckt hätte, wo die Toilette sei. Meine Sitznachbarin Leah hatte es gehört, brachte ihm den dicken Wintermantel ihres Mannes und wies ihm den Weg nach draußen. Gleich neben dem Haus rechts. Adam musste raus in den Sturm auf ein Plumpsklo!

»Bitte sag jetzt einfach nichts …«, murmelte er mit böse funkelnden Augen.

»Ich weiß«, erwiderte ich. »Deshalb liebst du den Kapitalismus. Da gibt's auch anständige Toiletten.«

Als er sich die geliehene Fellmütze mit Ohrenschützern aufgezogen hatte und mich von der Garderobe neben der Haustür her anschaute, musste ich erneut lachen. Caleb meinte, selten einer so fröhlichen Frau wie mir begegnet zu sein.

»Daran ist nur Adam schuld – er bringt mich ständig zum Lachen«, meinte ich und musste nicht einmal lügen.

Adam blickte nun ebenfalls amüsiert und schnaufte einmal tief durch, um dann in die Kälte hinauszumarschieren.

Nachdem wir uns ordentlich den Bauch vollgeschlagen hatten, revidierte Adam seine Skepsis gegenüber den doch recht einfachen Gerichten und dankte den Frauen für das wunderbare Essen. Die Kinder wurden ins Bett gebracht. Nur die beiden ältesten Töchter durften noch etwas aufbleiben und bürsteten sich gegenseitig die langen dunkelblonden Haare. Ich half derweil den Frauen beim Abwasch, Adam spielte eine Partie Schach mit Opa Jeremiah und Caleb zupfte vor dem Kamin an einer Gitarre. Isaac saß daneben und sang ein Lied, das ich erst nach einiger Zeit fragmentarisch verstand.

Als ich mich zu Adam und Opa Jeremiah gesellte, sah ich, dass mein Fake-Ehemann vor dem Schachmatt stand, ohne sich dessen bewusst zu sein. Ich fragte Opa Jeremiah, ob ich meinem geliebten Mann einen kleinen Hinweis geben dürfe. Er nickte gutmütig.

Ich warnte Adam davor, seine Dame zu bewegen. Er sollte dem Turm und seinen Läufern mehr Beachtung schenken. Zwar bedankte er sich für den gut gemeinten Rat, erklärte aber, er habe alles im Griff und sei ein geübter Spieler. Seine Taktik sei eine gänzlich andere. »Außerdem«, fügte er überheblich hinzu, »wird das Spiel nicht ohne Grund das Spiel der Könige genannt – und nicht etwa der Königinnen.«

Jeremiah korrigierte ihn daraufhin, dass Schach nicht deshalb »Spiel der Könige« genannt werde, weil es in erster Linie von Königen gespielt wurde, sondern weil der Name von dem persischen Wort »Schah«, also »König« stamme und tatsächlich der König die wichtigste Figur des Spiels sei. Die Dame, die Türme, die Läufer, die Springer und natürlich die Bauern dienten alle nur dem einen, dem König – dem Schah.

»Er allein entscheidet über Sieg und Niederlage«, meinte Jeremiah wie ein weiser Schach-Buddha auf Diät und paffte genüsslich an seiner Pfeife.

»Mag sein. Aber in exakt sieben Zügen ist der liebe Opa Jeremiah schachmatt«, meinte Adam siegessicher. Doch so weit kam es nicht, denn nach fünf war Adam schachmatt gesetzt.

»Na ja, ich hab schon seit Jahren nicht mehr gespielt«, meinte er dann kleinmütig.

»Du hättest auf deine Frau hören sollen, sie ist weiser als du«, meinte der Opa lächelnd und fügte noch hinzu, dass die meisten Frauen weiser seien als die Männer. Er klopfte Adam aufmunternd auf die Schulter und verabschiedete sich zum Schlafen.

Adam grinste mich an. »Ja, meine Frau weiß einfach alles besser«, meinte er mit einem Seitenblick auf mich.

Ich musste lachen. »Endlich hast du es kapiert!«

Wir wurden von Leah zu unserer gemeinsamen Schlafstätte in der angrenzenden Scheune gebracht. Neben vier Pferden in ihren Boxen weiter hinten waren dort eine frei laufende Ziege, zwei ebenfalls frei laufende Schafe, ein Lämmchen und zwei Maine-Coon-Katzen beheimatet, außerdem die Kuh »Emma«, die allerdings in einem abgetrennten Teil ihr Reich hatte. Für eine Scheune mit Tieren war alles angenehm sauber und gepflegt.

»Der kleine Samuel und sein Bruder schlafen im Winter eigentlich hier auf dem warmen Strohboden.«

»Oh, ich hoffe, wir verursachen euch nicht zu viele Unannehmlichkeiten«, meinte ich, doch Leah fuhr mir sofort beschwichtigend dazwischen. »Keineswegs! Die beiden schlafen heute bei meinem Mann und mir im Bett. Da ist Platz genug.«

Sie leuchtete mit einer Öllampe in die Stallecke, wo sich sogar eine Art einfacher Bretter-Kleiderschrank befand, in dem Nachthemden, Pyjamahosen und Felldecken aufbewahrt wurden, die wir benutzen durften. Es erinnerte mich an viele schöne Kindheitserlebnisse auf unserer Farm. Denn damals hatte ich auch des Öfteren und sehr gern im warmen Stall geschlafen. Die Wärme der Tiere war fast angenehmer als die trockene Hitze des Kaminofens.

Leah stellte die Öllampe auf den Schrank und befestigte sie zur Sicherheit mit einem Draht. Dann wünschte sie uns eine angenehme Nachtruhe und verließ den Stall.

»Angenehmer als gedacht«, murmelte Adam.

»Es duftet hier herrlich nach Stroh und Land. Da werden Kindheitserinnerungen wach«, meinte ich begeistert und ließ mich in den trockenen Strohhaufen plumpsen. Ich stützte meinen Kopf ab und sah entspannt zu Adam hinüber, der sich gerade auszog.

»Du trainierst, oder?«, meinte ich mit Blick auf seinen recht gut gebauten Oberkörper.

»Trainieren ist zu viel gesagt, aber ich gehe so oft ich kann ins Fitnessstudio – zwecks Stressabbau!«

»Na, da baut sich nicht nur was ab, wie mir scheint …«, meinte ich scherzend.

»Wenn ich das umgekehrt zu einer Frau sagen würde, hätten wir eine Sexismus-Debatte«, meinte er grinsend.

»Das stimmt, zeigt aber auch sehr gut, welche Lücken der Gleichberechtigung umgekehrt geschlossen werden müssen«, meinte ich augenzwinkernd, während er bei seiner Hose angekommen war. Er bat mich, mich umzudrehen, da er keine

Unterhose anhabe und gleich nur noch im Adamskostüm vor mir stehen werde.

»Also für einen ›Adam‹ bist du aber ganz schön verklemmt«, meinte ich keck.

»Na ja, ich bin auch nicht der biblische Adam, sondern der …« Er suchte nach passenden Worten.

»… der kapitalistische Adam«, half ich ihm belustigt auf die Sprünge.

»Ist einfach schon lange her, dass ich mit einer Frau das Bett geteilt habe«, verriet er mir dann den Grund seiner Scham.

»Das soll ich dir glauben? Das ist doch sicherlich nur deine schüchterne Masche … Aber meinetwegen.« Ich drehte mich zur Seite.

Wir löschten das Licht und schlüpften unter die große dicke Felldecke. Es waren nur noch das Rascheln der Schafe auf der anderen Wandseite und der pfeifende Wind des immer noch tobenden Schneesturms zu hören. Nach wenigen Sekunden hatten sich meine Augen an die Dunkelheit gewöhnt und ich konnte Adam schemenhaft in der Dunkelheit erkennen.

Mir fiel ein, wie er mir noch vor Kurzem aufgebracht an den Kopf geworfen hatte, dass, wenn es nach mir ginge, wir wieder alle in Höhlen leben, am Lagerfeuer Lieder trällern und Kühe, Schweine und Hühner im eigenen Garten halten würden.

»Jetzt musst du doch tatsächlich deine Schreckensvision über dich ergehen lassen«, meinte ich amüsiert.

»… also ehrlich gesagt, finde ich es ganz gemütlich«, meinte er. »Und sogar richtig kuschelig.«

»Mr Harper, hat Ihnen mein T-Shirt etwa einen kompletten Sinneswandel beschert?«, meinte ich gekünstelt.

»Es erinnert mich irgendwie an meine Kindheit und die Tage bei meinen Großeltern auf dem Land«, meinte er nachdenklich und leicht melancholisch.

»Du warst tatsächlich mal auf dem Land?«

»Ja. Bis zu meinem achten Lebensjahr hab ich bei meinen Großeltern in Alabama auf dem Land gelebt. Ich hab sogar morgens zusammen mit meiner Grandma die Kühe gemolken«, erzählte er.

»Das testen wir gleich morgen früh mal an Kuh Emma aus!«, sagte ich amüsiert.

»Wir wollen doch der Kuh unnötiges Leid ersparen«, konterte er.

»Du hast recht, Leid wollen wir ihr nicht antun«, meinte ich einsichtig.

»Übrigens, danke noch mal«, fing er plötzlich an, »dass du mir das Leben gerettet hast!«

»Es hing ja auch meins dran.«

»Ich allein wäre aufgeschmissen gewesen.«

»Das glaube ich nicht. Man muss sich nur zu helfen wissen. Es gibt immer eine Lösung. Manchmal muss man einfach nur den Blickwinkel ändern.«

»Ja, stimmt schon.« Er rückte sich etwas zurecht.

Ich lächelte. Das Lämmchen war herangekommen und beschnupperte uns vorsichtig, dann spazierte es über unsere zugedeckten Beine davon, wohl um sich an seine Mama zu kuscheln. Wie süß!

Adam und ich starrten gemeinsam an den Giebel mit dem Dachfenster.

»Ist schon verrückt, dass es Menschen gibt, die freiwillig unter solchen Bedingungen leben.«

»Hm …« Ich fand es einerseits faszinierend, auf moderne Möglichkeiten des technischen Fortschritts zu verzichten. Sich aufgrund von Glaubenssätzen so komplett von allen technischen Errungenschaften – auch im medizinischen Bereich – abzukehren, hatte für mich andererseits jedoch etwas Sektenhaftes. Die Moderne war ja nicht nur Fluch, sondern auch Segen.

Da waren wir uns ziemlich einig. Aber Adam meinte überraschend, dass er sehr wohl auf Komfort verzichten könne und diese First-Class-Sache nur lebe, weil er nun mal in diesem Rahmen arbeite. »Ich kann nicht mit ungepflegten Händen zum Geschäftsessen mit einem Multimilliardär gehen. All das gehört zu meinem Beruf, auch wenn es sich manchmal wie eine Verkleidung anfühlt«, gab er offen zu. »Es ist, als spielte ich für meine Kunden eine Rolle. Eigentlich bin ich das gar nicht!«

Wow, dachte ich. Das waren ziemlich krasse Worte. Denn damit sagte er letztlich aus, dass er ein falsches Leben lebte.

Hätte ich nicht gewusst, dass ich neben einem gestandenen Reichen-Bänker in einem Heubett lag, wäre ich mir vorgekommen wie in meiner Teenagerzeit, als ich mich mit meiner ersten großen Liebe, dem Farmersohn Benjamin Walker, in die Scheune verkrochen hatte! Merkwürdiger Gedanke, aber das lag vermutlich an der vertrauten Umgebung der Scheune und den Gerüchen.

»Welche Bedeutung hat eigentlich das Tattoo auf deinem Popo?«, fragte er, um auf ein anderes Thema zu lenken.

»Aber Hauptsache, ich muss mich wegdrehen«, beschwerte ich mich lachend.

»War ja nicht zu übersehen, wenn du dich gleich so splitternackt vor mir unter die Amish-Dusche stellst«, verteidigte er sich.

»Der Punkt geht an dich«, sagte ich. »Aber ich muss klarstellen, dass das Tattoo etwas weiter oberhalb ist. Es ist ein aus Mustern zusammengesetztes altes spirituelles Kalinga Tribal Tattoo.«

»Aha. Wie kommt man auf die Idee zu so einem Kalinga Tattoo? Und was ist das überhaupt?«

Ich erzählte, dass ich vor fünf Jahren bei einer Hilfsaktion auf die Philippinen gereist war. Ein Taifun hatte verheerenden Schaden angerichtet und ich war fast sechs Monate dort gewesen, um Hilfe beim Wiederaufbau zu leisten. Am Ende meiner Zeit erfuhr ich von einer fast hundertjährigen Frau, die in den philippinischen Bergen lebte. Sie war die letzte Überlebende der ganz besonderen Kunst, wie man diese Tattoos auf alte, traditionelle Weise herstellte. Ihren Körper zierten kunstvoll tätowierte Schlangen und Tausendfüßler mit markanten Musterungen. Ihr Leben lang hatte sie Krieger, Stammeskämpfer und Kopfjäger tätowiert. Das Kuriose war: Sie allein entschied über jedes Tattoo.

»Das nenne ich doch mal Kundenservice«, scherzte Adam.

»Es ist so, als ob die Frau in deine Seele blickt und dein Krafttiersymbol erspürt. Das tätowiert sie dir dann an die passende Stelle auf deinen Körper.«

Obwohl ich eigentlich kein Interesse an eigenen Tattoos hatte und ich die Dame damals nur ein wenig bei der Arbeit beobachten wollte, um ein paar Zeichnungen von ihr zu machen, hatte ich mir schließlich auch ein Tattoo von ihr stechen lassen.

»Wieso dann doch?«, wunderte sich Adam.

»Ich kann es dir eigentlich nicht so genau sagen, zumal wir uns nur mit Händen und Füßen verständigen konnten. Aber sie blickte mich an und es war sofort klar, dass ich diesen beschwerlichen Weg nicht nur zu ihr gekommen war, um ein paar Zeichnungen zu machen. Da war gleich ein Gefühl von Vertrautheit. Sie machte mir mit Zeichen klar, dass meine Seele viele Leben zuvor schon einmal dort gewesen und ich eine Kalinga sei, so wie sie. Das ist der Stamm, in den sie hineingeboren wurde. Das berührte mich so sehr, dass mich die Gefühle überrollten. Ich ließ es dann einfach geschehen. Erst später erfuhr ich, dass dieses Kalinga-Symbol wirklich niemals Fremden tätowiert wird, sondern nur Stammesmitgliedern.«

»Wow, das ist ja mal eine irre Geschichte«, meinte Adam ergriffen.

»Das Gruseligste daran war …«

Da ich eine ziemlich lange Gedankenpause einlegte, hakte Adam ungeduldig nach. »Jetzt erzähl schon!«

»Seit dieser Zeit ...« – ich ließ meine Stimme noch etwas gruseliger klingen – »... kann ich manchmal ... die Toten sprechen hören!« Dabei kam ich ganz dicht an sein Gesicht und fauchte wie ein Vampir.

»Sehr witzig!«, meinte er nur und musste dann herzhaft lachen.

Ich stellte noch klar, dass alles andere von der Erzählung stimmte. Er war fasziniert von dem Gedanken, vielleicht auch irgendwann einmal dorthin zu gehen. Ich meinte dann nur, dass sein enger Terminplan den Viertagesmarsch durch die Berge sicherlich nicht hergeben werde.

Er nickte. »Vermutlich hast du recht«, sagte er resigniert und beendete damit seinen gedanklichen Ausbruchsversuch. »Aber schon krass, was wir da jetzt alles in so kurzer Zeit erlebt haben«, meinte er dann und schüttelte verwundert den Kopf.

»Ja«, pflichtete ich ihm bei. »Das ist für mich auch außergewöhnlich, obwohl ich schon viel erlebt habe. Aber wenn alles gut läuft, dann schläft morgen Abend wieder jeder in seinem Bett.«

»Ja, hoffen wir es ... Ich mach drei Kreuze, wenn es soweit ist«, sagte er, nicht ohne hinterherzuschicken, dass er aber kein Stück gläubig sei.

Wie viel Spaß mir dieser Typ machte! »Also wenn du es mir jetzt nicht gesagt hättest, hätte ich aufgrund deines, ich will mal sagen äußerst intensiven Tischgebets geglaubt, du wärst ein Pfarrerssohn und würdest nie ohne einen Bibelvers einschlafen.«

»Ach, gut, dass du mich daran erinnerst«, lachte er.

»Ich finde, wir sollten jetzt schlafen.«

»Ja, gute Idee ... Außer du willst noch eines meiner Nachtgebete hören?«

»Ich denke, ich verzichte, denn ich will nicht noch einen Lachflash bekommen.«

Ich hörte ihn schmunzeln. »Gute Nacht, Josie.«

»Gute Nacht, Adam.«

Dann wünschten wir gemeinsam noch Kuh Emma, der Ziege, den Schafen, dem Lämmchen und den Katzen eine gute Nacht. Kuh Emma muhte zum Abschluss noch, als würde sie uns ebenfalls eine gute Nacht wünschen.

Erschöpft von diesem Auf und Ab glitt ich in den Schlaf.

8. Kapitel

Am nächsten Morgen wachte ich langsam auf, ohne die Augen zu öffnen. Etwas Flauschiges hatte sich an meinen Rücken gekuschelt. Wo war ich? Blinzelnd blickte über meine Schulter und sah, dass das süße Lämmchen an mich geschmiegt schlief. Wieder erinnerte ich mich an die Zeit auf der Farm, in der ich auch oft in unmittelbarer Nähe von einem Tier erwacht war. Katzen, Hunde, mal ein Kalb. Ich musste lächeln. Was konnte es Schöneres geben, als neben einem so arglosen, vertrauensseligen Wesen aufzuwachen, das mir seine Wärme gab.

Meine verschlafenen Augen wurden langsam klarer, trotzdem war ich immer noch leicht benommen. Dann merkte ich, dass ich selbst mich an Adams Rücken geschmiegt hatte. Meine Beine fühlten sich schwer an und ich bemerkte, dass die zwei Maine-Coon-Katzen es sich auf meinen und Adams Beinen bequem gemacht hatten. Ich war überhaupt kein Selfie-Mensch, aber wäre ich eine Spur wacher gewesen und hätte ein Handy zur Hand gehabt, hätte ich ein Bild davon geschossen.

Adam spürte vermutlich meinen Atem im Nacken, so nah war ich ihm.

»Guten Morgen«, sagte er, ohne sich zu rühren.

»Guten Morgen …«, kam es recht schamhaft über meine Lippen.

Ich löste mich langsam von ihm und wir lächelten uns verlegen an.

»Entschuldigung. Ich wollte dir nicht auf die Pelle rücken«, sagte ich. »Vermutlich war es ein Überlebensreflex.«

»Kein Problem, war nicht unangenehm«, murmelte er ebenfalls verlegen. Es war, als hätten wir uns gegenseitig beim Pornoschauen ertappt.

Aber so abwegig war meine Erklärung gar nicht, schließlich hatten wir letzte Nacht um unser Leben gekämpft. Unser Unterbewusstsein war noch auf Überlebenskampf programmiert. Da war es gut möglich, dass ich deshalb auch im Schlaf seine Nähe suchte.

Als er sich bewegte, schreckten die Katzen auf und liefen davon.

»Was war das?«, fragte er überrascht.

»Das nennt man Katzen!«

»Oh, danke. Das hätte ich fast nicht erkannt.«

Ich stand auf und begann, mir die Schuhe anzuziehen. Er blieb noch mit hinter dem Kopf verschränkten Armen im Stroh liegen und schien es zu genießen.

»Dir scheint es ja richtig gut zu gehen.«

Er schmunzelte mit Blick auf das Lämmchen, neben dem ich gelegen hatte, und streichelte es. »Ja, mir geht's wirklich ausgesprochen gut. So gut wie lange nicht mehr. Ich fühle mich wie neu geboren. Ehrlich. Vielleicht habe ich noch nie so gut geschlafen wie letzte Nacht.« Es war kein Anflug von Ironie zu hören.

»Dann könntest du dich an ein Leben in der Scheune gewöhnen?«, fragte ich amüsiert, während ich mich anzog.

Er lächelte mir zu. »Wir wollen mal nicht übertreiben.«.

»Aber es ist heute Nacht nicht etwas passiert, an das ich mich erinnern sollte, oder?«, fuhr ich, amüsiert über seine gute Laune, fort.

»Ich will ja nicht angeben, doch wäre heute Nacht mehr passiert, würdest du dich bestimmt daran erinnern können.« Er schaute mich verschmitzt-albern mit einem Augenzwinkern an. Ich musste lachen über seinen frechen Spruch, der bei Mr Schüchtern-in-Sachen-Freizügigkeit so überraschend daherkam, als würde der Papst einen Sexwitz erzählen.

Durch die Dachluke mit den wunderschönen Eisblumen schien die Morgensonne. Der Sturm war augenscheinlich weitergezogen. Wie spät es wohl war? Adam blickte aus dem Dachfenster und freute sich über das schöne Wetter. »Hoffentlich bringen wir das Auto wieder zum Laufen, damit wir weiterkommen.«

»Bestimmt.« Wir zogen die geliehenen Leinen- und Baumwollklamotten über und packten unsere übrigen Sachen zusammen. Er streichelte liebevoll eine der Maine Coons, dann verabschiedeten wir uns noch aus Spaß von unseren tierischen Nachtgesellen und machten uns auf den Weg zu unseren Gastgebern.

In der Küchenstube herrschte Trubel, die gesamte Sippschaft war bereits auf den Beinen. Der Tisch war für das Frühstück gedeckt und Leah holte gerade frisch gebackenes Brot aus dem Steinofen.

Wir begrüßten alle und setzten uns an den Tisch. Es gab Gerstenkaffee oder Kräutertee zur Auswahl. Ich entschied mich für den Gerstenkaffee und merkte gleich beim ersten Schluck, dass mir für einen ordentlichen Start in den Tag der Bohnenkaffee fehlte.

Da wir keinen rechten Hunger hatten und Adam loswollte, verzichteten wir darauf, mit ihnen zu frühstücken. Die Ehefrauen packten uns Brote mit selbst gemachtem

Gemüseaufstrich und Schinken ein und gaben uns auch noch den Rest des Haferschleims mit, den Adam letzte Nacht so gelobt hatte. Er konnte die Ironie in seinen Aussagen oft gut verstecken, doch ich wusste, dass er im Gegensatz zu allem anderen den Haferschleim mehr als gruselig gefunden hatte. Er bedankte sich aber brav dafür und lächelte freundlich, was mich erneut erheiterte.

Nachdem wir wieder unsere eigene Kleidung anhatten, schenkten die Brüder Adam noch ein paar ältere, aber stabile Winter- und Wanderschuhe. Er holte daraufhin mehrere große Scheine aus seinem Portemonnaie. Doch Caleb drückte Adams Hand so, dass die Scheine wieder zurückgeschoben wurden.

»Wir nehmen kein Geld. Ihr seid unsere Gäste!«, betonte Leah.

»Aber das können wir doch nicht alles einfach so annehmen«, meinte Adam beschämt. Offenbar war er es nicht gewohnt, dass es Menschen gab, denen die Freude, anderen zu helfen, ausreichend war.

»Wenn Sie etwas tun wollen als Gegenleistung, dann helfen Sie einem Menschen, der in Not ist«, meinte Opa Jeremiah von Liebe beseelt. Adam bedankte sich und versprach, daran zu denken. Die Oma betonte noch, sie werde für uns beten, damit wir bald den Kindersegen erhielten, den wir uns wünschten.

Ich dankte ihr dafür und verdrängte das ungute Gefühl darüber, dass wir die Armen über den Stand unserer Beziehung so sehr angeflunkert hatten. Dann verabschiedeten wir uns.

Die beiden Brüder brachten uns mit der Kutsche zu unserem Auto. Sehr zum Leidwesen von Adam musste der Tesla erst einmal freigeschaufelt werden.

»Sieh es positiv«, sagte ich. »Wir können froh sein, dass wir ihn unter den Schneemassen überhaupt gefunden haben …«

»Jaja«, grummelte er. »Wenn er dann auch noch funktioniert, wäre ich ja froh.«

Anschließend banden wir das Auto an die Kutsche und wurden mit vier Pferdestärken zu den Mennoniten geschleppt. Dort konnten wir unser E-Auto zumindest so weit aufladen, dass wir damit die nächste E-Tankstelle erreichen würden. Doch hier bei den Mennoniten gab es noch etwas, das Adam frohlocken ließ: endlich wieder Handyempfang. »Das komische Gebet gestern hat tatsächlich geholfen!«, rief er begeistert aus.

Die beiden Amish-Brüder blickten ihn strafend an. Er entschuldigte sich sofort für seine Wortwahl und klärte mich dann auf, dass der Schneesturm sich komplett in Richtung Norden verzogen hatte und die Straßen- und Wetterverhältnisse bis Denver sehr gut seien.

»Den Flug in Denver schaffen wir!«, frohlockte er. Auch Caleb und Isaac freuten sich mit uns und nachdem wir uns überschwänglich bei unseren Lebensrettern bedankt hatten, machten wir uns auf den Weg nach Wilson. Die Interstate war freigeräumt. Der Himmel war blau, die Sonne schien und es hatte fast sommerliche minus sechzehn Grad. Badewetter für unsere Seelen.

Wir unterhielten uns noch belustigt über das kuriose Erlebnis bei den Amish People und darüber, dass die Oma für unseren Nachwuchs beten werde.

»Es wundert mich ehrlich gesagt, dass so jemand wie du, also ein exzessiver Jetsetter und Workaholic in Reinkultur, einen Kinderwunsch hat«, meinte ich erstaunt.

»Ja, ich weiß … das klingt mehr als widersprüchlich. Aber so ist es nun mal, ich wünsche mir eigentlich eine Familie«, sagte er tief in Gedanken.

Da er schon das letzte Mal so komisch reagiert hatte, fragte ich ihn, ob er denn schon mal verheiratet gewesen sei. Nach kurzem Schweigen, bei dem er aus dem Seitenfenster schaute, winkte er ab, als wollte er dem Thema ausweichen.

»Für eine Beziehung hab ich keine Zeit.« Er sei mit seiner Arbeit verheiratet, erklärte er mit einem erzwungenen Lächeln. In dem Moment machte er auf mich den Eindruck eines einsamen Mannes. Seine glasigen Augen verrieten mehr, als er sagen wollte. Er schaltete das Radio ein, wohl um vom Thema abzulenken. Und als hätte der Oldiesender »The Doo Wop Choop Choop Station« den Soundtrack unseres Roadtrips immer passend parat, erklang der liebevolle, aber traurig-schöne Song »Mr Lonely« von Bobby Vinton.

Der Song war letztlich eine zufällige Antwort auf Adams melancholischen Blick. Er wirkte auf mich genau wie der besungene »Mr Lonely«. Ich war mir sicher, dass Adam vor irgendetwas davonlief.

Als der Song endete, drehte er plötzlich leiser und stellte mir die Gegenfrage.

»Auch ich war noch nie verheiratet«, erzählte ich. »Ich hatte gedacht, meine letzte Beziehung sei in der Tat meine letzte in diesem Leben und wir würden heiraten. Doch in einer Zeit von Tinder-Dates und Seitensprungportalen will kaum noch jemand das Risiko einer lebenslangen Bindung eingehen – zumindest ist die Auswahl sehr klein!«

»Was ist denn passiert?«, fragte Adam.

»Die Beziehung scheiterte nicht, weil wir Probleme hatten, sondern weil er eine offene Beziehung wollte. Oder wie er es nannte: ›Wir sollten wieder etwas Schwung in unsere konservative Partnerschaft bringen.‹ Dass das für ihn ausgerechnet Polyamorie bedeutete, war für mich nicht nachvollziehbar. Auch wenn ich wohl in vielem das Gegenteil von konservativ bin und auch gern neue Wege beschreite, so bin ich in Sachen Partnerschaft vermutlich der Inbegriff von Konservatismus, also monogam bis über beide Ohren! Oder wie es mein Freund damals vermutlich insgeheim nannte: langweilig!«

»Du hast also Schluss gemacht, weil er polyamor leben wollte?«, fragte Adam.

»Zunächst nicht«, murmelte ich. Denn trotz meiner monogamen Grundhaltung hatte ich seinetwillen selbst dieser neuen Beziehungsform eine Chance gegeben, schließlich war ich keine, die so schnell aufgab. Ich versuchte es anfangs sportlich zu nehmen, als eine Art Selbstexperiment. Vielleicht würde ich auch an mir etwas Neues entdecken oder mich dadurch vielleicht sogar daran gewöhnen, dass er ab und zu auch woanders Spaß haben wollte. Doch während er mehrere Bekanntschaften mit anderen Frauen hatte, hatte ich kein einziges Date, weil ich kein Bedürfnis danach verspürte. »Aber ich merkte, dass ich immer stärker darunter litt, egal, wie sehr ich darum kämpfte, ihm den Freiraum zu lassen. Und als er letztes Jahr nach der Weihnachtsparty unserer Organisation mit der Neuen in unserem Team, der rothaarigen französischen Schönheit Elle, verschwand, wurde mir bewusst, dass ich dafür einfach nicht geeignet bin. Das war der Moment, in dem mir das Herz herausgerissen wurde! Spätestens da wurde mir klar, dass freie Liebe, Polyamorie oder was auch immer nichts für mich ist!«

Ich schwieg und dachte daran, dass ich meinen Ex noch gebeten hatte, unsere Beziehung wieder zu schließen, aber darauf ließ er sich nicht mehr ein. Zu sehr gefiel ihm die offene Beziehung und dass er sich nach Herzenslust ausleben konnte. Obendrein erlosch sein ohnehin auf Sparflamme kochender Kinderwunsch auf nicht absehbare Zeit. Das bedeutete dann letztlich auch die Trennung.

»Doch dass sich mein Ex letzten Monat ausgerechnet mit dieser Elle verlobt hat, stieß mir bitter auf, weil er sich doch bei mir immer gegen die Ehe ausgesprochen hatte. Als er mir zudem verriet, dass sie ihre Beziehung monogam hielten, weil er sie aufgrund seiner großen Liebe mit keinem anderen teilen wollte, kratzte das enorm an meinem Selbstwertgefühl.«

Wahrscheinlich würde er sogar noch für den Gedanken entflammen, einen ganzen Kindergarten mit ihr zu zeugen. »In dem Kreis von Menschen, mit denen ich zu tun habe, sind die Leute sehr offen, und das leider meist auch in Sachen Beziehungsformen«, schloss ich resigniert.

»Und in meinem Kreis sind entweder alle vergeben oder die Arbeit ist wichtiger als eine Beziehung«, sagte Adam seufzend. »Die Zeit, in der wir leben, ist irgendwie unnormal und so austauschbar geworden!«

»Und das sagt ausgerechnet Mr Kapitalismus?«, meinte ich erheitert.

Adam lächelte und meinte, dass er in Sachen Beziehung ebenfalls zu dieser aussterbenden Art gehöre.

Wir seien wohl wie Dinosaurier in dieser modernen, schnellen Welt, erwiderte ich und wir schwiegen gemeinsam einen Moment. Irgendwie verband uns dieser Teufelskreis.

Dann kamen in mir plötzlich alte verletzte Gefühle hoch und trieben mir Tränen in die Augen. Adam strich mitfühlend über meinen Arm und die Berührung war elektrisierend und heilsam. Ich wischte mir die Augen trocken.

»Nun, das war letztlich auch der Grund, warum ich Hamburg den Rücken gekehrt habe, um woanders ganz neu anzufangen. Denn mit Sören und seiner frisch gebackenen Ehefrau täglich gemeinsam im Orga-Team zu arbeiten, kam für mich einfach nicht infrage.«

»Sören?«, fragte Adam erstaunt. »Dein Ex heißt Sören?«

»Ja, warum?«

Er musste lachen. »Mich wundert, dass ein Mann mit so einem Namen überhaupt eine Frau bekommt.« Jetzt musste auch ich darüber lachen. Zugegebenermaßen hatte ich den Namen selbst nie sonderlich prickelnd gefunden. Aber man sucht sich potenzielle Partner ja nicht nach ihrem Namen aus.

»Millionär ist er sicherlich auch nicht! Einen Sören stellt man sich eher in selbst gehäkelten Klamotten auf dem Wochenmarkt an einem Obst- und Gemüsestand vor.«

»Ach, du kennst ihn also?«, fragte ich scherzend.

»Ja. Alle Sörens tragen selbst gehäkelte Klamotten … ach, und unter Sören stelle ich mir auch nicht gerade eine Sexmaschine vor«, schob Adam nach.

»Na ja, das war er auch nicht«, musste ich gestehen. Aber für mich zählten andere Werte. Dann schlug ich vor, lieber das schöne Wetter zu genießen, als Trübsal zu blasen. Herrlicher Sonnenschein in einer wunderbaren, märchengleichen Schneelandschaft!

Nach einer sehr kurzweiligen Fahrt erreichten wir endlich eine richtige Tesla-E-Tankstelle. In weniger als einer Stunde würden wir wieder volle Power haben! Da wir überragend gut in der Zeit waren, buchte Adam nun bereits zum dritten Mal Tickets für uns – ganz nach dem Motto »Aller guten Dinge sind drei«. Natürlich erneut zwei First-Class-Tickets für den Flug von Denver nach Seattle!

Während der Ladezeit gönnten wir uns im angrenzenden Café etwas Heißes zu trinken. Adam bestellte sich einen Kaffee und ich mir einen großen Kakao. Die Bedienung fragte, wie groß er denn sein solle.

»Die größte Tasse, die Sie haben«, meinte ich. Sie deutete auf die Tassenablage und ich entschied mich dann doch für eine kleinere Ausführung – in der größten Tasse hätte ein Baby baden können.

Während Adam keinen sonderlich großen Hunger verspürte, bestellte ich mir ein Stück Kuchen zu dem Kakao. Die Bedienung empfahl mir den Apple Pie ganz frisch aus dem Ofen. Als ich die dampfende Kakaotasse und den frisch duftenden und noch ofenwarmen Apple Pie vor mir stehen hatte, überkamen mich Glücksgefühle.

»Du strahlst ja wie ein Honigkuchenpferd«, meinte Adam belustigt.

»Na ja, ich hatte letzte Nacht einen Traum von Kakao und leckerem Kuchen! Ich lebe sozusagen meinen Traum«, meinte ich glücklich.

Ich bot ihm an, zu probieren, doch er lehnte dankend ab. Stattdessen schnappte er sich seine Kaffeetasse und verabschiedete sich nach draußen. Er müsse noch etwas erledigen, meinte er. Vermutlich musste er einiges an Arbeit nachholen und nutzte den konstanten Empfang an der Raststätte aus. So vertrieben wir uns getrennt voneinander die Zeit. Während ich in dem Café saß, meinen Kakao nebst Apple Pie genoss und dabei die skurrile Inneneinrichtung, die vermutlich aus den 1960er-Jahren stammte, in meinen Notizblock zeichnete, ging Adam telefonierend auf und ab.

Als wir wieder beim Auto waren, nahm er schon mal Platz, während ich den Ladestecker zog. Dabei bekam ich am Rande mit, wie eine junge Frau an die Scheibe klopfte und Adam fragte, wohin wir unterwegs seien, und dann, ob sie, ihr Ehemann und ihre kleine Tochter vielleicht bis Denver mitfahren dürften. Er lehnte offenbar ab. Die Frau wünschte ihm noch eine gute Fahrt und versuchte ihr Glück bei einem Lkw-Fahrer.

Ich ging zu ihm an die Beifahrerseite. »Wieso nehmen wir die nicht mit? Wir fahren doch nach Denver und haben Platz genug!«

»Die finden schon was anderes.«

»Hey … Wir waren auch froh, dass uns gestern jemand geholfen hat! Ich erinnere dich außerdem an Opa Jeremiahs Bitte, anderen in Not Geratenen zu helfen. Damit hättest du dein Versprechen eingelöst!«

»Ja, aber die sind doch gar nicht in Not. Heute ist kein Schneesturm – im Gegenteil, es scheint die Sonne.«

»Ach, ja? Dann sollen sie nach Denver joggen? Bei minus 18 Grad?«

»Ich will einfach keine weiteren unnötigen Störungen oder mögliche Verzögerungen riskieren, damit wir dieses Mal wirklich pünktlich ankommen!«

»In neun Stunden geht der Flug! Das schaffen wir doch locker.«

»Die haben ein kleines Kind dabei! Nachher scheißt es uns noch das Auto voll.«

»Also, es würde mich schon sehr wundern, wenn ein etwa sechs Jahre altes Mädchen nicht warten könnte, bis es zu einer Toilette kommt!«

Er suchte verzweifelt nach Ausreden, weil er einfach kein gutes Gefühl bei der Sache hatte. »Wir wissen doch gar nicht, wer die sind.«

Ich warf einen Blick auf die kleine Familie mit dem Kind: Die Eltern sahen beide sehr freundlich aus, waren schätzungsweise Mitte dreißig, sportlich, er mit gepflegt-legerem Bart, dunkelbraunen Haaren, sie hatte brünette Haare und war ebenfalls eine recht sympathische Erscheinung. Die Tochter sah mit ihren hellblonden Locken aus wie ein kleiner Engel.

»Ich würde sagen, dass das eine junge kleine Durchschnittsfamilie ist, die nach einer Mitfahrgelegenheit sucht, weil sie irgendwo liegen geblieben ist.«

»Ja, dem ersten Anschein nach vielleicht. Aber wer weiß, was hinter der Fassade steckt?«

Ich schaute ihn verständnislos an.

»Kennst du nicht den Film ›Natural Born Killers‹? Da geht es um ein Killer-Pärchen, das mordend quer durchs Land zieht, und das steht denen auch nicht auf der Stirn geschrieben!«

»Das ist jetzt nicht dein Ernst, oder?«

Er knickte resigniert ein. »Theoretisch wäre es doch möglich«, brachte er noch einen letzten Einwand.

Ich schüttelte den Kopf. »Wir nehmen sie mit!« Wie es aussah, war mein soziopathischer Mitfahrer mal wieder gedanklich fest im Sattel seiner »Zeit ist Geld«-Welt gelandet! Ich lief der Frau nach und bereitete ihr offenbar eine große Freude, als ich ihr anbot, sie nach Denver mitzunehmen.

Während der Fahrt erfuhren wir von der kleinen, unglaublich sympathischen Familie, dass die drei letzte Nacht aufgrund des heftigen Sturms einen Motorschaden mit ihrem Wohnmobil erlitten hatten. Sie hatten in einem Motel in Wilson übernachtet und waren auf dem Weg zu den Eltern der Frau nach Denver. Sie hieß Hailey, ihr Mann Sean und der kleine blonde Engel passenderweise Angel. Sie war überraschenderweise erst vier, wirkte aber viel älter. Sie war aufgeweckt, wissbegierig und konnte schon gut lesen.

»Wie kommen Sie dann wieder an Ihr Wohnmobil?«, fragte Adam neugierig.

Ihre Familie werde ihnen helfen, nach Weihnachten wieder an den Wagen zu kommen, wenn die Gefahr des Schneesturms gebannt sei, erklärte Sean.

Im Laufe des Gesprächs erfuhren wir, dass sie Lebenskünstler waren. Beide hatten keine feste Arbeits- und Wohnstätte, sondern waren mit ihrem Wohnmobil unterwegs. Sean war handwerklich sehr geschickt, restaurierte alte Möbelstücke und fand immer wieder mal Liebhaber. Oder er arbeitete für einige Zeit mal als Dachdecker oder beim Hausbau. Hailey verdiente etwas Geld als Straßenmusikerin. Sie hatte in New York erfolgreich ein Geigenstudium abgeschlossen und hätte heute auch in der Philharmonie spielen können. Damals hatte sie Anfragen von gleich zwei bekannten Häusern erhalten. Aber sie betrachtete sich mehr als Botschafterin, die allen Menschen die wunderbare

Welt der klassischen Musik zugänglich machen wollte – anstatt nur den Privilegierten.

»Aber Ihr Verdienst wäre in einem Orchester sicher deutlich höher«, mutmaßte Adam.

»Was ist schon Geld, wenn man bedenkt, dass man sich die Arbeitszeit selbst einteilen kann und viel mehr Zeit für die Familie übrig hat?« Ich sah im Rückspiegel, wie Sean ihr einen Kuss auf die Wange gab.

»Interessant«, meinte Adam. »Sie ziehen also Zeit dem Geld vor, das kann ich sogar nachvollziehen«, meinte ausgerechnet Mr Zeit-ist-Geld höchstpersönlich! »Aber was ist mit der Herausforderung, in einer Philharmonie mit den Besten der Besten spielen zu dürfen? So wie ein Basketballprofi irgendwann mal in der NBA im All-Star-Game spielen möchte«, meinte er nicht unberechtigt, wie ich fand.

»Der Reiz ist natürlich da, aber man muss sich letztlich entscheiden, welche Abzweigung man nehmen will … wie so oft im Leben«, antwortete Hailey.

Adam schien es zu faszinieren, dass diese Leute als Familie ein für ihn so »unsicheres Leben« führten und trotzdem glücklich waren.

»Das können nur Menschen sagen, die einen sehr strukturierten Lebensrhythmus pflegen«, konterte Sean.

»Touché«, sagte Adam. Damit traf er ins Schwarze. Adam gab zu, dass er seit fast sieben Jahren kein Privatleben mehr habe. Die Arbeit sei sein Leben. Ich wusste ja schon so einiges über ihn, aber so klar ausgesprochen war das schon sehr heftig.

»Hast du dann gar keine Freunde?«, fragte Angel traurig.

»Dafür habe ich keine Zeit …«, meinte er und lächelte sie liebevoll an.

Die Kleine griff nach seiner Hand und streichelte ihn tröstend. »Wir können doch Freunde sein.«

Adam musste lachen. »Gut, wir sind ab sofort Freunde!«

Nicht nur er war ganz offensichtlich sehr gerührt vom Angebot der Kleinen. Wie goldig das war! Kinder sehen Dinge oft viel klarer als Erwachsene – und sprechen sie auch geradeheraus an. Sie blicken direkt in die Herzen der Menschen.

Adam war die Gerührtheit sichtlich unangenehm, deshalb ging er über zum Thema Geld. Er fragte nach, ob die beiden bei ihren vermutlich bescheidenen Einnahmen überhaupt etwas für ihre Tochter zurücklegen konnten. Sie werde doch sicher später gern aufs College gehen und studieren.

Um die Zukunft ihres Kindes brauche er sich keinen Kopf zu machen. »Durch Aktienanlagen verfügen wir über ausreichend Sicherheiten«, meinte Sean überraschend.

»Sie besitzen Aktien?«, hakte Adam erstaunt nach. Das war schließlich sein Fachgebiet. So kam es, dass er ihnen in der nächsten Stunde in einer ausführlichen Beratung wertvolle Tipps zukommen ließ, wie sie ihr Geld noch gewinnbringender investieren konnten.

Manche Firmennamen gefielen mir nicht sonderlich, da sie ihren Profit mit der Ausbeutung anderer machten. Ich warf dann auch ein, dass sie mit dem Kauf dieser und jener Aktie die Waffenlobby und darüber die Armut in afrikanischen Ländern unterstützen würden. Hailey und Sean hatten da auch so ihre Gewissenskonflikte.

»Das sind halt die Nachteile des Kapitalismus«, gab Adam mit Unbehagen zu und empfahl ein weniger profitables Aktiengeschäft mit einer sicheren Rendite. »Damit belasten Sie dann weniger Ihr Gewissen.«

Ich lächelte. »Stimmt!«

»Danke!«

Es waren Aktienpakete im Bereich regenerativer Energien weltweit dabei, die gerade auf dem asiatischen Markt boomten, aber auch verrückte Aktien-Investitionsgeheimtipps für Firmen, die elektrobetriebene Flugtaxis bauten. In rund zehn

Jahren würden diese Adams Meinung nach im Alltag unverzichtbar sein, wie heute die Handys. Wir blieben skeptisch.

»Wenn Ihnen Anfang der 1990er jemand gesagt hätte, Sie sollten Ihr Geld in eine Internetfirma namens Amazon investieren«, konterte Adam, »hätten Sie ihn damals vermutlich für verrückt erklärt, weil das Internet damals noch so gut wie nicht existierte.«

Sean notierte sich dann noch weitere Tipps und Hailey betonte, was wir doch für nette Menschen seien.

Durch das Kompliment übermütig zückte Adam gönnerhaft seine goldverzierte Visitenkarte und reichte sie den beiden nach hinten. »Wenn Sie noch weitere Fragen haben, dürfen Sie sich auch gern jederzeit bei mir melden.«

»Vielen lieben Dank – Sie sind so nett, Sie sind wirklich ein Schatz«, sagte Hailey. Adam schaute wieder nach vorn und als ich zu ihm rüberblickte, formte er mit seinen Lippen stolz lautlos »Schatz« in meine Richtung. Ich musste amüsiert grinsen.

Sean bestand darauf, uns als kleine Gegenleistung richtig schön zum Essen ins Steakhouse »Sir Belvedere« einzuladen, wenn wir in Denver wären.

»Sie sagten doch, dass Sie noch genug Zeit haben, oder?«, hakte seine Frau bittend nach.

Das wäre eigentlich nicht nötig gewesen, doch die beiden ließen nicht mit sich reden. Ihrer Meinung nach sollte man immer für einen Ausgleich sorgen! Ein Geben und Nehmen!

Da wir ohnehin noch gute drei Stunden Puffer hatten und das Steakhouse laut Routenplaner nur zwanzig Minuten vom Flughafen entfernt war, ließen wir uns darauf ein.

Da bemerkte Adam, dass das Mädchen seine goldene Uhr in der Hand hielt und damit spielte. Er checkte sein Handgelenk. Tatsächlich, das war seine Uhr. »Ich glaub, das ist meine … Wie kommst du denn da dran?«

Sean entschuldigte sich für sein Kind und reichte Adam die Uhr. Dann maßregelte er seine Tochter, dass sie nicht einfach Dinge nehmen dürfe, die anderen gehörten. Das habe er ihr schon tausendmal gesagt!

»Kein Problem, wenn Sie damit spielen will«, meinte Adam schlichtend.

»Entschuldigen Sie bitte, unsere Tochter ist eben trotz ihrer Reife immer noch in dem Alter, wo sie einfach alles, was sie in die Finger bekommt, als ihr Eigentum betrachtet«, meinte er mit strafendem Blick zu der Kleinen.

»Ist doch wirklich kein Problem«, beruhigte Adam ihn. »Vermutlich hatte ich sie hier in die Zwischenablage getan und die blöde Uhr ist mal wieder runtergefallen und sie hat sie nur aufgehoben. Womöglich hätte ich die Uhr ansonsten am Flughafen gar nicht bemerkt und wäre ohne sie abgeflogen! Danke dir!«

Das Mädchen nickte lächelnd. Ich fand es süß, wie er dem Kind zur Seite stand und es so drehte, dass sie damit sogar etwas Gutes getan hatte.

Die Stimme des Navis kündigte an, dass wir noch eine gute Stunde Fahrtzeit bis zum Steakhouse »Sir Belvedere«, hatten. Als der Oldie-feel-good-Song »You Can't Hurry Love« von The Supremes im Hintergrund lief, fragte mich Hailey, ob wir den vielleicht etwas lauter stellen könnten. Sie und ihre Tochter hörten ihn immer gemeinsam beim Aufräumen!

»Oh, ja!«, rief die kleine Angel beglückt.

Adam drehte sofort großzügig das Radio hoch, so laut es ging. Der Bass dröhnte durch die Boxen, während Diana Ross' markante Soulstimme für Gänsehaut-Feeling sorgte.

Mutter und Töchterchen sangen begeistert mit und wippten im Rhythmus dazu. Es war so zuckersüß, wie viel Freude die Kleine beim Singen hatte und wie sie ganz offensichtlich die Leidenschaft für Musik mit der Mama teilte.

Dann stiegen Sean und ich ebenfalls ein und als dann auch noch Adam dazukam, sangen wir alle gemeinsam mit Diana Ross, Mary Wilson und Florence Ballard den Refrain, dass man die Liebe einfach nicht hetzen kann. Das war nun wirklich Gänsehaut pur!

Und so sausten wir singend und gut gelaunt auf fast freier Strecke in Richtung Denver.

9. Kapitel

Nachdem wir mit ordentlich Zeitpuffer in der Downtown von Denver ankamen, navigierte uns Sean zu dem bereits vollmundig angekündigten Steakhouse »Sir Belvedere«, in das uns die Familie einladen wollte. Das sei ihrer Meinung nach so ziemlich das beste Steakhouse in der Region.

Wir parkten in der Tiefgarage, die praktischerweise direkten Zugang zum Steakhouse hatte. Aufgrund des kurzen Weges konnten wir unsere Mäntel im Wagen zurücklassen.

Als wir auf dem Weg zum Fahrstuhl waren, sah Adam auf die Uhr. »Wir sind blendend in der Zeit. In etwa zwei Stunden geht unser Flug und da wir First-Class gebucht haben, dauern der Check-in und das Boarding keine fünf Minuten. Es herrscht also keine Eile«, meinte er lächelnd. Bis zum Flughafen hatten wir ja nur zwanzig Minuten Fahrtzeit und das Haus der Eltern, bei dem wir die Familie absetzen sollten, lag auf direktem Weg. Adam wirkte fast schon tiefenentspannt. Eigentlich hatte er angekündigt, die Fahrt nach Denver über zu arbeiten, da einiges liegen geblieben war. Doch dann hatten wir stattdessen eine Menge Spaß gehabt.

Sean winkte mit seinem Handy. »Adam! Ich habe gerade Ihre Tipps gecheckt. Wahnsinn! Sie sind der Hammer. Da können Sie sich gern das größte und edelste Steak bestellen, das haben Sie sich verdient. Josie natürlich auch! Wie gesagt, das geht alles auf meine Rechnung!«

Adam musste schmunzeln. »In Ordnung.«

Dann sprach Sean ihn auf sein goldenes Visitenkärtchen an und war äußerst geschmeichelt, dass ein erfolgreicher Finanzmanager einer weltbekannten Super-Bank ihn als armen Schlucker überhaupt beriet.

»Das hab ich doch gern gemacht«, betonte Adam bescheiden.

Das Steakhouse war gut besucht und auf den ersten Blick deutlich gehobener, als ich angenommen hatte. Das Publikum war auf jeden Fall nicht die Klientel wie in einem durchschnittlichen Diner. Nur durch Glück bekamen wir überhaupt einen Tisch, der in einer Stunde reserviert war. Aber das war für uns okay, schließlich wollten wir auch nicht länger bleiben.

Der Oberkellner im Frack begleitete uns galant zum Tisch, von welchem man eine gute Sicht auf das riesige Aquarium in der Mitte des Restaurants hatte, und überreichte uns die Speise- und die Weinkarte.

Beim Blick auf die Karte bekam ich erst einmal einen Schreck. »Das ist aber ganz schön überteuert hier!«, flüsterte ich Adam zu.

»Und noch nicht einmal Bio für unsere Planetenretter«, neckte er mich. Ich musste schmunzeln.

Doch Hailey meinte, dass das Fleisch teilweise auch von regionalen Rindern stamme und nicht aus Massentierhaltung. Sie deutete auf den Vermerk in der Speisekarte hinter den jeweiligen Steaksorten.

»Wir leben, seit unsere Tochter zur Welt kam, viel bewusster, damit wir ihr nicht etwas Falsches vorleben, diese Maßlosigkeit im Umgang mit Fleisch und dem Leben von Tieren. Als wären es keine Lebewesen, sondern eine leblose Ressource wie Erdöl oder Kohle.«

Doch dafür, dass Sean und Hailey eine Hymne auf bewusstes Essen gehalten hatten, bestellten sie ordentlich Fleisch. Jeder gönnte sich eine Vorspeise und dann Hauptgerichte aus der Sparte »Luxus und Extraklasse«.

Sie ließen sich vom Kellner beraten, was er denn empfehlen könne. Neben mittelpreisigen Steaks empfahl er uns das Kobe-Rindfleisch. Es gelte als ausgesprochen gesund und weise im Vergleich zu anderen Rinderrassen einen bis zu fünfzig Prozent höheren Anteil an ungesättigten Fettsäuren auf. Beste Muskelmarmorierung! Ein Kilogramm echtes Kobe-Rindfleisch koste 450 bis 700 Dollar, manchmal sogar noch mehr. Die beiden bestellten doch tatsächlich je ein Kobe-Beef vom Tajima-Rind aus Japan für 179 Dollar die Portion!

»Die haben gehörig Vertrauen in deine Finanzberatung, so teuer, wie die hier essen«, murmelte ich Adam zu. Auch er war erstaunt über diese Bestellung. Er genehmigte sich eine getrüffelte Maronensuppe und anschließend einen Espresso, auch wenn er aufgefordert wurde, sich wenigstens noch etwas dazuzubestellen. Doch er winkte ab. Er freue sich bereits auf das Menü in der First Class, meinte er als Ausrede für seine bescheidene Speisenauswahl.

Ich nahm mit einem Salatteller und einer Kürbissuppe vorlieb. Auch wenn wir eingeladen waren, wollte ich wie Adam die Großzügigkeit der Familie nicht ausreizen.

Doch beim Wein wollten sie sich nicht lumpen lassen und bestellten eine Flasche des guten Hausweins für stolze 150 Dollar. Für ihre Tochter gab es einen Hähnchen-Nuggets-Pommes-Kinderteller und ein Glas Limo dazu.

Wir unterhielten uns über die Wettervorhersage und welche Konsequenzen der Schneesturm Eros für die Wirtschaft der USA haben könnte, weil seit Tagen nun schon viele Maschinen im Norden des Landes stillstanden. In manchen Regionen konnten die Menschen nicht zur Arbeit. Während unseres Gesprächs malte die kleine Angel mit Filzstiften fleißig ein Bild. Ich fand es wahnsinnig süß, wie die Kleine sich einfach mit sich selbst beschäftigte und dabei so kreativ zu Werke ging.

Sean verabschiedete sich auf die Toilette und ich sah, wie er mit dem Oberkellner sprach. Erst dachte ich, er frage nach der Toilette, doch das Gespräch ging etwas länger. Da schien es wohl noch einen Extrawunsch zu geben, dachte ich.

Als er wiederkam, brachte uns der Kellner mit einem weiteren Gehilfen kurz darauf die Getränke sowie für jeden von uns ein »Amuse-Gueule«, einen sogenannten »Gruß aus der Küche«. Das war ein Tellerchen mit orientalischem Couscous mit glasierten Birnenstückchen und Rucola im kleinen Parmesankörbchen.

Angel war mit ihrem Bild fertig und schenkte es dem verdutzten Adam. Er wusste nicht so recht, wie er darauf reagieren sollte. »Danke schön«, stammelte er etwas verlegen.

Auch wenn ich nicht so richtig erkennen konnte, was darauf zu sehen war, lobte ich sie für ihr kreatives Talent. So was schadete ja nie. Lieber einmal zu viel gelobt als einmal zu wenig. Adam faltete das Bild zusammen und steckte es ein.

Das Mädchen nahm ihn dann vertraut an die Hand und zog ihn mit sich. Er schaute Hilfe suchend zu mir, während sich die beiden vom Tisch entfernten. Sie wollte augenscheinlich zu dem großen Aquarium in der Mitte des Restaurants. Dort wollte sie hochgehoben werden, um einen anderen Blick auf die Fische zu bekommen.

»Wie süß er doch mit Angel umgeht«, sagte Hailey und ich war ebenfalls davon angetan, wie Kinder auf ihn reagierten. Auch bei den Amish People hatte der kleine Junge die Nähe zu ihm gesucht und es rührte mich, wie unbeholfen, aber doch herzlich und liebevoll er mit diesen Situationen umging.

»Wollen Sie beide eigentlich auch mal Kinder?«, fragte Sean, während er sich den Couscous inklusive Parmesankörbchen mit nur zwei Happen komplett in den Mund schaufelte.

»Wir sind kein Paar«, sagte ich amüsiert. »Wir kennen uns erst seit drei Tagen.«

»Hab ich dir doch gleich gesagt, er ist vom Äußeren viel zu kapitalistisch … und sie ist mehr wie wir, eben eher so alternativ oder so«, meinte er zu seiner Frau.

»Ja, vom Äußeren schon. Aber das ist ja nicht das Entscheidende«, sagte sie. »Sie wirken vom Menschlichen her trotzdem so vertraut und nah beieinander«, fügte sie mit einem liebevollen Lächeln hinzu. Ich war schon etwas verunsichert, dass sie offenbar in uns etwas sah, was vermutlich mehr ihrer Fantasie entsprach als der Realität.

»Ja, das stimmt, Darling«, bestätigte ihr Mann. »Sie wirken wirklich sehr vertraut und harmonisch …«

Ich musste lachen. Dass ich Adam erst seit ein paar Tagen kannte, war irgendwie auch für mich kaum vorstellbar, ich hatte aber eine Theorie für unsere Verbundenheit. »Na ja, wir haben in der kurzen Zeit mehr durchgemacht als manch andere Paare in Jahren. Vielleicht liegt es daran … Aber Sie hätten mal bei unserem Kennenlernen im Flieger dabei sein sollen, das war alles andere als harmonisch«, sagte ich schmunzelnd und erzählte die Anekdote. Sie mussten beide darüber lachen, dass Adam und ich wie zwei Streithähne aneinandergeraten waren.

Hailey meinte dann halb im Ernst, halb im Scherz, dass es ja vielleicht eine dieser schicksalhaften Begegnungen sei, wie man sie aus den kitschigen Hollywoodstreifen kenne. Ich erwiderte, dass dieser Film noch erfunden werden müsse, aber sicherlich ohne mich in der zweiten Hauptrolle.

Adam und Angel kehrten zurück an den Tisch. Sie setzte sich neben ihn und erzählte begeistert von den vielen bunten Fischen, über die Adam so viel zu erzählen wusste. Kein Wunder, war er doch als Kind oft mit seinem Grandpa am Wochenende zum Fischefangen gegangen. Angel erzählte begeistert weiter, dass Adam sie auf die Schultern hochgenommen hatte, damit sie einen der großen Fische streicheln konnte.

»Das fühlte sich echt glitschig an«, sagte sie mit einem Strahlen im Gesicht.

Als ich fragte, ob sie damit gerade Adam beschrieb, lachte sie auf. Sie steckte uns alle damit an, wie es nur ein Kinderlachen schaffen kann.

Plötzlich riss Angel im Eifer des Gefechts ein Glas Rotwein um und nicht nur Adam bekam erneut Rotweinflecken ab, sondern vor allem die Kleine. Ihre Hose war fast komplett eingesaut.

Der Vater war sauer, dass sie nicht aufgepasst hatte.

»Ist doch halb so schlimm«, versicherte Adam.

Ich flüsterte ihm amüsiert zu, dass er im Flieger ganz andere Worte von sich gegeben habe. Er lächelte entschuldigend und putzte sich gelassen mit der Serviette die Hose und das Hemd ab. Aber auch Hailey war stinksauer. Sie erklärte uns, dass das bei Angel oft passiere, weil sie einfach zu wild sei und manchmal keine Grenzen kenne. Daher sei in dem Punkt ihre Geduld etwas aufgebraucht.

»Könnten wir vielleicht schnell zum Wagen, um ein paar frische Sachen zu holen und sie auf der Toilette sauber zu machen und umzuziehen?«, fragte Sean sichtlich erschöpft.

»Aber selbstverständlich!« Adam drückte ihm den Autoschlüssel in die Hand. Er versicherte ihm sogar, dass er den Kellner bitten werde, das Kobe-Steak für die beiden warmzuhalten. Sean lehnte das ab, er wollte dem Kellner selbst Bescheid geben und nickte uns im Gehen zu: »Bis gleich!«

Nachdem sie weg waren, fragte ich Adam nach seinem Verhältnis zu Kindern, da er offensichtlich gut bei ihnen ankam.

»Keine Ahnung. Ich kenne das so gar nicht … Ich komme eigentlich nie mit Kindern in Kontakt – und jetzt innerhalb von wenigen Stunden gleich zwei Mal …« Dabei lächelte er und man merkte ihm an, dass es ihm guttat, mal aus seinem Arbeitstrott auszutreten.

»Wieso wünscht sich ein Mann, der sich als Workaholic bezeichnet und über kein Privatleben verfügt, eigentlich selbst einmal Kinder?«, hakte ich direkt nach, weil ich bemerkte, dass ihn das Thema durchaus beschäftigte und ich außerdem neugierig war.

Er zuckte mit den Schultern und schüttelte dabei den Kopf. »Dass du mich immer zum Nachdenken zwingst«, antwortete er.

Ich lächelte ihn an. »Das sind eigentlich Dinge, über die man sich für gewöhnlich schon selbst Gedanken gemacht hat«, konterte ich keck.

»Das stimmt. Der Punkt geht an dich! Hmmm …«, grübelte er. »Ja, ich denke, viele haben ein solches Ziel. Ich wünsche mir auch eine Familie und dazu gehören zufälligerweise nun mal auch Kinder«, antwortete er charmant.

»Okay, du willst nicht darüber sprechen. Kein Problem. Aber eine letzte Frage: Wie willst du dieses Ziel erreichen als jemand, der keine Zeit in sein Privatleben investiert?«

»Vielleicht nie? Manche Ziele im Leben sind für manche Menschen eben nicht zu erreichen …«, meinte er bitter.

»Und wenn du dein Leben ändern würdest?«, fragte ich vorsichtig.

»Ich denke, das kann ich nicht so einfach. Dafür steht viel zu viel auf dem Spiel«, sagte er, nervös mit einem Bein wippend.

»Was steht denn auf dem Spiel, außer dass du reiche Menschen noch reicher werden lässt? Solltest du nicht vielleicht lieber für das sorgen, was dein Herz will?«, meinte ich mitleidsvoll.

»Du fragst wirklich zu viel und solltest dich vielleicht besser um deine Angelegenheiten kümmern«, gab er mir nun ernster und mit genervt abgewandtem Blick zu verstehen. In gewisser Weise hatte er recht. Das war übergriffig gewesen. Ich nahm einen Schluck vom Rotwein.

Dann kam der Kellner und brachte unsere Suppen, frisch gebackenes Baguettebrot und Kräuterbutter jeweils auf einem extra Teller sowie meinen Wildkräutersalat. Wir aßen eine Weile schweigend vor uns hin, jeder in Gedanken versunken. Gerade als Adam dann etwas sagen wollte, kam der Kellner an unseren Tisch. Er erklärte uns, dass er demnächst abkassieren müsse, schließlich würden die Leute, die den Tisch reserviert hatten, bald eintreffen. Er legte die Quittung in einer Kladde auf den Tisch.

»Merkwürdig, dass die anderen sich so viel Zeit mit dem Umziehen lassen, oder nicht?«, fragte ich. Adam lachte, weil er nun die Rechnung übernehmen musste.

»Nicht schlecht eingefädelt von denen«, meinte er, als wäre alles geplant gewesen. »Aber das ist kein Problem und es ist doch schön, wenn ich mit meinem vielen Geld auch mal hilfsbedürftigen Menschen eine Freude bereiten kann, die nicht jeden Tag Kobe-Steak essen können«, meinte er augenzwinkernd. Doch dann stellte er fest, dass sein Geldbeutel nicht da war. »Ach, wie dumm. Den hab ich wohl im Mantel im Auto liegen lassen«, entschuldigte er sich beim Kellner.

Jetzt musste ich lachen. »Auch nicht schlecht eingefädelt, der Herr«, konterte ich. »Dann muss ich das wohl übernehmen.« Ich stockte aber, als ich bemerkte, dass auch ich weder meinen Geldbeutel noch mein Smartphone bei mir hatte. Weder in meinem Strickjäckchen noch in meinen Hosentaschen. Das Einzige, was ich dabeihatte, war mein Büchlein.

»Keine Sorge, Madam … Sir, essen Sie erst mal in Ruhe fertig. Sie haben noch ein paar Minuten, bis die nächsten Gäste kommen«, meinte der Oberkellner freundlich und wollte gerade weitergehen. Adam fragte nach, ob sie das Essen der Familie einpacken könnten, da es vermutlich noch eine Weile dauern werde, bis sie der Kleinen neue Klamotten übergezogen hätten. Ich war ganz gerührt, wie sehr er sich um das Wohl der Familie kümmerte.

Doch der Kellner stutzte. Das Essen der Familie sei längst eingepackt, der Herr habe es vorhin für die Familie mitgenommen. Wir blickten uns verwundert an.

»Wie? Er hat das Essen für die Familie mitgenommen … beim Gehen?«, fragte Adam unsicher grinsend.

»Ihre Tischgäste haben sich bei mir verabschiedet, sich für die gute Bedienung bedankt und meinten, Sie würden die komplette Rechnung begleichen … ach ja, ich soll Ihnen noch einen schönen Gruß ausrichten und Ihnen frohe Weihnachten wünschen«, meinte er, selbst irritiert, so etwas ausrichten zu müssen. Dann entschuldigte er sich, da ein anderer Tischgast nach ihm rief.

»Heißt das jetzt, die sind einfach gegangen?«, fragte Adam entsetzt.

»So was gibt es doch nicht«, murmelte ich fassungslos.

»Anscheinend doch. So ein Mist … Und sie haben noch unseren Autoschlüssel, wenn sie ihn nicht stecken gelassen haben«, meinte er geschockt. »Wie sollen wir denn jetzt bloß in unser Auto kommen? Wir müssen einen Schlüsseldienst holen«, rief er aufgeregt. »Zur Not schlag ich die Scheibe des Wagens ein.«

Im selben Moment sah ich über seine Schulter hinweg unser Mietauto in höllischem Tempo aus der Parkgarage fahren. »Ich denke, das wird nicht mehr nötig sein«, murmelte ich. Er drehte sich erschrocken um und wir liefen beide zur großen Fensterfront. Dort mussten wir mit ansehen, wie die »nette kleine Familie« mit unserem Mietauto davonraste!

Sprachlos gingen wir zurück an unseren Tisch.

»Ich glaub das einfach nicht«, meinte ich frustriert.

»Glaub es endlich! Das ist eine Verbrecherfamilie, wie sie im Buche steht! Taschendiebe! Gangster! Gesindel!«, rief Adam fassungslos.

»Wir haben ihnen doch geholfen«, suchte ich nach einem Grund, wieso sie ausgerechnet uns beklauten.

»Das war alles geplant und von Anfang an ihr Ziel, uns zu beklauen. Und dann wickeln sie uns mit ihrer Offenherzigkeit um den Finger! Wie kann man nur so manipulativ sein!«, schimpfte er.

»Na ja, dann weißt du ja jetzt wenigstens, wie es ist, wenn man manipuliert wird!« Diesen Kommentar konnte ich mir nicht verkneifen, da es ja sein Job war, andere um den Finger zu wickeln. Adam stellte klar, dass er aber niemanden beklaute. Dann fiel bei mir der Groschen!

»Du hättest ihnen ja nicht gleich deine Visitenkarte zustecken müssen. Denen war doch spätestens ab da klar, dass hier kein Armer bestohlen wird, sondern ein Reichen-Bänker! Ansonsten hätten die uns vielleicht wenigstens noch unsere Mäntel gelassen. Aber der heilige Samariter musste ja gleich auf den Putz hauen!«

»Wer von uns beiden wollte denn unbedingt, dass wir die Familie Bonnie und Clyde mitnehmen? Ich hab gleich erkannt, dass das ein kriminelles Pärchen ist.«

»So ein Quatsch, du hast es doch selbst nicht geglaubt. Oder war das wieder eine deiner genialen psychologischen Analysen von Menschen – wie im Frühstücksraum des Motels, wo du dem armen Blinden unterstellt hast, ein Serienkiller zu sein?«

»Wer weiß, vielleicht war das ja auch nur Show, eine Tarnung. So wie die uns hier abgezogen und uns was vorgemacht haben! Man kann wirklich niemandem mehr trauen!«

»Dann dürfen wir ja heilfroh sein, dass wir den Amish People entkommen sind, die in Wirklichkeit bestimmt Satanisten waren«, meinte ich überzogen.

»Du weißt schon, wie ich es meine.«

Streiten half uns jetzt so oder so nicht weiter.

»Wie sagten sie doch noch – es sollte immer ein Ausgleich stattfinden! Ein Geben und Nehmen! Das ist wohl so zu verstehen, dass wir die sind, die geben, und sie diejenigen, die nehmen! Und was machen wir jetzt?«, fragte er schon wieder mit Verzweiflung in der Stimme, denn schließlich hing an dem in Kürze startenden Flug das bereits verschobene wichtige Geschäftstreffen mit dem Scheich! Und ich wollte auf keinen Fall die Premiere von Elijahs Theaterstück verpassen.

»Wir sagen dem Oberkellner alles und bitten ihn, die Polizei zu rufen«, meinte ich resigniert.

»Bis die kommen und alles aufnehmen, können wir das mit dem Flug vergessen.«

»Den können wir ja sowieso vergessen«, erwiderte ich. »Wir haben keine Ausweise mehr.«

Das sei kein Problem, erklärte Adam, denn dank Iris-Scan-Check seines First-Class-Vielfliegerprogramms brauche er keinen Ausweis vorzuzeigen. Da würde er sicherlich auch mich durchbekommen, meinte er, denn die beiden Tickets waren ja schließlich auf ihn gebucht.

»Das Problem ist nur, dass wir nicht wissen, wie wir die zwölf Meilen zum Flughafen kommen sollen – oder hast du da eine Idee?« Er hatte mich tatsächlich wieder angestachelt, eine Chance zu sehen. Denn von dieser Iris-Scan-Sache hatte ich bislang nichts gewusst. »Wie viel Zeit bleibt uns denn noch, bevor die Maschine startet?«, fragte ich grübelnd.

Er blickte auf sein Handgelenk, wo sich keine goldene Uhr mehr befand! »Kleine Mistkröte! Hat sie mir die tatsächlich ein zweites Mal geklaut«, fluchte er. Kaum zu glauben, dass sich hinter dem blonden, unschuldigen Engelchen in Wahrheit eine äußerst professionell agierende kleine Diebin versteckte!

»Was für ein durchtriebenes kleines Biest!«, fluchte er, während ein Ehepaar am Nachbartisch um etwas mehr Ruhe bat. Adam entschuldigte sich.

Ich fragte einen vorbeieilenden Kellner nach der Uhrzeit.

»Kurz vor halb sieben, Madam«, meinte dieser höflich und ging weiter.

Wir hatten also nur noch knapp anderthalb Stunden bis zum Abflug. Sollte aber zu schaffen sein, wenn wir ein Gefährt fänden, das uns dorthin brachte.

»Aber wir haben noch ein anderes Problem«, meinte er und hielt dabei die Kladde hoch. »Wir können die Rechnung nicht bezahlen.«

Ich hatte für den Fall der Fälle eine Art Notgroschen bei mir – einen Zehn-Dollar-Schein in meiner rechten dicken Wollsocke. Doch das bisschen Geld wäre in diesem Schuppen selbst als Trinkgeld zu wenig.

Der Oberkellner blickte kurz prüfend zu uns herüber. Sofort löffelten wir zur Tarnung unsere inzwischen nur noch lauwarme Suppe. Doch spätestens in wenigen Minuten würde er an unserem Tisch stehen, um abzukassieren.

»Was machen wir denn jetzt?«, flüsterte ich Adam zu. Er schaute mich eindringlich an und mir war klar, was er vorhatte. Die Zeche prellen!

»Vergiss es! Das können wir nicht bringen! So was ist kriminell!«

Er atmete einmal kräftig durch. Dann nahm er die Rechnung aus der Kladde, steckte sie in seine Hosentasche und versicherte mir, dass er die Rechnung nachträglich begleichen werde! »Ich schwöre es dir!«

»Deine gottverdammte manipulative Art. Manchmal schaffst du es, selbst mich zu überzeugen! Ich hasse dich«, sagte ich augenrollend und doch lächelnd.

Er strahlte. Wie durchtrieben wir beide auf einmal waren und plötzlich selbst zu »Bonnie und Clyde« mutierten! Aber wir hatten auch keine andere Wahl, wollten wir den Flieger noch erreichen.

»Jetzt lass uns zusehen, dass wir hier wegkommen«, meinte Adam und schaute mich fragend an, als hätte ich einen geeigneten Plan.

Ich schlug vor, vorzugehen und so zu tun, als würde ich in der Tiefgarage den vergessenen Geldbeutel holen.

»Okay. Und was mach ich dann?«, fragte Adam unsicher.

»Du kümmerst dich einfach darum, dass du hier rauskommst, ohne dass dich jemand dabei erwischt«, meinte ich schulterzuckend.

»Wieso kann ich nicht vorgehen?«, meinte er hundeelend dreinblickend.

»Öhm. Weil du der Mann bist? Und auch den größeren Druck von uns beiden hast, den Flieger zu erwischen? Wer zum Scheich will, der muss leiden!«, meinte ich augenzwinkernd. Er sah ein, dass es keine andere Möglichkeit gab.

Ich stand auf. »Ich warte am Hauptausgang auf dich«, flüsterte ich. »Toi, toi, toi!«

Ich kam mir vor wie in einem Gangsterfilm, das Herz pochte mir bis zum Hals, mit jedem Schritt zur Tür wähnte ich eine Hand auf meiner Schulter, die mich zurückhielt. »Stehen bleiben! Die Polizei ist schon informiert«, hörte ich das Teufelchen in mir amüsiert sagen.

Dann war ich draußen. Ohne Jacke bibberte ich wie eine im Winter ausgesetzte Nacktkatze. Adam ließ sich ganz schön viel Zeit oder sie hatten ihn geschnappt.

Plötzlich kam er aus einer anderen Richtung, als ich erwartet hatte, auf mich zu, bepackt mit zwei äußerst auffälligen Pelzjacken. »Das hat aber lange gedauert!«

»Entschuldige bitte meine Verspätung, aber ich hatte da noch das klitzekleine Problem zu lösen, möglichst ungesehen aus dem Lokal zu verschwinden. Dann bin ich durch das Fenster der Toilette. Komm!«

Wir fanden Deckung in einem Häusereingang in einer Seitenstraße. Er hielt mir eine der Jacken hin. »Hier. Die ist schön warm.«

»Was soll das denn jetzt? Du kannst doch die Leute nicht beklauen.«

Er erklärte, dass er die erstbesten Jacken von der Stange vor dem Secondhandladen nebenan gegriffen hatte. Ich blickte ihn böse an.

»Auch das werde ich begleichen, wenn ich in Seattle bin!« Als Beweis steckte er die Preisschilder in seine Hosentasche zur Restaurant-Rechnung.

»Schwör!«

Er musste seine Hand heben und schwören. Dann erst akzeptierte ich es und betrachtete die Jacken genauer. Eine war pink, die andere lila. »Unauffälliger ging's nicht, oder?«

»Ich hätte auch lieber meinen eigenen Mantel. Aber es musste nun mal schnell gehen und sie sollten vor allem warmhalten.«

Immerhin war es Kunstpelz! Ich zog mir die pinke Jacke über, die etwas dezenter wirkte, und folgte Adam, der in dem lila Pelzteil aussah wie ein extravaganter Popsänger. Noch eine Glitzerbrille und ein passender Glitzerhut dazu und er wäre wohl als Elton-John-Double in dessen besten Zeiten durchgegangen. Wir liefen rüber zur Bushaltestelle und studierten die Fahrpläne. Perfekt! Einer der Busse fuhr tatsächlich direkt zum Flughafen!

Wir warteten eine elend lange Viertelstunde. Wie dankbar ich plötzlich für die Jacke war.

Endlich kam der Bus. Ein dicklicher, etwa vierzigjähriger Busfahrer in hellblauer Dienstuniform begrüßte uns mit gelangweiltem Blick. Doch nicht nur der Blick wirkte wie eine Schlaftablette, auch seine Stimme hörte sich an wie eine verlangsamt abgespielte Schallplatte. Ich orderte zwei Tickets zum Flughafen. Doch leider kosteten die Karten für uns beide zusammen 15,70 Dollar. Dafür reichte mein Geld nicht ganz aus.

»Könnten Sie nicht vielleicht eine Ausnahme machen und uns für zehn Dollar mitnehmen?«

Mit unseren Outfits machten wir leider nicht den seriösesten Eindruck. Der Busfahrer musterte uns kritisch und schnaufte genervt durch. Dabei kaute er auf einem augenscheinlich sehr großen Kaugummi herum und schüttelte dann den Kopf. »Tut mir leid, das kann ich nicht machen.«

»Aber wir wurden gerade bestohlen und man hat uns nicht nur das Geld geklaut, sondern auch unseren Mietwagen mit all unserer Kleidung!«

Ein jüngerer Mann auf einem der vorderen Sitze fing an zu lachen und meinte spottend, diejenigen, die uns beklaut hätten, würden sich sicherlich klamottentechnisch ganz schön in den Arsch beißen! Zwei andere fingen ebenfalls an zu lachen. Auch der Busfahrer musste grinsen.

»Bitte, Sir, wir brauchen Ihre Hilfe! Wir müssen unseren Flieger bekommen, der in siebzig Minuten startet, sonst sitzen wir hier fest«, bat ich ihn inständig.

»Also, ich kann Sie bis zum Parkfield Lake Park mitnehmen, das kostet sie zusammen nur neun Dollar achtzig. Den Rest können Sie ja dann zu Fuß gehen«, sagte der Busfahrer.

»Okay, super!«, meinte Adam erleichtert.

»Wie weit ist es dann noch zum Flughafen?«, hakte ich skeptisch nach.

Er zuckte gelangweilt mit den Schultern, während er die Karten bereits in seinen Kassier-Computer eingab. »Keine Ahnung. Vielleicht fünf oder sechs Meilen?«

»Was? Fünf oder sechs Meilen? Wie sollen wir dann Ihrer Meinung unseren Flug noch erreichen?«

»Keine Ahnung, ich gehe kaum zu Fuß, ich bin nur Busfahrer«, meinte er gleichgültig und forderte uns auf, uns endlich zu entscheiden, ob wir mitfahren wollten oder nicht. Er habe schließlich einen Fahrplan einzuhalten.

»Aber wieso können Sie uns denn nicht bis zur Endstation mitnehmen? Haben Sie doch bitte ein Herz«, bettelte Adam ihn förmlich an.

Der junge Fahrgast rief plötzlich zum Fahrer: »Wenn du den beiden hier einen ›Lady Gaga und Freddy Mercury für Arme‹-Rabatt gibst, will ich auf meiner nächsten Fahrt auch einen haben!« Sein Kumpel pflichtete ihm lachend bei.

»Ich kann das nicht machen … Sie hören es ja, wenn ich bei Ihnen eine Ausnahme mache, dann stehen morgen zwanzig andere vor meiner Tür«, sagte der Busfahrer nach wie vor gelangweilt.

»Ja, das kann ich verstehen. Aber wir sind in einer echten Notlage«, flötete ich in meiner lieblichsten Stimmlage.

»Oh, Sie sind Colorado-Rockies-Fan«, versuchte es Adam mit seiner typischen Verkäufer-Manipulations-Strategie, da er einen Fan-Schal der bekannten Baseballmannschaft aus Denver hinter dem Fahrercockpit erblickt hatte. Der Busfahrer bejahte stolz. Er sei seit seiner Kindheit Rockies-Fan.

Adam bot an, ihm eine Jahreskarte zu spendieren, wenn er uns für zehn Dollar mit zum Flughafen nehmen würde. Der Busfahrer fühlte sich verarscht, schließlich hätten wir nicht einmal die paar Kröten, um die Fahrt korrekt bezahlen zu können. Er bat uns erneut, den Bus zu verlassen.

Ich schlug vor, wenigstens die beiden Karten bis zum Parkfield Lake Park zu nehmen. Gerade als der Busfahrer die Karten ausdrucken wollte, fuhr mir Adam grummelnd in die Parade. »Was für ein unglaubliches Arschloch, dieser busfahrende Korinthenkacker.« Er flüsterte es. Doch die Wut verstärkte sein Flüstern so stark, dass der Busfahrer es hören konnte. Damit erwies uns Adam einen Bärendienst!

»Sofort aussteigen!«, knurrte der Busfahrer. »Oder ich ruf die Bullen!«

Super! Ich stieg sofort aus, doch Adam blieb protestierend vor dem Fahrerraum stehen. »Wir sind schließlich zahlende Kunden!«

Der Busfahrer griff in das Seitenfach und holte einen Baseballschläger heraus. Damit stand er auf und aus der dicklichen Schlaftablette wurde ein zwei Meter großer Hüne, der ganz offensichtlich kein Baseball mit uns spielen wollte! Das überzeugte Adam dann doch, zu gehen!

»Warum der gleich so aggressiv wird«, fluchte er.

»Toll«, sagte ich, während wir dem Bus hinterhersahen. »Wenn du etwas freundlicher gewesen wärst, dann wären wir zumindest ein ganzes Stück weitergekommen und vielleicht hätte er sich während der Fahrt noch erweichen lassen.«

»Das war ein sturer Bock, wie ich ihn in meinem ganzen Leben noch nicht erlebt habe.«

Ich ließ das so stehen. Der kalte Wind pfiff mir um die Ohren.

»Was machen wir denn jetzt?«, fragte Adam, als hätte ich ein automatisches Problemlösungsprogramm in meinen Geist eingespeist.

»Der nächste Bus zum Flughafen kommt in etwa zwanzig Minuten. Das wird zu knapp. Und das Risiko, dass der uns dann auch nicht mitnimmt, ist zu groß. Lass uns die Leute fragen, ob uns jemand mitfahren lässt«, schlug ich vor.

So klapperten wir den Parkplatz nach Mitfahrgelegenheiten ab. Aber jemanden zu finden, der ausgerechnet zum Flughafen fuhr, war schwerer, als wir dachten. Deshalb ließ sich Adam nicht davon abbringen, mit seiner goldenen Visitenkarte Eindruck zu schinden. Er versuchte, Taxifahrer zu überzeugen, dass er sie im Nachhinein für die Fahrt bezahlen werde. Doch diesem lila Vogel glaubte natürlich niemand, dass er der Finanzberater Adam Harper war, der da auf der goldenen Visitenkarte stand.

Ein Taxifahrer zeigte sich scheinbar hilfsbereit und überspitzte die Situation dann humoristisch. Er äußerte immer mehr Wünsche, wie Karten für Disneyland in Florida mit Übernachtung für seine ganze Familie inklusive Großeltern, die Adam ihm ohne zu zögern bereitwillig erfüllen wollte, würde er uns zum Flughafen fahren. Erst als der Taxifahrer fragte, wie es denn mit einem Diamanten wäre, den er gern haben wollte, merkte Adam, dass er ihn auf den Arm nahm.

»Wir meinen es wirklich ernst«, betonte Adam flehentlich, doch der Taxifahrer winkte ab.

»Ihr beiden Freaks macht gefälligst die Biege«, rief er, »ansonsten rufe ich die Polizei!« Das taten wir dann auch, obwohl im Knast zu landen zumindest den Vorteil gehabt hätte, dass es dort wärmer gewesen wäre. Ich bat Adam, sich beim Nächsten rauszuhalten und mir komplett das Sprechen zu überlassen. Seine drängende Panik in der Stimme hatte schließlich bisher nur dazu geführt, dass die Leute meinten, wir seien aus irgendeiner psychiatrischen Anstalt entlaufen.

Und tatsächlich hatte ich recht schnell Erfolg. Ein freundlicher älterer Herr mit ergrautem Vollbart, Uniform und Cap auf, musste als Kurierfahrer in die Richtung fahren. »Die letzten knapp zwei Meilen zum Flughafengelände müssten Sie aber dann zusehen, wie Sie weiterkommen«, sagte er. Denn er musste ein Eilpaket zustellen und war bereits spät dran.

»Was ist nun, wollt ihr mit oder nicht?«, fragte er freundlich, aber etwas ungeduldig.

»Damit wäre uns schon viel geholfen«, meinte Adam.

Der eingefleischte Kurierfahrer kannte eine Menge Schleichwege, um mögliche Staus im Innenstadtverkehr zu umfahren. Somit kamen wir recht zügig voran, bis auf die nervigen Ampelschaltungen.

»Aber die lassen sich ja nun mal nicht abstellen«, wie der Mann bedauernd anmerkte. Sein Name war Harold Sedgwick und auf der Fahrt erzählte er uns, dass er sich schon auf die Rente freue, weil er sich dann endlich Zeit für Dinge nehmen könne, die er bisher immer aufschieben müsse. Außerdem hätte er dann auch endlich mehr Zeit für seine Familie. Denn er sei bereits mehrfacher Opa, sagte er nicht ohne Stolz im Blick. »Wenn ich in Rente bin, habe ich endlich mal kein Gehetze mehr von einem Termin zum nächsten, wie es fast mein ganzes Leben durch die Arbeit war.« Doch er räumte ein, dass zwei ältere Kollegen nicht einmal drei Jahre nach Renteneintritt verstorben waren. »So ist es leider, wir hetzen alle wie wahnsinnig durch das Leben und wenn wir endlich den Ruhestand erreichen, dann haben die meisten nichts mehr davon«, meinte er mit bitterem Lächeln. Er hoffe, zu dem Teil zu gehören, dem noch ein paar Jährchen mehr blieben. »Hier und da kracht es schon arg im Gebälk«, lachte er, aber er sei optimistisch.

Ich wünschte ihm alles Gute dafür.

»Ich beneide die Menschen, die die Wahl und keine finanziellen Probleme haben. Allerdings genießen es die meisten der Reichen nicht in dem Maße, wie sie es tun könnten, denn sie denken, dass ihr Reichtum das Wichtigste sei.«

»Oder eben die Arbeit«, warf Adam ein. Harold blickte ihn fragend an. »Na ja, irgendwie liebe ich es, das tun zu können, wofür ich Talent habe.«

Harold lächelte wissend. »Oja, bei Künstlern ist das sicherlich was anderes. Das Erschaffen von Kunst ist sicher so ähnlich wie eine Familie um sich zu haben – bekanntlich ist das Werk ja das ›Baby‹ des Künstlers«, meinte Harold eloquent und verriet, dass seine jüngste Tochter Kunst studiere.

Ich klärte ihn darüber auf, dass wir beide keine Künstler seien, worüber er sehr überrascht war, da unser Äußeres irgendwie darauf deute. Wir mussten alle lachen.

»Aber Sie haben recht, nichts ist verwerflich daran, auch einen Job zu lieben, wenn man dafür brennt.« Doch dann betonte er nachdenklich, dass Zeit zur freien Verfügung seiner Meinung nach das Kostbarste sei, das es im Leben gebe. Das sei nicht mit Gold aufzuwiegen.

Mein Herz klopfte zustimmend und ich sah, dass die Worte Adam eine Gänsehaut bescherten, auch wenn er nachdenklich dreinblickte.

»Man sollte nicht leben, um zu arbeiten, sondern arbeiten, um zu leben«, sagte der Kurier abschließend. Das ließen wir so stehen, weil es dazu auch nichts mehr zu sagen gab. Dann erzählte unser Fahrer, dass er es liebe, mit seinen Enkelkindern am Wochenende im Garten zu spielen oder jetzt im Winter an der großen Modelleisenbahn zu basteln.

Kurz darauf hielt er an und entschuldigte sich noch einige Male dafür, dass er uns leider nicht bis ganz zum Flughafen fahren könne. Aber wenn er den Termin nicht hielte, könne ihn das den Job kosten.

»Schon in Ordnung«, sagte ich. »Sie haben uns wahnsinnig geholfen! Wir schaffen das schon!«

Wir stiegen aus und er wies uns die Richtung zum Flughafen. »Immer der Straße nach. Irgendwann kommt das

Flugfeld, da immer den Weg entlang, dann kann man das große Gebäude nicht mehr übersehen. Ihr müsstet es zeitlich noch gut schaffen.«

Auch Adam bedankte sich für die Fahrt und hielt ihm seine Visitenkarte hin. Er werde sich gern erkenntlich zeigen für seine Dienste. Der Fahrer lehnte dankend ab, das komme auf keinen Fall infrage. »Menschen sollten sich auch ohne Gegenleistung helfen dürfen«, betonte er abschließend lächelnd, wünschte uns noch frohe Weihnachten und brauste dann davon.

»Siehst du, dieser Harold war fast so nett wie ich«, sagte Adam völlig ernst und musste dann doch schmunzeln.

»Oh, ja, sicher …«, meinte ich, ebenfalls amüsiert.

Wir hatten zwei Meilen durch den Schnee vor uns. In einer Dreiviertelstunde ging der Flug, das musste zu schaffen sein. Erst gingen wir auf einem Standstreifen, dann mussten wir eine Brücke hoch, wobei Adam ausrutschte, später mussten wir einen Zaun umlaufen und kamen aufgrund der Verhältnisse nicht besonders schnell voran. Exakt achtzehn Minuten vor Ende des Boardings erreichten wir endlich den Flughafen! Zumindest zeigte uns das die große digitale Anzeige im Flughafenterminal an. Wir rannten durch das Terminal hindurch zum First-Class-Iris-Check-in.

Schnell ließ Adam die Gesichtserkennung und den Iris-Scan an der First-Class-Kontrollstation mit sich machen und gab dem Sicherheitspersonal seine Daten durch. Dieses bestätigte, dass zwei Tickets auf Adam Harpers Namen gebucht worden waren.

»Kenne ich Sie beide von irgendwoher?«, meinte einer der beiden und spielte vermutlich auf unser extravagantes Outfit an. »Sind Sie nicht dieser Travestiekünstler aus dem Musical ›The Birdcage‹?«

Ich musste mir ein Lachen verkneifen. Adam dagegen verneinte etwas verlegen.

»Entschuldigung, Sir. Ich hätte schwören können, Sie sind es, eben ohne blonde Lockenperücke. Meine Frau und ich waren letztes Wochenende in dieser tollen Show im Theater, wissen Sie …«, erklärte er entschuldigend.

Als wir weitergehen wollten, hielt uns der andere auf.

»Moment. Ihren Ausweis hätte ich noch gern gesehen«, sagte der Kontrolleur an mich gewandt.

»Ich kann mich leider nicht ausweisen. Wir wurden bestohlen.«

»Ohne Vorlage des Ausweises kann ich Sie nicht durchlassen, Ma'am. Das ist Vorschrift.«

Adam wurde ungeduldig. Ich bat ihn, allein zu fliegen. Das sei vollkommen in Ordnung, schließlich müsse er viel dringender zu seinem Termin. Doch überraschenderweise packte er meine Hand und wandte sich an das Sicherheitspersonal.

»Mister, das ist meine Verlobte. Ich bitte Sie inständig, eine Ausnahme zu machen. Wir wollen zu Weihnachten nach Seattle zu ihrer Familie. Ich kann sie hier unmöglich zurücklassen. Haben Sie ein Herz. Bitte!«

Die beiden Sicherheitsbeamten schauten sich an und zögerten. Man sah ihnen an, dass Adams Worte sie erweicht hatten. Der etwas Stämmigere flüsterte dem anderen etwas ins Ohr und zog sich dann zurück, um sich mit einem Absperrband zu beschäftigen, als hätte er mit der Sache nichts weiter zu tun. Der andere kam wieder zu uns.

»Eigentlich darf ich das nicht, was ich jetzt tun werde. Aber andererseits führen wir die ID-Kontrollen nur stichprobenartig bei Inlandsflügen durch, erst recht bei First-Class-Fliegern im Vielfliegerprogramm. Und weil schließlich Weihnachten ist, machen wir mal eine Ausnahme …«

Er blickte mich streng an. »Ich habe Sie niemals nach Ihren Ausweispapieren gefragt, richtig?«

Ich stockte kurz, doch dann kapierte ich, was er von mir wollte, und nickte lächelnd wie ein braves Schulmädchen. »Nein, Sir. Das haben Sie nicht.«

»Gut. Dann wünsche ich Ihnen beiden einen guten Flug«, meinte er mit ernster Miene und wies uns mit ausgestrecktem Arm den Weg.

»Danke schön. Vielen, vielen Dank!« Wir wünschten ihm beide überschwänglich frohe Weihnachten.

»Schnell!«, sagte Adam gehetzt und wir rannten los. »Das schaffen wir noch!«

Der Kontrolleur rief uns noch »Gate sieben« hinterher und dass wir einfach immer der grünen Linie folgen sollten, dabei wurde seine Stimme übertönt von der Durchsage, dass wir dringend umgehend zum Gate kommen sollten. Wir waren ja bereits auf dem Weg!

Bei den ganzen Verzweigungen herrschte großes Chaos. Wir drängten uns an den anderen Reisenden vorbei durch die Laufbänder und Gänge und mussten uns gefühlt ein Dutzend Mal wegen unabsichtlich von uns verursachtem Anrempeln entschuldigen.

Durch die großen Glaswände des Gates sahen wir bereits auf der anderen Seite unseren Flieger! Wir sahen, dass noch ein paar letzte Reisende durch den Schalter gingen, und waren glücklich. Wir würden es tatsächlich schaffen!

Doch plötzlich gerieten wir in dem Gangabschnitt in eine Sackgasse. Es gab keine Verbindung zu dem Gang, den wir durch die komplett gläserne Fensterfront auf der anderen Seite des Gebäudeteils sahen. Uns trennten gerade mal zehn Meter.

»Was hat er noch mal gesagt? Welche Farbe?«

»Grüne Linie«, meinte ich bitter.

Durch die Scheiben auf der anderen Seite sahen wir die gläserne Gangway mit der grünen Linie, während auf unserer Seite deutlich eine gelbe Linie zu sehen war.

»Aber wie kommen wir denn da jetzt rüber?«, fragte Adam mit Blick auf die letzten Reisenden, die am Schalter vorbei in Richtung unserer Maschine gingen. Wir sprachen den nächstbesten Mitarbeiter des Boarding-Personals einer brasilianischen Fluglinie an.

»Da müssen Sie ganz einfach zurück zum Hauptportal und dort dann der grünen Linie folgen«, erklärte uns ein freundlicher Steward hilfsbereit.

»So ein Mist.« So schnell wir konnten, liefen wir zurück und bogen dann in die richtige Gangway ab. Doch wir kamen um eine Minute zu spät, wie uns die Frauen mitteilten, die für das Boarding zuständig waren. Das Flugzeug war bereits verschlossen, hatte schon abgekoppelt und würde jeden Moment losfahren.

»Eine Minute ist keine Minute!«, appellierte Adam an sie.

»Tut mir leid, Sir. Wir können Sie nicht mehr durchlassen. Das Flugzeug hat gerade abgelegt.«

»Halten Sie es doch auf. Es ist doch noch da.«

»Nein, Sir, bitte beruhigen Sie sich, wir können leider nichts mehr für Sie tun. Und bitte nicht über die Linie gehen.«

Zwei Sicherheitsleute kamen herbeigeeilt, die durch Adams unüberhörbaren Appell auf uns aufmerksam geworden waren. »Gibt es ein Problem, Mister?«

»Ja, wir haben ein Problem, wenn das Flugzeug uns nicht mitnimmt, schließlich habe ich dafür bezahlt!«, antwortete er sauer. »Ich muss mit der Maschine nach Seattle. Da sind zwei First-Class-Plätze für uns reserviert und wir stehen hier.«

Es half alles nichts. Ich nahm ihn am Arm und zerrte ihn weg. »Jetzt reiß dich zusammen. Es bringt ja nichts mehr.«

Wir setzten uns in den Wartebereich und sahen durch die große Frontscheibe hinaus auf das Rollfeld, wie unsere Maschine gerade in Position ging und dann elegant abhob – nach Seattle!

»Wegen so einer verschissenen Minute«, schimpfte Adam. Da saßen wir nun, wie Robinson Crusoe und Freitag, in schrillen Mänteln ohne Geld und Ausweispapiere am Denver International Airport fest und hatten keinen blassen Schimmer, wie es weitergehen sollte.

10. Kapitel

Obwohl seine Daten im System der Airline gespeichert waren und man mit dem Iris-Scan seine Identität nachweisen konnte, war ohne Bargeld oder Kreditkarte keine Buchung eines anderen Fluges möglich. Immerhin gestattete man uns, unsere Kreditkarten und Sim-Karten sperren zu lassen. Adam wurde zudem ein Anruf nach Singapur zugestanden. Für ihn war es eine Qual, dort anzurufen und sich als Versager zu outen. Aber es musste sein. Uns half nur noch ein Privatjet, und den musste sein Chef ordern. Geld für ein Zugticket hatten wir schließlich auch nicht.

Doch auch nach mehreren Versuchen war es ihm nicht gelungen, ihn zu erreichen.

Als kleinen aufbauenden Scherz meinte ich, dass wir immerhin die Umwelt dadurch schützten. Er setzte eine betroffene Miene auf. Ihm war so gar nicht zum Scherzen zumute. Wir wanderten ziellos durch die riesige Wartehalle. Dort trafen wir auf eine elegante, aber sehr aufgetakelte kalifornische Plastikbusen-Lippen-Po-Lady mit zwei toupierten Pudeln, die von einem Flughafenmitarbeiter offensichtlich zum Tiere-Check-in geführt wurde. Von den Hunden hatte der eine ein lila und der andere ein rosa gefärbtes Fell. Adam und ich mussten lachen. Die Ähnlichkeit war verblüffend, nur hatten sie doppelt so viele Beine.

»Wir könnten uns doch für Hunde ausgeben und dann im Zwinger mitfliegen«, meinte Adam galgenhumorig. Anscheinend hatte er seinen Frieden mit der Situation geschlossen. Wir setzten uns auf eine Bank. Wenn man mal einen miesen Lauf hatte, ließ der sich auch nicht so einfach unterbrechen, dachte ich. Deshalb schlug ich vor, meinen Notgroschen von zehn Dollar zu versaufen! Adam war sofort damit einverstanden.

Von einer freundlichen Flughafenservicekraft, die mit einem kleinen Mobil die Mülleimer leerte, bekamen wir den Insider-Tipp, dass sich etwas abseits des Flughafengebäudes die Western-und-Flieger-Bar Eagle's Nest befinde. Für eine am Flughafen gelegene Bar ein sehr passender Name.

Als wir nach draußen kamen, fing es gerade wieder kräftig an zu schneien. Es war bereits dunkel geworden und die Weihnachtslichter der Bar blinkten einladend aus der Ferne.

Wir betraten das gut gefüllte Eagle's Nest. Eine alte Musicbox spielte einen Johnny-Cash-Song. Dem Publikum war anzusehen, dass sich dort nur Einheimische aufhielten, mal abgesehen von zwei uniformierten Piloten. Einige trugen einen Cowboyhut oder aber Fliegerjacke und Cap. Von der Decke hingen alte Flugzeugmodelle von Doppeldeckern bis hin zum mit Weihnachtsdeko geschmückten Hindenburg-Zeppelin. An den Wänden waren unzählige gerahmte Fotos zu sehen, alles Piloten aus längst vergessenen Tagen. Am Ende der langen Theke gab es noch eine kleine Bühne, die allerdings so aussah, als hätte sie schon seit Langem keinen Auftritt mehr erlebt. Neben einem Plastikchristkind lagerten dort mehrere Holzkisten auf einer Palette. Es war wohlig warm und wir konnten endlich unsere schrillen Mäntel ablegen!

»Ich hätte gern einen doppelten Whiskey!«, teilte Adam dem etwa sechzigjährigen, etwas grummeligen Barkeeper mit adretter Western-Klamotte und überkämmter Halbglatze mit. Gus wurde er gerufen. Ich schloss mich grinsend an und bestellte uns noch je ein Glas Leitungswasser dazu.

Mit unserer Bestellung war unser Budget inklusive Trinkgeld nun vollends aufgebraucht. Wir sollten uns den Whiskey also über die nächsten Stunden gut einteilen, machte ich Adam klar. Er nickte ziemlich niedergeschlagen.

Ich erklärte Gus, während er das Bier zapfte, dass wir bestohlen worden waren, und bat ihn, ein kurzes Inlandsgespräch mit meiner Familie führen zu dürfen. Er zeigte auf das Ende des Tresens, wo ein Telefon stand. Ich dankte ihm.

Die freundliche Bedienung im Western-Dirndl mit dem Namensschildchen »Donna« am Kragen, die meine Frage mitbekommen hatte, reichte mir das Telefon über den Tresen.

»Ich mach es auch kurz«, erklärte ich ihr und lächelte sie dankend an.

»Ach was, telefonier, so lang du willst, wir haben doch eh eine Flatrate«, erwiderte sie freundlich.

Während ich die Nummer wählte, sah ich, wie niedergeschlagen Adam am Tresen saß und die beiden Whiskeys für uns in Empfang nahm. Gleichzeitig schmerzte mich nun dieser Anruf. Es tat mir im Herzen weh, Elijah für seinen Theaterauftritt absagen zu müssen. Ich erklärte, dass ich in Denver gestrandet war und es bis zum nächsten Abend leider nicht mehr nach Portland schaffen würde. Meine Eltern überlegten, wie sie uns Geld zukommen lassen konnten, damit wir möglichst schnell von dort weiterkämen. Doch da wir ja keine Ausweispapiere mehr hatten, ging selbst ein Geldtransfer über Western Union oder ähnliche Dienste nicht. Leider kannte ich in diesen Breitengraden niemanden, zu dem wir hätten gehen könnten. Mein Dad wollte mit seinem Pick-up losfahren. Aber das lehnte ich kategorisch ab, ich wollte nicht, dass er sich bei diesen Witterungsverhältnissen auf dieser langen Strecke in

Gefahr begab. Außerdem hätte dann auch noch er den großen Auftritt von Elijah verpasst!

Da meine Eltern wussten, dass ich bereits in den gefährlichsten Regionen der Welt unterwegs gewesen war, hatten sie keine große Angst um mich. Es kam mir so vor, als machten sie sich mehr Sorgen um meine Begleitung.

»Er kann von Glück reden, dass er dich dabeihat«, meinte meine Mom. Ich erklärte ihnen meinen Plan, gleich am nächsten Morgen zu trampen. Sie wussten, dass ich bereits als Teenager mit einem Freund durchs halbe Land getrampt war.

»Pass auf diesen Harper auf«, bat mich meine Mom.

»Der ist harmlos, Mom«, sagte ich lachend. »Der tut mir garantiert nichts.«

»Ich meinte ja auch, dass du auf ihn aufpassen sollst, nicht, dass er noch unter die Räder gerät.«

Ich warf einen Blick auf meinen Wegbegleiter. Er saß vor seinem Whiskey und ließ den Kopf hängen. »Ja«, sagte ich. »Ich werde mich um ihn kümmern. Also, wir sehen uns dann wahrscheinlich übermorgen. Sobald es mir möglich ist, melde ich mich wieder. Tausend Küsse!«, sagte ich noch, dann legte ich auf.

Die Bar quoll langsam über. Ich setzte mich zu Adam an die Theke zurück. »Wie geht's dir?«

Es fiel ihm schwer, einen klaren Gedanken zu fassen. Dieser enorme Druck in seinem Job brachte ihn gerade innerlich um. Dass er seinen Chef vielleicht erst morgen erreichen konnte und ihn dann auch noch um Hilfe bitten musste, war für Adam sehr belastend. Außerdem wäre es morgen vielleicht bereits zu spät, noch rechtzeitig zum Termin zu kommen, und dann wäre die Chance vertan, diesen potenten Kunden für die Bank zu gewinnen. Wenn er das vermasselte, konnte das ernsthafte Konsequenzen haben. »Kommende Finanztalente stehen Schlange, um die rechte Hand meines Chefs zu werden.«

»Aber wäre das denn nicht auch ein Segen? Zumindest für deine Nerven?«

Er blickte mich nachdenklich an. »Der Job ist das Einzige, was ich hab«, meinte er ehrlich. Dann nahm er bitter grinsend einen Schluck von seinem Whiskey. »Hier sieht man mal wieder, dass du nichts bist, wenn du keine Kohle hast. Eine absolute Null!«, jammerte er, nachdem er das Glas wieder abgesetzt hatte.

»Oje, das ist ja mal wieder der kapitalistische Blick in Reinkultur«, sagte ich amüsiert. Da bemitleidete sich aber jemand ganz schön.

»Sei doch ehrlich, Josie«, hielt er dagegen. »Wenn dir dein Partner finanziell nichts bieten kann, dann ist das für dich doch auch ein Problem, oder nicht?«

Ich warf ihm einen Blick zu, der ihm zu verstehen gab, dass ich dafür wohl die falsche Ansprechpartnerin war.

»Okay, okay. Da frag ich wohl die einzige Ausnahme, die es gibt. Normalerweise muss man Frauen etwas bieten!«

»Also erstens: Was normal ist, liegt immer noch im Auge des Betrachters. Und zweitens: Ich finde, dass es das Natürlichste auf der Welt ist, seine Liebe nicht an Bedingungen zu knüpfen. Denn Liebe ist ein Gefühl und keine Sache!«

»Oh, ich wusste ja gar nicht, dass in dir eine verkappte Romantikerin steckt!« Er schmunzelte beeindruckt und meinte dann, dass ich doch sicher trotzdem Ansprüche an einen Partner hätte.

»Das Einzige, was mir ein Mann bieten muss, ist ein anständiger Charakter und dass er moralische Werte verfolgt. Und mit mir auf Augenhöhe diskutieren kann. Wenn einer Millionen auf dem Konto hat, beeindruckt mich das überhaupt nicht. Ich sage immer: Wenn ich mit ihm nicht in einer Höhle leben könnte, würde ich ihn nicht wollen.«

Adam lachte. »Also hatte ich mit der Höhle ja doch recht!«

Ich schmunzelte. Er wurde sehr nachdenklich.

»Führst du dieses Jetsetleben, weil du denkst, dass du so die Frauen am besten beeindrucken kannst? Deshalb dieses immer mehr, immer schneller, immer höher, immer weiter?«

Er antwortete, dass es in seiner Branche tatsächlich viele von dieser Sorte Mann gebe, die einzig diese Motivation antreibe. Das treffe auf ihn aber nicht zu.

»Und was ist dann der Grund, so ein Leben zu führen?«, fragte ich nach.

Er blickte nachdenklich in sein Whiskeyglas. Dann schaute er mich an. »Ich will ganz einfach der Beste in meinem Metier sein.« Es war der Blick eines Getriebenen. In seinen Augen sah ich deutlich, dass er darunter litt.

»Aber was gibt es dir? Warum willst du der Beste sein?«

Er zuckte nachdenklich mit den Schultern und spielte mit seinem Glas, nach seiner eigentlichen Motivation grübelnd.

»Oder steckt doch zumindest so etwas wie der Reiz dahinter, andere Orte zu sehen? Du kommst doch total viel in der Welt rum, oder?«

»Ich bin so ziemlich in jeder Millionenstadt der Welt gewesen, doch von den Orten selbst bekomme ich trotzdem nichts mit«, meinte er bitter grinsend. »Manchmal fliege ich von L.A. nach Tokio, nur um mit einem Geschäftsmann in einem der nobelsten Sushi-Läden der Stadt essen zu gehen, weil der sich das speziell gewünscht hat. Und am nächsten Tag sitze ich in Sydney im Hotelzimmer vor meinem Laptop, um mich auf meinen nächsten Termin vorzubereiten. Mit Städteangucken ist da nichts.«

Er schwenkte den Whiskey in seinem Glas, als suchte er darin seine Gedanken. »Als ich in Singapur gearbeitet habe, stellte ich erst nach Wochen fest, dass ich auf meiner Veranda einen gläsernen Pool hatte. Weil ich mein Apartment immer nur zum Schlafen nutzte.« Er schüttelte ungläubig grinsend den

Kopf. In den letzten drei Tagen habe er mehr gesehen und erlebt als in den fast sieben Jahren als Reichen-Bänker, wie er es in meinen Worten ausdrückte.

Er tat mir wirklich leid, wie er das so ungeschminkt sagte. »Aber wenn es das nicht ist, was ist dann deine Motivation? Nur das Geld?«

»Auch wenn du es vermutlich kaum glauben magst, das ist für mich nur ein netter Nebeneffekt.«

»Dann haben wir ja bald alles durch. Nicht wegen der Frauen, nicht wegen der Reisen und auch nicht wegen des Geldes …« Ich wartete, dass er mir den wahren Grund nannte, da ich natürlich spürte, dass es etwas sehr Persönliches sein musste.

Er zögerte. »Ehrlich gesagt …«, fing er an, »… tue ich alles für meinen Job, weil ich das Gefühl habe, dadurch meine Mutter stolz zu machen.«

Ich war mehr als irritiert von dieser Aussage. Wieso tat er es für seine Mutter? »Du hast das Gefühl, sagst du? Also weißt du nicht, ob es wirklich so ist?«

Er nickte nachdenklich. »Nein, nicht direkt.«

»Dann solltest du vielleicht mal mit ihr so offen darüber reden wie mit mir gerade, oder meinst du nicht? Das könnte helfen.«

»Das geht nicht. Sie ist tot«, erwiderte er und nippte an seinem Whiskey.

»Oh, das tut mir sehr leid.« Das traf mich wie ein Vorschlaghammer und meine recht forsche Art war mir gerade ziemlich unangenehm.

»Schon gut. Sie ist schon sehr lange tot. Genauer gesagt hab ich sie nie selbst kennenlernen dürfen – denn sie starb bei meiner Geburt!«

Ich brauchte nun selbst einen kräftigen Schluck Whiskey. Nachdem ich ihn dazu ermuntert hatte, erzählte er mir, dass seine Mom eine sehr erfolgreiche Pianistin gewesen war, auch international. Charlotte Harper sagte mir sogar etwas, den Namen hatte ich schon mal gehört.

»Das Einzige, was mir von ihr geblieben ist, sind Fotos, Zeitungsausschnitte, Konzertmitschnitte und natürlich ihre Musik.«

Er hing eine Weile seinen Gedanken nach, dann erzählte er weiter. Sein Dad war ein viel beschäftigter Richter in Minneapolis gewesen, deshalb wuchs Adam bei seinen Großeltern auf. Doch als sein Dad wegen seiner Beförderung zum obersten Richter nach Boston zog, musste Adam seine Großeltern verlassen. Neben der mexikanischen Nanny Alma Gonzales war fortan sein sehr strenger Dad seine einzige Bezugsperson. Und für den war nach dem Tod seiner Frau Erfolg in der Arbeit das Wichtigste. Und genau das lehrte er Adam. »Mach deine Mom glücklich und ehre sie mit deinen Leistungen. Damit sie nicht umsonst gestorben ist!« Nicht nur, dass er seinem Sohn dadurch eine schwere Bürde auflud, sein Dad gab ihm indirekt damit auch die Schuld am Tod seiner großen Liebe, die bei der Geburt schwere innere Blutungen erlitten hatte – als wäre Adam ihr Mörder. Klavierunterricht war damals das Einzige gewesen, was ihn irgendwie entfliehen ließ – vom straffen Wochenplan in der Privatschule, später in der Highschool und im Internat. Klavierspielen ermöglichte ihm, für eine kurze Zeit durchzuatmen.

»Aus Erzählungen von Grandma weiß ich, dass mein Dad anders gewesen ist, als Mom noch lebte. Doch nach ihrem Tod flüchtete er sich in die Arbeit. Das war wohl seine Art, damit umzugehen.« Und dieses »Arbeit und Erfolg sind das Wichtigste« impfte er Adam dann geradezu ein und brachte es durch seine fortwährenden Bemerkungen auch noch in Verbindung mit seiner Mutter und ihrem Tod.

Adam hasste ihn dafür, dass er ihm diese Schuldgefühle aufgebürdet hatte und er sich dadurch verpflichtet fühlte, ein Leben zu leben, das er möglicherweise gar nicht leben wollte – nur, um die Schuldgefühle in den Griff zu bekommen.

Ich legte mitfühlend eine Hand auf seine Schulter. Er atmete tief durch.

»Weihnachten lief immer nach demselben Muster ab«, erzählte er mit Blick in das Whiskeyglas weiter. »Nanny Alma brachte das Essen, dann musste ich ein einstudiertes Stück am Klavier spielen. Für mich war das immer noch das Highlight, denn wenn ich spielte, war Dads Stimmung anders. Kein Wunder, fühlte er sich dabei doch an seine große Liebe erinnert. Und deshalb gab ich mir sehr viel Mühe, besonders gut zu spielen. Am Weihnachtsabend musste es immer die ›Nocturne Op. 9 No. 2‹ von Chopin sein. Dann war Dad immer nett, nicht so verhärtet wie sonst. Es war sein Lieblingsstück, das ihn an Mom erinnerte. In diesen Momenten war ich meinem Dad wohl am nächsten.« Adam musste lächeln und ich meinte, in seinen Augen einen Anflug des kleinen Jungen von damals zu erkennen.

»Nachdem ich fertig gespielt hatte, gab er mir ein Geschenk, strich mir über die Haare und zog sich dann zurück. Ich sehe immer dieses Bild vor mir, wie er mir den Rücken zuwendet und das Wohnzimmer verlässt. Ich habe dann allein das Geschenk ausgepackt – meistens war es etwas Praktisches wie eine neue hochwertige Armbanduhr oder ein sehr edler Zirkelkasten für die Schule, also nichts, worüber sich ein Zehnjähriger großartig gefreut hätte. Und dann sah ich durch das Fenster rüber zur Nachbarschaft, wo die Lichterketten leuchteten und die ganze Familie beisammensaß und richtige menschliche Wärme zu spüren war. Dabei drang leise weihnachtliche Musik herüber.«

Bei seiner Erzählung kullerten mir die Tränen hinunter. Adam reichte mir eine Serviette. »Tut mir leid, aber das klingt so traurig.«

Er schmunzelte. »Für mich hatte es etwas Tröstliches. Denn ich dachte immer, wenn ich mal erwachsen bin, dann will ich auch so eine Familie haben, um Weihnachten nie wieder allein feiern zu müssen.«

Dann blickte er mich an und breitete die Arme aus. »Und jetzt schau mich an, was aus mir geworden ist … ein einsamer Workaholic, der sich selbst bemitleidet.« Er lachte bitter.

»Aber das kann ja noch kommen, wenn du das willst …«, meinte ich aufmunternd.

Das amüsierte ihn. »So wie ich arbeite? Jeden Tag woanders auf der Welt? Das macht keine Familie mit.«

Ich lächelte ihn an. »Aber das ist doch nur ein Zustand, den du ändern kannst, wenn du willst. Auch wenn ich glaube, dass es in deinen Kreisen schwierig sein wird, eine Frau zu finden, die auf die inneren Werte schaut.«

»Eigentlich müsste ich dich rügen, nicht so oberflächlich zu urteilen, aber in dem Fall befürchte ich, dass ich dir wohl recht geben muss. So gesehen ist es schade, dass du nicht mein Typ bist«, neckte er mich.

»Ich hoffe, das bleibt auch so«, gab ich bissig lächelnd zurück.

»Keine Sorge, eine Ökotussi und ein Kapitalistenarsch werden nie kompatibel sein«, meinte er lachend.

Er ließ den letzten Rest seines Whiskeys im Glas kreisen. »Und wenn wir schon beim Thema sind: Du hattest mich doch gefragt, ob ich schon mal verheiratet war. Also außer mit meinem Beruf … Ja. Ich war schon mal verheiratet.«

Ich war verblüfft und wollte natürlich mehr darüber wissen. Er erzählte, dass er eher ein Spätzünder in Sachen Liebe gewesen sei – was sicher zum Teil auch damit zusammenhing, dass er von seinem Vater angehalten worden war, ständig für seine Zukunft zu arbeiten und keine unnötige Zeit für Partys und andere gesellige Veranstaltungen zu verschwenden. Deshalb war es ein großer Tag für ihn gewesen, als er Eva O'Riley fragte, ob sie ihn zum Abschlussball begleiten würde.

»Das muss ja der Perfect Match gewesen sein«, meinte ich scherzend. »Adam und Eva!« Er nickte und musste selbst lächeln.

Sie gehörte, wie er berichtete, der Kategorie »das natürliche Mädel von nebenan« an und spielte im Schulorchester Geige. Nach dem Ballabend hatte er mit ihr seinen ersten Kuss. Aufgrund der Schüchternheit von beiden wurde nicht mehr daraus. Nachdem er dann einige Erfahrungen mit dem anderen Geschlecht gemacht hatte, merkte er schnell, dass er kein Freund von One-Night-Stands und losen Beziehungskisten war. Er wollte eine verbindliche Partnerschaft und keine endlosen unverbindlichen Dating-Erlebnisse. Das war nicht seine Welt.

Sein BWL-Studium an der renommierten Universität in Harvard schloss er als Jahrgangsbester ab. Danach konnte er sich vor Jobangeboten nicht retten. Während manche seiner Kommilitonen sich eine Auszeit nahmen, um die Welt zu bereisen, entschied er sich für einen Managementposten bei einer der größten nordamerikanischen Banken und heiratete seine große Liebe – Veronica Highsmith, die Tochter seines Tutors. Er hatte sie bei einem der Abendessen mit anschließender geselliger Diskussionsrunde, zu denen sein Professor ihn und andere vielversprechende Studenten gern mal einlud, kennengelernt und sich auf Anhieb in sie verliebt. Nicht nur wegen ihrer bildhübschen Erscheinung, sondern auch, weil sie Köpfchen hatte. Eine intelligente junge Frau, die Literatur und Sprachen studierte. Ein Jahr später hielt er um ihre Hand an.

»Die ersten Jahre lief es sehr gut. In der Ehe und auch im Beruf.« Er hatte es nach nicht einmal vier Jahren in den oberen Vorstand geschafft, mit der Aussicht, eines Tages Chef der Bank zu werden. Allerdings wurde es ihm dort zu eintönig, ihm fehlte der direkte Kontakt zu den Großkunden. Er wollte aus dem System ausbrechen und es als selbstständiger Finanzberater auf eigene Faust versuchen! Doch es lief nicht gut und zwei Jahre später war er sogar verschuldet.

Seine Frau bekam Panik und wollte Adam dazu bringen, wieder bei der Bank vorstellig zu werden. Auf einer Gala, die Adam kurzfristig absagen musste, weil er erkrankt war, wollte sie bei seinem alten Chef ein gutes Wort für ihn einlegen. »Stattdessen hat sie für sich ein gutes Wort eingelegt …«, meinte Adam sarkastisch.

Ich schüttelte ungläubig den Kopf, weil ich ahnte, was das zu bedeuten hatte.

»Doch«, sagte er und führte sein Glas zum Mund. Jedoch war das Glas bis auf einen letzten Tropfen leer. »Kurze Zeit später reichte sie die Scheidung ein und gab mir klar zu verstehen, dass sie einen gewissen Lebensstandard erwarte, und den könne ich ihr nicht mehr bieten. Sie gab mir also die Schuld am Scheitern unserer Ehe und daran, dass sie meinen ehemaligen Chef ehelichte.«

Das sei für ihn ein Schock gewesen, denn er hätte nicht gedacht, dass sie ihn wegen seiner beruflichen Aussichten geheiratet hatte, zumindest nicht allein aus diesem Grund. Der Barkeeper schenkte Adam nach.

»Nein, nein, wir können das nicht bezahlen …«

»Ich hab ein bisschen mitgehört«, sagte der Mann hinter dem Tresen und klopfte ihm aufmunternd auf die Schulter, »und deshalb geht der hier aufs Haus.«

Adam lächelte gequält. »Danke.«

»Und wie ging es dann weiter? Wie hast du doch wieder Fuß gefasst?«, wollte ich wissen.

»Wenn man zwei Jahre aus dem Managementbereich raus ist, ist das eigentlich einem Selbstmord gleichzusetzen. Aber ich hatte Glück!« Sein Gespür für lukrative Finanzinvestments aus seiner Zeit bei der Bank hatte ihm einen so guten Ruf beschert, dass ein ehemaliger Geschäftspartner seine Beziehungen bei dem Finanzdienstleister in Singapur spielen ließ. Der gab Adam eine Chance und sein Faible für Geldspekulation und sein gutes Gespür machten ihn dort schnell zu einem der erfolgreichen Top-Seller.

»Und das ist das, woran du dich nun klammerst. Weil du denkst, dass deine Mom stolz auf dich wäre, und es mit der Familie nicht geklappt hat?«

Er überlegte einen Moment und nickte verhalten. »Ja, vermutlich ist es so«, meinte er verbittert.

»Deine Mutter wäre sicherlich stolz, wenn du das tun würdest, was dein Herz dir sagt«, gab ich ihm liebevoll einen gut gemeinten Ratschlag.

Er zuckte überfordert mit den Schultern. »Vielleicht?«

»Was sagt dir denn dein Herz?«

»Ich weiß es nicht. Wir reden nicht mehr so oft miteinander.« Er versank in Gedanken. Dann atmete er einmal tief durch und hielt mir sein Whiskeyglas zum Anstoßen hin. »Danke«, meinte er und schaute mir in die Augen.

»Wofür?«, fragte ich verwundert.

»Fürs Zuhören.«

Ich stieß lächelnd mit ihm an und wir ließen nach einem kräftigen Schluck das Gesagte etwas sacken. Also hatte ich mit meiner Vermutung richtig gelegen: Er lebte das falsche Leben. Doch anscheinend war die Schuld, die er von seinem Vater aufgebürdet bekommen hatte, so groß, dass er allein nicht aus dem Kreislauf ausbrechen konnte. Ohne einen Rückhalt durch

Familie, Freunde oder zumindest Menschen, die ihm zur Seite standen, blieb er ein Gefangener seiner selbst.

Da fiel mir neben dem Plastikchristkind auf der Bühne das Piano ins Auge, das dort unter einem schwarzen Abdecktuch stand.

»Funktioniert das noch?«, fragte ich Gus, den Barkeeper.

»Ja, aber wir haben selten mal einen Klavierspieler hier. Können Sie spielen?«

Ich deutete auf Adam, um ihn lächelnd aufzufordern.

»Sie sind Pianist? Wie großartig, spielen Sie doch bitte etwas für uns! Den Leuten wird das gefallen!«

»Auf gar keinen Fall. Ich bin völlig aus der Übung«, meinte er und winkte ab. Er schien auch nicht in Stimmung zu sein.

»Komm schon, Kumpel. Es wäre schön, wenn endlich mal wieder jemand auf der alten Lady herumklimperte«, lachte er über seinen eigenen Machospruch.

»Ja, komm schon!«, forderte ich Adam auf.

»Aber ich kann nur klassische Stücke spielen.«

»Das wird den Cowboys hier auch mal ganz guttun«, sagte ich und drückte ihn vom Barhocker. Adam gab sich geschlagen. »Na gut.«

Auf der Bühne schob er das Plastikchristkind beiseite, nahm sich eine der Obstkisten als Hocker und öffnete den recht alten Flügel. »Lady« stand an der Seite in weißer, geschwungener Schrift geschrieben. Es war schon witzig, ihn so zu beobachten. Das Publikum war auch amüsiert. »Hier hat schon Buddy Holly auf Obstkisten gejammt!«, rief ein kräftiger Bodybuilder-Cowboy und hatte damit die Lacher auf seiner Seite.

Adam konzentrierte sich offenbar einen Moment zu lange. Einige pfiffen schon aus Ungeduld. Dann begann er mit den melancholischen, aber wunderschönen Tönen von Chopins »Nocturne Op. 9 No. 2«, die er an Weihnachten immer seinem

Dad vorgespielt hatte. Es berührte mich tief im Herzen. Eine andächtige Stille breitete sich in der Bar aus. Selbst die lautesten Gorillas lauschten gebannt Adams Spiel. Was Musik doch bewirken konnte! Erst als der in seine eigene Welt versunkene Adam den letzten Ton spielte, ihn ausklingen ließ und das zögerliche Klatschen des Publikums kam, wurde er sich offenbar bewusst, wo er sich eigentlich befand. Auf der Bühne in einer Countrybar!

Das Publikum applaudierte beeindruckt. Einige pfiffen und johlten sogar vor Begeisterung und Adam stand etwas unsicher auf und verbeugte sich. Es schien ihm augenscheinlich richtig gutzutun. Dann kamen vereinzelt »Zugabe«-Rufe. Adam meinte, er könne noch etwas von Mozart oder Schostakowitsch vorspielen.

»Wir wollen kein Mozart oder Schorsch-Dingsda. Wir wollen was Tanzbares!«

»Ja!«, rief ein alter Mann. »Spiel was Flotteres!« Ein anderer stimmte dem zu. Doch Adam gab dem Publikum zu verstehen, dass er nur klassische Stücke konnte.

Dann solle er wenigstens etwas von Elvis oder den Beatles spielen, das sei doch so was wie klassische Musik!

Adam wirkte hilflos. Die Stimmung drohte zu kippen.

»Dann muss ich wohl auch auf der Lady herumklimpern«, meinte ich zu dem überraschten Gus. Ich lief zu Adam hinauf auf die Bühne. Er sah mich irritiert an.

Ich wandte mich ans Publikum. »Hey Leute, wie wär's mit einem Oldie? ›You Can't Hurry Love‹!«

Die Leute jubelten, vor allem die Frauen übernahmen nun das Ruder.

»Keine Sorge, ich übernehme den Hauptpart und du hilfst mir ein wenig dabei«, sagte ich zu Adam. »Du hast den Song doch noch im Ohr, oder?«, spielte ich auf den Gesang mit der Familie im Auto an.

Adam nickte überrascht. »Du spielst auch Klavier?«

»Ich kann keine Noten so wie du, sondern richte mich nur nach dem Gehör und meinem Gefühl«, meinte ich lachend.

»Das kann ich nicht«, meinte er leicht nervös.

»Lass dich einfach in die Musik fallen, so wie du es eben auch getan hast.«

»In Ordnung!«

Wir setzten uns auf der breiten Obstkiste nebeneinander ans Klavier. Ich wiederholte mehrfach den rhythmischen Beat, dann stieg er ein. Die Leute klatschten mit. Beim Refrain sangen alle laut mit, unsere Patzer merkte vermutlich keiner.

So spielten wir die nächsten zwei Stunden mit beeindruckender stimmlicher Unterstützung der Barbesucher Songs von den Beatles, Elvis Presley und anderen Oldie-Größen. Donna versorgte uns mit Getränken und die Zeit verflog rasend schnell. Teilweise tanzten die Leute sogar. Als wir dann unseren wirklich allerletzten Song »Yesterday« spielten, sangen restlos alle in der Bar mit, selbst Gus und Donna hinter der Theke.

Unter tosendem Applaus wurden wir von der Bühne verabschiedet. Verschwitzt, aber glücklich nahmen wir wieder an der Theke Platz. Die Uhr zeigte halb zwölf an.

Für dieses musikalische Intermezzo bekamen wir nicht nur die Getränke spendiert, sondern für unseren Auftritt überraschend sogar hundertfünfzig Dollar von Gus in die Hand gedrückt. Immerhin hatte er in den letzten zwei Stunden mehr als doppelten Umsatz gemacht.

»Wenn die Leute Livemusik bekommen, dann trinken sie einfach mehr!«, sagte er vergnügt.

»Wenn Sie noch einen Fünfziger draufpacken«, sagte ich frech, »dann können wir die Fahrt nach Seattle mit Zug und Bus bezahlen – und kommen doch noch pünktlich zu Weihnachten an!«

»Clevere Geschäftsfrau, deine Freundin!«, meinte Gus mit Blick zu Adam. Er lachte und gab uns das Geld noch obendrauf. »Das habt ihr euch verdient!«

Adam und ich nahmen uns lachend in die Arme, gepuscht von dem Auftritt und der Aussicht, am nächsten Morgen gleich den ersten Zug nehmen und noch rechtzeitig zu seinem Termin in Seattle sein zu können. Wir hatten mal wieder Glück im Unglück! Doch unsere Umarmung geriet länger als gedacht. Als würde sich keiner vom anderen lösen wollen, standen wir dann etwas verunsichert voreinander. Dadurch entstand ein Moment, der uns augenscheinlich beide irritierte.

»Ich geh dann mal auf die Toilette …«, sagte er, ein wenig schräg grinsend.

»Und ich ordere uns noch was zu trinken«, erwiderte ich, ebenfalls verunsichert. Es irritierte mich, dass ich einen Anflug von Gefühlen in mir spürte, die da nicht sein durften. Während ich auf das Bier wartete, horchte ich in mich hinein. Wenn ich an die letzten Stunden dachte, fühlte sich mein Herz merkwürdig beschwingt an, wenn Adam in meiner Nähe war. Erst recht, wenn wir uns berührten. Und diese Umarmung hatte sich so vertraut angefühlt. Das alles war vermutlich dem vielen Alkohol und der aufgepeitschten Stimmung geschuldet. Außerdem waren wir bereits viel zu lange gemeinsam in einer Krisensituation. Ich hatte mal gelesen, dass die Chance, sich zu verlieben, weitaus größer war, wenn man zum Beispiel in Seenot geriet oder in einer anderen lebensgefährlichen Lage war. Das war vermutlich der Grund für meine aufkeimenden Gefühle.

»Hier, bitte sehr«, sagte der Barkeeper lächelnd. Er stellte mir zwei Bier vor die Nase und ich erwachte aus meinen Gedanken. »Danke schön!«

»Hey, Schätzchen, du hast mich mit deinem Spiel tief berührt«, sagte plötzlich der Bodybuilder im Cowboydress neben mir, der seine Entourage im Schlepptau hatte und sich als Biff vorstellte. In den eng anliegenden Klamotten, dem bestickten Westernhemd und der passenden Nieten-Jeanshose wirkte er wie eingeschnürt. Wenn der sich hätte bücken müssen, hätte er seine Klamotten zerfetzt – wie der unglaubliche Hulk, wenn er sich plötzlich verwandelte. Seine Kumpane sahen ähnlich aus, waren aber von kleinerer Statur.

Auf diese Small-Talk-Anmache hatte ich überhaupt keine Lust. »Das freut mich doch zu hören«, meinte ich und wollte mich schon abwenden. Er hielt mich zurück.

»Ich dachte mir, ich könnte mich revanchieren und dich mit meinen tänzerischen Fähigkeiten ebenfalls tief berühren.«

Oje, das war wohl der unterirdischste Anmachspruch, den ich seit Langem gehört hatte. Ich entschied mich, das Spiel mitzuspielen. »Danke, aber so tief kannst du gar nicht kommen«, konterte ich keck. Die um ihn herum stehenden Jungs lachten laut auf und auch auf seinem zunächst starren Gesicht zeigte sich schnell ein Grinsen. Meine freche Art schien ihn leider zu beeindrucken.

»Was hältst du davon, wenn ich dich dann wenigstens zu einem Getränk einlade?«

Ich hob unsere beiden Bierhumpen. »Danke, aber ich bin reichlich bedient, wie du siehst. Das ist nur was für große Jungs.« Erneut ging ein Raunen durch seine Gruppe.

»Hm. Wollen wir dann vielleicht doch das Tanzbein schwingen? Man sagt über mich, ich sei einer der besten Standardtänzer in der Gegend«, meinte er sichtlich stolz.

»Man sagt das?«, fragte ich provozierend. Erneut Gelächter.

Auch das nahm er mit Humor. »Nein, natürlich vor allem die Frauen.«

»Die Süße ist so was von clever! Viel zu clever für dich, Biff!«, grölte einer von weiter hinten.

»Halt's Maul, Jay-Jay, sonst polier ich mit dir gleich den Boden!«, rief Biff genervt in dessen Richtung. Dann widmete er sich wieder mir.

»Du bist frech … darauf fahr ich ab«, meinte er dann in typischer Machomanier, aber irgendwie so lustig übertrieben, dass ich darüber eher schmunzeln musste, als mich davon belästigt zu fühlen. Er hatte in seinem geformten Bodybuilderkörper etwas Witzig-trotteliges an sich.

»Also, was ist nun? Wie wäre es mit einem Tänzchen?«

»Sehr verlockend – aber nein. Mir ist nicht danach … Ich bin ziemlich müde.«

»Ach, komm schon, Schätzchen. Irgendwie hast du etwas Wildes, Unzähmbares an dir, das mich verrückt macht.«

»Das tut mir leid. Ich hoffe, Sie verklagen mich deshalb nicht«, gab ich zurück und hatte dadurch wieder die Lacher auf meiner Seite. Ich würde ihn so lange ins Leere laufen lassen, bis er aufgab. Wichtig dabei war, freundlich zu bleiben. Dann regelte sich das Problem bald von selbst.

»Du wärst was fürs Herz«, meinte er dann. *Und andere nur fürs Bett,* dachte ich. Er sah mich tatsächlich als potenzielle Partnerin.

»Okay, also wenn du nichts dagegen hast, dass wir unsere Kinder einmal in Afrika oder Indien großziehen, könnte ich mich hinreißen lassen«, scherzte ich tough zurück. Nicht mehr lange und er würde aufgeben. Doch dann kam Adam zurück und verschärfte das »Problem«.

»Hey, Jungs! Ich glaube, die Lady will in Frieden gelassen werden«, sagte er eine Spur zu harsch.

»Hä? Was willst du denn, Klimperheini? Bist du ihr Aufpasser, oder was?«, maulte der Cowboy.

»Außerdem reden wir doch nur«, fügte ein zweiter Maulheld hinzu.

»Gut, aber das hätten wir dann wohl hiermit beendet. Euch noch eine schöne Nacht«, hielt Adam entschieden dagegen.

»Wer sagt das?«

»Ich sage das! Harper … Adam Harper«, meinte er provokant und so betont deutlich, als sei er James Bond. »Und als kleine Warnung – ich war mal Judo-Jugendmeister«, fügte er hinzu, als könnte er damit diesen Muskelhünen beeindrucken.

»Bitte, lass das. Spiel hier nicht unnötig den Helden. Ich komm schon allein mit denen klar«, sagte ich flüsternd, aber eindringlich zu ihm, denn er heizte unnötig die Stimmung auf.

»Dem Hinterwäldler muss man klar die Grenzen aufzeigen«, antwortete Adam so laut, dass es natürlich auch der Beleidigte gut hören konnte.

Der Cowboy baute sich bedrohlich hinter ihm auf. »Wer nennt mich hier Hinterwäldler?«

Adam reagierte nicht.

»Hey, du Lackaffe, ich rede mit dir!«

Ich entschuldigte mich für meinen Begleiter, sagte, dass er es nicht so gemeint habe und wir einfach einen üblen Tag gehabt hätten.

»Doch«, sagte Adam. »Das meinte ich genau so!«

Das war in etwa so passend, als hätte er zu Mike Tyson gesagt, er habe einen Mikropenis in der Hose!

Biff schlug mit seiner Dampfhammerfaust mitten in Adams Gesicht! So heftig, dass er wie eine gefällte Tanne umfiel. Er lag mit nur einem Schlag k. o. geschlagen auf dem Dielenfußboden!

Sofort kümmerte ich mich um ihn, während der Lokalbesitzer den Cowboys mit der Polizei drohte und sie dann mithilfe zweier Gäste rauswarf.

Ich nahm Adams Kopf in meinen Schoß. Er blinzelte.

»Solche Typen sollte man besser nicht provozieren«, erklärte ich, während ich ihn mitleidig anblickte. Donna brachte ein nasses Tuch und ein Glas Wasser, mit dem ich seine blutige Nase abwischen konnte.

»Auch wenn er definitiv keine Chance hatte, war es von deinem Freund auf jeden Fall mutig, dich zu verteidigen. Vor Biff haben schon ganz andere den Schwanz eingezogen«, lobte sie seinen couragierten Auftritt und ging wieder hinter die Theke. Ich fand es nicht nur mutig von ihm, sondern auch sehr süß, mich verteidigen zu wollen.

11. Kapitel

Ich saß auf einer Bank in der weihnachtlich geschmückten Wartehalle der Denver Union Station und hatte den Kopf des schlafenden Adam in meinem Schoß. Die warme Luft ließ auch mich müde werden. Die große Uhr, die so lang gezogen wie ein Gemälde von Salvador Dalí über einen Projektor an die Wand geworfen wurde und sich leicht zusammen- und wieder auseinanderzog, zeigte kurz nach halb sechs in der Frühe an. Bald würde ich Adam wecken müssen. Die Nacht steckte mir noch in den Knochen. Donna hatte einen alten Freund angerufen, der Arzt im Ruhestand war und im Pyjama mit übergezogener Winterbekleidung herbeigeeilt kam, um sich Adam vorsichtshalber anzuschauen. Er diagnostizierte eine »leichte Gehirnerschütterung«. Sie müsse nicht speziell behandelt werden. Zwei Schmerztabletten sollten reichen. Gus war so nett gewesen, uns in seinem Lokal auf den Sofas schlafen zu lassen. Doch auch wenn die bequem waren, so wurde ich dennoch immer wieder aus dem Schlaf gerissen. Mal von Adam, weil ihn ein Albtraum plagte. Mal von dem blöden Geräusch eines Kühlaggregats, das für die Eiswürfel und kühlen Getränke der Bar zuständig war. Und ein anderes Mal, weil Donna und ein Kollege den Raum durchfegten. Außerdem würde ich sicher einen Muskelkater in den Beinen bekommen, schließlich musste ich Adam zusammen mit Gus stützen, um ihn zur Couch zu bringen, und auf allen anderen Wegen, zuletzt dem vom Wagen hierher in die Wartehalle. Gegen vier hatte uns Gus mit seinem SUV zum Bahnhof gefahren. Ich dankte ihm für seine Hilfe und er dankte uns für einen phänomenalen Abend. Ich nahm ihn in die Arme. Er wünschte uns eine gute Reise und gab uns sogar noch Proviant mit. »Damit ihr unterwegs nicht verhungert.« Zum Schluss betonte er noch, dass wir immer herzlich willkommen seien, falls wir wieder mal in der Gegend sein sollten.

Die Tickets für den Zug und den Bus ab Salt Lake City hatte ich bereits gelöst, in einer halben Stunde ginge es los. Das Geld hatte ziemlich genau für zwei Tickets gereicht. Von den restlichen vier Dollar und fünfzig Cent hatte ich uns eine Flasche Wasser gekauft, den wenigen Rest hob ich für einen Kaffee im Zug auf.

Während ich den schlummernden Adam in meinem Schoß anblickte, sah ich aus seiner Hemdbrusttasche einen bemalten Zettel herauslugen. Ich fischte ihn heraus und musste lächeln. Es handelte sich um das Bild der kleinen Angel. Ich fand es süß, dass er es immer noch bei sich trug. Schließlich hatte uns ihre Familie in diese missliche Lage gebracht. Da erkannte ich erst, was sie gemalt hatte: nicht nur sich und ihre Eltern, sondern auch ein Händchen haltendes Paar mit einem Herzchen darüber. Darunter standen die Namen »Josie« und »Adam«. Es berührte mich. Hatte er das Bild womöglich deshalb behalten?

In dem Moment, in dem ich es in seine Brusttasche zurücksteckte, kam er langsam zu sich.

»Perfektes Timing«, sagte ich, denn ich hätte ihn sowieso gleich wecken müssen.

Langsam erhob er sich und stützte den Kopf mit den Händen. »Oh Gott, brummt mir der Schädel.« Dann schaute er zu mir. »Was ist passiert? Es hat eine Schlägerei gegeben, richtig?«

Ich nickte verhalten. Zwar konnte man das nicht unbedingt als Schlägerei bezeichnen, aber ich behielt die Details besser für mich.

»Ich kann mich an fast nichts mehr erinnern. Hab ich ihn fertiggemacht?«

»Ja, der hat mehr einstecken müssen als du.« Ich versuchte, ernst zu bleiben.

Er sah mich mit verkniffenen Augen an. »Du lügst mich gerade an, richtig?«

Ich musste lachen. »Leider ja …«

Er atmete einmal kräftig durch. »Hab ich mich wenigstens wacker geschlagen?«

»Ehrlich gesagt, hat er dich mit einem Schlag k. o. gehauen«, meinte ich ohne Umschweife.

»Das ist bitter.« Er fasste sich an den Kopf. »Oh, in mir brummt alles.«

»Aber es war total süß von dir, mich verteidigen zu wollen …«

Wir lächelten uns an, bis der Schmerz sein Gesicht wieder entgleiten ließ.

Es erklang eine Durchsage für unseren Zug nach Salt Lake City, der nun eingefahren war.

»Wir müssen los«, sagte ich. Auf meinen fragenden Blick hin erklärte ich ihm den Stand der Dinge. Die Tickets waren gebucht, in fünfzehn Minuten ging unser Zug. In Salt Lake City mussten wir in den Greyhoundbus nach Twin Falls umsteigen, um dann nach Woodland beziehungsweise nach Seattle zu kommen. Und wenn alles glatt liefe, wäre er pünktlich geduscht und mit frischen Klamotten bei seinem Termin mit dem Scheich!

Er lächelte. »Wenn du das so optimistisch erzählst, mit deinem Strahlen in den Augen, dann muss es ja diesmal endlich klappen.« Es war merkwürdig, wie eng wir beieinandersaßen.

»Danke für deine Fürsorge«, sagte er noch und bei seinem Blick blieb mir ein wenig die Luft weg.

»Gern geschehen! Wir sollten keine Zeit verlieren«, unterband ich diesen merkwürdig intimen Moment. Wir standen auf, doch er war sehr wackelig auf den Beinen. Ich stützte ihn.

»Ich fühle mich wie ein alter Mann«, murmelte er.

»Und ich mich wie eine alte Frau«, stöhnte ich unter seinem Gewicht. Schließlich gelang es ihm, allein zu stehen. Ich hielt ihm eine Flasche Wasser hin. »Trink! Du bist komplett dehydriert.« Er nahm ein paar kräftige Schlucke, dann gingen wir zu unserem Gleis. Auf einem der Nachrichtenbildschirme wurde berichtet, dass sich der Jahrhundert-Blizzard Eros in nordwestlicher Richtung nach Kanada bewege. Adam konnte es nicht glauben, dass es nun endlich weiterging und wir offenbar den Schneesturm überstanden hatten.

Der Zug hatte sogar einen großen Panoramawaggon mit extra großer Seitenglasfront und teilweise verglastem Dach, damit man einen ungetrübten Blick auf die Landschaft hatte. Immerhin fuhren wir durch ein großes Teilstück der Rocky Mountains – ein für viele Touristen beliebtes Ziel. Allerdings gab es diesen Service nur gegen einen für uns unerschwinglichen Aufpreis!

In einem der normalen Waggons fanden wir noch zwei Sitzplätze nebeneinander, auf denen wir es uns bequem machten. Auch hier wimmelte es von Touristen mit Fotokameras, vermutlich denjenigen, die nicht so viel Geld für den Panoramawaggon ausgeben wollten.

Nachdem wir Denver verlassen hatten, befanden wir uns schon bald auf dem Anstieg in die Rocky Mountains und nach wenigen Tunneln waren wir mittendrin – umgeben von Wäldern, Flüssen, Seen und rotem Gestein. Bei recht klarer Sicht sahen wir am Horizont den Mount Elbert, wie der Zugbegleiter freundlicherweise über eine Ansage allen Fahrgästen mitteilte. Es sei der zweithöchste Punkt der kontinentalen USA und der höchste Berg der Rocky Mountains.

»Offenbar ein stolzer Bürger von Colorado«, meinte ich lobend über diese Service-Dienstleistung des Zugbegleiters. Er und seine Kollegin informierten immer wieder abwechselnd über die Landschaft und historische Hintergründe. Der Gore Canyon war zum Beispiel nach einem Lord benannt, welcher in der Gegend auf Jagd gegangen war, und das Panorama des Glenwood Canyons hatte einst den General-Motors-Manager Cyrus Osborn zur Entwicklung des Vista-Domes inspiriert, des ersten Panoramawaggons von Amtrak.

Nachdem wir die Rockys verlassen hatten, dachte ich, der schönste Teil der Reise sei vorbei – doch da wusste ich noch nicht, dass sich die Schönheit der sich ständig verändernden Landschaft über die komplette mehrstündige Fahrt hinziehen würde. Nebenbei skizzierte ich ein paar Eindrücke in mein Büchlein. Adam wollte mehr von meinen Zeichnungen sehen. Ich zeigte ihm den Hamburger Hafen, den ich in den letzten fünf Jahren mehrfach gezeichnet hatte, aber auch andere Orte der Hafenstadt und auch ein Bild von der Farm meiner Eltern.

Sie schienen Adam zu gefallen: »Da muss ich dich ja ab sofort wohl Künstlerin nennen.«

»Das ist wohl maßlos übertrieben. Aber es reicht, um mich an besondere Momente zu erinnern.« Dann zeigte ich ihm eine Zeichnung, auf der er zu sehen war. Ich hatte sie an der Raststätte gemalt: Im Vordergrund saß eine Familie im Diner und amüsierte sich beim Essen, während er draußen allein im Schnee stehend sichtlich gestresst telefonierte.

Irgendwie schien ihn das nachdenklich zu stimmen. Die Aussage der Szenerie war eindeutig. Ein einsamer gestresster Finanzmanager stand abseits vom Leben, das sich im Diner abspielte. Lange hielt er den Blick darauf gerichtet. »Du kannst nicht nur die Seele eines Ortes einfangen, sondern auch in die Seelen der Menschen blicken«, meinte er dann nachdenklich. »Gefällt mir sehr.« Seine Worte kamen von Herzen. Das spürte ich deutlich, als sich unsere Blicke trafen.

»Ich würde gern ein Porträt von dir zeichnen«, meinte ich spontan, obwohl ich das noch nie gemacht hatte. Wenn ich zeichnete, dann bisher immer nur Menschen aus der Situation heraus. Adam nahm das Angebot gern an. »Außer ich muss mich nackt auf einem Sofa rekeln wie einst Kate Winslet in Titanic …«

Ich verdrehte amüsiert die Augen. »Ich will ein Porträt von dir erstellen – keine Aktzeichnung!«

Er schmunzelte.

Ich bat ihn, sich auf der gegenüberliegenden Sitzbank zu positionieren und aus dem Fenster zu blicken. »Beobachte die Landschaft und sei dabei ganz natürlich …«

Es dauerte, bis er sich richtig entspannen konnte und wirklich gedankenversunken die Landschaft bewunderte.

Nach einer guten halben Stunde war ich mit dem ersten Entwurf fertig. Er war begeistert, vor allem davon, dass ich auch seine Spiegelung im Fenster mit hineingezeichnet hatte.

»Darauf siehst du aus wie ein Abenteurer«, sagte ich.

Er stimmte mir stillschweigend zu. Ich versprach, ihm die Zeichnung zu schenken, sobald ich damit fertig wäre.

»Danke, Josie. Es ist aber schon jetzt wirklich wunderschön … vermutlich schöner als das Modell«, scherzte er.

»Vermutlich?«, setzte ich neckend noch einen drauf.

Einer der schönsten Streckenabschnitte war der Ruby Canyon, der nur per Zug oder zu Wasser erreichbar war. Adam fühlte sich bei den spektakulären Bildern an seine Kindheit bei den Großeltern auf der Farm erinnert. Und er beneidete mich, dass ich bei meinen Reisen in ferne Länder so dicht an der Natur sein durfte. Er sah immer nur Großstädte und Beton – und selbst das nicht mal so richtig bei all dem Stress. Ihm wurde bewusst, dass er gerade das erste Mal seit langer Zeit ohne Smartphone und Laptop unterwegs war. Und er fand es ziemlich erholsam, mal nicht an die Arbeit denken zu müssen. Er meinte sogar, dass er der Familienbande, die uns beklaut hatte, in gewisser Weise dankbar sei, ansonsten würde er schließlich all das gar nicht erleben. Die Zugreise empfand er mittlerweile wie einen Urlaubstrip, wie er mir verriet.

»Bis vor ein paar Tagen hätte ich niemals geglaubt, dass ich das einmal sagen würde, aber du bist zu einem richtig angenehmen Sitznachbarn geworden«, erwiderte ich lächelnd.

»Danke. Aber komm! So ein Unmensch war ich nun auch nicht im Flieger, oder?«

»Bitte lass uns nicht darüber reden«, sagte ich lachend. Ich wollte nicht, dass eine Diskussion uns die Stimmung verdarb.

Nach so vielen Stunden kam der große Durst. Da unsere Getränke aufgebraucht waren, ließ Adam unsere Wasserflaschen im Bordbistro mit sauberem Trinkwasser auffüllen, reichte mir meine Flasche und setzte sich erschöpft wieder neben mich.

»Zumindest müssen wir nicht verdursten oder das Spülwasser aus der Pissrinne trinken«, sagte er, während ich trank. Ich musste absetzen.

»Danke, Adam, für diese geradezu liebevolle Metapher. Der Gedanke daran verleiht dem Wasser hier gleich einen besonderen Geschmack.«

»Entschuldige«, meinte er grinsend und nahm auch einen Schluck.

»Zum Glück hat Gus uns Proviant eingepackt, sonst müssten wir jetzt hungern«, sinnierte er.

»In den Dritte-Welt-Ländern kämpfen sie täglich …«

Er warf mir einen Lass-es-Blick zu.

»Es tut mir leid. Das war belehrend und ich entschuldige mich dafür.«

»Schon gut.« Wir schwiegen einen Moment. Dann sagte er plötzlich: »Natürlich wäre es besser, meine Kunden würden in sinnvolle Dinge investieren. Dinge, die den Menschen helfen und nicht schaden. Aber das sind natürlich meistens nicht die Aktien, mit denen man den meisten Profit machen kann«, erklärte er.

»Also wäre es zumindest theoretisch möglich, Vermögende dazu zu bringen, in Sinnvolles zu investieren?«, fragte ich, da ich mich in der Aktienwelt überhaupt nicht auskannte.

Er nickte nachdenklich. »Allerdings wird dies niemals bei einer Bank wie der World Wide Financial Banking Group möglich sein. Dazu müsste man eine eigene Organisation und ökologische Aktiengesellschaft gründen und die Reichen dazu bringen, einen Teil ihres Geldes in faire und ökologische Projekte zu investieren. Außerdem müsste man ihnen die schmäleren Gewinne mit der Aufwertung ihres Images schmackhaft machen.« Dann ließ er mich an seinen Visionen teilhaben, was sich mit so einer fairen Bank alles anstellen ließe, wenn man die nötigen Geschäftsbeziehungen zu reichen Menschen hätte.

»Dann könntest du das doch ins Leben rufen!«, rief ich hoffnungsfroh aus.

Er winkte ab. Auch wenn er es für eine clevere Geschäftsidee hielt, kam für ihn ein so risikoreicher Schritt aufgrund seiner vor Jahren mit seiner Selbstständigkeit erlittenen Bauchlandung nicht mehr infrage. Die unangenehmen Folgen, die damals im

Ende seiner Ehe gipfelten, wollte er nicht noch einmal erleben. Damit war das Thema ad acta gelegt.

Am frühen Abend fuhren wir durch die Weiten Utahs, wo wir den Mount Peale, den zweithöchsten Berg Utahs, und den Landscape Arch im Arches National Park am rötlich-blauen Horizont bei Sonnenuntergang sehen konnten. Wie oft sich die Landschaft in den letzten Stunden verändert hatte, war schon bemerkenswert. Die Strecke war geradezu ein Erlebnis für uns beide, vom Soldier Summit auf über 2200 Metern hinunter nach Salt Lake City, in den traumhaft klaren Abend hinein.

12. Kapitel

Nachdem wir aus dem Zug ausgestiegen waren, bahnten wir uns den Weg durch die Bahnhofshalle. An der Union Station in Salt Lake City war noch recht viel Betrieb. Viele hetzten mit großen Einkaufstüten und ihren letzten Weihnachtsbesorgungen durch die Halle. Ankommende Reisende wurden begrüßt und umarmt. Nachdem wir ins Freie gelangt waren, nahm uns sofort wieder diese eisige Kälte in Beschlag. Die Abenddämmerung hatte längst eingesetzt. Wir liefen los, schlitterten über die vereiste Fläche. Einige Minuten später erreichten wir den Busbahnhof und machten es uns im Bus gemütlich. Es ging nach Twin Falls, um dort in den Anschlussbus nach Seattle umzusteigen. Adam hatte den Fensterplatz einer Vierersitzgruppe ergattert. Ich machte es mir neben ihm auf dem Gangplatz gemütlich. Uns gegenüber saßen eine Dame um die sechzig und eine junge Hochschwangere. Nachdem wir uns begrüßt hatten, schaute Adam dem wieder etwas zunehmenden Schneefall zu. Ohne seine Arbeitsutensilien schien er quasi dazu genötigt, sich den schönen Dingen zu widmen. Ich bekam mit, wie die ältere Frau von der Jüngeren wissen wollte, wohin die Reise denn ginge.

»Nach Boise … in meine Heimatstadt.«

»Oh. Das ist aber mutig, mit dem Bauch. Sieht so aus, als wäre es bald so weit.«

Die Schwangere strich lächelnd über ihre Kugel. »Ja, aber es ist noch gut eine Woche Zeit und bis Boise und zu meinen Eltern sind es ja nur noch fünf Stunden«, hörte ich sie sagen.

»Das stimmt natürlich, meine Liebe«, lächelte die Dame.

Die junge Frau erzählte, dass sie nicht mehr lange in Salt Lake City wohnen werde, da ein Umzug nach Boise in ihr Elternhaus geplant sei. »Jetzt will ich über die Feiertage erst mal mein Kind bei meinen Eltern bekommen. Eine Hebamme und alles Weitere ist schon lange organisiert.«

»Dann wird das ja ein ganz besonderes Weihnachten für Ihre Familie!«, mischte ich mich ein und fragte, ob sie denn schon wisse, was es werde.

»Ein Mädchen!«, strahlte sie. Die ältere Dame war ganz gerührt von dem Gedanken an das Kind. »Und Ihr Mann kommt auch?«

Sie schüttelte den Kopf. »Mein Ex hat kalte Füße bekommen, als er von der Schwangerschaft erfuhr, und hat sich davongemacht.« Doch die Schwangere winkte lächelnd ab. »Besser so, denn besonders gut lief es eh nicht mehr und so kann ich das Kind mit meiner ganzen Liebe versorgen und muss meine Energie nicht in eine kaputte Beziehung investieren. Zudem helfen mir ja meine Eltern. Und eine fürsorgliche ältere Schwester habe ich auch noch.« *Eine gute Einstellung*, dachte ich, erst recht, als sie betonte, dass nun der Platz an ihrer Seite auch nicht mehr blockiert sei und sie noch viel Zeit habe, den Richtigen kennenzulernen, auch wenn das in der heutigen schnelllebigen Gesellschaft einem Hauptgewinn gleiche.

»Das tut mir sehr leid mit Ihrem Ex«, meinte die ältere Dame und erzählte, dass sich ihr Mann vor Jahren mit einer Jüngeren aus dem Staub gemacht habe. »Jaja, so sind sie, die Männer.«

Wir Frauen in der Runde nickten bitter grinsend, denn wir konnten alle ein Lied davon singen.

»Na ja, Ladys, ich bitte Sie … nicht alle Männer sind so«, klinkte sich Adam charmant ins Gespräch.

»Ach ja? Wer sagt das?«, fragte die ältere Dame schmunzelnd.

»Harper … Adam Harper«, stellte er sich amüsanterweise wieder in Bond-Manier vor. Die Schwangere stellte sich als Katie vor und die ältere Dame durften wir Edwina nennen. Sie kam aus Oklahoma angereist, um ihre Tochter über Weihnachten in Twin Falls zu besuchen.

»Dann müssen Sie wohl die große Ausnahme der Männerwelt sein, Adam, oder?«, meinte Edwina kritisch. »Was macht Sie denn zu einem besseren Exemplar, wenn ich fragen darf?«

»Keine Ahnung. Ich würde jedenfalls niemals weglaufen, wenn meine Partnerin schwanger wäre, und sie auch nicht für eine Jüngere verlassen«, sagte er sehr überzeugend.

»Da sind Sie aber ein Glückspilz«, meinte die ältere Dame erfreut an mich gewandt.

»Oh, nein, nein … wir sind nicht zusammen«, blockte ich schnell ab und wunderte mich, wieso jeder sofort annahm, wir seien ein Paar. Wir hingen ja nicht wie Kletten aneinander.

»Ach, entschuldigen Sie, aber Sie strahlen so eine Harmonie aus, wie ich es nur von gefestigten Beziehungen kenne«, meinte Edwina lächelnd. Dann wandte sie sich wieder Adam zu: »Das, was Sie sagen, behauptet doch anfangs jeder von sich. Mein Ex und bestimmt auch der Ex von Katie hier, hätte das vorher sicher auch so vertreten.«

»Nun ja, das stimmt natürlich«, gab er zu. »Aber ich kann nachvollziehen, wie schmerzhaft sich das anfühlt. Meine Frau hat mich für einen Besserverdiener verlassen. Man fühlt sich da so ausgetauscht, und das würde ich keiner Frau antun wollen«, meinte er so lieb dreinblickend wie ein süßer begossener Pudel.

»Na, dann sollten wir doch einen Club gründen, schließlich sitzen wir im selben Boot«, meinte Katie und grinste Adam an.

»Den Club der verlassenen Frauen und des einen Mannes!«, scherzte Edwina.

Wir unterhielten uns angeregt weiter über das Thema Treue. Denn die war heutzutage gerade bei Männern recht selten anzutreffen. Adam schien da die Ausnahme zu sein, welche die Regel bestätigte. Leider lebten wir auf zwei unterschiedlichen Planeten. Wobei mir die Entfernung zwischen uns jetzt gar nicht mal mehr so groß vorkam wie noch zu Beginn unserer Reise.

»Ich denke, es liegt vermutlich am Geist der Zeit. Durch das Überangebot an infrage kommenden Singles kann man froh sein, wenn man bei einer kleinen Streitigkeit nicht gleich ausgetauscht wird, weil sich keiner mehr den Konflikten stellen mag«, meinte Katie treffend.

»Früher hat man kaputte Fernseher und andere Geräte repariert. Inzwischen wirft man sie weg und kauft sich einfach etwas Neues! Ist billiger und vor allem praktischer! Genauso ist es mit den heutigen Beziehungen. Anstatt um eine zu kämpfen, gibt man viel zu schnell auf und tauscht den Partner bei jeder kleinsten Krise aus!«, meinte Edwina.

»Tja, diese kapitalistische Wegwerfgesellschaft ist eng verbunden mit dem Untergang von Werten«, meinte Adam ernst. Die beiden Frauen stimmten ihm zu, während mir die Irritation wohl die Stirn zerknitterte. Ausgerechnet von ihm kam diese überaus treffende Weisheit.

Im weiteren Verlauf des Gesprächs kamen wir auf die Unterschiede zwischen Männern und Frauen zu sprechen. Edwina stellte in den Raum, dass Frauen auf jeden Fall eine höhere Intelligenz besäßen als Männer.

»Das ist aber eine ziemlich lose Behauptung«, meinte Adam grinsend.

Da war Edwina ganz anderer Meinung: »Diese Theorie wird ja schon dadurch bewiesen, dass Frauen multiple Orgasmen erleben können. Bei Männern kommt es nur zu einem dumpfen Höhepunkt und die Birne ist leer … wenn sie es nicht vorher schon war!«

Wir und alle um uns herum brachen in schallendes Gelächter aus, auch wenn ich solche Geschlechterwitze ansonsten ein wenig zu plump fand.

Plötzlich kam die Durchsage, dass wir wegen des zunehmenden Schneefalls nicht pünktlich ankommen würden. Ein genervtes Raunen ging durch die Reihen. Adam ballte die Hände zu Fäusten. Er wollte gerade lospoltern, da schickte der Busfahrer hinterher, er habe sich einen kleinen Scherz erlaubt. Es gebe keinen Grund zur Sorge. Wir würden den Busbahnhof in Twin Falls pünktlich erreichen.

Bei dieser Auskunft gab es vereinzelt Beifall von den Passagieren, die einfach nur froh waren, dass es doch keine Komplikationen mehr gab.

»Na, Gott sei Dank«, murmelte Adam erleichtert. »Und das sage ich als eingefleischter Atheist«, fügte er hinzu.

»Das artet ja so langsam in eine richtige Glückssträhne für uns aus«, meinte ich ebenfalls erleichtert.

»Hoffentlich können wir mit einem Nachtbus weiterfahren«, schob er müde nach.

Das hoffte ich auch. Ansonsten würde es eine ähnlich harte Nacht werden wie die letzte, die uns beiden noch in den Knochen steckte. Da wir noch gute zwei Stunden Fahrtzeit hatten, versuchte ich, etwas zu schlafen, und machte es mir bequem. Im Traum fand ich mich auf einer Frühlingswiese wieder. Vöglein zwitscherten. Schmetterlinge umflatterten mich. Und die Erde war von einem hellblauen Himmel umspannt. Ich rannte einen Hügel hinab und fühlte mich so unbeschwert wie ein Kind. Plötzlich tauchte Adam neben mir auf. Er strahlte mich an und wir liefen gemeinsam johlend bis ins Tal. Plötzlich stolperte er und riss mich mit. Ein Stöhnen holte mich dann vollends aus dem Schlaf. Edwina und Adam schliefen, nur Katie blickte mich schwer atmend und verzweifelt an.

»Was ist los?«, fragte ich besorgt.

»Ich glaube, es geht doch schon los«, sagte sie und im nächsten Moment hörte man ein Plätschern. Ihre Fruchtblase war geplatzt!

»Ausgerechnet jetzt«, sagte sie besorgt und immer hektischer atmend. Sofort nahm ich sie an den Händen und atmete gleichmäßig mit ihr, um sie zu beruhigen. Denn jetzt in Panik zu verfallen, war nicht förderlich – weder für die werdende Mutter noch für das noch ungeborene Baby.

Ich weckte Adam und Edwina. Letztere hielt sofort beruhigend Katies Hand. Adam dagegen war ziemlich perplex und sah auf seine nassen Amish-Stiefel hinunter, die von dem Fruchtwasser einiges abbekommen hatten.

»Komm, hilf mir schnell«, bat ich ihn.

»Womit?«, fragte er überfordert.

»Wir brauchen mehr Platz.«

Gemeinsam brachten wir Katie auf die Rückbank, wo sie sich hinlegen konnte, nachdem die dort sitzenden Passagiere Platz gemacht hatten. Edwina kümmerte sich darum, dass der Busfahrer das nächstliegende Krankenhaus ansteuerte. Adam reichte mir unsere schrillen Pelzmäntel, die ich Katie als zusätzliche Rücken- und Kopfstütze unterlegte. Sie wurde von regelmäßig stärker werdenden Wehen heimgesucht.

»Die Kleine scheint es plötzlich ganz schön eilig zu haben. Auf jeden Fall ist sie recht kräftig«, meinte ich, Katie aufmunternd anlächelnd. Die Angst in ihren Augen konnte ich damit nicht vertreiben. Es war ja auch kein Wunder. Ihre erste Geburt, an einem der ungünstigsten Orte, und dann auch noch in den Händen von Fremden.

»Entschuldigen Sie, meine Damen und Herren!«, gab der Busfahrer durch die Lautsprecher durch. »Es tritt eine überraschende Planänderung ein: Aufgrund einer bevorstehenden Entbindung müssen wir direkt zum nächsten Krankenhaus fahren. Ich bitte Sie um Verständnis für diesen Umweg. Mutter und Baby werden es Ihnen danken!« Dann fügte er noch hinzu: »Falls sich eine Hebamme, ein Arzt oder Rettungshelfer an Bord befinden sollte, möge sich die Person bitte umgehend zur letzten Bank begeben.«

»Atmen Sie tief durch«, bat ich Katie, die mit schmerzverzerrtem Gesicht zu atmen versuchte. Ich machte die klassischen Atemübungen mit ihr, um ihr in einen guten Rhythmus zu helfen.

Edwina kehrte zurück und wirkte sehr aufgeregt. »Der Busfahrer sagt, er fährt so schnell es die Straßenverhältnisse zulassen. Aber es wird mindestens eine halbe Stunde dauern, bis wir am Krankenhaus sind. Und offenbar ist niemand an Bord, der sich damit auskennt.«

Eine halbe Stunde ist lang, dachte ich und tastete den Bauch ab. Vermutlich viel zu lang! Die Wehen waren heftig und kamen in immer kürzeren Abständen. »Das Baby wird nicht so lang warten wollen«, verkündete ich mit Blick auf Edwina, die meinen Wink mit dem Zaunpfahl sofort verstand. Sie meinte aber entschuldigend, dass sie nicht nur kein Blut sehen könne, sondern durch die Aufregung auch ziemlich wacklig auf den Beinen sei. Adam half ihr galant zu einem freien Platz und kam dann wieder.

»Dann müssen wir entbinden …«

»Was heißt hier wir?«, fragte er geschockt.

»Na, wir beide eben. Du musst mir assistieren …«

»Kennen Sie sich überhaupt damit aus?«, fragte mich die von Wehen gepeinigte und blass angelaufene Katie.

»Gute Frage! Ja, kennst du dich überhaupt damit aus?«, fragte Adam besorgt. Er wollte nicht Mitschuld an einer Tragödie haben.

»Ja. Machen Sie sich keine Sorgen«, beruhigte ich die werdende Mutter.

Die schrie jetzt vor Schmerzen: »Und das soll ich Ihnen jetzt einfach so glauben?«

»Es wird Ihnen wohl nichts anderes übrig bleiben, vermute ich!«, gab ich zurück, auch, weil ich keine Energie für Erklärungen verlieren wollte. »Aber vertrauen Sie mir, das ist wirklich nicht meine erste Entbindung.«

»Aber meine schon«, meinte Adam aufgeregt. Katie fauchte vor Schmerz. Eine starke Wehe hatte ihr ordentlich zugesetzt.

Ich instruierte den verunsichert umherstehenden Adam, was ich alles benötigte und er schnell für mich besorgen sollte. »Lappen, Decken, Schüssel, sauberes und vor allem heißes Wasser!«

Er machte sich umgehend auf den Weg und fragte die Fahrgäste nach Handtüchern und Schüsseln. Seine Ausbeute waren mehrere Handtücher, ein paar Decken und sogar eine Sprühflasche mit Desinfektionsmittel. Der Busfahrer wies einen Mann in der ersten Reihe an, aus einem der oberen Verstaufächer eine Plastikwanne herauszuholen. Dann half der Mann Adam, die Wanne mit heißem Wasser vom Tee- und Kaffee-Automaten zu füllen. Keine fünf Minuten später kamen sie damit an. In allerhöchster Not.

»Bei der nächsten Wehe müssen Sie pressen«, gab ich der Schwangeren vor.

»Ja!«, stöhnte sie unter Schmerzen und nickte.

»Alles wird gut!«, meinte Adam beruhigend und bot seinen Arm an, damit sie sich daran festhalten konnte.

Sie schrie sich die Seele und das Baby aus dem Leib, während sie presste, so gut sie nur konnte.

»Katie, beiß am besten irgendwo rein!«, rief ich. »Und wenn die nächste Wehe kommt, wieder fest pressen!« Das Babyköpfchen zeigte sich. In dem Moment nahm ich außer dem Kind nichts mehr wahr. Als wäre ich unter einer Käseglocke gefangen, während ich dieses kleine Wesen mit dem Tropfen Seele in dieser Welt willkommen hieß.

Dann war es da – das neugeborene Mädchen! Als hätte sein erster quäkender Schrei die Käseglocke zerspringen lassen, tauchte ich wieder auf. Ich brauchte irgendetwas zum Einwickeln. Da sämtliche Lappen und auch die Decke durchfeuchtet und befleckt waren, reichte mir Adam schnell sein Jackett. Ich wickelte das Baby darin ein, bevor ich es der Mutter auf die Brust legte. Dort beruhigte es sich und viele der Fahrgäste kamen nach hinten und schauten sie gerührt und beseelt an.

Geschafft, denn um das Abnabeln und alles Weitere würde man sich gleich im Krankenhaus kümmern! Ich blickte Adam dankbar an, der mich ebenfalls anstrahlte wie ein Honigkuchenpferd.

Der Busfahrer begrüßte den neuen Erdbewohner mit einer kurzen Durchsage und einem leidenschaftlichen Hupkonzert! Spontan applaudierten alle Fahrgäste. Dabei ließ der Busfahrer über die Lautsprecher als Begrüßung für die Kleine »What a Wonderful World« von Louis Armstrong spielen und alle stimmten ein. Jetzt kullerten vor Rührung auch bei mir ein paar Tränen.

Einige glückselige Minuten später standen wir mit dem Greyhoundbus vor dem Haupteingang des Krankenhauses in Rupert. Es dauerte einige Zeit, bis die Sanitäter die frischgebackene Mutter mit dem Baby auf dem Arm mit einer Rollliege hineingebracht hatten. Die Fahrgäste unterhielten sich vor dem Bus bei Zigaretten und vom Busfahrer spendierten Getränken.

Manche klopften mir und Adam auf die Schulter und lobten uns für unsere spontane Geburtshilfe.

Ich bat einen Mitreisenden um eine Zigarette, obwohl ich so gut wie nie rauchte. Das brauchte ich jetzt einfach, um meine Nerven zu beruhigen. Das letzte Mal hatte ich eine geraucht, als mich Sören verließ. Da war der heutige Anlass definitiv erfreulicher. Während ich entspannt an der offenen Tür lehnte, überbrachte uns der Busfahrer eine schlechte Nachricht: Durch den Umweg und die lange Wartezeit würden wir so spät in Twin Falls eintreffen, dass einige ihre Anschlussbusse verpassen würden. Aufgrund der schlechter werdenden Wetterbedingungen konnten diese nicht auf uns warten. Das betraf auch den Bus Richtung Seattle, und der nächste ging erst am nächsten Morgen um neun Uhr. Der Busfahrer versprach, die Reisenden auf Wunsch zu einer Unterkunft in Twin Falls zu bringen. Ansonsten durften sie auch gern die Nacht im Bus verbringen, wenn sie wollten. Abfahrt sei in etwa dreißig Minuten, wenn er den Bus von den gröbsten Verunreinigungen befreit hätte.

Damit war klar, dass Adam den Termin nicht würde halten können. »Also, wenn jemand das Pech auf unserem Trip gepachtet hat, dann ja wohl du«, meinte ich mit einer Mischung aus Humor und Mitleid. »Das tut mir wirklich leid.«

Er setzte sich auf die Stufen des hinteren Busausstiegs und blickte starr geradeaus. Es war, als wäre er fern von dieser Welt. Die Geburt hatte ihn wohl ziemlich mitgenommen. Das viele Blut, die Aufregung, das Geschrei.

»Adam?«, fragte ich sanft.

»Ja, ich hab schon verstanden. Aber das muss dir nicht leidtun«, sagte er, vermied jedoch Blickkontakt. Waren da Tränen in seinen Augen? »Das mit dem Termin ist jetzt nicht wichtig. Wichtig ist, dass es dem Baby gut geht – und der Mutter.«

In dem Moment fiel mir wieder ein, dass er ja seine Mutter bei seiner Geburt verloren hatte und durch die heutige

Entbindung mit diesem Trauma konfrontiert wurde. Ich legte ihm mitfühlend eine Hand auf die Schulter. »Geht es dir gut? Kann ich dir irgendwie helfen?«

Er wischte sich die Nässe von den Wangen und lächelte mich an. »Mir geht es gut … sogar sehr gut«, meinte er mit dankbarem Blick. Am liebsten hätte ich ihn jetzt in die Arme genommen. Er bat mich, an meiner Zigarette ziehen zu dürfen. Auch er war ja eigentlich Nichtraucher. Er musste husten, doch sein zweiter Zug glückte besser und er atmete erleichtert aus.

»Wir haben noch etwa zwanzig Minuten Zeit, bis die Fahrt weitergeht. Wollen wir uns noch von den beiden verabschieden?«, fragte ich.

Er zog ein letztes Mal an der Zigarette und nickte freudig. »Auf jeden Fall!« Wir lächelten uns an und machten uns dann auf den Weg.

Wenig später betraten wir das Zimmer der jungen Mutter, die mit dem Baby auf ihrer Brust glücklich, aber ziemlich erschöpft im Krankenbett lag. Daneben war ein süßer Weihnachtsbaum aus Plüsch aufgestellt und vom Bettgalgen hingen Christbaumkugeln.

»Wir wollten uns noch verabschieden«, sagte ich, bevor wir ans Bett traten.

Sie lächelte. »Vielen Dank, dass ihr mir geholfen habt. Ohne euch hätte das schlimm enden können.«

»Wie soll sie denn heißen?«, fragte ich.

»Josie-Harper«, meinte Katie strahlend.

Wir blickten sie irritiert an.

»Na ja, da tausend Namen in meinem Kopf herumschwirrten, dachte ich, ich nenne sie einfach nach den beiden Menschen, die geholfen haben, sie zur Welt zu bringen.«

Jetzt erst kapierten wir, dass Adams Nachname natürlich auch ein geläufiger amerikanischer Mädchenname war, und mussten freudig lachen. Dann bot sie uns an, die kleine Josie-Harper mal zu halten. Ich wiegte sie sanft in meinen Armen. Beim Anblick des rötlichen Köpfchens, der geschlossenen Augen und der sich leicht unkoordiniert bewegenden Ärmchen war ich unglaublich glücklich und ganz im Hier und Jetzt.

»Josie-Harper, du bist ein wunderbares Geschöpf, weißt du das?« Sie bewegte ihre Ärmchen jetzt wie in Zeitlupe, als wäre sie begeistert von ihrem Namen. *Andererseits könnte es auch bedeuten, dass sie Protest einlegen will*, dachte ich schmunzelnd.

»Wo haben Sie das eigentlich gelernt?«, fragte mich Katie. »Also das Entbinden.«

»Hospitanz in Kenia bei einer Hebamme.«

»Aha, spannend! Wie kamen Sie denn dazu?«

»Ich bin mit achtzehn in die weite Welt hinaus und wollte etwas Sinnvolles tun. Anderen Menschen helfen. Da bot sich diese Möglichkeit mehr durch Zufall an. Ich lasse mich da einfach von meinem Gefühl treiben, denn es gibt so viele Orte in der Welt, wo man helfen kann.«

»Toll und echt bewundernswert. Ich meine, den Mut muss man erst einmal haben«, meinte Katie wirklich beeindruckt.

Dann wollte ich Adam das Baby geben. Er lehnte aber unsicher ab.

»Du musst es nur halten, mehr nicht«, meinte ich, amüsiert über seine Schüchternheit. Er nahm das Mädchen vorsichtig auf den Arm und schien davon sehr berührt zu sein. Dem Baby gefiel es wohl auch. Es schlummerte friedlich in seinen Armen ein, während es bei mir noch recht lebhaft gewesen war. Während ich ihn so beobachtete, entdeckte ich, dass er am Unterarm blutete. Er hatte sich ein Stück von seinem Hemd abgerissen und drumgebunden, aber es hatte sich schon stark mit Blut vollgesogen.

»So, jetzt müssen wir aber langsam los. Der Bus fährt bald weiter und die Kleine will jetzt ganz offensichtlich schlafen«, meinte ich flüsternd.

Adam gab der überglücklichen Mutter das Baby zurück. Wir wünschten ihr und der überaus niedlichen Josie-Harper alles erdenklich Gute. Als wir uns verabschiedeten, wünschte sie uns noch eine gute Weiterreise und ein frohes Weihnachtsfest! Dabei warf sie uns zart eine Kusshand zu.

Ziemlich baff standen wir dann im Krankenhausflur.

»Ist das nicht irre? Sie hat die Kleine nach uns benannt … Wir haben ein Baby«, meinte Adam beinahe so stolz, als wäre er der leibliche Vater. Mein Herz ging auf. Es war schon etwas sehr Besonderes, dass nun ein kleiner Mensch unsere Namen trug, ein Mensch, dem wir geholfen hatten, auf die Welt zu kommen.

Dann sprach ich Adam auf seine Armverletzung an.

»Ach, halb so wild.«

Ich öffnete seinen provisorischen Verband. »Wann und wie ist das denn passiert?«

»Das hab ich dir zu verdanken«, sagte er schmunzelnd. Ich schaute ihn irritiert an. »Na ja, du hast ihr die Anweisung gegeben, irgendwo reinzubeißen! Und dann hat sie sich anstatt eines Handtuchs im Eifer des Gefechts meinen Arm ausgesucht.«

Ich musste grinsen, gleichzeitig tat es mir wahnsinnig leid. »Ich bitte tausendmal um Entschuldigung.« Ich zog ihn zur nächsten Krankenschwester. Er wiegelte ab. Seine Tetanusimpfung sei relativ frisch und es handle sich bestimmt um keinen Tollwutbiss.

»Wer weiß! So wild, wie Katie drauf war«, meinte ich amüsiert. »Trotzdem sollten wir das auf jeden Fall desinfizieren und ordentlich verbinden lassen.«

Weil die Krankenschwester ziemlich im Stress war, bot ich an, das zu übernehmen, und bat sie um Desinfektionsmittel und Verbandszeug. Sie gab uns eine Erste-Hilfe-Tasche und wir durften uns in die Schwesternküche setzen. Dort versorgte ich Adam und kümmerte mich um die Bisswunde.

»Dass es eklig wird mit all dem Blut und so, das wusste ich, aber dass es gleichzeitig so wunderschön sein kann, ist einfach unglaublich!«, sprach er plötzlich seine Gedanken aus. »Als ich gerade die Kleine im Arm gehalten habe, war ich einfach nur … glücklich.« Seine Augen strahlten mehr, als es vermutlich irgendein Aktiengewinn, Deal oder eine Neukundenakquise jemals hätten schaffen können.

»Und du hast bei einer Hebamme in Kenia hospitiert?«, fragte er dann.

Ich bejahte.

»Beeindruckend. Du bist echt viel rumgekommen auf der Welt …«

»Na ja, du doch auch«, meinte ich, um mich nicht zu sehr auf den Sockel der Wonder Woman hieven zu lassen.

»Nein, nicht so wie du … also so sinnvoll. Und du hast wahnsinnig viel gelernt. Ohne dich wäre ich erfroren und ohne dich hätte es ziemlich sicher Komplikationen mit dem Baby gegeben.«

Ich fühlte mich geschmeichelt.

»Ich dagegen kann nichts Sinnvolles«, meinte er resigniert.

»Ach Quatsch«, meinte ich. »Dafür bist du auf anderen Gebieten gut. Da wäre ich verloren.«

Er musste lachen. »Was denn? Reiche noch reicher machen?«

Ich war überrascht, dass er so streng mit sich ins Gericht ging. »Das Wichtigste ist doch: Man sollte seine Talente sinnvoll einsetzen, egal welche das sind.«

»Da hast du wohl recht«, sagte er nachdenklich. »So hab ich das bei mir noch nie betrachtet.« Er lächelte mich an und ich konzentrierte mich schnell wieder auf das Bandagieren seines Unterarms, um mich von dem Gefühl abzulenken, das sich in mir breitmachte.

»Allerdings ist es in meinem Bereich schwer, Sinnvolles zu stiften«, meinte Adam ernüchtert.

»Aber du hast doch die geniale Idee bereits geliefert!« Ich rief ihm seine Idee von der Zugfahrt wieder ins Gedächtnis. Er meinte allerdings immer noch, dass er diesen Weg allein nicht gehen könne – viel zu riskant.

»Kennst du die Wege auf Grünstreifen oder kleinen Wiesen, die ausgetrampelt sind? Da sind viele Menschen nicht dem geteerten vorgegebenen Weg gefolgt, sondern haben neue Wege beschritten. Auch allein. Man muss sich nur trauen und an sich glauben«, meinte ich.

»Toller Vergleich«, nickte er mir lächelnd zu.

Ich befestigte das Ende des Verbands und meinte salopp: »Solange unsere gute Katie keine Vampirin ist, wirst du sicherlich keine bleibenden Schäden davontragen.«

Adam fauchte mit gefletschten Zähnen auf.

»Blödmann!« Er hatte mich tatsächlich erschreckt. Dann bedankte er sich für das Versorgen seiner Bisswunde.

Wir brachten die Verbandssachen zur Krankenschwester zurück. Diese stand gerade mit einem Mann zusammen und erklärte ihm, er müsse noch die Lieferscheine für das Blutplasma unterschreiben. Er nahm den angebotenen Stift und kritzelte seine Unterschrift auf das Papier. Dabei redete er in einer Fremdsprache auf sie ein, die sich nach Spanisch anhörte. Als er gegangen war, bedankte ich mich bei der Schwester für ihre Hilfe.

Nun war es aber höchste Zeit, zum Bus zu gehen. Doch Adam hielt mich zurück.

»Was ist?«

»Der Lkw-Fahrer!«

»Was ist mit dem?«

»Ich kann relativ gut Spanisch … meine Nanny Alma war ja Mexikanerin. Ich glaube, er sprach darüber, dass er die komplette Nacht durch nach Seattle fahren muss, um etwas pünktlich abzuliefern, oder so ähnlich.«

»Dein Ernst?«

»Ich glaub schon. Aber das kläre ich. Warte hier …« Er lief den Gang hinunter.

»Ja, aber beeil dich!«

Ich sah, wie er den Mann noch vor dem Lieferantenausgang erreichte. Seiner Mimik nach verlief die folgende Unterhaltung der beiden recht vielversprechend. Sie gaben sich die Hände und der Trucker ging mit seinen Lieferpapieren in der Hand hinaus.

»Josie! Er fährt nach Seattle!«, rief mir Adam erfreut zu. »Komm schon!«

»Was, echt? Wahnsinn?«, rief ich und rannte los. »Das ist ja perfekt!«

Adam erklärte mir, dass der Lieferant tatsächlich noch heute Nacht eine äußerst wichtige Ladung Blutplasma nach Seattle transportieren müsse. »Und damit kann ich meinen Termin halten!«

»Klasse!«, sagte ich. »Dann gebe ich dem Busfahrer mal Bescheid.« Wir vereinbarten, dass sie mich vor dem Eingang aufgabeln sollten. Adam ging durch den Lieferanteneingang, während ich zum Haupteingang lief.

Nachdem ich mit dem Busfahrer gesprochen hatte, wünschte ich Edwina und allen anderen eine gute Reise. Im nächsten Augenblick fuhr auch schon ein Truck vor, dessen Führerhaus mit vielen farbigen Neonlämpchen verziert war. Am Steuer saß der freundlich grinsende Fahrer, auf der Beifahrerbank Adam, zu dem ich dann hochstieg.

Der Fahrer stellte sich als Gonzales vor. Der Name hing in nicht zu übersehender bunter Neonleuchtschrift am oberen Rahmen der Frontscheibe neben weiteren Leuchtdioden und Lichterketten. Neben unzähligen Ansichtskarten und alten Fotos, auf denen auch hin und wieder ein Pin-up-Girl zu sehen war, stand auf der großen Armatur als kleiner Stilbruch ein Heiligen- und Gebetsschrein mit einer Muttergottesstatue.

Gonzales hatte eine Menge Zahnlücken, die man beim Lachen deutlich sehen konnte. Er trug abgetragene Klamotten und eine Basecap mit dem Abzeichen der Seattle Mariners, einem Major-League-Baseballteam.

Da er einen ziemlich starken Akzent sprach, hatte auch Adam Schwierigkeiten, ihn zu verstehen. Mithilfe von Zeichensprache kamen wir dann aber dahinter, dass Gonzales mit seiner Familie erst seit ein paar Wochen in Seattle lebte. Aufgrund der vielen Arbeit hatte er noch keinen Englischkurs belegen können.

Dann zog er aus der Sonnenblende ein Familienfoto hervor und zeigte es uns. Darauf war seine amerikanisch-mexikanische Ehefrau zu sehen samt ihren sieben Kindern, von denen zwei bereits einen Partner mit eigenen Kindern hatten. Der Stolz war Gonzales deutlich ins Gesicht geschrieben.

Der Wetterbericht im Radio teilte mit, dass der Jahrhundertschneesturm Eros inzwischen die kanadische Grenze passiert hatte, sodass wir auf unserer Route nach Seattle außer Gefahr waren.

»Jetzt kann uns nur noch eine Reifenpanne oder ein Unfall aufhalten«, meinte Adam sarkastisch. Ich bat ihn lächelnd, nicht den Teufel an die Wand zu malen.

Nach einer Weile bot Gonzales uns an, seine recht geräumige Schlafkoje zu benutzen. Er müsse ohnehin die Nacht durchfahren, übersetzte Adam und meinte augenzwinkernd: »Perfekt! Ich liebe Menschen, die Termine einhalten.« Ich musste schmunzeln. Weil uns beiden inzwischen der Magen knurrte, fragte Adam den Fahrer noch, ob er zufällig etwas zu essen für uns hätte.

»Sí, sí!« Er zog einen Vorhang beiseite und zeigte uns ein Hängeregal, in dem sich Corned-Beef-Dosen, Trockenfleisch, etwas Ähnliches wie Schmalz und ein bröseliges Fladenbrot befanden. Das sah alles leider nicht sehr appetitlich aus und selbst Adam hatte ganz offensichtlich schlagartig kein großes Bedürfnis nach Nahrungsaufnahme mehr. Er bedankte sich auch in meinem Namen, doch wir zogen den Vorhang zu, ohne uns zu bedienen. Stillschweigend einigten wir uns darauf, auf das Abendessen zu verzichten.

Da wir sowieso völlig geschafft waren, legten wir uns Rücken an Rücken in der recht kuscheligen Fahrerkoje hin und schon wenige Augenblicke darauf wiegten mich die Fahrgeräusche in einen tiefen Schlaf: Wenn ich morgen meine Augen aufschlagen würde, dann konnten wir bereits in Seattle sein!

13. Kapitel

Die Schlafkoje war ein Traum. Als ich aufwachte, fühlte ich mich wie neugeboren. Wie lange ich wohl geschlafen hatte? Irgendwann in der Nacht hatte ich mich im Halbschlaf ein paar meiner Klamotten entledigt, weil mir so warm war. Ein anderes Mal hörte ich Gonzales leidenschaftlich spanische Songs mitsingen. Er switchte von Manu Chaos »Bongo Bong« zu Mariachi-Musik. Oder war es nur Teil meines recht wilden Traums gewesen? Darin kamen singende lila und rosa Alpakas vor, die mit Muskelberg-Cowboy Biff und seinen Freunden zu den »Bongo Bong« singenden Amish People einen echten Colorado-Squaredance aufs Parkett legten.

Diese Erinnerungsfetzen amüsierten mich.

Ich streckte mich und merkte jetzt erst, dass der Truck stand und draußen über das schlimme Wetter geredet wurde. Hoffentlich waren wir nicht wieder irgendwo stecken geblieben! Ein Geräusch, das darauf hindeutete, dass ein Zapfhahn in den Tankstutzen gesteckt wurde, und dann ein lautes Surren waren zu hören. Gott sei Dank. Nur ein Tankstopp! Adam hatte eine Panne prophezeit. Ich hatte schon gedacht, sie sei eingetroffen. Ich wollte aus der Koje klettern. Allerdings lag Adam zwischen mir und dem Vorhang. Da die Koje recht niedrig war und ich selbst im Sitzen den Kopf einziehen musste, hatte ich Mühe, hinauszugelangen, ohne ihn zu wecken. In dem Moment, in dem ich über ihm war, wachte er auf.

»Guten Morgen«, murmelte ich etwas beschämt. Bei der Position musste er denken, ich wollte ihn küssen.

»Guten Morgen«, schmunzelte er. »Wir scheinen ganz gute Aussichten zu haben!« Sein nun hellwacher Blick hing in meinem Spitzenunterhemd-Ausschnitt.

»Mr Harper, noch so ein Spruch und es zieht ein Gewitter auf«, sagte ich schlagfertig und kletterte aus der Koje. Dort sah ich durch die Windschutzscheibe das Schneechaos draußen.

»Oh, Mann«, stöhnte Adam, während er sich streckte. »So gut hab ich schon lang nicht mehr geschlafen!«

Sein Magen knurrte laut und wir mussten beide darüber lachen.

»Sind wir schon da?«, fragte er, aus der Koje blickend.

»Keine Ahnung. Aber Fakt ist, wir sind wieder mitten im Schneesturm«, sagte ich, während ich mir auf der Sitzbank meine Klamotten überzog.

»Komisch. Der Wetterdienst meinte doch, Eros wäre nach Kanada abgezogen.« Er blickte auf die digitale Uhr neben dem CB-Funkgerät über der Fahrerseite. Es war ein Uhr mittags. »Wenn wir in Seattle sind oder nur noch wenige Meilen entfernt, ist es ja nicht weiter tragisch.«

»Ich geh mich mal umschauen«, meinte ich, nachdem ich mir die Schuhe gebunden hatte.

»Ja, mach das mal.« Er streckte sich wie ein Katzenbaby, das sein kuscheliges Nest nicht verlassen wollte.

»Du stehst nicht auf?«

»Manchmal muss man einfach den Moment genießen«, meinte er philosophisch.

»Das sind ja ganz neue Seiten von Adam Harper«, sagte ich amüsiert und zog mir den Mantel über.

»Ja, so bin ich nun mal … flexibel und nicht berechenbar.«

Gut gelaunt stieg ich aus und stand einen Moment später im noch recht angenehmen Schneefall. Unser hilfsbereiter mexikanischer Freund war auf dem Weg in den Tankstellenshop, um zu bezahlen. Da meine Blase drückte, suchte ich schnell die dortige öffentliche Toilette auf.

Als ich zurückkehrte, stand Adam vor dem Truck. Wir beschlossen, uns ein wenig auf dem Tankstellengelände die Beine zu vertreten, bis Gonzales zurückkehrte. Die Sicht war sehr getrübt, die vielen Schilder verschneit. Dennoch erkannten wir schemenhaft in der Ferne das Wahrzeichen von Seattle – den rund 180 Meter hohen Aussichts- und Restaurantturm Space Needle.

»Auf jeden Fall kannst du deinen Termin nun doch halten«, freute ich mich für ihn.

»Ja, das ist gut. Aber ehrlich gesagt würde ich diesen Roadtrip nicht missen wollen.« Ich sah in seinen Augen so etwas wie Dankbarkeit aufleuchten. »Wenn du willst, kannst du dich noch in meinem Loft frisch machen, bevor du weiterziehst.«

»Das ist lieb und wäre toll. Und wenn ich von dort meine Eltern anrufen könnte, wäre das noch viel toller.«

»Da müssen wir erst einmal schauen, ob das möglich ist«, neckte er mich augenzwinkernd und ich knuffte ihn lachend in die Seite.

Gonzales summte ein Lied, während er mit einer großen Papiertüte aus der Tanke kam. Dessen Laune könne auch kein Unwetter etwas anhaben, meinte Adam amüsiert. Der Mexikaner winkte uns zu und deutete an, dass er noch zur Toilette wolle.

Adam meinte, dass er auch mal schnell für »kleine Königstiger« müsse. »Dann frag ich ihn auch gleich, wie weit wir dort, wo er das Plasma abliefert, von meinem Loft entfernt sind«, kündigte er an und folgte Gonzales.

Laute Stimmen ließen mich auf eine Familie aufmerksam werden, die mit ihrem Van an einer Zapfsäule neben uns angehalten hatte. Die Kinder auf den Rücksitzen stritten sich heftig auf Französisch. Die Mutter stieg auf der Fahrerseite mit grimmiger Miene aus, um zu tanken. Gemessen an ihrer Gemütslage war der Schneesturm ein laues Lüftchen. Der Vater auf der Beifahrerseite rief streng auf Englisch, dass die Rangen endlich ruhig sein sollten. Er hätte sie wohl lieber in Quebec lassen sollen!

Wow, dachte ich mir, *die sind schon ganz schön lange unterwegs*. Somit waren wir wohl nicht die Einzigen, die inzwischen Tausende von Meilen auf dem Buckel hatten. Lustigerweise hielt direkt hinter dem Van ein weiterer Kanadier mit Kennzeichen Calgary. Da Seattle nicht so weit von der Grenze zu Kanada entfernt war, wunderte mich das im ersten Moment nicht sonderlich. Doch als zwei Streifenpolizisten mit Coffee to go und Donuts aus der Tankstelle herauskamen, beschlich mich das Gefühl, dass hier etwas nicht stimmte. An ihren Schirmmützen und dunkelblauen Hosen hatten sie untypischerweise an der Seite einen dicken gelben Streifen. Und das weiße Polizeifahrzeug mit einem dicken blauen und je einem dünnen roten und gelben Streifen, das weiter hinten geparkt war, sah anders aus als die Streifenwagen, die ich aus Seattle kannte. Hatte sich denn seit meinem letzten Besuch hier so viel geändert?

Ich blickte in Richtung Innenstadt, wo Adam und ich vorhin schemenhaft den Seattle Space Needle wahrgenommen hatten. Nachdem sich der Nebel etwas verzogen hatte, sah der Turm jetzt irgendwie nicht mehr nach diesem Wahrzeichen aus, das eine geschwungene, leuchtend weiße Struktur und eine spacige Kuppel hatte, die an ein dort gelandetes Ufo erinnerte. Dieser Tower erinnerte eher an den klobig-betonierten

Fernsehturm von Berlin, nur nicht ganz so rund und in Rot. Der Streifenwagen mit den beiden Polizisten fuhr los. Ich ging zwei Schritte zurück, um nicht im Weg zu stehen, und als sie mich passierten, las ich den Schriftzug »Royal Canadian Mounted Police«.

Ein fürchterlicher Gedanke machte sich in mir breit: Wir waren irgendwo in Kanada gelandet! Das hätte auch erklärt, warum wir wieder mitten im Schneesturm standen, schließlich war der laut Wetterdienst Richtung Kanada abgezogen. Fast alle Fahrzeuge auf dem Parkplatz hatten kanadische Kennzeichen und als ich zurück zum Truck ging, sah ich sogar die kanadische Flagge über der Tankstelle wehen. Schockschwerenot! Das musste ein Albtraum sein!

Adam kehrte mit Gonzales vom Herren-WC zurück. Er war kreidebleich und bestätigte damit meine Befürchtung. »Wir sind in Calgary!«, meinte er völlig am Ende.

»In Calgary? Wie bitte …?«

»Es war mein Fehler.« Er blickte mich deprimiert an. »Gonzales fuhr nicht von Calgary nach Rupert und dann nach Seattle, sondern …«, er brach ab.

»… er fuhr von Seattle nach Rupert und dann nach Calgary«, führte ich seinen Satz zu Ende.

Gonzales verstand natürlich kein Wort und zeigte strahlend auf die neblige Skyline von Calgary. Dabei wiederholte er mehrfach den Ortsnamen.

»Ich weiß nicht, was ich verbrochen habe. So viel Pech kann man doch gar nicht haben. Ich habe ›von‹ und ›nach‹ vertauscht! Oh Mann …«, stammelte Adam geknickt und schüttelte fassungslos den Kopf.

»Na ja«, sagte ich. »Wir sollten es positiv sehen«, meinte ich aufmunternd.

»Wie denn positiv?«

»Wir können von Glück reden, dass Gonzales' Ziel bloß Calgary war, sonst hätte unser mexikanischer Freund vielleicht auch noch die vereiste Beringstraße nach Sibirien überquert.«

»Das wäre jetzt auch scheißegal! Das war's mit meinem Termin! *C'est la vie*, wie der Frankokanadier sagt.« Er ließ sich auf den Stufen des Truckeinstiegs nieder.

Da Gonzales' Tour nicht zurück nach Seattle ging, sondern er mit einer Lieferung Bananen zweieinhalb Tagesreisen von Calgary nach Anchorage in Alaska fahren musste, konnten wir mit ihm auch nicht nach Seattle zurückkehren. Adam erklärte ihm unsere Lage und übersetzte: »Gonzales meint, dass wir nicht traurig sein sollen, schließlich sei Weihnachten.«

Auch Gonzales habe genügend Gründe, traurig zu sein, weil er nicht mit seiner Familie Weihnachten feiern konnte. Er müsse nun mal Geld verdienen, damit wenigstens sie ein schönes Fest feiern konnte.

Mir taten beide Männer leid: Gonzales, weil er nicht bei seiner Familie sein konnte, und Adam, weil er seinen Termin nicht mehr schaffen würde. Schon kurios: Der eine hätte lieber Zeit mit seiner Familie verbracht, konnte es aber aufgrund von Geldknappheit nicht, der andere hätte lieber Zeit mit seiner Arbeit verbracht, obwohl er mehr Geld auf dem Konto hatte, als er ausgeben konnte.

Gonzales nahm uns noch ein paar Blocks mit und spielte zum Abschied einen Weihnachtssong. »Feliz Navidad« von José Feliciano! Dabei klebte er feierlich einen neonleuchtenden Mini-Weihnachtsbaum auf seine Armatur. Obwohl wir nicht wussten, wie es nun weitergehen sollte, hob das Mitsingen des Refrains unsere Laune.

An einer Kreuzung ließ er uns aussteigen. Wir dankten ihm für seine herzensgute Art und wünschten ihm eine erfolgreiche Fahrt nach Alaska. Bevor er losfuhr, steckte Adam ihm noch eine seiner goldenen Visitenkarten zu und erklärte ihm etwas auf Spanisch. Nach Gonzales' Mimik zu urteilen, schien der Mexikaner sehr beeindruckt zu sein.

Adam verriet mir, dass er ihm helfen werde, ein klein wenig Geld für seine Familie gewinnbringend anzulegen. »Keine Sorge, auf jeden Fall umweltverträglich – versprochen!«, schob er grinsend nach.

Es rührte mich im Herzen. »Wieso nur haben wir in Denver nicht einen wie Gonzales unter den Bus- und Taxifahrern gefunden? Der hätte dir die Story vom Reichen-Bänker in Singapur sofort geglaubt«, meinte ich, ungläubig den Kopf schüttelnd.

»Ich sag ja – wir haben eine verfluchte Pechsträhne!«, meinte er bitter lächelnd.

Adam hätte mit Gonzales' Handy seinen Chef anrufen können, doch er schob es vor sich her, als hoffte er noch auf ein Wunder. Schließlich würde ihn der Chef zur Schnecke machen, wenn er erfuhr, dass auch der zweite Termin platzen würde.

»Und jetzt? Was schlägst du vor?«, fragte mich Adam.

»Wir sollten uns erst mal was zum Essen besorgen – oder hast du keinen Hunger mehr?«

»Mir fällt der Magen raus. Aber wir haben ja kein Geld.«

»Das hier ist eine Millionenmetropole. Da kommen wir auch so an Essen«, sagte ich.

»Hä? Willst du irgendwo einbrechen?«

»Nicht ganz. Wir besorgen uns Essen, das sowieso weggeschmissen wird.«

»Sorry, Josie. Aber ich krame doch nicht im Müll anderer Leute. Oder was meinst du damit?«, meinte er angewidert. Ich erklärte, dass die Supermärkte täglich ihre abgelaufenen Lebensmittel wegwarfen – und zwar in rauen Mengen! »Die landen in riesigen Containern hinter den Supermärkten.«

»Wie bitte? Wir sollen Abgelaufenes essen?«, fragte er geschockt. »Super, dann erfrieren wir zwar nicht, sterben aber an einer Lebensmittelvergiftung.«

»Es heißt ›Mindestens haltbar bis …‹ und nicht ›Tödlich ab …‹«, raunte ich ihm amüsiert zu. »Viele Lebensmittel sind weit über das Mindesthaltbarkeitsdatum hinaus essbar. Vertrau mir einfach!«

Schließlich gab er sich einen Ruck und nickte. Auf dem Weg erzählte ich ihm, dass Frankreich eines der wenigen Länder sei, die das Wegwerfen von Lebensmitteln verboten hatten. »Dort müssen alle Supermärkte ihre abgelaufenen Waren für sehr wenig Geld oder teilweise kostenlos an Hilfsbedürftige abgeben. In deutschen Städten wie Hamburg oder Berlin gibt es Lebensmittelretter-Gruppen, die Kooperationen mit verschiedenen Supermarktketten unterhalten. Minderwertige Ware wird günstig gekauft und für wenig Geld an Bedürftige weiterverkauft. Über Foodsharing-Webseiten kann man untereinander Lebensmittel tauschen. Da ist einiges im Gange, um der Verschwendung Einhalt zu gebieten. Allerdings sind solche Initiativen derzeit noch in der Minderheit, die meisten Supermarktabfälle landen nach wie vor im Container.«

Er zog den Kopf ein, um sich mit dem Kragen seiner lila Kunstpelzjacke vor dem beißend kalten Wind zu schützen. »Also müssen wir nur einen Supermarkt finden und schon sind wir in einem Schlaraffenland, richtig?«, schmunzelte er.

»Richtig!« Ich lachte. Er hatte es verstanden.

Wir kämpften uns durch den immer stärker werdenden Schneesturm und suchten an einer Haltestelle Unterschlupf, um kurz durchzuschnaufen. »Es ist nicht zu fassen! Wir waren diesen blöden Blizzard längst los. Aber wir mussten ihm ja unbedingt hinterherfahren«, meinte er. Dabei trippelte er auf der Stelle, weil ihm so kalt war.

Gerade als wir weitergehen wollten, kam plötzlich ein Schneeräumfahrzeug um die Ecke und bespritzte uns mit einer schmutzigen Schneewelle. Langsam, aber sicher sahen wir wirklich wie zwei herumstreunende Obdachlose in Lila und Rosa aus.

»Statt in der Einöde von Kansas erfrieren wir jetzt mitten in der Millionenmetropole Calgary«, meinte Adam bibbernd. »Meinen Tod hab ich mir irgendwie anders vorgestellt.«

»Lass uns weitergehen«, sagte ich und nahm ihn an der Hand. Auf der Suche nach einem Supermarkt entdeckte ich plötzlich die geschwungene Leuchtschrift eines großen und sehr noblen Hotels mit dem Namen »Kennedy«.

»Passt doch gut. Da gibt's das Essen, das du gewohnt bist. Ist doch was!«, sagte ich aufmunternd.

»Na ja, für gewöhnlich hole ich das aber nicht aus Mülltonnen«, meinte er frierend. Zumindest hatte er seinen Humor noch nicht verloren.

Wir verschafften uns Zutritt über die Lieferzufahrt. Das Tor stand offen und aufgrund des schlechten Wetters hatten wir es leicht, den Abfall-Container unbeachtet zu erreichen. Auch wenn Adam seine Probleme damit hatte, ließ er sich darauf ein, dort nach Essbarem zu fischen. Mithilfe einer Räuberleiter half er mir, hineinzuklettern.

Wow, was es hier alles für edles Essen gab! Ich reichte ihm allerlei fürstliche, noch verpackte Köstlichkeiten: Trüffelbutter, deren Ablaufdatum noch nicht einmal erreicht war, teurer Parmaschinken, in verschlossenen Dosen eingelegte Kräuteroliven, bis hin zu Beluga-Kaviar. Adam war beeindruckt und gleichzeitig schockiert, so etwas im Müll zu finden!

»Dann kannst du dir ja vorstellen, welche Massen tagtäglich von Supermarktketten weggeworfen werden! Damit könnte man jeden Tag viele Tausend Menschen sattbekommen.«

Es war wirklich traurig, wenn man sich das vor Augen führte.

»Verhungern werden wir jetzt schon mal nicht mehr.«

»Ganz sicher nicht«, meinte er, vollgepackt mit allerlei Köstlichkeiten. Wir machten uns auf die Suche nach einem Wind- und Schneeschutz und fanden Unterschlupf unter einem langen Vordach mit warmem Gebläse. Es stammte vom Dampfabzug der Hotelküche. Dementsprechend roch es nach Essen.

Wir wollten es uns gerade mit Pappkartons gemütlich machen, da sahen wir eine etwas fülligere afroamerikanische Obdachlose nur wenige Meter von uns entfernt aus einer Art Wellblechverschlag direkt am Hotelgebäude herauslugen.

»Hey! Kommt her! Hier ist es wärmer! Und wir haben in unserer bescheidenen Hütte noch Plätze frei!«, rief sie im Flüsterton. Dabei blickte sie lauernd in Richtung Hintertür, die vermutlich zur Großküche ging.

Zögerlich folgte mir Adam dorthin, blieb aber vor dem Verschlag stehen.

»Was ist?«, fragte ich überrascht. »Hast du etwa Angst?«

»Wir kennen die doch nicht«, meinte er unsicher.

»Willst du lieber hier draußen erfrieren?« Ich ging vor und er folgte mir schließlich.

Der Boden war aus Stahl oder hartem Blech. Zwar drang der Eiswind durch die Ritzen des Blechverschlags, doch es war bedeutend wärmer als draußen. Etwas Licht drang durch ein kleines, leicht verrußtes Fenster von draußen herein. Neben der Obdachlosen, die uns gerufen hatte, begrüßten uns noch zwei Männer: ein älterer mit südamerikanischem Einschlag und struppigem Bart und ein schlaksiger Mittvierziger mit liebevollen Augen.

»Vielen Dank für die Einladung«, sagte Adam sehr förmlich. »Mein Name ist Adam Harper und meine Begleitung ist Josie Olsen.«

Die drei lachten leicht, sie dachten wohl, es sei ein Scherz. Adam war eben den Umgang mit Obdachlosen nicht gewöhnt.

»Keine Ursache, Mr Harper und Ms Olsen«, meinte die sehr tough wirkende, aber auch etwas verhärmte Frau, die sich dann schlicht mit »Rita« vorstellte. Sie reichte uns noch ein paar Pappen herüber, auf denen wir uns niederlassen konnten. Dabei erklärte sie, dass wir nun direkt über dem Hauptlüftungsschacht der Klimaanlage saßen.

»Diese Fußbodenheizung verdanken wir einer Meisterleistung der Ingenieurskunst«, sagte sie und lachte.

Ich bedankte mich auch bei den dreien, dass sie uns aufgenommen hatten.

»Na ja, zumindest wir müssen doch zusammenhalten«, meinte der hagere Südamerikaner. Seine strahlend-warmen Augen und sein charmantes Lächeln passten irgendwie nicht zum verwahrlosten Äußeren.

»Das ist Pablo. Unser Feingeist mit dem zarten Wesen. Und das hier ist Ernest …« Sie zeigte auf den jüngeren Mann, der sich ein einzelnes Brillenglas vors Gesicht hielt, um uns damit in Augenschein zu nehmen. »Wir nennen ihn aber auch gern mal unseren Hemingway!«

»Ach ja? Wie der berühmte Schriftsteller? Schreibst du auch?«, fragte Adam interessiert.

Rita und Pablo lachten amüsiert auf.

»Hört auf, euch über mich lustig zu machen«, meinte Ernest traurig.

»Ist doch nicht böse gemeint«, sagte Pablo und tätschelte ihn. Dann bat er wie ein Oberkellner mit näselnder Eleganz: »Wenn ich nun zu Tische bitten dürfte?«

Von der Seite zog er eine große Pappe hervor, auf der sich allerlei Köstlichkeiten befanden. Es waren edle Wurstsorten darauf und Äpfel, Bananen und andere Früchte. Wir steuerten unsere Ausbeute bei. Das freute die drei. Vor allem Pablo war über den Beluga-Kaviar begeistert. »Den habe ich seit zwanzig Jahren nicht mehr probieren können«, meinte er mit gläsernen

Augen. Auf Nachfrage erzählte Rita, dass er früher Oberkellner in einem der besten Restaurants der Stadt gewesen sei.

»Wo bleibt der Champagner, Maître?«, fragte sie dann, das Spiel mitspielend. Pablo holte tatsächlich einen ganzen Karton mit sechs Flaschen teuerstem Champagner hervor und reichte in Ermangelung von Gläsern jedem von uns eine ganze Flasche.

Adam betrachtete das Etikett und konnte nicht glauben, dass selbst so ein edler Tropfen einfach weggeschmissen wurde.

Pablo räusperte sich. Dass es sich dabei um Wegwerfware handle, könne man nicht unbedingt sagen. Der Karton mit den Flaschen sei auf einer Getränkepalette unter einer Schutzplane auf der anderen Seite des Hofes gestanden. »Sagen wir mal so, wir dachten, er werde nicht mehr benötigt«, erklärte er mit verschmitztem Lächeln.

Das ließen wir dann so stehen. Da unser Magen am Boden hing, stellten wir uns auch sofort ein Sandwich mit Schinken, Tomate, Trüffelbutter und sogar fast knackfrischem Salat zusammen. Ich schloss für einen Moment die Augen und biss hinein. Was für eine Geschmacksexplosion! Der zarte Parma-Schinken. Das krosse Baguette. Der knackige Salat. Das Dressing.

»Das ist definitiv das beste Sandwich meines Lebens!«, sagte Adam und ich sah meine Freude in seinen Augen widergespiegelt, nachdem er den ersten zerkauten Bissen hinuntergeschluckt hatte.

»Ihr seid ja echt zwei ziemlich bunte Vögel«, stellte Rita kauend und immer wieder an ihrer Champagnerflasche nuckelnd fest. Damit spielte sie wohl auf unsere bunten Mäntel an.

»In der Not hat man ja schließlich keine Wahl«, gab ich als Antwort.

»Wo habt ihr die denn her?«, fragte sie.

»Sehr lange und komplizierte Geschichte«, meinte Adam, um dann herzhaft in sein Sandwich zu beißen.

»Na ja, ich hab heute nichts mehr vor«, meinte Ernest naiv.

»Wir sind hier nur gestrandet«, gab ich kurz zur Antwort und genoss weiter mein Sandwich.

»Aber wieso habt ihr euch denn ausgerechnet das kalte Calgary ausgesucht?«, fragte Ernest.

»Das ist die Frage. Kalifornien wäre zumindest wärmer gewesen!«, meinte Adam und brachte damit alle zum Lachen.

Plötzlich ging die Tür auf und ein wuchtiger Küchengehilfe, der mit Abfallsäcken im Rahmen stand, betrachtete uns mit verstörtem Blick, als hätte er fünf Yetis entdeckt. »Was soll das? Was macht ihr hier?«

Adam und ich kamen uns vor wie Verbrecher. Die drei anderen blieben cool.

»Also, die Betten für unsere Fünfsternesuiten sind noch nicht gemacht, Schätzchen«, sagte Rita amüsiert. »Deshalb warten wir hier solange, wenn es dir nichts ausmacht!«

Sie prostete ihm zu und wir nahmen noch einen kräftigen Schluck vom teuren Champagner, wohl ahnend, dass sie uns den gleich wieder abknöpfen würden.

14. Kapitel

Zu unserer Überraschung hatten sie uns nicht vertrieben, sondern versorgt. So fanden wir uns in einem beheizten Küchennebenzimmer wieder, bei dem es sich offensichtlich um den Aufenthalts- und Speiseraum des Küchenpersonals handelte.

Jeder hatte eine flauschig weiche Wolldecke und eine Suppe zum Aufwärmen erhalten, auf dem Tisch stand eine Platte mit Sandwiches.

Während wir unsere Mägen mit der köstlichen Suppe wärmten, sah ich durch die halb geöffnete Tür weiter hinten in der betriebsamen Küche eine sehr adrett gekleidete Dame im Business-Outfit, die sich mit einem Concierge unterhielt und immer wieder zu uns blickte. Sie war anscheinend eine leitende Angestellte dieses Nobelschuppens und gab ihrem Gegenüber offensichtlich Anweisungen. Der elegant gekleidete Concierge wirkte sehr erhaben und nicht wie ein Untergebener. Er erinnerte mich vom Typ und seiner Ausstrahlung her an Mister Spock, den Typ von »Raumschiff Enterprise«, nur ohne die spitzen Ohren.

Er nickte ihr zu und machte sich dann auf den Weg. Die Businesslady kam zu uns in den Raum und stellte sich als Deborah Winger vor, Managerin des Hauses, das zur Fünfsternehotel-Kette »Kennedy« gehörte.

Sie bedankte sich bei der Küchenhilfe und der Beihilfe, dass sie uns mit Decken und Suppe versorgt hatten. Dann wandte sie sich direkt an uns. »Braucht jemand von Ihnen ärztliche Hilfe? Falls ja, dann würden wir jemanden kommen lassen. Die anfallenden Kosten übernehmen wir.«

Wir verneinten. Uns ging es gut.

»Sehr schön! Ich hoffe, Sie fühlen sich hier wohl. Und selbstverständlich sind Sie unsere Gäste, solange dieser schlimme Jahrhundertsturm anhält.«

Ernests Augen leuchteten, als hätte man ihn wie eine Aufziehfigur aufgezogen.

»Wir dürfen hier drin übernachten?«, fragte Rita verwundert.

»Ja, natürlich«, lächelte die Managerin. »Unser Concierge Mr Brantford wird Ihnen Zimmer zuweisen. Schließlich ist Weihnachten, da sollte niemand frieren«, meinte sie.

Wir blickten uns ungläubig an. Besonders für unsere obdachlosen Freunde war es wie eine Einladung in ein faszinierendes Wunder- oder Traumland, das ihnen unter normalen Verhältnissen verborgen blieb. Ich dankte Ms Winger für ihr gutes Herz.

»Sie machen aber keinen Spaß mit uns, oder, Madam?«, meinte Pablo höflich nachfragend. Sie schüttelte lächelnd den Kopf und bekräftigte, dass wir ihre Gäste seien. In Pablos Augen glitzerten Tränen.

Ein Mitarbeiter kam heran und überreichte der Managerin irgendwelche Vordrucke, die sie an uns weiterreichte. Dabei erklärte sie uns, es handle sich um Einverständniserklärungen, dass man uns im Namen des Hotels für eine Zeitungsstory fotografieren dürfe. Das Ganze stellte sich also als nicht ganz so selbstlos heraus wie gedacht. Sie wollten unsere Notlage vielmehr für eine Imagekampagne ausnutzen. »Obdachlosen-Quintett vor dem Kältetod gerettet!« Sie versicherte, dass unsere Namen im Artikel nicht auftauchen würden. Privatsphärenschutz werde in ihrem Hause großgeschrieben, betonte die Managerin, als sei sie die Datenschutzbeauftragte der Regierung.

Auch wenn ich die selbstlose Variante natürlich schöner gefunden hätte, ließ ich mich auf den Deal ein. Eine Hand wäscht eben die andere. Als Adam klarstellen wollte, dass wir keine Obdachlosen seien, trat ich ihm gegen das Schienbein. »Halt bloß die Klappe und spiel einfach mit«, murmelte ich.

»Aber wir sind keine Obdachlosen«, flüsterte er mir zu, während sich die anderen mit dem Assistenten und der Managerin schnell einig wurden und die Rechteabtretung unterschrieben. »Außerdem hätte ich ein Problem, wenn mich meine Kunden auf dem Bild erkennen.«

Ich runzelte die Stirn. »Du glaubst doch nicht allen Ernstes, dass dich jemand in dieser Aufmachung erkennt? Mach mit und benimm dich möglichst unauffällig. Sonst müssen wir womöglich noch zur Polizei, wenn rauskommt, dass wir illegal nach Kanada eingereist sind – ohne Papiere!«

Das hatte er bislang nicht bedacht. Die Managerin fragte ihn, was er denn hatte sagen wollen. »Ach, eigentlich nur, dass ich mich sehr freue, dass Sie diesen Obdachlosen … ähm … uns Obdachlosen Unterschlupf gewähren«, meinte er unsicher. Sie klopfte ihm aufmunternd auf die Schulter.

»Das machen wir doch gern! Wenn Sie jetzt noch dieses Formular unterschreiben würden.« Während sich die Managerin mit dem eintreffenden Fotografen einer überregionalen Zeitung unterhielt, unterschrieben wir die Erklärung und übergaben sie dem Assistenten.

Adam schüttelte den Kopf. Er hätte niemals geglaubt, einmal für einen Obdachlosen gehalten zu werden!

Der Fotograf führte uns in die Empfangslobby. Die in Gold- und Brauntönen gehaltene, mit Marmorplatten verzierte Lobby sollte als Location dienen. Sie bildete den nötigen Kontrast zwischen pompöser Inneneinrichtung und uns abgehalfterten Gestalten. Im Hintergrund war das Logo »Kennedy – First Class Residence« an der Anmeldung zu lesen. Während wir für das Foto gestellt wurden, echauffierte sich eine Dame mit leuchtend roten Haaren über uns »Dreckspack!« und dass wir hier nichts verloren hätten. Die Managerin hatte ordentlich zu tun, sie zu besänftigen. Zum Glück ging alles recht schnell, da sich auch andere illustre Gäste irritiert zeigten.

»Das ist Mister Brantford, der Concierge des Hauses und die Zuverlässigkeit in Person. Er ist in allen Angelegenheiten Ihr persönlicher Ansprechpartner. Er wird sich nun um Sie kümmern und Sie auf die Zimmer verteilen«, meinte die Managerin und kündigte an, dass es am Abend den großen »Before Christmas«-Ball geben werde, zu dem wir auch eingeladen seien. »Ein Tisch ist bereits für Sie reserviert!«

»Sie wissen, was nötig ist«, wandte sie sich an Mr Brantford, der ihr daraufhin zunickte.

»Der Fotograf wird auch heute Abend ein paar Fotos von Ihnen schießen«, meinte sie dann noch und wünschte uns erst mal etwas Entspannung. Dann ging sie eilends ihrer Wege. Der Concierge beriet sich mit der Anmeldedame, die für uns Zimmerkarten heraussuchen sollte.

»Ein Ball! Wahnsinn, oder? Das freut doch bestimmt am meisten unseren Pablo!«, sagte der begeisterte Ernest zu ihm. Auf meinen fragenden Blick hin verriet er, dass Pablo zweifacher Meister im Standardtanz gewesen sei und früher erfolgreich an nationalen Meisterschaften teilgenommen habe. Pablo winkte ab. »Das ist lange her …«, sagte er mit zittriger Stimme.

Adam und ich waren gleichermaßen beeindruckt, dass in diesem Mann, dessen Gesicht man hinter dem wilden Bartwuchs kaum erkennen konnte, nicht nur ein Sterne-Kellner, sondern auch ein Tänzer steckte.

»Oh mein Gott«, meinte Rita. »Ich war das letzte Mal mit meinem Mann auf einem Ball«, meinte sie fast schon panisch.

Ernest nahm sie an der Hand. »Keine Sorge, meine liebste Rita, ich bin doch bei dir.« Doch sie zog ihre Hand weg. »Ich brauche keine Hilfe und keinen Beistand – von niemandem. Ich kann das allein!« Sie ging auf Abstand zu ihm, setzte sich an die Seite und blickte starr aus dem großen Fenster hinaus.

Ich fragte Pablo, welches Problem Rita habe, wurde aber vom Concierge unterbrochen. Leider gebe es nur noch drei Einzelzimmer-Suiten. Daher müssten zwei von uns eine Doppelzimmer-Suite nehmen.

Ernest freute sich, als er das hörte. Er blickte auf das Namensschild des Concierges, auf dem »Edward Brantford, Concierge« stand.

»Hey, Eddy, das Doppelzimmer können Rita und ich nehmen!«

Doch bevor der Concierge regieren konnte – nebenbei war er vermutlich auch über das »Eddy« irritiert –, lehnte Rita vehement ab. »Wovon träumst du nachts, Hemingway?«

»Das weißt du doch! Von dir, Liebste! Sogar tagsüber …« Das kaufte ich dem verliebten Ernest sofort ab.

»Dann träum weiter und kuschle von mir aus mit Pablo«, sagte sie harsch und bestand auf ein Einzelzimmer. Da Pablo und Ernest sicherlich nicht gemeinsam ins Zimmer wollten, blieben nur noch wir übrig.

»Aber wir sind eigentlich auch kein Paar!«, stellte ich klar.

»Eigentlich?« Adam schaute mich amüsiert an. Ich wusste auch nicht, wieso mir »eigentlich« in den Satz gerutscht war – vermutlich, weil wir auf unserer Reise einfach schon zu oft für ein Pärchen gehalten worden waren.

»Natürlich können Sie die Couch als zweites Bett ausfahren«, beruhigte der Concierge.

»Mr Brantford, da wäre aber noch eine Sache. Leider haben wir nichts Passendes zum Anziehen dabei«, sagte ich, als hätten wir fünf nur unsere Koffer vergessen.

»Keine Sorge, Madam, dafür wird gesorgt. Ich schicke Ihnen nachher jemanden«, sagte er, völlig die Contenance wahrend, ohne den Anflug eines Lächelns. *Ein merkwürdiger Kerl*, dachte ich mir. Aber auch irgendwie faszinierend!

Mr Brantford führte uns zu den Zimmern, die alle auf derselben Etage lagen. Von unserer Suite aus konnten wir durch ein riesiges Panoramafenster über das schneesturmverwehte Calgary blicken. Der Schneefall war so dicht, dass man den Rest der Stadtansicht nur verschwommen wahrnehmen konnte. Auch der Tower, den wir vor einigen Stunden noch mit dem Wahrzeichen von Seattle verwechselt hatten, war schemenhaft zu erkennen. Es war ein überwältigender Anblick. Der Concierge machte den Kamin für uns an, verdunkelte per Sprachsteuerung ein wenig das Licht und wählte den Beleuchtungsmodus »Entspannung«, der eine angenehm beruhigende Lichtstimmung erzeugte. Dabei ließ er leise Musik spielen.

Ich machte den Concierge darauf aufmerksam, dass er uns gern Josie und Adam nennen dürfe und sich das Madam und Sir ruhig sparen könne. Er registrierte es zwar, nannte uns aber weiterhin Sir und Madam.

Falls wir Hunger verspüren sollten oder Verlangen hätten nach anderen Getränken als denen, die in der Minibar vorrätig waren, sollten wir einfach die Zimmerservice-Nummer 209 anrufen. Sollten wir raustelefonieren wollen, müssten wir nur die Null vorwählen.

Schließlich öffnete er noch den Kleiderschrank, in dem mehrere elegant-flauschige Bademäntel hingen, und kündigte an, dass Helena und Esteban vom Kleiderservice beauftragt seien, uns eine kleine Auswahl an Kleidung für den Ball zu bringen. Dazu erfragte er noch unsere Kleider- und Schuhgrößen. Dann verabschiedete er sich in der Tür stehend bis auf Weiteres und wünschte uns einen angenehmen Aufenthalt.

»Danke, Eddy, wir sind begeistert!«, rief ich ihn absichtlich bei seinem neuen Spitznamen. Adam pflichtete mir bei. Brantford nickte uns etwas steif zu und machte eine angedeutete Verbeugung. »Sir, Madam … ich empfehle mich.«

Nachdem er die Suite verlassen hatte, amüsierten wir uns wie zwei alberne Teenager über seine antiquiert hochgestochene Ausdrucksweise, die man vermutlich so seit dem 18. Jahrhundert nicht mehr verwendete.

»Ja, unser Eddy ist nicht gerade der Lockerste, aber irgendwie mag ich ihn«, sagte ich auf dem Weg ins Badezimmer. Es war riesig und beherbergte einen großen, runden Whirlpool, der sich auf einem Absatz befand.

»Ich hoffe, das ist dir nicht zu kapitalistisch!«, sagte Adam schmunzelnd. Für ihn war das hier schließlich so was wie Standard.

»Ich werde heute mal eine Ausnahme machen!«, gab ich zurück und schob ihn aus dem Bad.

Nach einem wunderbar entspannenden Schaumbad wickelte ich mir ein großes Badetuch um den Körper und öffnete die Badezimmertür.

»Dann höre ich von Ihnen?«, hallte Adams Stimme hoffnungsvoll aus dem verglasten Vorraum. »Shukran!«, sagte er mehrfach erfreut, was, soweit ich mich erinnerte, auf Arabisch Danke bedeutete.

Während ich mir ein kleineres Handtuch als Turban um die nassen Haare wickelte, lugte ich zu ihm. In einen weißen Bademantel gehüllt und mit weißen Pantoffeln an den Füßen ging er mit dem Telefon am Ohr auf und ab. »Die Nummer ist die des Hotels ›Kennedy‹ in Calgary, da können Sie mich jederzeit erreichen oder mir eine Nachricht hinterlassen!« Bevor er auflegte, fügte er noch schnell einen sehr elegant klingenden arabischen Satz an, der vermutlich nochmals seine Ehrerbietung und Dankbarkeit zeigen sollte. Dann legte er auf und sah mich freudestrahlend an. »Yabba Dabba Doo!«, rief er mit kindlicher Freude und sprang euphorisiert auf das mit einer edlen königlich blauen Tagesdecke überzogene Kingsize-Bett. Per Sprachsteuerung wählte er den Musikmodus und bat um »Get the Party Started« von Pink.

»Na, so ein Telefonat hätte ich auch mal gern, nur um mich danach so crazy zu fühlen.«

Er klärte mich darüber auf, dass er gerade mit dem Assistenten des Scheichs telefoniert hatte und es ihm gelungen war, den Termin erneut zu verschieben – auf den 25.12. Das war dann aber die letzte Möglichkeit, weil der Scheich mit seinem Gefolge am Tag darauf nach Dubai zurückreisen würde. Den genauen Zeitpunkt für das Gespräch würde ihm der Assistent noch mitteilen.

»Ja, das ist ja prima. Glückwunsch! Aber wie kommst du hier weg?«

»Wir!«, korrigierte er mich. »Der Assistent des Scheichs wird sich darum kümmern und das mit der Managerin Ms Winger besprechen.«

»Na dann … Herzlichen Glückwunsch! Und: Das Bad ist frei«, meinte ich.

»Gut, dann bekomme ich endlich diesen Dreitagebart runter!«

»Also, ich finde ihn ja ganz gut«, sagte ich verschmitzt. Er blickte mich irritiert fragend an. »Wirkt sehr männlich«, meinte ich schmunzelnd.

Er prüfte sein Gesicht ungläubig im Spiegel. Da fiel ihm ein, dass er noch seinen Chef anrufen musste. Nur widerwillig griff er zum Telefon, was nicht verwunderlich war. Sein Chef würde ihm sicher Feuer unter dem Hintern machen, wenn er erfuhr, dass Adam den Termin erneut verschoben hatte.

»Könnten Sie bitte die Nummer unterdrücken? Danke. Gut«, hörte ich ihn mit der Rezeption sprechen. »Und jetzt stellen Sie mich bitte nach Singapur durch!« Daraufhin gab er die Nummer durch.

Seinem Chef erzählte er, dass sein Handy gestohlen worden sei, dann behauptete er, dass der Scheich den Termin auf den ersten Weihnachtstag verschoben hatte und Adam nun im Hotelzimmer in Seattle auf heißen Kohlen saß, um die genaue Uhrzeit des Termins zu erfahren. *Cleveres Kerlchen*, dachte ich mir.

»Ja, ist gut. Danke, Sir. Ich halte Sie auf dem Laufenden. Und Ihnen und Ihrer Familie frohe Weihnachten!« Er legte erleichtert auf. »Puh, noch mal gerettet …«

»Ich sag ja – du bist so manipulativ …«, zog ich ihn absichtlich auf.

»Es ist für eine gute Sache!« Er setzte eine Unschuldsmiene auf.

»Ach ja? Was denn für eine gute Sache?«

»Mein Chef hat's mit dem Herzen – ich will nicht, dass er sich unnötig aufregt!«

»In dir steckt wahrlich ein heiliger Samariter!«, sagte ich amüsiert und warf eines der vielen Kissen nach ihm. Er lächelte mich auf umwerfende Art und Weise an.

Es klopfte an unserer Tür. »Sir? Madam? Wir bringen Ihnen die Abendgarderobe«, rief eine zarte weibliche Stimme.

Vor der Tür standen Helena und Esteban vom Kleiderservice. Sie hatten einen Rollwagen mit mehreren Kleidern und drei verschiedenen Anzügen dabei. Ergänzt wurde das Ganze durch eine passende Schuhauswahl für jeden und so probierten wir mit freundlicher Beratung der beiden getrennt voneinander die Abendgarderobe an. Adam mit Esteban im Salon und ich mit Helena im Schlafzimmer. Anschließend kam noch eine Kosmetikerin, die uns eine Rundumerneuerung verpasste – von Gesichtspeeling über Maniküre und Pediküre bis hin zum Make-up. Nebenbei telefonierte ich mit meinen Eltern, um sie auf den neuesten Stand zu bringen. Sie mussten über unseren Ausflug nach Calgary herzhaft lachen. Dann erzählte Elijah von seiner erfolgreichen Premiere, für die er Standing Ovations erhalten hatte! Ich freute mich sehr über seinen Erfolg und auch darüber, dass die Aufführung aufgezeichnet worden war. So konnte ich mir seinen Auftritt zumindest auf Video anschauen.

15. Kapitel

Gute zwei Stunden später fühlte ich mich mit dem zartrosafarbenen Abendkleid von Ralph Lauren wie eine Prinzessin. Das dezente Make-up ließ meine Augen leuchten und an meinem Hals funkelte eine wunderschöne Kette. Ich bedankte mich bei Helena und der Kosmetikerin für ihre tolle Arbeit.

Als wir ins Wohnzimmer zurückkehrten, teilte mir Esteban mit, dass Adam bereits nach unten gegangen sei. Gemeinsam tranken wir noch ein Glas Prosecco, wobei es bei mir eher zwei waren.

Danach begleitete mich der Concierge hinunter in die Lobby.

»Entschuldige, Eddy«, meinte ich, schon ein wenig beschwipst, während ich mit ihm im Fahrstuhl stand. »Ich bin etwas angeheitert.«

»Kein Problem, Madam«, meinte er und fügte noch hinzu, dass ich »très chic« aussehe. Ich dankte ihm mit meinen rudimentären Französischkenntnissen: »Merci pour le compliment, Eddy.« Es deutete sich ein leichtes Lächeln auf seinen Lippen an. Er schien es selbst witzig zu finden, dass wir ihn, den etwas steifen Concierge Edward Brantford, schlicht »Eddy« nannten.

Die Fahrstuhltüren öffneten sich.

»Darf ich bitten, Madam?« Er bot mir seinen Arm an, um mich auf dem Weg die riesige Wendeltreppe hinunter ins Foyer des Ballsaals davor zu schützen, mit dem langen wallenden Kleid und den Absatzschuhen zu stürzen.

»Sehr gern«, lächelte ich ihn dankbar an und hakte mich bei ihm ein. Ich kam mir vor wie Scarlett O'Hara in »Vom Winde verweht«, als ich mit »Eddy« die vielen breiten, mit einem dunkelroten Teppich überzogenen Stufen hinunterschritt. Das ganze Ambiente war so edel und wunderschön.

Als wir ungefähr bei der Hälfte der Treppe angekommen waren, sah ich Adam in seinem Anzug auf einem Ledersessel sitzen und eine Zeitschrift lesen. Mein Herz klopfte, als stünde ich vor einem Auftritt. Wieso das? Als er mich bemerkte, legte er die Zeitschrift zur Seite und schaute überrascht zu mir auf. Er stand auf und knöpfte sich sein Smoking-Jackett zu. Dabei sah er aus wie ein Model aus einer Calvin-Klein-Werbekampagne und mir fiel auf, dass er seinen Dreitagebart zwar ein bisschen gestutzt und korrigiert, aber doch stehen gelassen hatte.

»Gut, dass Esteban dich anscheinend doch noch überzeugen konnte, ihn stehen zu lassen!«, teilte ich ihm mit, als wir unten angekommen waren.

»Ach so … ja, aber … ich meine, nein … nicht Esteban ist daran schuld«, meinte er grinsend. Ich verstand, was er damit sagen wollte, und musste mir eingestehen, dass ich mich insgeheim darüber freute.

»Bitte schön, Sir«, meinte der Concierge, übergab mich Adam und ging dann vor in den Ballsaal.

»Du siehst ganz bezaubernd aus. Ganz sicher wirst du hier allen die Show stehlen«, sagte er.

Ich war ganz gerührt. »Du siehst im Übrigen auch sehr gut aus«, meinte ich, während wir auf den Ballsaal zuschritten.

»Danke. Esteban hat mich sehr gut beraten.«

Der Concierge wartete im Eingangsbereich auf uns. Ich hatte zuvor noch nie einen solch großen Ballsaal gesehen, der noch dazu so liebevoll und geschmackvoll weihnachtlich dekoriert war. Selbst der etwas protzig wirkende, gut zehn Meter hohe Weihnachtsbaum in der Mitte des Raumes war nicht verkitscht übervoll behängt, sondern festlich dezent geschmückt. Vor der zugehängten Bühne spielte ein Streichquartett zarte klassische Musik und ich kam mir nun endgültig wie eine Prinzessin in einem Märchen vor.

»Eddy« führte uns zu unserem reservierten Tisch. Wir gingen an großen, runden Sechs- bis Acht-Personen-Tischen vorbei. Alle waren unglaublich schick gekleidet und obwohl ich ebenfalls ein langes Kleid trug, hatte ich fast das Gefühl, »underdressed« zu sein.

»Hier, bitte sehr«, sagte »Eddy« und deutete auf unsere Plätze. Im ersten Moment dachte ich, mit der Reservierung unseres Tisches sei etwas schiefgelaufen. Denn dort saßen bereits zwei elegant gekleidete Herren und eine Frau im Ballkleid. Erst auf den zweiten Blick erkannte ich, dass es sich um unsere drei Obdachlosenfreunde handelte – frisch herausgeputzt. Ernest trug eine neue Brille und einen piekfeinen Anzug mit frisch gemachten Haaren. Pablo sah in seinem Frack nun wirklich wie ein Latino-Tänzer aus – der Bart war weg und die gekürzten Haare zu einem Scheitel gegelt. Rita war in ein bezauberndes dunkelblaues Ballkleid geschlüpft, ihre Haare waren geflochten und hochgesteckt. Sie sah aus wie eine Königin und hatte glasige Augen, als wir uns zur Begrüßung in die Arme nahmen.

»Fantastisch seht ihr aus!«, sagte Adam und ich bestätigte das Lob.

»Ihr aber auch«, meinte Rita und wischte sich die Tränen aus den Augen.

»Ja«, sagte Ernest und hielt die Brille auf seiner Nase ungläubig fest. »Auch wenn es ungewohnt ist, euch überhaupt so deutlich zu sehen.« Er lachte erfreut.

Ich war gerührt, dass die drei so glücklich waren. Für sie musste das alles wie ein Traum sein.

»Adam, schau dich an, wie gut du aussiehst«, meinte Pablo. »Vorhin noch hast du eher einem dreckigen, aufgeplusterten Flamingo geglichen«, lachte er und klopfte ihm auf die Schulter. Ich musste auch schmunzeln. Wenn er gewusst hätte, welche edlen Anzüge Adam sonst trug!

Ein Kellner kam und schenkte uns Wein und Wasser ein. Rita orderte sofort eine neue Flasche Wein und korrigierte sich dann: »Herr Ober, bringen Sie doch gleich zwei Flaschen mit, dann brauchen Sie nicht doppelt zu laufen.«

»Warum hast du ihm nicht gesagt, er soll eine ganze Kiste mitbringen?«, fragte Pablo lachend, der irgendwie redseliger wirkte als zuvor.

»Das heute genießen wir – aber so richtig«, sagte sie und hob ihr Weinglas. Wir stießen alle zusammen auf diesen Abend an.

»Die haben hier noch nicht einmal eine Karte«, meinte Ernest.

»Hier ist doch die Sieben-Gänge-Menü-Karte«, sagte ich und reichte ihm meine.

»Aber es gibt nichts anderes zu bestellen. Da hat man ja in einem einfachen Diner mehr Auswahl«, meinte er grummelnd.

Pablo als gelernter, wenn auch nun ehemaliger Kellner eines Sterne-Restaurants erklärte ihm, dass die Speisen hier nur aus den hochwertigsten Produkten erstellt und à la minute, also frisch und exakt auf den Punkt, serviert wurden. Und das bei rund zweihundert Gästen im Saal und sieben Gängen! Das sei große Kunst, meinte er bewundernd.

»Trotzdem hätte ich lieber einen Cheeseburger«, meinte Ernest enttäuscht.

»Den bestellst du dir dann heute Nacht aufs Zimmer«, sagte Adam grinsend.

Ernests Augen wurden ganz groß. »Ja, du hast recht, Adam! Das kann ich ja wirklich einfach so machen, und das mach ich auch, mit doppelt Käse, Bacon und Jalapeños drauf! Am besten zwei davon! Ach, was sag ich, drei!«

Wir mussten alle herzhaft lachen. Da blitzte es plötzlich mehrfach hintereinander und wir erkannten den Fotografen vom Mittag. Er dankte uns für die tollen Fotos und kündigte an, dass der Artikel bereits morgen veröffentlicht werden würde. Er wünschte uns einen schönen Abend und verabschiedete sich dann auch schon wieder.

Da kam der Kellner mit den zwei Flaschen Wein. Wenig später wurde von einer Flotte eleganter Bedienungen mit weißen Handschuhen der erste Gang serviert – Krebsschwänze mit Curry auf Mango-Melonen-Ananas-Sorbet. Während Adam, Pablo und ich mit kleinen Bissen die Geschmacksexplosion dieser Kreation genossen, waren die Teller von Rita und Ernest mit zwei Gabelhappen leer.

»Also, wenn das so weitergeht, dann bestelle ich mir heute Nacht auch noch ein paar Burger auf mein Zimmer«, meinte Rita enttäuscht und leckte die Gabel ab.

»Dann lass uns doch zusammen auf meinem Zimmer bestellen – ich hab sogar Kabelfernsehen«, meinte Ernest voller Vorfreude.

»Hey, du Superhirn, wir haben alle Kabelfernsehen auf dem Zimmer«, erwiderte Rita bissig.

»Heißt das nun Ja?«, fragte Ernest hoffnungsfroh.

»Ich denke … es ist besser, ich esse allein«, meinte sie und setzte ihr Glas ab.

»Du solltest nicht zu viel trinken«, meinte er besorgt.

»Kümmer dich um deinen eigenen Kram«, meinte sie harsch und nahm erst recht einen kräftigen Schluck.

Pablo pflichtete Ernest entschieden bei, sie solle uns bitte nicht allen den Abend verderben! »Du weißt, wie das enden kann«, meinte Pablo bitter. Rita versprach ihm, sich zu zügeln und uns nicht den Ball zu verderben. Versprochen!

Auch ich fand es beruhigend. Schließlich hatte sie von unserem Schneechaos-Picknick am Mittag bereits ordentlich Champagner intus, und jetzt schon das dritte Glas Wein. Die Ärmste hatte definitiv ein Alkoholproblem und ich wünschte, sie hätte sich auf den lieben fürsorglichen Ernest eingelassen. Ich war mir sicher, dass er ihr gutgetan hätte, so verschieden die beiden auch sein mochten.

Als der zweite Gang an der Reihe war – es gab Wachtelbrüstchen auf warmem Rosenkohlsalat mit Preiselbeervinaigrette –, kam ein irritiert dreinblickender Edward an unseren Tisch und reichte Adam einen Telefonhörer. »Mr Harper, entschuldigen Sie die Störung, aber hier ist ein wohl wichtiger Anruf für Sie … aus Dubai? Kann das sein?«

»Oh ja, da hab ich schon drauf gewartet …« Er merkte am Blick unserer Obdachlosenfreunde und natürlich von »Eddy«, dass das äußerst merkwürdig rüberkam. Ihre Gesichter waren einzige Fragezeichen. Welcher Obdachlose bekam schon einen Anruf aus Dubai? Etwas verlegen nahm Adam das Telefon. Ich musste mir ein Grinsen verkneifen, denn ich wusste ehrlich gesagt auch keine schlüssige Ausrede dafür und spielte die Ahnungslose.

»Ihr entschuldigt mich kurz?« Adam stand verlegen grinsend auf und ging schnell ein paar Schritte weg.

Während wir unsere Wachtelbrüstchen aßen, fragten mich die anderen, was es denn damit auf sich hatte. Ich wollte mir gerade etwas ausdenken, als Adam zum Glück schon wieder zurückkehrte.

»Danke sehr.« Er grinste wie ein Honigkuchenpferd und klopfte dem Concierge auf die Schulter, nachdem er ihm das Telefon zurückgegeben hatte.

»Sehr gern«, meinte Edward immer noch irritiert und empfahl sich wieder.

Während Rita und Ernest mit dem zweiten Gang fertig waren, stocherte Pablo grübelnd an seiner Wachtelbrust herum und ergriff dann das Wort. »Entschuldige, aber wie kommt es, dass du hier einen Anruf aus Dubai bekommst?«

Adam schluckte den Bissen hinunter. Er blickte mich Hilfe suchend an. »Ein Freund?«, fragte ich spontan.

Er nickte begeistert. »Ja, genau, ein Freund! Ein obdachloser Freund!«

»Ein obdachloser Freund aus Dubai?«, fragte Rita irritiert. »Gibt's da auch Obdachlose? Die sind doch da alle stinkreich, oder?« Pablo pflichtete ihr bei.

»Ja, stimmt. Er ist da auch nur übergangsweise …«, versuchte Adam weiter, Zeit für eine schlüssige Erklärung zu schinden. Die Irritation am Tisch nahm zu.

»Wie kann er sich das denn leisten, übergangsweise in Dubai zu sein, als Obdachloser?«, fragte Rita.

»Der nimmt gerade an einem internationalen Austauschprogramm für Obdachlose teil«, sagte Adam nach kurzem Überlegen. Ich musste mir hartnäckig das Lachen verkneifen. Das musste nun einfach auffliegen.

»Oh. Kannst du uns vielleicht sagen, wo man sich für dieses Austauschprogramm für Obdachlose anmelden kann?«, fragte Ernest begeistert.

»Ach, Quatsch! Du glaubst aber auch alles. Adam macht doch bloß einen Scherz«, meinte Rita schmunzelnd.

»Nein, mache ich nicht«, meinte Adam so ernst, als würde er gerade von einem offiziellen Schüleraustauschprogramm erzählen. »Das ist eine kleine Stiftung, die vor kurzer Zeit ins Leben gerufen wurde. Sie haben sich des Themas Völkerverständigung unter den Obdachlosen angenommen.« Adam nahm einen Schluck Wasser, wohl um sich Zeit zu verschaffen.

»Das ist wirklich wahr?«, fragte Pablo immer noch ungläubig. Adam nickte und stopfte sich schnell etwas von der Wachtel in den Mund.

Die drei waren zwar irritiert über solch eine merkwürdige Organisation für Obdachlose, meinten aber, dass sie sehr gern daran teilhaben wollten, wenn es sich ergeben würde. Immerhin wären sie dann mal eine Zeit lang in der Sonne und bei den vielen Nobellokalen und Kaufhäusern dort würde man wohl wie ein Scheich unter den Obdachlosen leben.

»Und wie diese Organisation heißt, kannst du uns nicht sagen?«, hakte die noch nicht restlos überzeugte Rita nach.

Adam zuckte unsicher mit den Schultern. »Ich mach mich morgen noch mal schlau bei meinem Freund, dann gebe ich euch Bescheid. Abgemacht?«

Sie nickten erfreut, machten sich aber über Adam lustig, dass er sich nicht längst selbst dort beworben hatte. Es war dann einige Zeit das Gesprächsthema Nummer eins der drei, wie es wäre, wenn sie tatsächlich bei dem Austauschprogramm mitmachen dürften.

Ich flüsterte Adam amüsiert zu, dass er den dreien da ja einen schönen Floh ins Ohr gesetzt habe, und betitelte ihn mit Herr von und zu Münchhausen! Irgendwie war es ja auch total süß von ihm, diese Idee in ihre Köpfe zu pflanzen, auch wenn es nur eine Fantasie war. Allein das war wie Balsam für die geschundenen Seelen der drei, sie fühlten sich dadurch wahrgenommen, als Teil der Gesellschaft – genauso wie an diesem zauberhaft schönen Abend.

»Aber erzählt doch mal von euch beiden«, lenkte Adam auf ein anderes Thema und wandte sich Ernest und Rita zu. Von Pablo wussten wir ja inzwischen, dass er Meister im

Standardtanz gewesen war und früher als Oberkellner in feinen Restaurants gearbeitet hatte. Rita erzählte gedankenversunken, dass sie früher als Bibliothekarin gearbeitet hatte. Damals habe sie Bücher verschlungen wie heute diese Wachtelbrust, sagte sie und musste dann selbst über sich lachen.

»Ja«, sagte Ernest. »Sie weiß alles! Sie ist ein wandelndes Lexikon.«

Sie relativierte diese Aussage, fühlte sich aber sichtlich geschmeichelt. Am liebsten habe sie die großen russischen Klassiker von Dostojewski, Pasternak, Tolstoi, Tschechow und Puschkin gelesen, aber auch andere Bücher der großen Philosophen, Dichter und Denker. Doch seit sie vor über zehn Jahren auf der Straße gelandet war, mache sie sich keine Gedanken mehr über das Lesen.

»Aber wieso fängst du nicht wieder damit an?«, fragte Adam. Damit hatte er gar nicht mal so unrecht, denn schließlich fand man gerade in der heutigen Zeit auf Sperrmüllhaufen viele Bücher!

»Ihr wisst doch selbst … Wenn man jeden Tag ums Überleben auf der Straße kämpfen muss, dann hat man einfach keinen Antrieb für solche Dinge. Entweder ist man erschöpft und schläft mit wenigstens einer Mahlzeit im Magen ein oder man ist so ausgehungert, dass man an nichts anderes mehr denken kann, als daran, etwas Essbares zu finden«, meinte sie.

»Wieso bist du überhaupt … auf der Straße gelandet?«

Sie lächelte uns an. »Das ist keine besonders aufregende Geschichte … Es ist wie bei vielen Obdachlosen: Die Liebe ist zerbrochen«, sagte sie und begann darüber zu philosophieren, wie unterschiedlich Menschen damit umgingen: »Einige stürzen sich in die Arbeit und machen oft sogar Karriere, andere werden berühmte Autoren, weil unter dem Liebeskummerschmerz ihre größten Werke entstehen. Doch die meisten stürzen einfach ab!«

»Aber jetzt hast du doch mich«, erwiderte Ernest und streichelte ihre Hand. Sie lächelte.

»Ernest, du bist viel zu lieb für diese harte Welt«, meinte sie. »Ich würde dir nicht guttun.«

Es war nicht auf den ersten Blick der Perfect Match, wenn man die beiden so sah. Die kräftige Afroamerikanerin und der eher schlaksige Ernest. Aber irgendwie dann doch. Nach dem bekannten und manchmal auch funktionierenden Rezept: Gegensätze ziehen sich an! Die Harte und der Zarte.

Während wir den nächsten Gang genossen, erzählte Ernest, dass er im Leben ziemlich viel Pech gehabt habe und er irgendwie schon immer ein Pechvogel gewesen sei. Pablo stimmte ihm zu: »Wenn jemand zur falschen Zeit am falschen Ort war, dann war es auf jeden Fall immer Ernest.«

»Das kann man so sagen«, bestätigte der und erzählte, dass er ziemlich früh seine Eltern verloren hatte, woraufhin er mit seinem Bruder die letzten Jahre als Teenager in ein Waisenhaus gekommen war. Ohne einen Schulabschluss war er ziemlich schnell in die Drogenszene abgerutscht. Sein Bruder und er verkauften Drogen und kamen deshalb auch in den Knast. Das war eine harte Zeit für Ernest gewesen, da er nun mal ein ziemliches »Weichei« sei, wie er selbst über sich sagte. Irgendwann beschloss er dann, sich ein anständiges Leben aufzubauen. Er hatte eine Freundin, seine erste große Liebe, eine Wohnung und bekam sogar eine Anstellung als Reinigungskraft.

»Putze nennt man das auch«, scherzte Rita und selbst Ernest musste darüber lachen. Er mochte den Job sehr gern und zwei Jahre lief alles wie in einem Traum. Doch erst starb sein geliebter Bruder an einer Überdosis, dann verließ ihn seine Freundin für einen anderen und schließlich ging auch noch die Firma, bei der er arbeitete, pleite. »Ich hatte niemanden mehr und allein konnte ich mich nicht aus der Scheiße ziehen«, meinte er mit bitterem Lächeln.

Adam schlug die Erzählung augenscheinlich auf den Magen. Denn ab dem nächsten Gang gab er sein Essen an Ernest und Rita ab, die sich sichtlich über den Nachschlag freuten.

»Und was hat euch auf die Straße gebracht? Lasst mich raten: die Liebe?«, meinte Rita bitter lächelnd. Einen Moment lang herrschte Stille an unserem Tisch.

Adam zuckte nachdenklich mit den Schultern. »Ja, könnte man so sagen … über Umwege irgendwie schon.« *Da hat er gar nicht mal so unrecht*, dachte ich. Er hätte nicht hier gesessen, wenn sein Leben anders verlaufen wäre und seine Frau ihn nicht für seinen alten Chef verlassen hätte. »Es schmerzte so sehr, dass ich mich danach vor der Liebe verstecken wollte«, meinte er überraschend offen. Rita verstand ihn, so gehe es ihr auch. Sie hielt ihr Herz verschlossen, um nicht wieder verletzt zu werden.

»Und du, Schätzchen? Wieso bist du hier?«, fragte sie mich.

»Bei mir ist es so ähnlich«, sagte ich, ging aber nicht näher darauf ein. Stattdessen hob ich mein Glas. »Lasst uns auf die Liebe anstoßen!« Die anderen blickten irritiert. »Na ja, ohne sie wären wir heute nicht hier.«

»Das stimmt«, sagte Ernest.

»Auf die Liebe!«, stieg Rita mit ein. Wir prosteten uns zu und stießen darauf an.

Nach dem letzten Gang, einem Schoko-Traum mit flüssigem Lavakern und dreierlei Früchtesorbet, wie es so lecker auf der Menükarte hieß, beendete das Streichquartett die angenehme Musikuntermalung, wodurch das Gemurmel der vielen Gäste viel lauter wirkte.

Die Hotelmanagerin bat um Aufmerksamkeit und dankte den Musikern und all ihren Stammgästen, die jedes Jahr vor Weihnachten extra zum Ball kamen, sowie natürlich allen anderen Gästen. Sie verlor noch einige dankende Worte an ihr Personal und beendete mit herzlichen Weihnachts- sowie

Neujahrswünschen ihre Ansprache. Zum Schluss kündigte sie noch die Big Band »The Memory of Blues« an.

Die Leute quittierten ihre Ansprache mit einem warmherzigen Applaus. Da ertönten wie aus dem Nichts die ersten swingenden Takte von Glenn Millers »In the Mood«. Als dann der Vorhang der Bühne aufging, brandete begeisterter Applaus der anwesenden Gäste auf.

Ein Dutzend Musiker, vor allem Bläser mit Trompeten, Posaunen und Saxofonen waren zu sehen. Daneben ein Schlagzeuger, ein Bassist und ein Pianist an einem Steinway sowie ein mit den Hüften wippender Dirigent.

Sofort erinnerte ich mich an den Abend vor zwei Tagen in der Bar, als wir unseren Auftritt hingelegt hatten, und musste lächeln. Doch das war natürlich kein Vergleich zu diesem Musik-Ohrenschmaus. Mit einem Schlag stoppten die Bläser und der Schlagzeuger trommelte, als ginge es um sein Leben.

Er bekam begeisterten Zwischenapplaus für dieses atemberaubende Solo. Als die gesamte Big Band wieder anstimmte und sich dabei von ihren Stühlen erhob, wurde aus »In the Mood« der flottere Big-Band-Klassiker »Sing, Sing, Sing« von Benny Goodman. Das war Gänsehautfeeling pur!

Die Ballgäste hielt es nicht mehr auf ihren Plätzen. Sie strömten auf die große Tanzfläche mit spiegelndem Boden und begannen zu tanzen.

Pablo stand auf und zwinkerte uns zu. Dann korrigierte er seine adrette Fliege und machte ein paar angedeutete Tanzschritte. »Ich fühle mich gerade wie neu geboren, Leute«, sagte er strahlend. »Und jetzt hole ich mir mein verlorenes Selbstbewusstsein zurück!« Lächelnd ging er zielstrebig an den Nebentisch. Er forderte eine etwas gezierte Dame mittleren Alters zum Tanz auf. Sie saß mit einer reinen Frauengruppe am Tisch und fühlte sich offensichtlich geschmeichelt.

Und dann fiel es uns allen auf und wir mussten lachen! Die leuchtend roten Haare identifizierten sie eindeutig. Das war ausgerechnet die Frau, die sich in der Hotellobby lautstark über uns Obdachlose beschwert und uns als »Dreckspack!« beschimpft hatte. Hinter dem so adrett gekleideten Pablo erkannte sie den Mann in den lumpigen Kleidern mit dem kräftigen Bart- und Haarwuchs nicht.

»Willst du auch tanzen?«, fragte Ernest nervös seine Rita.

»Ja, aber nicht mit dir«, meinte sie harsch.

Er schaute bedröppelt und spielte unsicher mit seiner neuen Brille.

»Du kannst doch überhaupt nicht tanzen!«, fügte sie hinzu.

»Ich dachte, du könntest es mir ja vielleicht beibringen«, meinte er traurig in sein Weinglas blickend. Ich suchte Augenkontakt zu Rita und deutete ihr an, dass sie dem Armen doch einen Tanz schenken könnte. Sie schaute den niedergeschlagenen Ernest lange an. Würde sie ihn nicht auffordern, würde ich es gleich tun.

»Komm schon, bevor ich es mir anders überlege«, meinte sie, sich einen Ruck gebend. Ernest blickte sie wie ein Hundewelpe an, der gleich ein Leckerli bekommen würde. Sie packte seine Hand und führte ihn aufs Tanzparkett. Wir beobachteten, wie Rita führte und Ernest langsam in den Takt kam. Daneben tanzte Pablo mit der feinen Dame wie ein junger Gott und sie schien im Tanzhimmel angekommen zu sein.

Während sich die Tanzfläche gut gefüllt hatte, saßen Adam und ich allein am Tisch. Ich kam mir vor wie das arme, verpickelte Mauerblümchen aus Highschool-Filmchen, die keinen zum Tanzen abbekam, und ein trauriger Kloß machte sich in meinem Hals breit.

Als »Moonlight Serenade« angestimmt wurde, stand Adam auf und verbeugte sich elegant vor mir, als hätte er gerade meine Gedanken gelesen.

»Darf ich um diesen Tanz bitten, Ms Olsen?«, fragte er lächelnd, wenn auch etwas schüchtern. Er hielt mir charmant seinen Arm entgegen und ich blickte ihn irritiert an.

»Es wäre eine Schande, nicht mit Ihnen zu tanzen«, fügte er charmant hinzu. Seine Worte gingen runter wie Öl und lösten den Kloß in meinem Hals.

»Sehr gern, Mr Harper«, meinte ich erfreut und ließ mich zur Tanzfläche führen.

Wir waren beide aus der Übung. Erst trat ich ihm auf die Füße, dann er mir gleich drei Mal!

»Für die blauen Flecken verklage ich dich«, scherzte ich.

»Kein Ding, ich bin gut versichert«, erwiderte er verschmitzt lächelnd.

»Ich dachte, bei deinen Geschäften kommt es öfter vor, dass du zu edlen Empfängen oder Bällen geladen wirst?«, fragte ich Adam, überrascht, dass er so außer Übung war. »Das ist schon immer mal wieder vorgekommen, aber ich hatte bis gerade eben nie das Bedürfnis, mal wieder zu tanzen.«

Dann erklangen die Gänsehautklänge von Frank Sinatras »Strangers in the Night«. Der langsamere Song kam uns entgegen. Selbstverständlich tanzten wir enger. Über Adams Schulter sah ich, dass Pablo seiner neuen Bekanntschaft ebenfalls etwas näher gerückt war, wie auch der überglückliche Ernest, der seine Rita in den Armen halten durfte. Auch sie schien es zu genießen. Während der Pianist zu singen begann, durchflutete ein prickelndes Gefühl meine Magengegend.

Bei den nächsten Liedern vergaßen wir völlig die Zeit und tauchten erst wieder auf, als Rita und Ernest uns antanzten.

»Da knistert aber was gewaltig«, sagte Rita augenzwinkernd. Adam und mir war es sichtlich unangenehm. Die beiden verabschiedeten sich von uns. Sie wollten gemeinsam auf dem Zimmer Burger mit allem Drum und Dran genießen! Wir wünschten ihnen guten Appetit für ihr gemeinsames Nachtmahl und eine gute Nacht.

Pablo saß mittlerweile am Tisch mit den vielen Frauen und hatte offensichtlich seinen Spaß daran, sie zu unterhalten. Er wirkte wie ein Mann von Welt. Die Damen waren alle aus feinem Hause und aus England zu den Weltmeisterschaften im Bridge nach Calgary angereist, wie er uns beim Vorbeigehen verriet.

Adam und ich tanzten ausgiebig und genossen den herrlichen Abend. Als wir den Ballsaal verließen, war es bereits halb zwölf. Während wir auf den Fahrstuhl warteten, betonten wir beide, wie müde wir waren und wie wir uns auf Schlaf freuten. In Wirklichkeit war ich aber sehr aufgewühlt. Vielleicht hatte ich einfach zu viel Wein getrunken.

Der Concierge kam zielstrebig vom Lobbybereich zu uns herüber und teilte uns in seiner gewohnt erhabenen Wortwahl mit, dass mein Bruder eine Nachricht für mich hinterlassen habe. Er reichte mir einen Zettel. Darauf las ich, dass Elijah mir das Premieren-Video von »Romeo und Julia« in eine Cloud hochgeladen hatte. Das Kennwort stand auch dabei.

Ich fragte Edward, ob es vielleicht möglich wäre, einen Laptop auszuleihen. Der Concierge nickte und versicherte mir, uns einen mit einem extra großen Bildschirm in die Suite bringen zu lassen. Ich bedankte mich lächelnd.

»Eddy ist der Beste!«, rief plötzlich der angetrunkene Pablo, der mit einer Horde beschwipster Bridge-Club-Frauen an uns vorbei die Treppe hinaufging. Edward stand stocksteif und ohne mit der Wimper zu zucken da und verbeugte sich nur leicht.

»Na ja, das wird sicherlich eine unvergessliche Nacht für Pablo«, meinte Adam amüsiert und ich musste ebenfalls ungläubig grinsen. Der Fahrstuhl öffnete sich für uns und als wir eintraten, versprach Edward uns noch einmal, sich um den Laptop zu kümmern. »Ich wünsche auch Ihnen noch eine angenehme

Nacht!« Er empfahl sich mal wieder, diesmal allerdings mit einem Lächeln auf den Lippen.

Im Fahrstuhl fragte mich Adam, ob er mitschauen dürfe. »Sehr gern«, meinte ich erfreut, »wenn es dich interessiert.«

Er nickte.

Während Adam den Kamin anfeuerte, klopfte es an unserer Tür. Ein Page brachte auf einem Wagen den Laptop. Dazu wurden uns neben einer eisgekühlten Champagnerflasche eine große Schüssel frischer Erdbeeren und ein paar Antipasti-Häppchen serviert sowie kleine Cracker, die neben einer Kristallschale mit Kaviar aufgelegt waren.

»Das hatten wir aber gar nicht bestellt …«, meinte ich irritiert.

Der Page richtete uns einen schönen Gruß von Mr Brantford, dem Concierge, aus.

»Dann nehmen wir das sehr gern an«, meinte Adam und der Page richtete alles im Kaminzimmer an. Nachdem er uns wieder allein gelassen hatte, zog ich mein Kleid aus und machte es mir in einem Bademantel gemütlich.

Während das Kaminfeuer knisterte und draußen der Sturm tobte, mummelte ich mich auf die Couch. Der Laptop stand auf dem gläsernen Tisch davor.

»Darf ich dazukommen?«, fragte Adam. Ich hatte natürlich nichts dagegen, so konnten wir den Laptop dichter zu uns ziehen. Er zog sein Hemd aus. Der Anblick seines nur noch vom Unterhemd bedeckten Oberkörpers verursachte mir Herzklopfen, das sich noch verstärkte, als er sich neben mich setzte. Das liege an der Aufregung, nun meinen Bruder bei seiner ersten Hauptrolle zu sehen, wollte ich mir einreden. Aber das glaubte ich mir selbst nicht. Es lag natürlich an Adam. Nachdem wir bereits in der Scheune bei den Amish People ein

Strohbett und im Truck die Schlafkoje geteilt hatten, wirkte es schon fast vertraut, ihn so dicht neben mir zu haben.

»Hier!« Er reichte mir ein Glas Champagner und stieß mit mir an. »Auf Elijah, das Theaterstück und unsere gemeinsame, ziemlich verrückte Reise.«

Dass er noch den Namen meines Bruders wusste, obwohl ich ihn nur zu Beginn unserer Reise beiläufig erwähnt hatte, bereitete mir ein warmes Gefühl im Herzen. Adam war schon ein aufmerksamer Mensch, auch wenn ich das anfangs nicht vermutet hätte. *Reiß dich zusammen!*, dachte ich mir und versuchte, mich auf »Romeo und Julia« zu konzentrieren. Ich gab das Passwort ein und startete die Aufzeichnung.

Das Stück begann mit einem hageren Erzähler in Narrengestalt namens Amor, der in dieser Neuinterpretation des Stücks dem Publikum eine Art Einführung in die Liebe gab. Er meinte belustigt, dass jeder der Anwesenden sicherlich noch einiges in Sachen Liebe lernen könne. Dabei fegte er wie Rumpelstilzchen auf Drogen über die Bühne und philosophierte über die Unberechenbarkeit der Liebe. Sie sei es letztlich, die uns zu dem Menschen machte, der wir waren.

Ich versuchte, der Geschichte zu folgen, doch immer wieder schweiften meine Gedanken zu Adam. Ich fühlte mich wohl in seiner Nähe. Beschützt. Ich schielte vorsichtig zu seinen zarten Händen. Dann trafen sich unsere Blicke und wir lächelten uns an.

Mir fiel auf, dass ich seinen Geruch sehr mochte, und ertappte mich bei dem Gedanken, an seiner Haut zu riechen. Ihm so nahe zu sein wie in der eisigen Nacht, als wir uns gegenseitig wärmten. Nur diesmal wollte ich mehr. Ich wollte ihm langsam das Hemd ausziehen, seinen Duft einsaugen, über seinen entblößten Oberkörper streicheln … und ihn küssen. Ein leichtes Zittern ging durch meine Hände, als ich mir vorstellte, wie sich unsere Lippen berührten. Das Kribbeln in meinem Bauch war inzwischen unerträglich geworden.

Ich atmete tief durch. *Konzentrier dich endlich!* Aber das wollte mir nicht gelingen, weil meine Gedankenspiele meine Haut zum Glühen brachten. Zur Ablenkung nahm ich einen Schluck Champagner und schaute dann wie zufällig zu Adam.

Unsere Blicke trafen sich erneut. Es ging mir durch und durch, weil ich mir sicher war, dass er gerade ähnliche Gedanken hatte. Ich musste schlucken, allein bei der Vorstellung, wie er mein Gesicht mit Küssen bedeckte und mit seinen sanften Händen meinen Spitzen-BH öffnete, danach küssend meinen Körper hinunterwanderte und mir mein letztes Kleidungsstück mit dem Mund auszog – den Slip.

Das Prickeln, das mich überkommen hatte, stammte definitiv nicht vom Champagner. Auf einmal berührten sich zärtlich unsere Finger. Ich spürte seinen warmen Atem, war ganz und gar bei ihm. So wie er ganz und gar nur bei mir war. Sein leidenschaftlicher Blick, der sich leicht öffnende Mund und die geradezu magische Anziehungskraft raubten mir den Verstand. Kein Gedanke an Arbeit, an die Strapazen, den Schneesturm, daran, was noch vor uns oder was hinter uns lag. In diesem Moment gab es nur ihn und mich. Uns war beiden klar, was nun passieren würde. Es fühlte sich an, als hätte ich einen Vulkan in mir, der vor dem Ausbruch stand. Doch kurz bevor sich unsere Münder berührten, hielt Adam einen Moment inne. »Eigentlich bin ich kein Mann für eine Nacht und schlafe nicht so schnell mit jemandem«, flüsterte er zärtlich.

»Ja, ich eigentlich auch nicht …« Ich klappte den Laptop zu und im nächsten Moment gaben wir uns unseren Gefühlen hin …

16. Kapitel

Das Kaminfeuer glühte noch ganz zart. Die Wanduhr leuchtete durch die phosphoreszierende Farbe. Es war kurz nach zwei Uhr nachts – Heiligabend. Und ich lag Haut an Haut unter einer kuscheligen Decke neben dem schlafenden Adam.

Obwohl unser Sex lange vorbei war, hielten mich die Gedanken daran und die damit einhergehenden aufwühlenden Gefühle wach. Ich dachte daran, wie er mich ausgezogen hatte. Langsam. Wie unsere Aufregung die Luft vibrieren ließ. Seine sanften Küsse auf meiner Haut. Wie er mit seinen Lippen meine Brüste liebkoste. Sein männlicher Duft. Wie er zu mir hochkam … All das gipfelte in dem Moment, in dem er in mich eindrang. Vorsichtig, als wäre ich sein kostbarster Schatz. Allein beim Gedanken daran fühlte ich mich, als hätte man mich mit einem Elektroschocker unter Strom gestellt. Einatmen, ausatmen. Nochmals einatmen. Ausatmen. Langsam beruhigte ich mich und glitt irgendwann endlich in einen tiefen Schlaf.

Am nächsten Morgen reckte und streckte ich mir den Schlaf aus dem Körper. Das Kaminfeuer knisterte mit großen Flammen um die Holzscheite und verströmte Gemütlichkeit. Die Uhr zeigte kurz vor zehn.

Adam stand in einer dunkelblauen Thermo-Skihose und freiem Oberkörper vor dem großen Wandspiegel. Er zog sich ein Sweatshirt über und dann einen dicken Rollkragenpulli. Woher hatte er denn die Klamotten? Er schien in Gedanken versunken. Woran er wohl gerade dachte? An letzte Nacht? Oder vielleicht wieder an die Arbeit? Dann sah er über den Spiegel zu mir und es war, als würden seine Augen funkeln. Ohne etwas dagegen tun zu können, fühlte ich sofort wieder Schmetterlinge in meinem Bauch. Als er zu mir schaute, wich ich seinem Blick aus, weil ich das Gefühl hatte, er könnte mir in die Seele schauen.

»Guten Morgen, Josie«, sagte er und ich merkte beim Klang seiner Stimme, dass ihn mein Wegschauen irritiert hatte.

»Ja, guten Morgen«, sagte ich und schenkte ihm ein unsicheres Lächeln.

»Ich hoffe, du hast gut geschlafen?«

Ich überlegte, ob ich ihm erzählen sollte, dass ich erst sehr spät eingeschlafen war, weil mich das Ganze so aufgewühlt hatte. Doch dann entschied ich mich dagegen. Auch wenn ich mich körperlich vor ihm ausgezogen hatte, wollte ich meine Gefühle doch lieber bedeckt halten.

Ich hatte so tief geschlafen, dass ich sein Telefonat mit dem Scheichsekretär gar nicht gehört hatte. Adam erklärte mir, dass wir später in einem vom Hotel für Geschäftsleute gecharterten Hubschrauber nach Seattle mitfliegen konnten.

Ich lächelte etwas gequält und tat so, als wäre ich noch müde.

»Spiel flotte Weihnachtslieder zum Aufwachen!«, wies Adam die Musikanlage unserer Suite per Sprachsteuerung an. Keine Sekunde später erklang Dean Martins »Let it Snow«.

»Bitte nicht!«, rief ich und wir mussten beide lachen. Von weiteren Schneefällen hatten wir erst einmal genug, auch wenn das Lied wunderschön war und uns in weihnachtliche Stimmung brachte.

»Lass uns auf jeden Fall noch frühstücken, bevor es losgeht!«, sagte er gut gelaunt. »Hier dürfte es eine etwas bessere Auswahl geben als im Motel – ganz ohne Fliegenaufzucht unter der Wurst- und Käseglocke mitten im Winter.« Er zwinkerte mir zu.

So manche Erinnerung an unsere Reise würde mir in dreißig Jahren noch ein Schmunzeln entlocken, dachte ich. »Da bin ich auch sehr zuversichtlich.«

»Auch wenn ich den mit Liebe zubereiteten Obstsalat sehr lecker fand.« Er sah mich zärtlich an. Dieses Mal hielt ich seinem Blick stand und es fühlte sich vertraut an. Die kurze Irritation von vorher war verflogen.

Außer den Wintersachen, die Adam schon anhatte, hatte ein Page uns am Morgen auch noch zwei Winterjacken und eine lässige dunkelgrüne Damen-Snowboardhose gebracht, wie mir Adam mitteilte.

Nachdem ich geduscht, mir die Haare gerichtet und meine neuen Winter-Thermoklamotten angezogen hatte, verließen wir die Suite. Etwas wehmütig zog ich die Tür hinter mir ins Schloss mit dem Gefühl, neben dem tollen Zimmer auch eine für mich unvergessliche Nacht hinter mir zu lassen.

Der gläserne Vorraum bot einen atemberaubenden Blick über ein verschneites Calgary, das von einem klaren blauen Himmel überspannt wurde. Alles wirkte so friedlich wie ein malerisches Stillleben.

»Wunderschön«, meinte Adam und ich nickte zustimmend. Dann gingen wir hinaus in den Hotelflur. Als er auf dem Weg zum Lift neben mir den Gang entlangging, spürte ich wieder dieses Kribbeln zwischen uns, wie bei frisch Verliebten. Wäre das mit uns nicht so kompliziert gewesen, hätte ich mich darüber gefreut. Doch so waren wir beide sehr angespannt und wussten nicht, wie wir uns verhalten sollten. Also hing jeder seinen Gedanken nach, ohne über das zu sprechen, was da zwischen uns vorgefallen war. Nicht nur der Sex. Sondern eben auch unsere Gefühle. Ein Gespräch hätte es meiner Meinung nach auch nur verkompliziert.

Der Lift kam gerade an, als wir ihn erreichten. Es machte Pling und die große Tür schob sich auf. Heraus traten unsere drei gut gelaunten Freunde Rita, Pablo und Ernest!

»Dass wir heute im wahrsten Sinne den Abflug machen werden, verschweigen wir lieber«, murmelte Adam mir zu. Erklärungen würden uns nur Zeit kosten und wir wollten vor dem Abflug ja noch frühstücken.

»Der Prinz und die Prinzessin haben nun auch endlich ausgeschlafen!«, begrüßten sie uns herzlich.

»Schön, euch zu sehen!«, sagte ich und Adam stimmte mir zu.

»Wenn ihr euch nicht beeilt, ist das Frühstücksbüfett bald leer«, meinte Ernest.

Rita schüttelte lachend den Kopf. »Macht euch keinen Kopf. Ich wollte Ernest vorhin schon erklären, dass das Büfett immer wieder frisch aufgefüllt wird.«

»Ich hoffe es für euch, meine Freunde«, sagte er und zeigte uns stolz, dass er sich etwas in eine Serviette eingepackt hatte. »Denn das ist alles irre lecker!«

»Freut mich«, sagte ich. »Wie war die Nacht?«

»Die Nacht war prächtig«, rief Pablo.

»Und es wird noch mehr Nächte geben!«, sagte Rita und nahm Ernests Hand. Mein Herz machte einen Sprung, denn anscheinend hatten letzte Nacht nicht nur Adam und ich Zärtlichkeiten ausgetauscht. Auch wenn die beiden im Gegensatz zu uns eine Zukunft hatten.

Pablo meinte, er habe vermutlich die schönste Nacht seines Lebens mit bezaubernden Ladys verbracht, und fügte augenzwinkernd hinzu, dass er für den heutigen Abend zu einem weiteren Bridge-Turnier eingeladen worden sei. Adam und ich mussten grinsen.

Vielleicht war es blöd, dass wir sie nicht darüber in Kenntnis setzten, dass wir noch heute abfliegen würden. Aber es war wohl wirklich besser so. Dafür nahm ich jeden Einzelnen in den Arm und zeigte mich doch recht emotional. Schließlich war das ein Abschiednehmen, auch wenn sie es nicht wussten. »Danke euch!«

»Kein Ding, Josie. Wir sehen uns ja später, okay?«, meinte Rita irritiert.

Als sie gerade gehen wollten, hielt Adam sie zurück. »Ach ja, ich hatte euch doch versprochen, mich wegen des Obdachlosen-Austauschprogramms zu informieren. Also, ich hab noch mal mit meinem Obdachlosen-Freund aus Dubai gesprochen. Ihr wisst schon …?«

Sie blickten alle drei überrascht, da sie es offenbar immer noch nicht recht glauben konnten. Ich war ebenfalls irritiert und fragte mich, warum er den Blödsinn wieder zur Sprache brachte.

»Und? Was hat er gesagt?«, fragte Rita neugierig.

»Na ja, er hat gesagt … dass auf jeden Fall noch drei Plätze für euch frei wären«, meinte Adam stolz grinsend. *Hä?*, dachte ich. *Wollte er sie verarschen?* Doch als er seine goldenen Visitenkarten zückte und ihnen jeweils eine in die Hand drückte, verstand ich seine Aktion.

»Meldet euch nach den Feiertagen unter der Nummer. Dann werden alle weiteren Details besprochen.«

Sie freuten sich wie kleine Kinder, während Adam den Fahrstuhl durch Drücken des Knopfs öffnete.

»Wie hast du das denn geschafft? Ich meine, woher hast du diese Karten so schnell bekommen?«, wollte Rita noch verwundert wissen.

»Gute Beziehungen!« Der Fahrstuhl öffnete sich und wir stiegen ein.

Ernest nahm mit seiner neuen Brille die Karte genauer unter die Lupe und zeigte sich dann irritiert. »Da steht Adam Harper drauf!« Er blickte überrascht auf. »Adam Harper? Der heißt ja so wie du!«

Die anderen schauten ebenso verwundert auf die Visitenkarte und dann zu uns. Kurz bevor sich die Fahrstuhltür schloss, sagte Adam augenzwinkernd: »Ach ja, frohe Weihnachten euch allen!«

Das Letzte, was ich von den dreien sah, waren verblüffte Gesichter. Ich umarmte Adam spontan für diese wundervolle Geste, so sehr rührte sie mich. Viele, die die Möglichkeit hatten, etwas Gutes zu tun, taten es nicht. Er tat es. Auch wenn er sich in der Rolle beinahe schon zu gut gefiel. Wenn er sie womöglich auch nur spielte.

»Ich hoffe, sie melden sich. Ich will ihnen nicht nur die Dubai-Reise spendieren, sondern ihnen auch helfen, wieder in der Gesellschaft Fuß zu fassen.«

»Das ist toll!«, zeigte ich mich begeistert. »Aber der heilige Samariter sollte aufpassen, dass er Santa Claus nicht die Show stiehlt!«, neckte ich ihn dann auch. Wir schauten uns tief in die Augen und lächelten uns an. Dann war die Fahrstuhlfahrt beendet. Pling!

Auf dem Weg zum Frühstückssalon kamen wir an der Rezeption vorbei.

»Guten Morgen, Sir und Madam«, begrüßte uns der Concierge. »Mr Harper, Ihr obdachloser Freund aus Dubai hat wieder angerufen … wegen der beiden Businessplätze im Hubschrauber, der Sie ausfliegen wird.«

Adam war es sichtlich unangenehm und er wollte die Sache mit ihm klären, da er sich ja gewissermaßen bewusst soziale Hilfeleistungen »erschlichen« hatte.

»Keine Sorge, Sir«, sagte Edward beruhigend. »Ich ahnte bereits, als Sie in Ihrem in Mitleidenschaft gezogenen Maßanzug vor mir standen, dass Sie nicht freiwillig in diese Situation geraten sind.«

Wir waren erleichtert. Adam wollte ihm seine Visitenkarte geben und im Nachhinein selbstverständlich für alle Kosten aufkommen. Doch Edward lehnte ab.

»Das wäre kontraproduktiv und viel zu kompliziert. Keine Sorge, Mr Harper, ich werde der Hotelmanagerin nichts sagen. Was sie nicht weiß, macht sie nicht heiß«, zwinkerte er ihm zu. »Außerdem sollten wir doch ihren schönen Werbeeffekt nicht zerstören …« Er schob uns ein Exemplar der Zeitung *The Canadian Mirror* mit einem halbseitigen Artikel und zwei Gruppenfotos darauf zu. Die Überschrift lautete: »Ein Herz für Obdachlose im First-Class-Hotel Kennedy!« Es sah so rührend aus, wie wir dort mit unseren drei neuen Freunden in abgewetzten Klamotten saßen und dann auf dem anderen Bild wie elegante Persönlichkeiten aus hohem Hause wirkten. Ich nahm die Zeitung an mich und dankte Edward. Die Bilder würden in meinem Büchlein landen.

»Eddy« nickte freundlich, teilte uns dann aber bedauernd mit, dass er leider auch eine schlechte Nachricht für uns habe. »Es tut mir sehr leid, doch es gibt nur noch einen Platz im Hubschrauber. Alle anderen Plätze waren bereits für andere Geschäftsleute reserviert.«

»Aber mir wurde zugesagt, dass zwei Plätze für uns reserviert seien …«

»Es tut mir leid, Sir. Ich kann es leider nicht ändern.«

Ich winkte freundlich lächelnd ab. »Ist schon gut«, meinte ich und bestand darauf, dass Adam einfach allein fliegen sollte. Ich dachte mir sowieso, dass es angesichts meiner aufflackernden Gefühle das Beste wäre, wenn sich hier und heute unsere

Wege trennten – eben wie bei einem klassischen One-Night-Stand! Noch mehr Verwicklungen konnte ich mir nicht leisten.

»Sie geht doch leicht mit! Zur Not könnte ich sie auch auf den Schoß nehmen!«, versuchte Adam, mit dem Concierge zu verhandeln.

»Oder ich dich auf meinen«, warf ich schmunzelnd ein. Ich fühlte mich geschmeichelt, dass er so um mich kämpfte. Im Motel hätte er mich noch ohne schlechtes Gewissen bei den Wanderarbeitern schlafen lassen. »Sag doch gleich, ich gehe als Handgepäck durch.«

Edward und auch Adam mussten schmunzeln. Doch dann wurde es wieder ernst. »Unabhängig davon, dass es nicht zulässig ist, rein aus Sicherheitsgründen, bedenken Sie, dass es sich hier um einen gut vierstündigen Flug handelt. Und das nonstop.« Edward waren die Hände gebunden.

Erneut winkte ich ab. »Es ist wirklich in Ordnung so, Adam. Du musst deinen Termin einhalten! Das ist jetzt wichtig! Ich komm schon klar.«

Er machte sich offensichtlich Sorgen, wie ich hier wegkommen würde. Schließlich sei er daran schuld, dass ich überhaupt hier gelandet sei.

»Aber es war meine Entscheidung. Ich hätte in Chicago auch Nein sagen können«, meinte ich, um ihm das schlechte Gewissen zu nehmen. »Du musst dir um mich keine Sorgen machen. Ich habe mich in Nepal und im Dschungel durchgeschlagen, da ist Calgary ein Kinderspiel.«

Letztlich gab er sich dann geschlagen. Dann erfuhren wir, dass der Hubschrauber schon in zwanzig Minuten starten würde. Damit war keine Zeit mehr für ein gemeinsames Frühstück, was mich sehr traf. Plötzlich ging alles so schnell. Die Gruppe von Businessleuten stand in der Lobby, der Co-Pilot nahm sich ihrer an und führte sie zum Fahrstuhl, um zum Abflugplatz auf dem Flachdach des Gebäudes zu gelangen.

Wir verabschiedeten uns aufgrund des Zeitdrucks nur mit einer kurzen Umarmung.

»Die Reise mit dir war total schön«, meinte Adam gehetzt.

»Ja, fand ich auch«, sagte ich tief berührt. »Jetzt aber los!« Ich löste mich von ihm, denn ich sah über seine Schulter, wie sich der Fahrstuhl füllte. Für große Gefühlsduselei blieb keine Zeit. Aber das war mir ganz recht, da ich spürte, dass sich mit jeder Minute der Kloß in meinem Hals vergrößerte. Er flüsterte mir ins Ohr, dass er die vergangenen Tage niemals vergessen werde, und wirkte, als wollte er mir noch so vieles sagen.

Dann verabschiedete er sich hastig von Edward und lief schnell zu den anderen, die bereits ungeduldig auf ihn warteten. Er winkte mir noch einmal zu, dann verschwand er im Fahrstuhl. Mir war zum Heulen zumute und ich hatte wirklich Mühe, den Kloß hinunterzuschlucken. Der Concierge stellte sich neben mich. »Sie mögen ihn sehr, nicht wahr, Madam?«

Ich war erstaunt, dass ausgerechnet er in seiner prätentiösen Art mir eine solch intime Frage stellte, und zögerte einen Moment. Dann nickte ich.

»Kein Wiedersehen?«

Ich verneinte. Er wollte wissen, warum nicht.

»Wir kommen leider aus zwei verschiedenen Welten und werden deshalb wohl kaum eine gemeinsame Zukunft haben«, meinte ich traurig. Adams Welt war die eines Reichen-Bänkers, Workaholics und Jetsetters – während ich für die gute Sache einstand.

»Ich verstehe, was Sie meinen, Madam«, meinte Edward bedauernd. Dann wollte er wissen, wer von uns fünf denn überhaupt sei, was er vorgebe, zu sein. Ich erklärte, die drei anderen seien definitiv Obdachlose. »Ich war eigentlich auf dem Weg zu meiner Familie noch Woodland in der Nähe von Portland, um Weihnachten mit ihr zu feiern, das Fest der Liebe.« Beim letzten

Wort musste ich schlucken. Der Kloß ging einfach nicht weg. Ich wischte mir eine Träne aus dem Auge. »Verzeihen Sie.«

»Liebe muss man nicht verzeihen«, meinte er und führte mich zu den Ledersofas. Ich erzählte ihm in Kurzform von unserer Reise und den Turbulenzen, die Adam und ich hinter uns gebracht hatten.

»Das klingt ja wirklich wie eine dieser turbulent-kitschigen Hollywoodkomödien«, meinte er schmunzelnd.

Tja, in Hollywoodkomödien gäbe es zumindest ein Happy End. Oder war das eins? Schließlich wäre das mit uns nie gut gegangen, davon war ich überzeugt. Also doch ein Happy End – auch wenn es sich nicht so anfühlte. Eher wie ein Bad End.

»Schauen wir, wie wir Sie wenigstens schnellstens zu Ihrer Familie bringen können«, meinte Edward grübelnd.

Die Wetterverhältnisse waren zwar wieder besser, aber in und um Calgary herrschte noch absolutes Chaos. Da man wegen der Schneemassen keine Chance hatte, heute noch mit einem Auto, Bus oder Ähnlichem aus Calgary hinauszukommen, waren die Optionen doch ziemlich stark eingeschränkt.

»Das bedeutet dann wohl, dass ich Weihnachten hier feiern muss«, meinte ich, ihn bitter anlächelnd. Denn irgendwie wäre ich gerade jetzt mit diesem Herz-Schmerz-Gefühl sehr gern bei meiner Familie gewesen.

»Ich hab da eine Idee, wie Sie heute noch zumindest nach Hot Springs kommen, von dort könnten Sie für die Weiterreise den Bus nehmen«, meinte er.

»Aber womit, wenn nicht mit Auto, Bus, Bahn, Zug, Flugzeug oder Hubschrauber?«, meinte ich ratlos und konnte mir kaum vorstellen, dass mein Mr Spock ein Spaceship à la Raumschiff Enterprise meinte.

»Kommen Sie bitte mit!«

Keine drei Minuten später stand ich vor meinem neuen Gefährt. Einem richtig großen Motorschlitten!

Einige Lieferanten brachten damit frische Lebensmittel zur Hotelküche. Edward wollte mir freundlicherweise einen dieser PS-starken Motorschlitten zur Verfügung stellen. Damit konnte ich aus Calgary raus- und durch den Banff National Park nach Hot Springs kommen. Von dort dann mit dem Bus weiter nach Vancouver, dann in den Zug nach Seattle und von dort weiter zu meinen Eltern. Spätestens morgen Vormittag, am ersten Weihnachtsfeiertag, konnte ich dann wohl behalten auf der Farm meiner Eltern sein.

»Und was mache ich mit dem Schlitten?«

Einer ihrer Fahrer werde den Motorschlitten in den nächsten Tagen wieder am Busbahnhof in Hot Springs abholen, erklärte Edward. Dann steckte er mir ein Bündel Bargeld in die Tasche. Für Sprit und die weiteren Fahrkarten.

»Das kann ich nicht annehmen!«

»Nehmen Sie es. Sie wissen ja, dass etwas Unvorhergesehenes passieren könnte.« Es war allerdings viel zu viel, für das Geld hätte ich mehr als zwei Mal nach Hause fahren können. Doch er bestand darauf – man wisse ja schließlich nie. Ich nahm es an, mit dem Hinweis, das übrig gebliebene Geld zu spenden.

»Das ist mir klar«, sagte er und kündigte an, in der Küche noch ausreichend Proviant für mich zu besorgen, schließlich würde ich bis Hot Springs mindestens vier Stunden brauchen.

Ich stand dann einige Minuten allein vor diesem riesigen Monsterteil und machte mich damit vertraut. Ich versuchte, mich darauf zu konzentrieren, auch wenn ich wusste, dass die Handhabung ganz einfach war. Schließlich konnte ich einen Lkw fahren, da sollte so ein dickeres Motorrad mit Kufen doch ein Klacks sein, dachte ich, während ich Schaltung und Anzeigen checkte.

In dem Moment hörte ich über mir die Rotorengeräusche eines Hubschraubers. Obwohl ich von hier aus nichts sehen konnte, blickte ich automatisch hoch und dachte natürlich an

Adam. Hoffentlich würde der Abflug schnell gehen. Ich konnte mir nicht erklären, wieso meine Gefühle so in Wallung gerieten, wenn ich nur daran dachte, ihn nie wiederzusehen. Ich kannte ihn erst ein paar Tage, hatte nur eine Liebesnacht mit ihm verbracht und verspürte großen Kummer. Das war sehr befremdlich für mich. Aber jetzt war nicht die Zeit, darüber nachzudenken. Vielleicht später, wenn ich diesen Ort verlassen hatte und allein mit dem Motorschlitten durch die Landschaft fuhr. Zu einer anderen Zeit hätte ich mich auf die Fahrt gefreut. Jetzt aber spürte ich, dass Adam mir auf der Fahrt fehlen würde. Verflucht! Schon wieder spukte er in meinem Kopf herum.

Die Rotorengeräusche wurden lauter und zwei große schwarze Hubschrauber flogen in elegantem Bogen über das Hotel und dann über mich hinweg. Ich hielt mir die Hand über die Augen, um mich vor der tief stehenden Sonne zu schützen, während ich einen Moment lang überlegte, ob ich winken sollte. Aber das wäre irgendwie peinlich gewesen, selbst wenn er nicht bereits tief in Gedanken wieder mit seinem Termin beschäftigt sein sollte. *Da fliegt er hin*, dachte ich wehmütig, als die beiden Hubschrauber hinter Baumwipfeln und anderen Gebäuden verschwanden. Immer noch hatte ich diesen Kloß im Hals und wenn ich jetzt losließe, würden mir die Tränen in die Augen laufen und auf meinen Wangen gefrieren.

Die Rotorengeräusche wurden von der Ferne geschluckt und ich konzentrierte mich wieder auf mein neues Gefährt. Ich versuchte, es zu starten, doch irgendwas blockierte immer wieder.

»Also so wird das garantiert nichts«, rief plötzlich eine vertraute Stimme. Adam kam auf mich zu! Ich konnte es nicht glauben! Jetzt hatte ich erst so richtig Mühe, die Tränen zu unterdrücken, Tränen der Freude. Aber ich kämpfte tapfer dagegen an! Nachher bildete sich der Blödmann noch etwas darauf ein!

»Was machst du denn hier? Warum bist du nicht mitgeflogen?«

»Zum einen hab ich ja noch genügend Zeit bis zu meinem Termin morgen und außerdem kann ich dich doch nicht so einfach allein durch die Wildnis fahren lassen«, erwiderte er lächelnd.

»Ach ja, und wieso nicht?«, fragte ich keck schmunzelnd.

»Stell dir bloß vor, wenn wieder so ein Cowboy-Bodybuilder auftaucht.«

»Ja, stimmt. Die laufen hier ja in freier Wildbahn herum. Und ohne dich bin ich wirklich in ernster Gefahr.«

»Sag ich doch.« Er grinste.

Jetzt spürte ich doch, wie mir die Augen glänzten. »Muss ich dich also noch weiter ertragen?«, fragte ich belustigt.

»Sieht wohl ganz danach aus. Und nun lass da mal einen Fachmann ran!« Ich ging beiseite und er hantierte eifrig am Anlasser herum, als hätte er tatsächlich Ahnung davon.

»Aha. Und du kennst dich damit aus?«

»Ob du es nun glaubst oder nicht. Tatsächlich ja! Ich habe mal mit einem Superreichen auf den Bahamas eine Jetski-Tour gemacht, das ist letztlich dasselbe Prinzip.«

»Ja, aber dir ist schon klar, dass wir nicht auf Wasser fahren, oder?«

»Vertrau mir einfach«, meinte er.

Tatsächlich gelang es ihm recht schnell, den Motorschlitten startklar zu machen. Er spielte ein wenig am Standgasregler herum. »Siehst du, der Motor schnurrt wie ein Kätzchen«, sagte er vergnügt.

Dann kam der Concierge wieder, brachte uns je einen vom Hotel gestellten Helm mit Skibrille und dicken Handschuhen sowie zwei Tüten Proviant.

Woher hatte Eddy so schnell gewusst, dass wir nun zwei Personen waren? Und wieso wunderte er sich gar nicht, dass

Adam nicht im Hubschrauber saß? Ich zog ihn zur Seite und fragte, woher Adam wusste, dass ich hier war.

»Na ja, es gibt eine Telefonverbindung in den Warteraum für die Hubschraubergäste auf dem Dach. Ich wollte ihn nur noch mal sicherheitshalber darüber informieren, dass er sich keine Sorgen machen muss, wie Sie hier wegkommen. Aber dass er deshalb gleich seinen Flug gar nicht antritt, damit habe ich nichts zu tun«, meinte er und zwinkerte mir zu. Ich blickte ihn ungläubig an.

»Die Liebe geht manchmal ungewohnte Wege – und manchmal muss man ihr auch ein wenig auf die Sprünge helfen«, fügte er noch ungewohnt liebevoll hinzu.

Ich knuffte ihn in die Seite und flüsterte ihm dabei »Danke« zu.

Adam bedankte sich bei Edward für alles und versprach, dafür Sorge zu tragen, dass wenigstens diese Reisekosten überwiesen werden würden. Doch Edward lehnte ab. »Das ist ein Geschenk von mir. Kommen Sie einfach gut nach Hause, Sir und Madam«, meinte er so vornehm wie immer.

»Vielen Dank für alles, Eddy!« Ich nahm ihn in die Arme. »Auch für die Aufmerksamkeiten, die Sie uns gestern Nacht mit dem Champagner und den Leckereien haben zugutekommen lassen«, flüsterte ich ihm ins Ohr. Er war ein herzensguter Mensch, wenn man es diesem stocksteifen Mr Spock auch nicht ansah.

Dann streckte er Adam die Hand hin, doch der nahm Eddy auch einfach dankend in die Arme und klopfte ihm auf die Schulter. »Danke für alles!«

Wir zogen unsere Helme und die Skibrillen auf. Dann startete Adam den Motor. Ich setzte mich hinter ihn und wir blickten startklar zu Edward, der seine Hand zum Winken hob. »Eine gute Reise! Ich empfehle mich!«, rief er uns lächelnd zu.

Ich warf ihm einen Handkuss zu und Adam gab Gas!

Während ich ihn mit den Armen fest umschlungen hielt, blickte ich noch so lange ich konnte zurück, wie der gute Edward uns hinterherwinkte, bis er schließlich durch einen völlig zugeschneiten Linienbus am Straßenrand verdeckt wurde.

Es tat so gut, die Reise mit Adam fortzuführen. Selbst wenn unsere Zeit miteinander nur noch die wenigen Stunden betrug, beschloss ich, es einfach zu genießen, und träumte davon, diese Fahrt würde ewig andauern. Obwohl ich wusste, dass das völliger Blödsinn war, hielt ich mich trotzdem an dem wunderschönen Gedanken fest – und an Adam …

17. Kapitel

Bis auf Schneeraupen und andere Motorschlitten begegneten uns lange Zeit keine anderen Gefährte. Kein Wunder, wo doch die Straßen teilweise nur noch durch irgendwo stehende Schilder als solche auszumachen waren. Streckenweise fuhren wir querfeldein, da wir ein paar Mal kurzzeitig die Übersicht verloren.

Die im Sonnenlicht glitzernde Schneelandschaft erinnerte an ein Märchenbuch für Kinder. Während der Fahrt sahen wir immer mal wieder Herden von Wapitihirschen über die Weiten laufen. Ein Schild wies darauf hin, auf sie zu achten. Es gab auch Grizzlybär-Warnschilder. Den Grizzlys sollten wir besser nicht begegnen.

Während wir bei einer Rast Sandwiches verspeisten und Tee aus der Thermoskanne tranken, beobachteten wir ein Wolfsrudel, Elterntiere mit ihren Jungen, die nicht weit von uns übers Feld liefen. Wir verhielten uns mucksmäuschenstill, um die Wolfsfamilie nicht bei ihrem Sonntagsspaziergang zu stören. Die Fahrt durch den Banff-Nationalpark war für uns beide ein Erlebnis!

Kurz vor dem kleinen Ort Banff kam Adam wegen der vielen Schneeverwehungen vom British Columbia Highway 1 ab. Da hörte ich hinter uns Motorengeräusche. Zwei Motorschlitten der Royal Canadian Mounted Police mit eingeschaltetem Blaulicht verfolgten uns. Ich machte Adam auf unsere Verfolger aufmerksam und er kam am Rande eines Flusses zum Stehen.

Das konnte jetzt Probleme geben, denn schließlich hatten wir weder Ausweispapiere noch eine Aufenthaltsgenehmigung. Adam bat mich, mit den beiden Männern zu reden, vielleicht hätten sie dann mehr Verständnis für unsere Situation. »Außer du willst, dass ich das übernehme.«

»Ich bekomm das schon hin«, beruhigte ich ihn. Ich würde offen und freundlich sein, damit war ich bislang immer am besten gefahren.

Der schnauzbärtige Police-Officer mit der großen Spiegelsonnenbrille trat an uns heran, während ihm sein Kollege, der offensichtlich von Indianern abstammte, mit etwas Abstand Deckung bot. Officer Schnauzbart holte eine Kladde aus der Seitentasche seiner dicken Jacke. »Guten Tag, zusammen!«, meinte er grimmig und Kautabak kauend.

»Guten Tag«, antwortete ich fast schon überschwänglich.

»Sie sind ja ganz schön flott unterwegs mit ihrem PS-Monster hier«, nahm er geringschätzig unser Gefährt unter die Lupe, als wären wir zwei jugendliche Motorschlitten-Rowdys.

»Entschuldigen Sie, Officer, wir sind nur so schnell gefahren, weil wir auf dem Weg zu unserer Familie …«

»Ich bin Chief-Inspector!«, unterbrach er mich harsch.

Oje, dachte ich. Das war ihm wohl wichtiger als alles andere. Er schien sich überhaupt nicht für unsere Story zu interessieren und spuckte eine Ladung Kautabakflüssigkeit in den Schnee. Super, gleich mal ins Fettnäpfchen getreten, bevor ich überhaupt Gelegenheit gehabt hatte, ihn mit einer Charmeoffensive in wohlgesonnene Stimmung zu bringen. Natürlich entschuldigte ich mich für die Bezeichnung und wollte weitererzählen, doch er hörte gar nicht zu, holte aus der Seitentasche seiner Uniformhose einen Kugelschreiber und zog sich – mit den Zähnen an den Fingerspitzen ziehend – den Handschuh aus, damit er einen Strafzettel ausfüllen konnte.

»Sie waren gerade mit erhöhter Geschwindigkeit in einem abgesperrten Naturschutzgebiet unterwegs.« Er blickte uns scharf an. »Das werden mal richtig teure Weihnachten für Sie beide werden«, sagte er und grinste schadenfroh. *Wow, das war ja mal ein richtiger Arsch!*

»Das war wirklich keine Absicht, wir konnten die Fahrbahn einfach nicht mehr erkennen, Chief-Inspector.«

Er blickte in die Richtung, aus der wir gekommen waren, und deutete wie ein Oberlehrer dorthin. »Sie sehen doch bestimmt den Hügel da drüben, oder?«

Adam und ich nickten. »Genau dort standen mein Deputy und ich und konnten gut beobachten, dass Sie nicht einmal den Versuch unternommen haben, wieder auf den Highway zurückzukommen. Stattdessen sind sie fast zwei Meilen querfeldein über dieses deutlich ausgewiesene Naturschutzgebiet gebrettert. Also erzählen Sie mir keine Märchen, Lady.«

Er genoss es offenbar, andere belehren zu können. »So was kann man auch freundlicher sagen«, entfuhr es mir. Adam sah mich irritiert an, doch auch wenn wir in keiner besonders guten Position waren, wollte ich mir nicht alles gefallen lassen.

»Also, dann hätte ich jetzt gern die Anmeldebescheinigung des Motorschlittens, Ihren Führerschein und jeweils Ihre Ausweispapiere!«, meinte er und fügte dann noch extra ein schroffes »Mister und Lady« an. Dabei grinste er mich an. »Freundlich genug?«

»Das ist es ja, was ich Ihnen erklären wollte. Wir sind US-Staatsbürger und haben uns sozusagen dummerweise nach Kanada verirrt …«

»Sie haben sich nach Kanada verirrt?«, fragte er ungläubig.

»Ja!« Endlich ging er auf unsere Geschichte ein. Doch die Hoffnung endete, als er uns aufforderte, zusätzlich zu unseren Ausweispapieren die gültige Aufenthaltserlaubnis vorzuzeigen. Ich hatte das Gefühl, mit einer gefühllosen Eiswand zu kommunizieren.

»Wir haben leider keine Ausweispapiere und auch keine Aufenthaltserlaubnis«, meinte ich ohne Umschweife. Der Chief-Inspector hörte mit dem Kauen auf und sah uns an, als wären wir Schwerkriminelle.

»Aber das war keine Absicht«, meinte ich noch einmal klarstellend und Adam bestätigte dies.

Der Polizist nickte überlegend. »Gar keine Papiere? Wirklich gar nichts?«, fragte er ernst.

»Moment, doch! Etwas haben wir«, sagte Adam. »Meine Visitenkarte! Da können Sie meine Identität überprüfen!« Er hielt sie dem kritisch dreinblickenden Chief-Inspector entgegen.

Der blickte nicht einmal darauf, packte schnell seine Strafzettel-Kladde wieder ein und gab seinem Kollegen ein Handzeichen. »Dann sind Sie illegal und ohne Papiere in unserem Land – und das ist strafbar, falls Sie das nicht wissen sollten!«, meinte er dann an uns gerichtet.

»Okay … Und was bedeutet das?«, fragte ich.

»Das bedeutet, dass Sie beide verhaftet sind!«

Keine zwanzig Minuten später saßen wir in der recht übersichtlichen Royal Canadian Mounted Police Station von Banff, wo der wesentlich freundlichere Deputy unsere Aussage zu

Protokoll nahm. Offenbar waren die beiden die einzigen Police-Officer in dem kleinen Ort.

Wenigstens ließ uns der Deputy unsere Geschichte erzählen. Er tippte alles fleißig ins Protokoll und schien von unserer Reise fasziniert. Wir erzählten, wie alles nach der Notlandung unserer Maschine in Chicago O'Hare begonnen hatte und wir dann nach vielen Widrigkeiten mit dem Leihwagen Denver erreichten, dort aber ausgeraubt worden waren. Beim Bericht der Geburtshilfeaktion während der Busfahrt vergaß der Deputy sogar kurz das Tippen. Als wir schließlich erklärten, dass Adam den guten Gonzales falsch verstanden hatte und wir dadurch in Kanada gelandet waren, musste er lachen.

Mit den Worten »So eine verrückte Story, die ist ja filmreif!« schloss der Deputy das Protokoll. Er betonte aber, dass wir trotz der unglücklichen Zufälle ohne Ausweispapiere illegal in Kanada unterwegs seien. Das bedeute ein schwerwiegendes Vergehen. Außerdem könne es ja sein, dass wir ihm eine komplett erfundene Geschichte aufgetischt hatten und in Wirklichkeit Drogenkuriere seien, erklärte er.

Was unsere Lage noch zuspitzte, war der Umstand, dass während des Schneechaos derzeit eine offenbar ziemlich gut organisierte Verbrecherbande in der Region die Wetterverhältnisse ausnutzte, um Tankstellen, Lebensmittelläden und Banken auszurauben.

»Vielleicht gehören Sie beide ja dazu«, meinte der Chief-Inspector hartnäckig, der auf seinem Kautabak kauend alles mit angehört hatte. Der Deputy zuckte mit den Schultern, auch wenn ich an seinem wachen Blick sah, dass er uns gern Glauben schenken wollte.

»Also entweder habt ihr wirklich alles so erlebt – was kaum zu glauben ist – oder ihr seid die fantasievollsten Kriminellen, die ich je getroffen habe!«, sagte er. »Erst nach der Identitätsprüfung werden wir wissen, ob Sie wirklich Mr Harper und Ms Olsen sind«, meinte der Chief-Inspector von seinem Schreibtisch aus. Er hatte seine übergeschlagenen Beine auf dem Tisch abgelegt, schlürfte eine Tasse Kaffee und warf immer wieder gelangweilt zerknülltes Papier in einen Minibasketballkorb, der über dem Papierkorb angebracht war. Vermutlich kompensierte er seine Minderwertigkeitskomplexe, weil er in einer der wohl kleinsten Polizeistationen im ganzen Land sitzen musste, mit dem Abladen von Frust auf andere.

»Ist der eigentlich immer so misstrauisch?«, fragte ausgerechnet Adam, der ja selbst in einem blinden Rentner einen Serienmörder vermutet hatte, leise den Deputy.

»Misstrauisch sind wir von Natur aus, schließlich ist das unser Beruf, Sir«, antwortete der Deputy schmunzelnd.

»Ja, aber Sie können wenigstens dabei lächeln«, meinte Adam und blickte kritisch hinüber zum Schnauzbart-Griesgram.

»Gibt es irgendein Problem, Boody?«, rief der Chief-Inspector, während er das nächste Papierknäuel in den Korb warf.

»Nein, alles bestens, Chef. Die beiden müssen nur noch unterschreiben, dann sind wir mit dem Protokoll fertig«, meinte der Deputy. Er nahm das Protokoll aus dem Drucker und legte es uns vor.

»Bitte prüfen Sie noch mal genau, ob ich alles richtig festgehalten habe, und dann unterschreiben Sie bitte jeweils dort unten.« Er machte zwei Kreuze an die Stellen für unsere Unterschrift und legte uns einen Kugelschreiber hin.

Er wies uns darauf hin, dass sie erst unsere Personalien klären sowie das Ministerium über unseren illegalen Aufenthalt informieren mussten. »Tut mir leid, so sind unsere Vorschriften. Schließlich wissen wir nicht, wer Sie sind. Momentan sind Sie …«

»… Illegale in Ihrem Land und so weiter und so weiter … Danke, aber so langsam wissen wir's«, führte Adam gelangweilt fort und überflog das Protokoll schnell, um es dann genau wie ich zu unterschreiben.

»Was genau passiert jetzt?«, fragte er anschließend.

Der Deputy erläuterte, dass er das Protokoll nach Calgary ins Ministerium faxen werde. Im schlimmsten Falle drohe uns eine Anzeige, meinte er. Aber das liege in den Händen des Ministeriums, wo man das Protokoll, unsere Identität und alles Nötige überprüfen werde, und letztlich auch beim Staatsanwalt.

»Okay. Und wie lange wird das alles ungefähr dauern?«, fragte ich mit Blick auf die Uhr.

»Also heute wird im Ministerium in Calgary niemand mehr da sein. Die haben alle wegen Weihnachten schon früher Schluss gemacht«, meinte er bedauernd und stand auf, um die Protokolle in einen Ablagekorb zu legen.

»Also frühestens nach den Weihnachtsfeiertagen!«, rief der Chief-Inspektor amüsiert und stand auf, um sich Kaffee nachzugießen.

»Nach den Weihnachtsfeiertagen?«, fragte Adam schockiert.

»Das meinen Sie nicht im Ernst, oder?«, hakte ich mich ein.

Der Chief-Inspector spuckte seinen Kautabak in einen Mülleimer und biss dann schmatzend in einen Donut. »Doch! Oder arbeiten die Sesselpupser, wo Sie herkommen, etwa an den Feiertagen, Lady?«, meinte er mit vollem Mund.

»Sie können uns doch nicht Weihnachten hierbehalten«, meinte ich flehend.

»Und wie wir das können«, entgegnete er erfreut.

»Dann möchte ich mit meinem Anwalt sprechen«, meinte Adam und stand auf. »Ein Anruf ist doch Gefangenen auch in Kanada gestattet, wenn ich mich nicht irre.«

Der Deputy wollte etwas sagen, doch der Chief-Inspector grätschte dazwischen. »Ja, sicher. Nur zu, bedienen Sie sich.«

Adam hob den Telefonhörer ab, der direkt vor ihm auf dem Schreibtisch des Deputys stand. Er tippte eine lange Nummer ein und drohte dem aufgeblasenen Chief-Inspector, sein Kontakt habe genügend Beziehungen in die höchsten Ebenen Kanadas und er solle sich am Riemen reißen, sonst werde es sehr unangenehm für ihn werden.

Doch plötzlich stockte Adam. Er schüttelte den Kopf und legte auf. »Die Leitung ist tot.«

Der Deputy schenkte sich auch einen Kaffee nach und erklärte, dass Festnetz, Handyempfang und Internet seit gestern Nacht komplett lahmlägen. »Selbst wenn heute noch jemand im Ministerium wäre, könnte ich also das Fax nicht rausschicken«, meinte er bedauernd.

Adam setzte sich niedergeschlagen neben mich. Ich nahm tröstend seine Hand.

»Also, ich geh erst mal eine rauchen. Und du bringst die beiden in die Zelle«, meinte der Chief-Inspector zu seinem Deputy.

Während sich das Scheusal auf den Weg nach draußen machte, drehte er sich in der Tür stehend noch mal zu uns um, als wäre ihm etwas eingefallen. »Ich hab da eine prima Idee, Mr Harper! Fragen Sie einfach unseren Boody hier, vielleicht schickt der für Sie ja ein paar indianische Rauchzeichen zu Ihrem Super-Anwalt«, lachte er, auf die Hautfarbe seines Kollegen abzielend.

»Sie wissen schon, dass das rassistisch ist, wie Sie da über Ihren Kollegen reden«, meinte ich aufgebracht.

»Er kann das ab. Nicht wahr, Boody?« Er lachte hämisch und verließ die Polizeistation.

Dieser Kerl war wirklich ein Menschenfeind! Inhaftierte schikanieren und Kollegen respektlos behandeln. Der Deputy wirkte für den Augenblick benommen, als müsste er die Sätze erst verdauen. Dann bot er uns freundlich Kaffee und einen Donut an. Ich schüttelte den Kopf, denn mir war der Appetit gründlich vergangen.

Die Royal Canadian Mounted Police Station war auch im Zellentrakt sehr klein und verfügte nur über zwei Zellen, von denen eine während des Sturms als Stauraum genutzt wurde. Daher quartierte der Deputy uns in die einzige noch freie Zelle ein.

»Aber wir können doch nicht Weihnachten hier verbringen«, meinte ich entsetzt und versuchte ein letztes Mal, den sehr gutmütig dreinschauenden Deputy zu erweichen. Dem blieb allerdings keine Wahl. Wäre es bloß eine kleine Gesetzesüberschreitung wie zu schnelles Fahren im Naturschutzgebiet gewesen, hätte er uns bis auf einen saftigen Strafzettel weiterfahren lassen. Doch da wir ohne Papiere illegal im Land waren, standen wir nun zusätzlich auch noch unter Verdacht, Mitglied einer Verbrecherorganisation zu sein. Es war einfach bitter! Und Adam würde dadurch seinen Termin endgültig verpassen. Wir saßen jetzt tatsächlich an Heiligabend in einer Gefängniszelle. Obwohl ich zuvor gedacht hatte, es könne nicht mehr schlimmer kommen.

Ein paar Minuten später hörte ich, wie der Chief-Inspector zurückkehrte und uns zurief, er habe leckere »Bohnen in Tomatensoße« aus der Dose im Drugstore nebenan für uns geholt. »Ein richtiges Weihnachtsfestmahl«, lachte er gehässig.

Ich wollte ihm Kontra geben, doch Adam umklammerte meine Hand. »Hey, Josie … lass gut sein«, meinte er, wobei er mich liebevoll anschaute.

»Aber was ist jetzt mit deinem Termin?«, fragte ich traurig und setzte mich neben ihn auf die Pritsche.

Er zuckte mit den Schultern. »Es soll wohl nicht sein«, antwortete er bitter lächelnd. Seine Entscheidung, mit mir zu fahren, dürfte er nun sicher bitter bereut haben.

»Es tut mir wirklich leid«, sagte ich, um mein Mitgefühl auszudrücken. »Ohne mich wärst du nicht in dieses Schlamassel geraten.«

»Wie heißt es doch so schön: mitgegangen, mitgehangen. Mach dir wirklich keinen Kopf. Es war ja meine freie Entscheidung – genauso wie deine, in Chicago Chauffeur für mich zu spielen.« Dann küsste er mich auf die Stirn und nahm mich in die Arme.

Etwas später, es war bereits dunkel, bekamen wir dann das angekündigte »leckere« Bohnen-in-Tomaten-Weihnachtsfestmahl mit Weißbrot und Wasser vom Chief-Inspector höchstpersönlich serviert.

»Jetzt gibt es Happi-happi! Ist mir leider ein wenig angebrannt, aber ich denke, das geht noch.« Schadenfroh schob er uns die beiden Blechtabletts durch die Durchreiche der Gitterstäbe. Dann wünschte er uns einen angenehmen Aufenthalt und schöne Feiertage mit Boody. Denn der hatte über Weihnachten Dienst, während der Chief-Inspector sich vergnügt in die nächste Bar verabschiedete – allerdings nicht, ohne anzumerken, dass noch genügend Dosen da seien, die sein Deputy uns in den nächsten beiden Tagen aufwärmen werde.

Immerhin waren wir diesen gehässigen Menschen jetzt los. Wir schoben das »Festmahl« beiseite, ohne einen Bissen davon zu nehmen.

Sobald wir allein waren, wechselte ich auf meine Pritsche. Sie war mit einer recht dünnen, gestreiften Matratze, einem schmalen Kissen und einer dunkelgrauen Notfalldecke bestückt. Bequemer, als man meinen könnte, aber sicher nicht gerade der Wohlfühlort, den man an Heiligabend zum Kuscheln aufsuchte.

Die Schritte des Deputys im Büro waren durch die angelehnte Verbindungstür noch einige Zeit zu hören, dann war es still. Adam starrte auf den Boden. Mein schlechtes Gewissen ihm gegenüber überlagerte wohl die Traurigkeit darüber, dass ich Weihnachten nicht bei meiner Familie sein konnte. Nicht nur, dass er den Termin begraben musste, jetzt würde sein Chef auch dahinterkommen, dass nicht der Scheich den Termin verschoben hatte, sondern er. Dass er Tage später noch immer nicht erreichbar war, besiegelte im Grunde bereits sein berufliches Aus. Wie Adam erzählt hatte, standen genügend hungrige Leute parat, die nur darauf warteten, dass er sich einen Fehler leistete. Zwei Mal den Termin verschoben. Beim dritten Mal unentschuldigt nicht erschienen. Den Chef belogen. Tagelang kein Lebenszeichen. Das war zu viel. Selbst wenn morgen ein Anruf möglich wäre, konnte er damit nur Schadensbegrenzung betreiben.

Ich döste irgendwann ein wenig weg, da die letzte Nacht sehr kurz gewesen war und die wilde Fahrt auf dem Motorschlitten ordentlich Kraft gekostet hatte.

Einige Zeit später erwachte ich durch ein nerviges Geräusch, das an Tafelkreidekreischen erinnerte und mir die Nackenhaare aufstellte. Auch der schläfrig wirkende Adam schaute gequält von seiner Pritsche auf. Der Deputy schob einen Fernsehschrank auf kleinen Rollen in den Zellengang.

»Ich denke, ich muss die Rollen echt mal ölen«, meinte er, selbst genervt. Adam und ich setzten uns neugierig auf. »Ich dachte mir, vielleicht habt ihr Lust, einen Film mit mir zu schauen«, meinte er grinsend und fügte entschuldigend hinzu, dass er leider kein Streaming anbieten könne, da immer noch alle Leitungen lahm lägen. Er klopfte auf den alten, verstaubten DVD-Player, der in dem Schrank stand, und erklärte, dass man gerade in solchen Situationen merke, wie schön es doch eigentlich sei, wenn man dank DVD jederzeit einen Film anschauen könne.

Und wie wir Lust darauf hatten! Er schob uns in einer DVD-Box eine recht große Auswahl durch die Zellendurchreiche und bat uns, einen Film auszusuchen.

Da hörten wir von draußen ein Hupen und der Deputy entschuldigte sich, um nach vorn zu gehen.

»Wie nett von ihm, oder?«, meinte ich zu Adam. Er lächelte mich an und nickte. Gemeinsam durchstöberten wir die DVD-Box.

Kurz darauf kehrte der Deputy mit zwei großen Papiertüten zurück, auf denen das Logo eines Steakhauses abgebildet war. Er stellte sie vor unsere Zellentür. »Und hier ist unser Weihnachtsessen vom besten Steakhaus im Ort«, sagte er und stellte dann amüsiert klar, dass es auch das einzige im Ort sei.

»Wow, vielen Dank«, meinte Adam überrascht und ich schloss mich ihm an, total gerührt von der fürsorglichen Geste des Deputys.

»Na ja, wir haben doch Weihnachten!« Er holte seinen Bürostuhl in den Zellengang und drehte den Fernseher so, dass wir alle einen guten Blick auf den Bildschirm hatten. Wir wählten dann gemeinsam den Weihnachtsfilmklassiker »Ist das Leben nicht schön?« mit James Stewart aus – den Film, den ich auf dem Flug nach New York angeschaut hatte.

Der Deputy reichte uns Teller und Besteck und die einzeln verpackten Leckereien: Steaks, Chickenwings, Country Potatoes, Coleslaw und für jeden sogar einen fluffigen Brownie mit extra Schokosoße dazu. »Sind die Steaks auch regional und bio?«, fragte Adam ernsthaft.

»Da können Sie sicher sein, Sir. Der Steakhausbetreiber hat eine eigene Rinderzucht und hält auch Hühner«, meinte er und erklärte, dass sie hier zwar ziemlich weit ab vom Schuss, dafür aber noch sehr im Kreislauf mit der Natur lebten.

Während wir uns das Essen schmecken ließen, erfuhren wir vom Deputy, dass er zum Stamm der Cree-Indianer gehörte. Sein indianischer Vorname bedeute übersetzt »Kleiner Bär« und seine Familie lebe immer noch dort in ihrem »heiligen Land«. Familie sei wichtig, betonte er, aber da er an den Feiertagen immer von seinem Chef zum Schichtdienst verdonnert werde, könne er nie zu Familienfesten nach Hause fahren. Wahrscheinlich könne das der Inspektor nicht nachempfinden, weil er keine Familie mehr habe.

»Du bist Cree-Indianer?«, hakte ich nach. »Ich bin Mitglied einer Organisation, die die Cree-Indianer gegen Großkonzerne unterstützt.« Denn in Nordkanada, seiner Heimat, versuchte man bereits seit Jahren, ein riesiges Landgebiet zu okkupieren, um mithilfe des sogenannten Fracking, der umweltschädlichsten aller Ölgewinnungsmethoden überhaupt, Öl zu fördern. »Diese Organisation setzt sich seit Jahren für die Indianer dort ein und sammelt Spenden für die Kosten der zahllosen Gerichtstermine. Aber wie bei den meisten Organisationen, die sich für die Umwelt und Gutes einsetzen, sind unsere finanziellen Mittel leider sehr begrenzt. Die Investoren der großen Ölkonzerne haben natürlich wesentlich mehr Geld.«

Da der Deputy aufgrund meiner Erzählung Vertrauen zu mir fasste, erzählte er dann recht offen, dass ihn sein Vorgesetzter bei jeder Gelegenheit schikaniere und auch so manches Mal seinen Status ausnutze. Er räumte aber ein, dass er nicht immer so gewesen sei. Erst seit seiner Scheidung habe er sich zum Negativen verändert.

»Mittlerweile dürfte er auch ein Alkoholproblem haben«, mutmaßte er abschließend. Der Deputy war ein sehr gefühlvoller Mensch, der offenbar lieber einiges erduldete, bevor er einem Kollegen schadete.

»Aber damit tust du ihm und auch dir keinen Gefallen. Du solltest da viel mehr an dich denken!«, sagte ich und Adam fragte, ob er denn nicht irgendetwas dagegen machen könne, wie zum Beispiel eine Dienstaufsichtsbeschwerde einzureichen.

»Das wäre grundsätzlich möglich«, murmelte der Deputy, wollte das Thema aber dann auf sich beruhen lassen, schließlich sei Heiligabend und nicht der richtige Anlass, über solche Dinge zu sprechen. Während wir uns das Weihnachtsmahl schmecken ließen, bot er uns an, ihn einfach »Boody« zu nennen.

Nach dem Essen starteten wir den Weihnachtsfilm. Adam legte sich auf seine Pritsche, von der man einen perfekten Blick auf den Bildschirm hatte – mal von den Gitterstäben abgesehen –, und deutete mir an, zu ihm zu kommen. *Liebend gern*, dachte ich und kuschelte mich an ihn.

Als wir am Ende des Films James Stewart überglücklich durch die winterlichen Straßen eines kleinen Ortes laufen sahen und wie er seine wiedergefundene Lebensfreude förmlich hinausschreit, um allen in der Stadt »Fröhliche Weihnachten« zu wünschen, und schlussendlich zu Hause bei seiner Familie ankommt, wo all seine Freunde und Bekannten auf ihn warten, schossen nicht nur mir die Tränen in die Augen, sondern auch Adam und Boody. Wir amüsierten uns darüber, was für »Weicheier« wir doch waren, aber Adam stellte klar, wir seien einfach drei filmbegeisterte Menschen mit viel Herz!

Bald darauf schaltete Boody den Fernseher aus und wünschte uns eine Gute Nacht. Wir bedankten uns bei ihm für den schönen Abend.

»Ich hab zu danken«, meinte Boody lächelnd und löschte dann das Licht des kleinen Zellentrakts.

Nachdem die Tür geschlossen war, saßen Adam und ich noch nebeneinander auf seiner Pritsche und tauschten uns über den sehr sympathischen Deputy aus. Als ich dann aufstand, um mich zum Schlafen auf meine Pritsche zu legen, hielt er mich an der Hand fest.

»Magst du nicht noch etwas bleiben?«, fragte er mich zärtlich. Ohne langes Zögern legte ich mich wieder zu ihm und wir kuschelten uns aneinander. Ich ertappte mich bei dem Gefühl, dass ich nirgendwo anders sein wollte als in seinen Armen. In einer Gefängniszelle in Banff, am Arsch der Welt. Auch wenn ich es liebte, Weihnachten bei meiner Familie zu sein, so war das wohl der schönste Heiligabend seit langer Zeit! Und obwohl Adams berufliche Zukunft durch diesen Aufenthalt einen großen Knick erleiden würde, hatte ich das Gefühl, dass er ähnlich empfand.

18. Kapitel

Adam und ich hatten die ganze Nacht eng umschlugen auf seiner Pritsche geschlafen. Am Morgen öffnete Boody die Zellentür. »Frühstück für die Honeymoon-Suite-Gäste«, rief er und reichte uns Tabletts mit Kaffee und frisch zubereiteten Sandwiches, die er im Grilltoaster aufgebacken hatte. Durch das vergitterte Fenster schien die Morgensonne herein.

Wir waren etwas irritiert, weil er die Zellentür offen ließ und sich uns gegenüber auf meine Pritsche setzte. »Probiert mal! Mit Liebe gemacht!«

Auch wenn ich noch überhaupt keinen Hunger hatte, tat ich es ihm zuliebe. Wir bissen in die Sandwiches.

»Wow, die sind voll lecker«, meinte Adam anerkennend und aß das Sandwich recht schnell auf. Boody freute sich darüber und erzählte dann, dass er in der Nacht noch lange über unser Gespräch nachgedacht habe. Durch uns sei ihm klar geworden, dass er etwas gegen seinen Chef unternehmen müsse. Auch wenn er ihm nicht schaden wolle, könne es so nicht weitergehen. »Wisst ihr, als Mounted-Police-Deputy hier draußen ist man doch viel zu viel mit sich allein, da fehlt manchmal der Austausch, um klarer sehen zu können.«

Er hatte sich entschieden, wie von Adam angeregt, ein Disziplinarverfahren gegen seinen Chef zu beantragen. Wir gratulierten ihm zu diesem Entschluss. Dann hatte er noch eine erfreuliche Botschaft. »Seit heute Morgen funktionieren die Leitungen wieder und ich habe von der Leitstelle erfahren, dass man die Täter der Überfallserie in der Nacht gefasst hat.« Somit waren wir zumindest in dieser Sache nicht länger potenziell tatverdächtig.

»Das freut uns, verbessert aber unsere Situation nicht wirklich, fürchte ich«, meinte ich resigniert.

»Ja, das stimmt.« Boody nickte. Dann sah er uns an und ein Grinsen überzog sein Gesicht.

»Was ist?«, fragte ich.

Boody holte das Protokoll aus seiner Seitenhosentasche heraus und reichte es Adam. »Na ja, da wir nun nicht einmal mehr euer Protokoll haben und niemand außer meinem nicht ganz zurechnungsfähigen Chef weiß, dass ihr jemals hier wart, würde ich sagen, das alles hier ist niemals passiert.« Er zwinkerte uns zu.

»Das bedeutet, du lässt uns gehen?«, meinte ich ungläubig. Er nickte. Ich nahm Boody dankend in die Arme. Bei Adam stellte sich trotz der ersten Freude Ernüchterung ein, als ihm klar wurde, dass er den Termin am Abend trotzdem nicht halten konnte. Ich würde auch erst nach Weihnachten in Woodland ankommen. Nach Seattle benötigte man von hier aus mindestens zwölf Stunden, wenn man überall gut durchkam. Egal, ob mit dem Zug, dem Auto oder dem Motorschlitten.

Boody lächelte wie ein Engel. »Und wenn wir fliegen?«

»Fliegen?«, fragten Adam und ich fast gleichzeitig.

»Hey, Leute, das muss aber unter uns bleiben, denn das, was ich mit euch vorhabe, ist hochgradig illegal und könnte mich meinen Job kosten! Immerhin helfe ich zwei illegal eingereisten US-Staatsbürgern bei der Flucht aus Kanada«, meinte er ernst.

Wir versprachen, niemandem etwas zu verraten, und hielten wie zwei Kinder schwörend unsere Finger hoch.

Boody grinste. »Gut, dann esst auf und dann geht es los!«

»Aber womit fliegen?«, wollte Adam wissen. »Mit einem Privatjet?«

Boody erklärte, dass er sowieso an mehreren Orten Futter für die vom Schneesturm geplagten Wildtiere im Nationalpark abwerfen müsse. Die Police-Officer halfen in solchen Ausnahmesituationen den Nationalpark-Rangern immer zusätzlich zu ihren eigentlichen Aufgaben und da könne er uns bis Vancouver mitnehmen. »Wenn ich dann auf dem Rückflug noch ein paar Ladungen Futter abwerfe, ist es auch ein offizieller Flug, den ich sowieso angetreten hätte.« Normalerweise könne man mit dem Zug nach Seattle fahren, doch da die Bahnstrecken durch den Schneesturm so beeinträchtigt seien, dass die Züge erst am Abend wieder rollen würden, wollte er uns zum Hafen von Vancouver bringen. Dort würde uns ein Fischtrawler mit nach Seattle nehmen. Sein Cousin arbeite bei der Hafenwacht und habe ihnen eine Mitfahrgelegenheit organisiert. »Es ist schließlich Weihnachten. Da sollte man bei seiner Familie sein – und ich bringe euch euren Lieben zumindest ein Stück näher!« Adam und ich waren gleichermaßen gerührt und freuten uns auch, dass er sich darum kümmern würde, dass der Motorschlitten wieder zurück zu Edward käme.

Keine halbe Stunde später fanden wir uns in einem schneeweißen »Royal Canadian Mounted Police«-Helikopter wieder, mit Boody am Steuerknüppel, und hoben vom Hubschrauberlandeplatz ab. Unglaublich!

Adam und ich trugen Kopfhörer mit einem Sprechfunkaufsatz, damit wir uns untereinander verständigen konnten. Doch bis auf einige landschaftliche Besonderheiten, über die uns Boody informierte, schwiegen wir während des

Fluges und blickten hinaus. Adam saß so eng bei mir, als wären wir zusammengewachsen.

Da ich ziemlich sicher war, dass unser Abschied nun kurz bevorstand, wurde das traurige Gefühl in mir immer stärker. Dass der Fischtrawler nachher von einem Wal verschluckt und wir wie Pinocchio mit dem alten Geppetto in dessen Magen zu einer einsamen Insel entführt werden würden, schien unwahrscheinlich. Dieser absurde Gedanke lenkte mich ein wenig ab und half mir, die Tränen im Zaum zu halten, die sich in mir angesammelt hatten. Jeder schöne Moment mit Adam war wie ein Tropfen und wollte nach dem Abschied betrauert werden. Ich blickte aus den Augenwinkeln zu ihm. Eigentlich hätte er gut gelaunt sein müssen. Doch auch er hing seinen Gedanken nach. Ob es ihm ähnlich ging und ihn das nahende Ende unseres Roadtrips auch traurig stimmte? Aber wahrscheinlich war er einfach nur ausgelaugt oder in Gedanken bei seinem Termin.

Er bemerkte, dass ich zu ihm lugte, und sah mich an. Jeder quälte sich zu einem Lächeln. Dann griff er nach meiner Hand und ließ sie die restliche Flugzeit nicht mehr los. Es war wirklich kurios. Ich war jemand, der wahnsinnig viel Zeit mit Grübeleien verbrachte und über das Leben nachdachte, doch wenn er mich an der Hand nahm oder im Arm hielt, konnte ich abschalten. Dann war ich nicht im Kopf, sondern ganz im Hier und Jetzt – total im Gefühl. In einem unbeschreiblich schönen Gefühl.

Natürlich kam die auf unserer Reise schon bekannte obligatorische Spannung auf, wir könnten den Fischtrawler verpassen. Es war ausgemacht gewesen, dass sich Boody bei seinem Cousin melden würde, um die genaue Ankunftszeit durchzugeben – leider war dieser nicht in der Leitzentrale der Hafenwacht erreichbar. Aber Adam und ich waren inzwischen so cool, dass uns das im Grunde nicht mehr aus der Ruhe brachte. Wir waren zwei toughe Abenteurer à la Indiana Jones und Indiana Josie!

Erst kurz vor unserem Anflug auf Vancouver meldete sich Boodys Cousin per Funk, er stehe abfahrbereit mit einem Transportfahrzeug am Landeplatz und warte auf uns, um uns zum Fischtrawler zu chauffieren.

»Ich hoffe nur, ihr habt keine empfindlichen Nasen, denn die fahren eine komplette Fuhre frisch gefangener Heringe nach Seattle«, rief er uns über die Kopfhörer zu.

Wenige Minuten später setzte Boody auch schon am Hubschrauberlandeplatz des Hafens auf. Es blieb nicht mehr viel Zeit, denn der knurrige Cousin wollte gleich los. Ich ließ es mir aber nicht nehmen, Officer Boody zum Abschied in die Arme zu nehmen, ihm zu danken und ihm viel Glück zu wünschen!

»Ab sofort sind Sie mein persönlicher Santa Claus«, flüsterte ich ihm zu, was ihn sichtlich in Verlegenheit brachte. Auch Adam drückte ihn zum Abschied und dankte Santa Claus!

»Jetzt kommen Sie schon. Kommen Sie. Die warten nicht ewig auf Sie!«, trieb uns der Cousin an. Während wir in das Fahrzeug stiegen, hob Boody ab und winkte uns nochmals zu.

Schnell erreichten wir den recht großen Fischtrawler und bedankten uns auch bei Boodys Cousin für seine Hilfe. Doch er machte uns klar, dass nur der Tod umsonst sei, und wir hier mit anpacken müssten, ansonsten würden sie uns nicht mitfahren lassen. Jetzt sahen wir erst die finsteren Blicke von drei der mindestens zehn Arbeiter an Bord, die uns in ihren dreckigen Ganzkörper-Fischeranzügen ansahen, als würden sie uns weit draußen auf dem Meer über Bord werfen, wenn wir nicht zu ihrer Zufriedenheit funktionierten.

Wir machten dem Kapitän klar, dass wir genügend Geld hätten, die Überfahrt regulär zu zahlen, und ich wollte schon den Umschlag mit Eddys Reisegeld aus meiner Jackentasche holen, da winkte der Kapitän ab. Er sagte etwas in sehr gebrochenem Englisch mit starkem russischem Akzent.

Adam und ich verstanden kein Wort. »Was meint er?«

»Sie wollen kein Geld – sie wollen, dass ihr euch die Reise mit Arbeit verdient«, übersetzte Boodys Cousin.

»Okay. Aber was für eine Arbeit soll das sein?«, wollte Adam beim Anblick des glitschigen Decks und dieser finsteren Gesellen wissen.

»Na ja, alles was eben so anfällt. Vom Heringe sortieren bis zum Deckschrubben«, meinte er grinsend.

»Es fährt nicht zufällig noch ein anderes Schiff nach Seattle?«, fragte Adam angewidert.

»Tut mir leid, aber ein Luxusliner war auf die Schnelle nicht zu chartern«, lachte der Cousin und klopfte ihm aufmunternd auf die Schulter. »Auf jeden Fall seid ihr damit in spätestens drei Stunden in Seattle und dann bald bei eurer Familie – frohe Weihnachten!«, sagte er und ging zu seinem Transporter zurück.

»Wenn du nicht willst, dann müssen wir nicht«, meinte Adam, als sorgte er sich nur um mich. Ich musste lachen.

»Du meinst wohl, du willst eigentlich nicht«, meinte ich amüsiert. Er schmunzelte und nickte. »Aber ich habe wohl keine andere Wahl.«

Ich hatte gar nicht so große Bedenken und bestieg den Fischtrawler als Erste. Die Arbeiter sahen zwar alle irgendwie finster aus, aber das lag vermutlich auch an der harten Arbeit auf dem Meer. Adam folgte mir mit Unbehagen im Blick.

Wir fuhren die Meerenge mit dem Namen »Straße von Georgia« in Richtung Süden. Die bis zu zwanzig Meilen breite Wasserstraße des Pazifischen Ozeans im südwestlichen Teil British Columbias trennte Vancouver Island vom kanadischen Festland. Da die Ufer von inselreichen Fjorden gebildet wurden, war die Aussicht wunderschön. Wir hätten auch an der Küste von Norwegen sein können, so sehr erinnerten mich die Fjorde an allseits bekannte Bilder. Es stellte sich heraus, dass die größtenteils aus russischen Einwanderern bestehende Mannschaft ein sehr umgängliches Völkchen war, auch wenn sie den verhärmten Mienen nach aus Auftragskillern hätte bestehen können. Zum Aufwärmen gab es für alle einen Wodka, den wir auf ex mittrinken mussten, und dazu für jeden ein Fisch-Sandwich. Ich hielt tapfer mit, auch wenn Wodka und Sandwiches mit in Knoblauchöl eingelegten Sardinen nicht gerade zu meinen Leibspeisen gehörten.

Trotz des recht geselligen Zusammenseins zu Beginn der Fahrt mussten wir natürlich mit anpacken. Während ich als Frau in der ersten Stunde unserer Überfahrt nur ein paar durcheinandergeratene Deckseile entknoten sollte, nahmen sie Adam gehörig in die Pflicht. Er sollte nicht nur das Deck schrubben, sondern auch die Toiletten unter Deck!

Nach einer halben Stunde kam er wieder, entledigte sich seines Ganzkörperschutzüberzugs und desinfizierte sich die Hände. Sein angewiderter Blick sprach Bände. »Im Vergleich zu den Klos hier war selbst das Plumpsklo der Amish People die reinste Wellnessoase«, regte er sich auf. Ich lachte auf.

»Dir macht es wohl Spaß, mich leiden zu sehen. Gibt es da eine kleine sadistische Ader in dir, die ich noch nicht kenne?«

»Nein, gar nicht. Aber ich musste gerade daran denken, welcher Reichen-Bänker schon von sich behaupten kann, dass er schon mal das Klo eines Fischtrawlers geschrubbt hat, um seinen Termin bei einem Multi-Milliarden-Scheich einzuhalten«, meinte ich amüsiert. »Das nenn ich doch mal Leidenschaft und Hingabe für den Beruf.«

In der Nachbetrachtung fand Adam das auch amüsant.

Plötzlich brach die dicke Wolkendecke auf und der wabernde Nebel auf See verzog sich. Der Sturm war endlich vorüber. Adam, der hinter mir stand, nahm mich sanft in die Arme und ich lehnte mich an ihn. Während wir auf den weiten, sonnenbeschienenen Horizont blickten, hielt ich seine Hände. Irgendwie hätte dieser magische Moment ein wunderschönes, hoffnungsvolles Symbol sein können – für eine neue Liebe in meinem und seinem Leben, auf die man ein gemeinsames Leben aufbauen konnte. Doch die Beziehung zwischen einem Finanzmanager für Superreiche, der mit seiner Arbeit verheiratet war, und einer Umweltaktivistin konnte nicht funktionieren.

»Ich kann mir überhaupt nicht vorstellen, dich nicht mehr ständig um mich zu haben«, meinte Adam.

»Mir geht es ähnlich. Aber wir haben uns in einer extremen Situation kennengelernt, und das ist keine gute Basis, etwas wirklich Ernsthaftes zu beginnen.«

»Ich hab mal in einem Psychologie-Magazin etwas gelesen, was ich viel passender und zutreffender finde«, meinte er tief in Gedanken. »Studien haben wohl gezeigt, dass Beziehungen sogar außergewöhnlich lang halten, wenn sich zwei Personen in einer Extremsituation kennenlernen.« Er meinte das durchaus ernst, als wollte er mich überzeugen, eine mögliche Beziehung in Betracht zu ziehen.

Ich hielt seine Hände an meinen Hüften und schloss die Augen. Dabei fühlte ich mich ihm wieder so unglaublich nah. Und auch ohne diese wissenschaftlichen Studien hatte ich das Gefühl, dass das mit uns unter anderen Umständen sehr lange hätte halten können. Wenn nicht sogar für immer. Doch dann brach ich diese Träumerei aus Selbstschutz vor Enttäuschungen ab und löste mich von ihm. »Ja, das kann gut sein. Aber ich kann nicht erwarten, dass du dein Leben von heute auf morgen aufgibst«, sagte ich ihm. »Und das würde ich auch nicht wollen. Ich selbst würde kein solches Risiko eingehen.« Letztlich gab es ja auch niemals die Sicherheit, dass unsere Liebe hielt. Wie auch? Erst recht in unserer Situation! Wir hatten vollkommen konträre Vorstellungen, wie unser berufliches und damit auch privates Leben auszusehen hatte, da existierten einfach keinerlei Schnittpunkte. Und unsere Lebensweisen so beizubehalten und eine Beziehung einzugehen, war nicht möglich. Ich kämpfte schließlich gegen etwas, das er mit verschuldete! Zwangsläufig würden unsere Gefühle darunter leiden. Und um sich komplett in eine andere Richtung zu entwickeln, dazu fehlte ihm verständlicherweise das Vertrauen in mich. Selbst wenn ich darüber hätte hinwegsehen können, wäre immer noch der Faktor Zeit als Problem geblieben.

Deshalb war es das Beste, uns in guter Erinnerung zu behalten und diese gemeinsame verrückte Reise hier als Geschenk des Schicksals zu sehen. Manche Menschen, die einander unbewusst suchten, begegneten sich nie. Wir aber hatten eine kurze, jedoch sehr schöne und intensive Zeit miteinander erleben dürfen. Eine Reise, ein schöner Traum, den wir zumindest für kurze Zeit leben durften – und dafür war ich sehr dankbar. Ich lehnte mich wieder an seine Brust und blickte hinaus auf das Meer.

»Ich bin öfter in meinem Loft in Seattle«, meinte Adam, der noch nicht ganz aufgegeben hatte, zögerlich. »Wir könnten uns doch trotzdem immer mal verabreden, wenn du in der Gegend bist und ich gerade auch und …« Doch er sprach nicht weiter.

Ich fuhr ihm zärtlich über die Wange. »Ich will nicht, dass wir uns nur drei oder vier Mal im Jahr in Seattle oder irgendwo auf der Welt für jeweils ein Wochenende sehen. Und du willst das sicherlich auch nicht, oder?« Während ich ihn berührte, kribbelte wieder alles in mir. »Lass es uns nicht zerstören«, fügte ich noch hinzu.

Er sah ein, dass es nur ein verzweifelter Versuch gewesen war, das zwischen uns aufrechtzuerhalten.

»Du hast recht. Ich mag genauso wenig halbe Sachen«, sagte er. Eine Träne lief mir die Wange hinunter und wir küssten uns. Dann standen wir noch eine ganze Weile zusammen und blickten auf das Meer hinaus, bis plötzlich ein Tröten ertönte und ein Fischernetz mit einer großen elektrischen Winde an einem großen Auslegearm an Bord gezogen wurde. Einer der Arbeiter rief nach Adam, er solle da nicht rumstehen und kuscheln, sondern gefälligst mit anpacken. Adam wollte sich seinen Schutzanzug überziehen, doch er fand ihn nicht mehr. Dummerweise blieb keine Zeit, einen Ersatz zu holen, da ihn ein Arbeiter antrieb, sich zu beeilen.

Der Auslegearm mit dem prall gefüllten Netz schwenkte von der Backbordseite aus über das freigeräumte Auffangdeck im Heck des Schiffs. Dort standen Unmengen von Wannen bereit, in denen wohl die meisten Fische landen würden. Adam befand sich im Kreis von acht Seeleuten und blickte Hilfe suchend zu mir herüber. Ich winkte ihm zu, um ihn aufzumuntern. Plötzlich rief jemand »Pull!« Das Netz öffnete sich und gefühlt Tausende von Fischen regneten auf das Deck. Einer der Typen wies Adam an, die umherglitschenden Fische mit einer Wanne einzusammeln.

Während ich noch ein paar weitere Seile aufwickelte, beobachtete ich, wie Adam die Arbeit übervorsichtig erledigte, um seine Kleidung nicht einzusauen. Doch es war umsonst. Zwei Seeleute schubsten ihn mitten in den großen Fischberg hinein. Wie sich herausstellte, war das bei dieser Fischtrawler-Crew so etwas wie ein Initiationsritus. Das allseitige Gelächter war groß. Adam roch nun wie ein Fisch in Menschengestalt. Aber er packte nun kräftiger mit an und trank am Ende noch einen Wodka mit den Arbeitern, um den intensiven Fisch- und Meergeruch in seiner Nase zu benebeln.

Mit einem Handtuch wischte er sich zumindest etwas das glitschige Zeug von den Klamotten. Trotzdem hielten wir während der letzten Etappe der Überfahrt nun automatisch etwas Abstand. Da ich noch eine dreistündige Busfahrt von Seattle zu meinen Eltern nach Woodland vor mir hatte, wollte ich mich nicht unbedingt besudeln.

»Ich werde einfach so zum Treffen gehen«, alberte Adam herum und deutete an sich und seinen vom Fisch glitschigen Klamotten herunter.

Als wir die Skyline von Seattle mit dem Space Needle sahen, trübte das unsere Stimmung. Die Zeit des Abschiednehmens rückte unaufhaltsam näher.

Der Fischtrawler legte am »Fishermen's Terminal« im Ballard District an. Für unsere mehr oder weniger große Hilfe bekamen wir noch zwei extra große fangfrische Fische in einer Tüte mit. Der ältere Kapitän biss auf einem völlig zerkauten Zigarrenstumpen im Mundwinkel herum und bedankte sich persönlich bei Adam für seine ordentliche Arbeit. Die Toilette blitze ja nun wie neu!

»Spasibo, Brüderchen! Wirklich gute Arbeit!«, rief er mit starkem russischem Akzent und lachte laut. Falls Adam mal einen neuen Job suche, dann könne er jederzeit bei ihm anheuern, meinte er dann sogar ernst.

»Das wäre doch mal ein Karrieresprung!«, zog ich ihn auf.

Adam nickte grinsend. »Mach dich nur lustig über mich.«

Wir bedankten uns für die Überfahrt und verabschiedeten uns winkend auch von den anderen.

Auf dem Weg zur Straßenbahn meinte Adam mit Blick auf die Fischtüte: »Immerhin denken die Leute dann, dass der Fisch so stinkt und nicht ich.«

Wir kamen an Tafeln vorbei, auf denen die Historie der Fischereiindustrie am Hafen dargestellt wurde. Als sich die Wolken vor die Sonne schoben, merkte ich, wie eisig kalt es hier in Seattle doch war.

Zumindest jedoch herrschte hier normaler Stadtverkehr und wir versuchten, uns zu orientieren. Ich deutete auf die Straßenbahnstation, während Adam mich bat, ihm seinen Teil des Reisegeldes zu geben. Ich war irritiert, gab ihm aber die knapp 120 Dollar.

»Einen Moment, ich bin gleich wieder da.« Er lief mit der Fischtüte und dem Geld zu einer Gruppe von vier Leuten, die in mehreren Mülleimern nach Pfandflaschen suchten. Er übergab ihnen den Fisch und teilte die Dollarscheine unter ihnen auf. Sie winkten ihm dankend hinterher und riefen: »Frohe Weihnachten! Gott möge Sie segnen!«

Er kehrte gut gelaunt zurück. »Man sollte die beschenken, die sich wirklich darüber freuen!«, erklärte er, was mich sehr berührte »So, jetzt können wir zur Straßenbahn«, meinte er lapidar. Ich beließ es bei einem Lächeln. Seine gute Tat bedurfte keiner großen Worte.

Er meinte dann, er habe auf unserer Reise viel gelernt. Aber das Entscheidende hätten ihm die Obdachlosen mitgegeben. Hinter jedem dieser armen Schicksale auf der Straße stecke eine ganz eigene Geschichte. Und jeder könne helfen, selbst wenn er selbst nichts besitze – denn ein Lächeln oder eine Unterhaltung koste kein Geld. Es mache aber so viel aus und gebe den Menschen ein Stück Würde zurück. Das könne mehr wiegen als Geld. »Letztlich weiß ich das aus eigener Erfahrung, denn ich bin manchmal genauso einsam wie manch ein Obdachloser – da ändert auch das Geld nichts«, gestand er sich selbst ein.

Ich drückte liebevoll seine Hand, dann stiegen wir gemeinsam in die bereits abfahrtbereite Bahn, die uns vom Fishermen's Terminal zur Busstation an der King Street Station bringen sollte.

Adam und ich setzten uns auf eine noch freie Bank einer Vierersitzgruppe, wo uns gegenüber bereits eine liebenswürdige Oma neben einem Zeitung lesenden Herrn saß. Die Bahn fuhr los. Die alte Dame blickte uns amüsiert an, als der Herr neben ihr naserümpfend aufstand, um sich einen anderen Platz zu suchen. Sie sprach uns erheitert auf den sehr intensiven Fischgeruch an. Adam war sein herbes Fischparfüm äußerst unangenehm. Wir erzählten von unserem kleinen Fischereiausflug.

»Ach, wie schön«, meinte sie lächelnd. »Fischgeruch macht mir gar nichts.« Ihr Ehemann habe als Fischer viele Jahre auf einem Fischtrawler gearbeitet. Sie fragte uns, wohin unsere Reise denn gehe.

Während ich erzählte, dass ich auf dem Weg zu meiner Familie nach Woodland sei, sagte Adam: »Für mich gibt's kein Weihnachten. Ich muss leider arbeiten.«

»Ach, das ist aber schade für Ihre Frau und die Familie«, erwiderte sie und blickte mich mitleidsvoll an. Offenbar dachte sie genauso wie manch anderer auf unserer Reise, wir seien ein Paar. »Wenn man noch eine Familie hat, sollte man an den Feiertagen bei ihr sein und nicht arbeiten«, meinte die alte Dame und erklärte, dass ihr und ihrem Mann leider keine Kinder vergönnt gewesen seien. »Aber immerhin hatten wir uns, und das ist mehr, als man erwarten kann. Man sollte nicht leben, um zu arbeiten, sondern gerade so viel arbeiten, um leben zu können.« Das sei ihrer Ansicht nach der Schlüssel zu einem möglichst sinnvollen Leben. Damit man nicht das Beste am Leben verpasste.

Dann tätschelte sie Adams Hand und sagte liebevoll: »Sie Armer müssen arbeiten, da hab ich was für Sie, um Ihnen die Zeit zu versüßen!« Aus ihrem Jutebeutel holte sie einen Weihnachtsmann-Schokolutscher heraus und überreichte ihn Adam. Auch mir gab sie einen und freute sich, uns ein kleines Geschenk machen zu können. Ich fand das total süß. Adam und ich lächelten uns an und steckten die bunt verpackten Lutscher ein.

»Jetzt freue ich mich darauf, endlich wieder einmal Weihnachten mit meinem Mann zu verbringen«, meinte die alte Dame.

»Konnten Sie die letzten Jahre denn nicht mit ihm feiern?«, fragte ich, doch sie überging die Frage. Scheinbar war sie so aufgeregt, dass sie wie in einem Tunnel voller Liebe war. Ich beneidete die bestimmt weit über achtzigjährige Omi, dass sie einen

Menschen gefunden hatte, mit dem sie ihr Leben teilen konnte. Es war einfach schön, zu sehen, wie sie vor Liebe strahlte.

»Ich hab auch eine tolle Überraschung für ihn dabei … meinen Liebsten … mit dem ich die ganzen Feiertage verbringen werde«, unterbrach sie sich selbst in Gedanken versunken.

Da kam die Durchsage für die nächste Umstiegsstation für den Busverkehr. »Oh, hier muss ich umsteigen!«

»Holt Sie Ihr Mann hier ab?«

»Nein, ich fahre noch ein paar Stationen mit dem Bus zum Park Lake View … Lake View.« Sie stockte kurz und sagte dann nochmals grübelnd: »… der Park Lake View. Das ist unser Treffpunkt«, betonte sie mit leuchtenden Augen.

Schade, dass wir nur so kurz mit dieser liebenswerten alten Dame fuhren, dachte ich insgeheim. Denn gerade aus der Lebenserfahrung alter Menschen konnte man so viel lernen, was heute im Zeitalter des Jugendkults von vielen leider nicht mehr geschätzt wurde.

Als sie sich für den Ausstieg vorbereitete, nahm sie ihren Stock sowie den Jutebeutel und Adam half ihr galant, aufzustehen. Ich führte sie an der anderen Hand zum Ausstieg, während die Bahn noch an einer roten Ampel wartete. Dort hielt ich sie an ihren faltigen, aber sehr warmen Händen fest und fragte, ob sie für den Umstieg Hilfe benötige. Wir konnten ja schließlich auch einfach die nächste Bahn nehmen. Doch sie lehnte ab. Sie sei zwar nicht mehr die Jüngste, aber das werde sie noch schaffen – sie sei schließlich den weiten Weg aus Bellingham mit dem Bus hergekommen, dann werde sie es auch noch die paar Stationen bis zum Lake View schaffen. Die Türen öffneten sich und ich half ihr, die Stufe hinunterzusteigen.

»Moment! Das ist doch bestimmt Ihrer, oder?«, rief Adam und reichte ihr den kleinen Reisekoffer nach, den sie offenbar fast vergessen hätte. Sie dankte ihm und wünschte uns frohe Weihnachten. Da gingen die Türen auch schon wieder zu.

Adam und ich blickten ihr nach, während wir uns mit der Bahn entfernten. Irgendwie machten wir uns beide Sorgen, ob die alte Dame den Umstieg allein schaffen werde. Ein wenig plagte uns das schlechte Gewissen.

»Wir haben es ihr angeboten, aufzwingen darf man es niemandem«, meinte er, womit er sicherlich recht hatte.

Als wir dann nach zwei Stationen in die U-Bahn umstiegen und damit bis zur King Street Station fuhren, welche sich direkt neben dem großen und nicht zu übersehenden Footballstadion Century Link Field befand, stand uns der große Abschied kurz bevor.

Während ich in der Wartehalle an einem Schalter mein Busticket kaufte, wartete Adam geduldig auf mich. Er habe noch genügend Zeit, meinte er, da sein Loft keine Viertelstunde mit dem Taxi entfernt sei.

Er bedauerte mich, dass ich jetzt noch fünf Stunden mit dem Bus vor mir hatte. Denn mit dem Auto hätte es keine drei Stunden gedauert.

»Die fünf Stunden mit dem Bus sind im Vergleich zu den sieben Tagen durch die halben Staaten im Schneesturm ein Klacks«, meinte ich augenzwinkernd. Er nickte lächelnd und bat den Taxifahrer, kurz zu warten. Ich wollte ihm noch einen Teil meines verbliebenen Reisegelds für das Taxi mitgeben, doch er lehnte ab.

»Wenn er mich zum Loft bringt, regle ich das vor Ort«, meinte er schmunzelnd. Ich nickte. »Dein Bus kommt ja erst in einer Stunde, du könntest eigentlich noch mit zu mir und dich frisch machen, wenn du magst. Dann stinkst du nicht so nach Fisch, wenn dich deine Familie in Empfang nimmt«, schlug er augenzwinkernd vor.

»Danke, aber ich denke, das geht schon. Ich bin ja zum Glück nicht in den Fischberg geschubst worden wie du. Und wenn ich noch etwas riechen sollte – meine Familie kennt das ja von mir zur Genüge, dass ich ab und an mal stinkend aus irgendeinem Loch dieser Welt gekrochen komme.«

Adam quälte sich zu einem Schmunzeln. Aber es war natürlich auch eine Ausrede, denn ich wollte nicht, dass unser Abschied weiter hinausgezögert und dadurch nur noch schmerzvoller wurde. Wir blickten uns verlegen an und schwiegen einen Moment. Der Taxifahrer rief genervt, wir sollten uns beeilen, er habe nicht den ganzen Tag Zeit. Adam teilte ihm freundlich mit, dass er den Taxameter ruhig schon anstellen könne. Das besänftigte ihn natürlich umgehend und er rief plötzlich sogar freudig: »Nehmen Sie sich so viel Zeit, wie Sie brauchen.«

»Da sag doch mal einer, Geld regiere nicht die Welt«, meinte ich sarkastisch.

»Ja, einiges kann man sich mit Geld erkaufen. Aber nicht alles«, meinte Adam melancholisch. »Weißt du eigentlich schon, wo es bei dir in Sachen Hilfsorganisation hingeht im neuen Jahr?«, fragte er. Ich schüttelte den Kopf, schließlich wusste ich noch gar nicht, wie es weitergehen würde.

»Keine Ahnung … mal schauen«, meinte ich bitter schmunzelnd. »Und du?«

»Morgen früh geht es auf jeden Fall gleich wieder nach Singapur zu meinem Chef … und so weiter eben«, meinte Adam knapp. Offensichtlich hatte er keine große Lust, über sein nun wieder beginnendes Jetsetter-Leben zu reden.

Dann versprach er mir, in Zukunft viel bewusster zu leben. Ich machte ihn darauf aufmerksam, dass ich nicht die Umweltpolizei sei.

Er betonte: »Ich will es doch selbst und danke dir dafür, mir die Augen geöffnet zu haben. Und meine Spende, die ich dir zu Beginn unserer gemeinsamen Reise versprochen habe, wird auf jeden Fall ordentlich ausfallen. Ich werde die Hilfsorganisation unterstützen, die sich für die Cree-Indianer und gegen das bei ihnen geplante Fracking engagiert … Und natürlich unsere drei Freunde aus Calgary, damit sie wieder auf die Beine kommen!«

Ich blickte ihn liebevoll an. »Du hast ein gutes Herz, Adam. Verschwende es nicht allzu sehr an Menschen, die es nicht zu schätzen wissen.«

»Ich werde daran denken. Versprochen.« Wir blickten uns schweigend an.

»Dann war's das also?«

Ich nickte mit verkniffenem Blick. »Das war eine interessante Zeit. Es war wie ein Abenteuerurlaub, für den ich mir unter normalen Umständen sicherlich nie Zeit genommen hätte. Danke«, meinte ich, wehmütig auf den Boden blickend.

»Das stimmt. Ich glaube, es war sogar das Schönste, was ich je erlebt habe, und ich werde wahrscheinlich nie wieder so etwas …«

Ich berührte zart mit dem Zeigefinger seinen Mund, um ihn zu unterbrechen, und glitt mit der Hand auf seine Brust hinunter. »Sag so was nicht … Aber bewahre es tief in deinem Herzen, ja?«, meinte ich, den Tränen nah.

Er nickte mit feuchten Augen. »Ja, das werde ich bestimmt. Darauf kannst du dich verlassen.« Er umschloss meine Hand auf seiner Brust und wir blickten uns ein letztes Mal intensiv an.

»Leb wohl, Josie«, sagte er flüsternd.

»Lebe wohl, Adam«, entgegnete ich mit leicht zittriger Stimme und löste mich dann schnell von ihm.

Ich ging so schnell ich konnte geradeaus auf den Busbahnhof zu, ohne mich noch einmal umzudrehen. Ich wollte nicht, dass er meine Tränen sah, die mir in Strömen die Wangen herunterliefen.

Als ich in der großen Wartehalle ankam und mich auf eine der Wartebänke setzte, reichte mir ein süßes Mädchen eine Packung Taschentücher, das sie offensichtlich von ihrer Mutter bekommen hatte, mit dem Auftrag, es mir zu bringen. Beide blickten mich aufmunternd an und ich dankte ihnen.

»Hast du aua gemacht?«, fragte das Mädchen. Ich stockte kurz. Was sagte man in so einem Fall einem kleinen Kind? Die Wahrheit! »Ja … Mein Herz macht aua«, meinte ich.

»Dann musst du zum Onkel Doktor. Wenn mir was wehtut, dann geht meine Mom mit mir zum Onkel Doktor«, erklärte sie und blickte mich besorgt an.

Die Kleine brachte mich zum Lächeln. »Das wird schon wieder – auch ohne Onkel Doktor. Aber danke«, flüsterte ich.

Wie schön wäre es, wenn man wegen Liebeskummer wirklich zu einem Arzt gehen könnte, der so was einfach entfernte – diesen tiefen Schmerz!

19. Kapitel

Nachdem ich mich einigermaßen gefangen hatte, schleppte ich mich Trauerklumpen zu einer der Telefonzellen auf der anderen Seite der Wartehalle. Ich versuchte, mich zusammenzureißen, und rief bei meiner Familie an. Es war niemand zu Hause. Kein Wunder, um die Uhrzeit machten sie alle bestimmt den obligatorischen Weihnachtsspaziergang mit den Nachbarsfarmern, mit denen sie auch gemeinsam auf den Wochenmärkten Obst und Gemüse verkauften.

Ich sprach ihnen in möglichst fröhlicher Stimmlage auf die Mailbox, dass sie sich keine Sorgen machen müssten und wir wohlbehalten in Seattle angekommen seien. In einer guten halben Stunde würde ich mich mit dem Bus auf den Weg machen und am Abend zum Festessen auf jeden Fall da sein. Schnell legte ich wieder auf.

Irgendwie war ich froh, dass ich meine Familie nicht erreicht hatte. Sie hätte sofort gemerkt, dass mir etwas schwer auf dem Herzen lag. Ich ging in den kleinen Diner neben der Wartehalle, um noch einen Kaffee zu trinken und vielleicht eine Kleinigkeit zu essen. Da der Laden recht gut besucht war, setzte ich mich an den Tresen. Die Bedienung gab mir die Speisekarte und ich bestellte mir einen großen Kaffee. Ich hoffte, durch den

Koffeinschock wieder klarere Gedanken fassen zu können. Ich fragte, was sie zum Essen empfehlen könne.

»Heute ist unser Chickenwings-Tag! Aber auch die Burger sind sehr zu empfehlen. Und vor allem die Käse-Nachos.«

Ich musste schmunzeln, dann überkam mich wieder diese große Traurigkeit. Ich dankte ihr für die Empfehlung und merkte, dass mein an Liebeskummer leidender Magen bereits bei dem Gedanken daran nicht nur auf Käse-Nachos, sondern auf jedes andere Essen mit Abneigung reagierte. Ich würde jetzt nichts hinunterbekommen. Also bestellte ich mir nur noch ein Glas Wasser zu meinem Kaffee dazu.

Über die Boxen hörte ich den Herz-Schmerz-Song »Only Love Can Hurt Like This« von Paloma Faith, auf den vielen Bildschirmen lief das Video dazu. Meine Seelenverwandte im Geiste. Ihre Worte trafen mich in meinem gebrochenen Herzen. Wieder liefen mir ein paar Tränen die Wangen hinunter und ich wischte sie mit einem der Taschentücher weg.

»Bitte sehr«, sagte die Bedienung und servierte den Kaffee mit einem Glas Wasser. Ich versuchte, mich mit Kaffeeschlürfen abzulenken.

Als der Musikclip endete, folgten die Breaking News des im Bundesstaat Washington sehr beliebten Regional-TV-Senders »High Five TV«. Auf einer animierten Wetterkarte wurde der Schneesturm Eros gezeigt, der sich in den Weiten Kanadas auflöste. Der Jahrhundertsturm war nun Geschichte und würde mich wohl auf ewig an eine verrückte, aber auch wunderschöne Zeit erinnern. Schon wieder versetzten mich selbst die News in Liebeskummerleid. Es gab wohl kein Entrinnen vor diesen Gefühlen, dachte ich, als plötzlich ein Bild der Oma aus der Bahn auf den Bildschirmen auftauchte.

»Die 86-jährige, alleinstehende Margaret Ellerbee ist heute früh aus einem Pflegeheim in Bellingham verschwunden. Es wird angenommen, dass sie ohne Bargeld unterwegs ist. Sollte sie bis heute Abend nicht gefunden werden, ist die Gefahr sehr groß, dass sie in der Nacht erfrieren könnte. Zeugen sollten umgehend den Notruf wählen. Für sachdienliche Hinweise steht Ihnen auch das Police-Department in Bellingham zur Verfügung …« Während die Telefonnummer eingeblendet wurde, arbeitete mein Gehirn auf Hochtouren. Die alleinstehende Margaret Ellerbee? Sie wollte doch zu ihrem Mann! Lebten sie vielleicht getrennt oder war sie so verwirrt, dass sie sich ihren Mann nur einbildete? Aber sie sah eigentlich gar nicht so verwirrt aus. Konzentration, Josie!

Ich spielte in Gedanken noch mal das Gespräch mit ihr durch. Sie war auf dem Weg zu ihrem Mann, der offenbar hier in Seattle wohnte. Und falls es ihn doch gab, konnte man vielleicht über ihren Namen den Wohnort des Mannes herausfinden – Margaret Ellerbee! … Sie wollten sich doch in einem Park treffen … Verdammt! Wie hieß der doch noch gleich? Irgendwas mit View Park.

»Sagt Ihnen View Park etwas?«, fragte ich meinen Tresennachbarn aufgewühlt und stand auf.

»Nein. Noch nie gehört. Aber ich komme auch nicht aus Seattle«, meinte der bedauernd. Ich musste zur nächsten Polizeistreife, vielleicht konnte die ja mit meinen spärlichen Infos etwas anfangen.

Ich legte einen Zehndollarschein hin, um nicht unnötig Zeit zu verlieren, zog meine Jacke über und rannte aus dem Diner. In weniger als zwanzig Minuten würde mein Bus abfahren, wie ich an der Anzeigentafel sah!

Egal, die alte Dame Ms Ellerbee war nun wichtiger als alles andere! Es ging hier offenbar um Leben und Tod! Auf dem Parkplatz fuhr gerade ein Streifenwagen davon. Ich sah, dass er einen langen Bogen nehmen musste, und nahm eine Abkürzung über den Begrenzungsstreifen. Mit einem Satz sprang ich auf die Parkplatzausfahrt, fast der Polizeistreife auf die Motorhaube.

Der Streifenwagen kam gerade so vor mir zum Stehen. Die beiden Police-Officer blickten mich irritiert an. Der etwas molligere der beiden stieg auf der Beifahrerseite aus.

»Sie sind wohl nicht mehr ganz bei Trost, Lady?«, meinte er kauend, aber mit abschreckend tiefem Tonfall. Dabei hielt er einen angebissenen Donut in der Hand.

»Es geht um die vermisste Margaret Ellerbee – ich glaube, ich weiß, wo sie sich befindet«, meinte ich atemlos. Er zuckte mit den Schultern und schaute fragend zu seinem schnauzbarttragenden und sehr grimmig dreinschauenden Kollegen, der hinter dem Steuer saß und in mir wohl eine Gestörte sah.

Kurz darauf saß ich auf der Rückbank des Streifenwagens auf dem Seitenstreifen der Ausfahrt. Die beiden Cops, der genervt wirkende Officer Malone am Steuer und der sympathische Officer Jackson mit zuckerverschmiertem Mund auf der Beifahrerseite, erinnerten mich an die beiden Officer aus Kanada. Good Cop und bad Cop. Sie machten eine Personalabfrage über die Zentrale und bestätigten kurz darauf fast alle meine Angaben. Nur ein Ehemann war nicht gelistet – Ms Ellerbee war als ledig registriert.

Mit meinem lückenhaften Erinnerungsfetzen »View Park« konnten weder die Officer noch die Zentrale etwas anfangen. Der Bordcomputer mit integrierter Stadtkarte lieferte auch keine Treffer. Mir fiel einfach der vollständige Name nicht mehr ein.

Ich erklärte, dass sie von der Bahn an der Haltestelle 5th Avenue ausgestiegen war und dann in den Bus umsteigen wollte – in Richtung des besagten View Parks, den es offensichtlich überhaupt nicht gab.

Der freundliche Jackson suchte nach den Buslinien, die dort abfuhren, und schaute sich die Fahrtrichtungen gründlich an. Er drehte sich irritiert zu mir um. »Meinen Sie vielleicht Lake View?«

»Ja, das war der Park, den sie nannte! Lake View! Absolut!«, bestätigte ich.

»Miss, das ist aber kein Park«, sagte er.

»Was denn dann?«

»Lake View ist ein Friedhof!«, brummte sein Kollege Malone grimmig. Uns schwante Böses bei dem Gedanken, dass die alte Lady in eisiger Kälte zu einem Stadtfriedhof wollte.

Officer Malone startete den Wagen und Jackson schaltete das Blaulicht ein. Mit quietschenden Reifen fuhren wir los. Dabei teilte Jackson der Zentrale per Funkspruch mit, dass wir auf dem Weg zum Lake-View-Friedhof seien, da sich dort mit großer Wahrscheinlichkeit irgendwo die gesuchte alte Dame Ms Ellerbee aufhielt. Er forderte gleich noch einen Notarzt und Krankenwagen an.

Auf der Fahrt machte ich mir Vorwürfe. Denn irgendwie hatte ich ja bereits geahnt, dass die alte Dame Hilfe benötigte, sonst hätte ich sie ihr ja nicht mehrfach angeboten. Es war ein Gefühl, auf das ich unter normalen Bedingungen viel stärker gehört hätte. Aber nach dieser kräftezehrenden Reise war ich wohl einfach viel zu erschöpft. Ich hoffte so sehr, dass es zu einem guten Ende kommen würde.

Am Haupteingang standen bereits der Notarzt und der Krankenwagen. Ich hüpfte aus dem Wagen, bevor wir richtig zum Stehen gekommen waren, und lief auf den Eingang zu. Da bemerkte ich erst die große weiße Limousine und die darin sitzende alte Lady – in eine dicke Wolldecke gehüllt. Der Sanitäter untersuchte sie gerade. Wie erleichtert ich war! Sie lebte! Ihr wurde gerade der Blutdruck gemessen. Sie wirkte leicht unterkühlt, aber noch gut beisammen.

»Ach, Sie sind ja auch hier«, freute sich die alte Lady und reichte mir die freie Hand.

»Ja, ich dachte, ich schau mal nach Ihnen«, meinte ich lächelnd.

»Was für tolle Menschen Sie doch sind. Ihr Freund ist auch extra gekommen«, meinte sie gerührt.

»Welcher Freund?«, fragte ich und musste schlucken. War das etwa die Limousine von Adam?

»Sie meint den kaputten Typ, der nur für die Arbeit lebt«, hörte ich plötzlich eine mir sehr bekannte Stimme hinter mir und drehte mich um. Adam stand dort in einem schicken Anzug. Er duftete herrlich.

»Adam? Was machst du denn hier?«

»Das Gleiche könnte ich dich fragen«, meinte er schmunzelnd. Ich war total baff, denn niemals hätte ich damit gerechnet, dass wir uns noch mal über den Weg laufen würden, und dann ausgerechnet hier.

»Hast du auch den Vermisstenaufruf im Fernsehen gesehen?«

Er schüttelte den Kopf und erklärte, dass er in seinem Loft gerade geduscht hatte, als ihm schlagartig bewusst wurde, dass es sich bei dem Park um einen Friedhof handelte. Bruce Lee und Brandon Lee waren hier beerdigt. Er gestand, dass er ein Faible für Martial-Arts-Filme habe und das deshalb wusste.

Ich schmunzelte den verkappten Kung-Fu-Fan an. »Aber woher wusstest du, dass es hier um Leben und Tod ging?«

»Als sie uns die Santa-Claus-Schokolollis übergeben hat, sind mir Grabkerzen und andere Grabbeigaben in ihrem Jutebeutel aufgefallen. Das hat mich zwar gewundert, ergab aber rückblickend Sinn. Denn zwischen den Zeilen hat sie immer davon gesprochen, dass sie heute endlich ganz bei ihm sein kann. Als ich kapiert habe, dass sie die ganze Zeit nur in der Vergangenheitsform von ihrem Mann gesprochen hat, schloss sich bei mir der Kreis und ich war mir sicher, dass er bereits tot sein muss. Dass sie zu ihm gehen würde, hieß metaphorisch, dass sie jetzt ganz und für immer bei ihm sein würde.«

Ich bekam Gänsehaut bei dem Gedanken, sie wäre hier heute Nacht erfroren.

»Aber die Polizei meinte, sie hat gar keinen Ehemann«, meinte ich irritiert. Adam schaute verblüfft. Ms Ellerbee mischte sich ein. Sie habe sehr wohl einen Ehemann, wenn auch nicht vor dem Gesetz, wohl aber in ihrem Herzen! Während zwei Sanitäter sie weiter durchcheckten, erzählte sie uns, dass sie seit ihrer Teenagerzeit mit Willie zusammen sei. »Wir wussten beide schon sehr früh, dass wir füreinander bestimmt waren. Doch wir konnten nicht gleich heiraten, da meine Eltern nicht mit einem einfachen Fischersohn als Ehemann einverstanden waren. Sie stellten mich vor die Wahl – und ich entschied mich für Willie. Ich sagte mich also von meinen Eltern los und wir konnten endlich zusammenleben. Heiraten wollten wir erst, wenn wir genügend Geld für eine schöne Hochzeit zusammen hätten, so wollte es Willie, denn er wollte mir den schönsten Tag in meinem Leben schenken. Und als es dann nach einigen Jahren endlich so weit sein sollte und die Hochzeit geplant und vorbereitet war, verunglückte er bei einem Sturm draußen auf dem Pazifik. Es war einer dieser Jahrhundertstürme, dem viele Fischer und Seefahrer zum Opfer fielen.«

Er war inzwischen seit über sechzig Jahren tot. Es zerriss mir beinahe das Herz bei dem Gedanken, was diese Frau erlitten hatte. Trotzdem strahlte sie, als sei er ihr immer noch so nah. Die Geschichte der alten Dame zeigte, welch nachhaltige Geschichten die Liebe schreiben konnte. Wie traurig doch diese Geschichte einerseits war, aber andererseits auch so unglaublich stark.

Deshalb konnten sie auch keine Kinder bekommen, weil er verunglückt war, bevor sie überhaupt an Familienplanung denken konnten. Eine junge Frau von nicht einmal dreißig wollte keinen anderen heiraten, weil die Liebe zu ihm so groß war, dass sie keinen anderen in ihr Herz lassen konnte. Das war bitter und faszinierend zugleich!

Mit Tränen in den Augen erzählte sie, dass die Jahre mit Willie so intensiv und schön gewesen seien, dass sie davon noch ein zweites Leben zehren könnte. »Willie und ich verbrachten jede freie Minute miteinander. Deshalb sag ich euch, Kinder, nutzt die gemeinsame Zeit mit euren Liebsten gut, damit ihr lange davon zehren könnt.«

Der Sanitäter bat Ms Ellerbee, kräftig ein- und auszuatmen, während er sie nun mit einem Stethoskop am Rücken durch ihr Oberteil hindurch abhorchte. Adam flüsterte mir zu, dass sie vor einem Jahr in das Altenheim gekommen war, weit weg von ihrem Willie. Weil ihr Wunsch, sein Grab besuchen zu dürfen, nicht gehört wurde, beschloss sie, an Weihnachten auf eigene Faust zu ihm zu kommen.

Diese Geschichte rührte mich zu Tränen und auch Adam blickte mich mitfühlend an.

»Wollte sie sich das Leben nehmen?«, fragte ich vorsichtig.

Er zuckte nachdenklich mit den Schultern. »Ich denke, sie hätte es wohl in Kauf genommen, um vielleicht endlich ganz und gar bei ihm sein zu können.«

Oje, war das traurig. Ich blickte zu ihr und wischte mir die Tränen ab. Sie schien die Gespräche mit den freundlichen Sanitätern sehr zu genießen.

»Wahrscheinlich ist sie einfach nur einsam und braucht Menschen um sich«, meinte ich nachdenklich.

»Ja, vermutlich«, pflichtete Adam mir bei.

Ich realisierte, dass er alles stehen und liegen gelassen hatte und mit dem Chauffeur der Limousine nicht zu dem Termin mit dem Scheich, sondern auf direktem Weg hierhergefahren war.

»Dein Termin!«, meinte ich erschrocken und blickte auf seine Armbanduhr. Es war spät, aber noch nicht zu spät! Doch bevor er darauf reagieren konnte, kam der Notarzt auf uns zu und bedankte sich, dass wir so aufmerksam gewesen seien.

»Wie geht es Margaret denn?«, fragte ich.

»Bestens, aber Sie sehen ja selbst … sie wollte unbedingt einen Sherry«, meinte er amüsiert und ging zurück zu seinem Notarztwagen. Adam und ich sahen, wie sie freudig an einem Glas nippte, das ihr ein Bär von Chauffeur im Anzug aus der Limousinenbar einschenkte.

Sie rief uns zu sich, wir sollten auch einen davon kosten. »Der schmeckt herrlich!«, meinte sie amüsiert. Ich rief ihr zu, dass wir heute schon einiges an Wodka intus hätten. Sie lachte, als machte ich einen Scherz.

Die Officer kamen zu uns – der grimmige Malone und der sympathische Jackson.

»Was passiert denn jetzt mit ihr?«, fragte ich.

»Na ja, wir bringen sie jetzt erst mal in eine Notunterkunft. Denn heute kann sie keiner mehr die hundert Meilen hoch nach Bellingham ins Altenheim fahren. Spätestens nach den Feiertagen wird sie dann jemand zurückbringen«, murrte Malone.

»Gibt es denn keine andere Lösung?«, fragte ich.

»Keine Sorge, Miss … Notunterkunft hört sich immer schlimmer an, als es ist. Das ist zwar keine Fünfsternesuite, aber da hat sie es auf jeden Fall warm und man wird sich um sie kümmern«, meinte Jackson beruhigend. Die beiden Cops wandten sich an die in eine Wolldecke eingekuschelte Ms Ellerbee, um sie über das weitere Vorgehen zu unterrichten.

»Die Arme! Das kann man doch nicht machen! Gerade an Weihnachten in einer Notunterkunft … Am liebsten würde ich sie mit zu meiner Familie nehmen«, murmelte ich traurig.

Als die beiden Polizisten wieder aus der Limousine stiegen, drückte Adam kurz meine Hand. »Warte mal, ich hab eine Idee. Ich versuch noch mal, mit denen zu verhandeln. Komm mit!«

Worüber wollte er denn mit denen verhandeln, fragte ich mich. Nicht, dass er sie wieder bestechen wollte.

»Aber – wir könnten sie doch mitnehmen?«, wandte er sich an die Officer.

»Wir?«, fragte ich Adam überrascht.

»Ja, wir wollten doch sowieso zu unserer Familie auf die Farm nach Woodland fahren«, sagte er, als seien wir ein Paar.

»Ja, klar!«, meinte ich, das Spiel mitspielend. »Wir können sie mitnehmen, damit sie Weihnachten mit uns verbringen kann. Bei meiner … unserer Familie.«

»Puh, das tut mir wirklich sehr leid, aber das wird wohl nicht möglich sein«, sagte ein bedrückter Jackson. »Auch wenn es sehr löblich von Ihnen ist, die alte Dame aufzunehmen. Aber wir haben da so unsere Vorschriften. Allein versicherungstechnisch wäre das schwierig und nicht vom Pflegeheim abgedeckt.«

»Das ist kein Problem«, sagte Adam eloquent und mit freundlichem Lächeln. »Ich werde für alle etwaigen Kosten aufkommen.« Er zückte mal wieder seine goldene Visitenkarte. »Sie können sich jederzeit bei mir melden.«

Officer Jackson blickte fragend zu seinem griesgrämigen Kollegen. »Wie machen wir das jetzt?«

Malone zuckte grimmig schweigend mit den Schultern. Hätte dieser Griesgram das entscheiden müssen, wäre es wahrscheinlich nicht infrage gekommen. Malone war offenbar jemand, der sich selbst nicht leiden konnte.

»Ich bitte Sie. Haben Sie ein Herz!«, appellierte ich an Jacksons Gewissen.

»Okay, dann will ich mal schauen, was ich machen kann. Ich rede mit der Zentrale«, meinte er und fragte, ob wir uns ausweisen könnten. Adam erklärte nur, dass wir unsere Ausweise leider gerade nicht zur Hand hätten und der Grund dafür eine sehr lange Geschichte sei. Ich musste schmunzeln. Als Bestätigung reichte er dem Officer zumindest noch seine

Diners-Club-Kreditkarte, die er wohl aus seinem Loft mitgenommen hatte. Sie stellte den Officer zwar auch nicht vollständig zufrieden, aber es war besser als nichts. Dann notierte er sich noch meinen Namen und meine Anschrift.

»Okay, ich versuch dann mal, damit Ihre Personalien zu checken. Wenn die bestätigt und aufgenommen sind, dann sind Sie für die alte Lady verantwortlich, wenn die Zentrale ihr Okay gibt«, sagte er freundlich.

Wir bedankten uns für seine Mühe und ich war mir sicher, dass es klappen würde.

»Wie gesagt, ich kann noch nichts versprechen, ich muss es noch mit der Zentrale abklären«, meinte er und ging zu Malone, der bereits auf der Beifahrerseite im Streifenwagen saß.

Von Adam wollte ich wissen, was er denn jetzt genau vorhabe, schließlich dürfte er langsam schwierig werden, seinen Termin noch einzuhalten.

Er nahm mich an den Händen. »Na ja, ich hab vor, dich und Ms Ellerbee mit der Limousine nach Woodland zu bringen.«

»Was?«, fragte ich verblüfft. Ich dachte, ich hätte mich verhört.

»Falls es für dich okay ist, schließlich ist die Limousine nicht elektrobetrieben …«, schmunzelte er.

»Aber was wird aus deinem Termin? Ich kann sie mit dem nächsten Bus mitnehmen. Wenn du jetzt schnell losfährst, dann schaffst du es bestimmt noch!« Ich fühlte mich fast schon dazu verpflichtet, ihn pünktlich zu diesem Termin zu bekommen.

Er brachte mich mit dem Zeigefinger auf meinen Lippen zum Schweigen. »Vergiss den bescheuerten Termin, Josie. Ich will da nicht hin und auch zu keinem anderen mehr!«, meinte er sehr überzeugend. »Bei dieser Reise hatte ich zum ersten Mal in meinem Leben das Gefühl, wirklich zu leben – und zwar wegen dir … Ich will bei dir bleiben!« Seine Augen sagten mir deutlich, dass seine Worte aus dem Herzen kamen.

»Aber du kannst doch nicht so einfach dein Leben aufgeben«, meinte ich, an seinen Verstand appellierend. Ich wollte mir nicht die Last der Schuld aufbürden, sollte er den Schritt später bereuen. Er schüttelte den Kopf.

»Josie, die Reise lehrte mich, dass das Leben ein nicht planbares Abenteuer ist – und die Liebe sowieso nicht, das wissen wir beide wohl am allerbesten, oder?«

Da hatte er natürlich vollkommen recht.

»Aber bist du dir wirklich ganz sicher? Du kannst ja auch noch nach dem Termin überlegen, wie du dein Leben leben willst.«

»Diese Frage beschäftigt mich seit Calgary und ich habe es mir wirklich sehr gut überlegt«, meinte er ernst. »Als ich mit dem Taxi vorhin in mein Loft fuhr, musste ich an den blinden alten Mann im Motel denken. Du erinnerst dich?«

Ich musste lächeln. »Ja, den du für einen Psychopathen hieltest.«

»Er hat etwas Sinnbildliches für mich. Ich bin auch blind. Blind vor Liebe. Und ich will vertrauen – wie er Vertrauen zu seiner Frau hat. Ich will darauf vertrauen, nicht ins Unglück zu stürzen. Denn was wäre das Leben ohne Vertrauen? Was wäre die Liebe ohne Vertrauen? Deshalb: Ich will zu dir zurück – zu meinem Seelenpartner …« Er lächelte mich liebevoll an und strich mir eine Haarsträhne aus dem Gesicht. »Ich liebe dich!«

Ein schöneres Weihnachtsgeschenk als sein in eine treffende Metapher gepacktes Liebesgeständnis hätte er mir nicht machen können. Ich rang nach Worten, weil mir das Herz überquoll.

»Ich liebe dich auch!«, kam es mir gerade so über die Lippen und ich spürte, dass sich gerade mein sehnlichster Wunsch erfüllt hatte, ohne dass ich ihn je formuliert hätte. Adam entschied sich für ein Leben mit mir!

Und während uns die Freudentränen in die Augen schossen, fielen wir uns in die Arme und küssten uns.

»Madam? Mister? Entschuldigen Sie bitte …«, Officer Jackson räusperte sich, und Adam und ich lösten uns voneinander. Der Officer gab Adam seine Visitenkarte und auch seine Diners-Club-Karte zurück. Unsere Angaben waren bestätigt worden. »Allerdings hab ich keine guten Nachrichten«, sagte er, denn er hatte kein »Go« aus der Zentrale erhalten. Laut Dienstvorschrift mussten entlaufene Personen in der Notunterkunft untergebracht werden. Ich war geschockt! So herzlos konnte man doch nicht sein!

»Tut mir sehr leid, da ist nichts zu machen. Das ist die Ansage der Zentrale! Und da gibt es leider keinen Spielraum.« Er wandte sich ab, um zurück zum Streifenwagen zu gehen.

»Ich bitte Sie, Officer Jackson, gibt es da wirklich keine Möglichkeit?«, fragte ich ihn nochmals, während wir ihm folgten. »Bei uns wäre die alte Dame in familiärer Atmosphäre und könnte ein paar schöne Tage verleben, genau das, was sie sicherlich jetzt am allermeisten braucht«, meinte ich erklärend.

»Das müsste doch die Leute aus der Zentrale auch überzeugen!«, klinkte sich Adam mit ein. »Es ist doch schließlich Weihnachten.«

»Glauben Sie mir, ich bin der Letzte, der Ihnen diesen Wunsch abschlagen würde. Aber es geht nun mal nicht. Ich weiß nicht, wie ich das machen sollte. Die Zentrale hat mir den Befehl durchgegeben und die ändern leider nicht einfach so ihre Meinung, nur weil Weihnachten ist«, meinte er selbst enttäuscht darüber. Er öffnete die Fahrertür.

»Officer Jackson …«, begann Adam, da hörten wir den grimmigen Malone in das Funkgerät sprechen: »Hier Wagen neun drei eins. Tilly, bitte wiederhole noch mal den letzten Befehl an Officer Jackson.«

»Oh, welche Ehre, Bob Malone zu hören!«, scherzte Tilly durch das Funkgerät. Er war wohl nicht nur heute ein schweigsamer Brummbär. Sie wiederholte die Anweisung, die alte Dame in die Notunterkunft zu bringen.

»Oh, sorry, Tilly! Da ist dann wohl wirklich etwas schiefgelaufen mit unserer Kommunikation«, meinte Officer Malone geknickt. Sein Kollege Jackson blickte genauso überrascht wie wir.

»Was meinst du damit?«, fragte sie aus der Zentrale.

»Das war irgendwie wohl ein dummes Missverständnis. Denn nachdem Jackson ihre Personalien aufgenommen hatte, habe ich sie mit den beiden Rettern mitfahren lassen! Ich war eben noch für kleine Königstiger, deshalb habe ich die Anweisung nicht mitbekommen. Sollen wir ihnen folgen?«, fragte Malone so glaubhaft, als wäre es wirklich so. Spätestens jetzt tat es mir leid, in ihm einen »Bad Cop« gesehen zu haben. Er war ein schnauzbarttragendes, grimmig dreinblickendes Christkind mit einem goldenen Herzen!

»Bob! Das ist nicht dein Ernst, oder?«

»Leider doch … Also, sollen wir ihnen nach?«

Tilly schnaufte hörbar durch das Funkgerät. »Ich klär das mal schnell.«

»Bitte leg ein gutes Wort für deinen alten Bob ein«, meinte er beinahe charmant. Man spürte, dass die beiden sich irgendwann schon mal etwas näher beschnuppert hatten als nur durch das Funkgerät.

»Oh, Mann. Als hätte ich nichts anderes zu tun. Warte mal …«

»Okay!« Malone zwinkerte uns zu. Tilly schien sich mit einem Vorgesetzten abzustimmen. »Okay, hab noch mal deinen Arsch gerettet, du Dickschädel. Ich soll dir vom Chef sagen: Wenn sie schon weg sind, dann vergiss es einfach«, hörten wir aus dem Funklautsprecher und Adam und ich nahmen uns freudig in die Arme.

»Wann wirst du es eigentlich endlich mal lernen, auf meine Rückmeldungen zu warten! Deshalb gibt es so etwas wie eine Zentrale bei der Polizei!«

»Sorry, Tilly. Du weißt doch, mich kann man nicht mehr erziehen – aus dem Alter bin ich längst rausgewachsen!«, meinte er scherzend.

»Was du nicht sagst! Dann schickt mir aber umgehend die Personalien mit dem derzeitigen Aufenthaltsort der Dame rüber! Das werden wir dann ans Altenheim weitergeben. Dann wissen sie Bescheid und sollen sich mit denen in Verbindung setzen! Ist dann zumindest nicht mehr unser Bier!«

»Geht klar, Tilly! Bist ein Schatz!«

»Ja, du mich auch!«, meinte sie lachend und Bob Malone hängte das Funkgerät wieder ein.

»Was ist denn mit dir auf einmal los?«, fragte Jackson seinen eigentlich griesgrämigen Kollegen verwundert, als würde er ihn nicht wiedererkennen.

»Na ja, wir haben doch schließlich Weihnachten«, brummte Malone und lächelte uns dann alle an, während er sich einen Kaugummi in den Mund schob. Ich kam spontan zu ihm auf die Beifahrerseite und umarmte ihn. Dass ich ihn damit überrumpelte, war mir egal. Er quittierte es mit einem Lächeln. Dann wünschten wir beiden noch frohe Weihnachten und eine ruhige Schicht. Wir versprachen, auf Ms Ellerbee aufzupassen, als wäre sie unsere eigene Großmutter.

Die alte Dame freute sich riesig über die Einladung, mit zu einer richtig großen Familienweihnachtsfeier zu kommen. So etwas hatte sie seit ihrer Jugend nicht mehr erlebt und war ganz gerührt. Wir sollten aber aufhören, sie beim Nachnamen zu nennen. »Ich bin die Margaret!«

Ich dachte, wir würden nun gemeinsam mit dem Taxi oder dem Bus nach Woodland fahren, doch der Chauffeur, der sich als Kaleo vorstellte, klärte mich darüber auf, dass er für die Fahrt bezahlt werde. »Der Scheich ist informiert!«, versicherte er mir. »Und Mr Harper kommt für alle Kosten auf.«

Margaret fand es schön, dass sich Adam gegen die Arbeit entschieden hatte und lieber Weihnachten mit »seiner Familie« verbringen wollte. Adam nahm meine Hand, wir blickten uns innig an und gaben uns einen zarten Kuss.

»Ach, ist es nicht schön, verliebt zu sein?«, meinte Margaret gerührt und in Erinnerungen schwelgend.

Auf der Fahrt zog Margaret ein Fotoalbum aus der Tasche und zeigte uns bei dem ein oder anderen Sherry alte Fotos von sich und ihrem Willie. Sie erzählte uns einige Geschichten und strahlte dabei, als würde sie es erneut durchleben. Danach spielte Kaleo, der aus Hawaii stammte, Weihnachtsmusik und wir sangen gemeinsam alles von »Winter Wonderland« über »Rudolph the Red Nosed Reindeer« bis hin zu »Santa Claus Is Coming to Town«. Dabei stellten wir begeistert fest, dass Kaleo ein begnadeter Sänger mit einer starken, souligen Stimme war.

Pünktlich um halb acht trafen wir zum alljährlichen großen Weihnachtsfestessen auf der Farm meiner Familie am Rande von Woodland ein.

Wir fuhren die Schottereinfahrt entlang und hielten vor der festlich geschmückten Veranda, wo meine Eltern gerade eine rauchten. Die Limousine sorgte natürlich für großes Erstaunen. Adam hatte Bedenken gehabt, mit so einem Monstrum von Auto vorzufahren, doch ich beruhigte ihn, denn obwohl meine Eltern ökologisch bewusst lebten, hatte mein Vater dennoch einen Hang zu Autos, den er nie ganz hatte abstreifen können. »Na, dann hab ich ja noch mal Glück gehabt«, meinte Adam erleichtert.

»Freu dich nicht zu früh … ich hab ja noch fünf Brüder«, sagte ich ernst und musste dann wegen Adams Blick lachen.

»Du hast mir nie erzählt, dass du fünf Brüder hast – es war immer nur von Elijah die Rede«, sagte er scherzend, als hätte er es sich nach dieser Info anders überlegt!

»Mach dir keinen Kopf, das wird schon.« Ich stupste ihn lachend an und zog ihn aus der Limousine, nachdem uns Kaleo die Tür geöffnet hatte. Charmant half er anschließend Margaret beim Aussteigen. Meine Mom und mein Dad begrüßten mich freudig und hießen meine drei Reisebegleiter herzlich willkommen! Aufgrund der Kälte gingen wir recht schnell hinein in die warme Stube, in der bereits alle anderen an dem riesigen Tisch im Esszimmer saßen. Es waren alle da! Meine deutschen Großeltern, mein amerikanischer verwitweter Großvater Harvey, meine Tanten und Onkel aus South Dakota und Pennsylvania und natürlich meine älteren Geschwister mit ihren Partnern und dem Nachwuchs. Nur Elijah fehlte, der laut Mom gerade für kleine Königstiger war.

Zwei riesige, knusprig gebratene Truthähne standen auf dem Tisch parat neben Süßkartoffelstampf, Bohnensalat, Coleslaw sowie Unmengen an Pommes für die Kleinen und noch vielen anderen köstlichen Beilagen.

Ich stellte meiner Familie meine neuen Freunde vor! Zunächst Margaret, derer sich sofort mein verwitweter Grandpa Harvey galant annahm. Dann Kaleo, der sofort anbot, als Bedienung behilflich zu sein.

»Du bist unser Gast!«, sagte meine Mom und führte ihn zu seinem Platz. »Lass es dir bitte schmecken!«

Er nahm die Einladung dankend an. Und dann stellte ich natürlich Adam vor – meinen Reisebegleiter, wie ich ihn nannte. Dass wir ein Paar waren, wollte ich noch für mich behalten.

»Von dir haben wir schon so einiges gehört«, sagte mein Dad schmunzelnd.

»Ich hoffe doch, nur Gutes«, meinte Adam charmant konternd.

Meine Mom nahm ihn freundschaftlich in die Arme, um ihn nochmals herzlich willkommen zu heißen.

»Schwesterherz!«, rief Elijah plötzlich von der Treppe her. Wir fielen uns in die Arme. Es war schön, ihn endlich wiederzusehen, den kleinsten meiner Brüder, der als gefeierter Theaterstar ja nun der größte von allen war! Ich bat ihn, mir später alles über seinen großen Auftritt zu erzählen!

»Kommt, setzt euch, Kinder!«, rief Grandpa Harvey, der neben Margaret saß. Adam und ich ergatterten einen Platz neben den beiden.

Dann bat mein Dad Adam, zu erzählen, wie die Reise mit seiner Tochter denn gewesen sei.

»Das fände ich auch spannend«, stimmte meine Mom ein. »Es aus deiner Sicht zu hören!«

Oje, dachte ich, auch weil Adam tief durchatmen musste und alle amüsiert auf seine Erzählung warteten. Ich hatte ihn nicht gerade als jemanden kennengelernt, der jede Situation souverän meisterte. Der Bestechungsversuch bei dem Polizisten. Die erfolglosen Versuche, Leute dazu zu bringen, uns zum Flughafen von Denver mitzunehmen. Die Auseinandersetzung mit Cowboy Biff. Ich befürchtete, es könnte wie bei den Amish People laufen, als er das sehr skurrile Tischgebet hielt. Um ihn und damit auch mich davor zu bewahren, in eine peinliche Situation zu geraten, bot ich an, den Reisebericht zu übernehmen.

»Ich kann das gern machen«, sagte Adam dann aber überraschend und ich entschied mich dazu, ihm einfach zu vertrauen.

»Normalerweise würde ich jetzt mit einem der reichsten Männer auf diesem Planeten zusammensitzen«, fing er an zu erzählen, »und einen Deal klarmachen, der mir ein Millionenhonorar einbringen und mein Image festigen würde, der Beste meines Fachs zu sein. Stattdessen sitze ich hier nun als Arbeitsloser, bei mir größtenteils noch fremden Leuten und ich bin so glücklich wie nie zuvor in meinem Leben. Dank dieser Reise. Dank Josie.«

Meiner Familie war anzusehen, dass sie seine Aussage berührte. Mir ging es auch nahe, das aus seinem Mund zu hören.

Dann erzählte er von unserem Roadtrip. Witzigerweise ließ er dabei sogar das Protokoll des kanadischen Deputy Boody herumgehen, das dieser uns mitgegeben hatte, genauso wie die Zeichnung der kleinen, süßen Angel der Räuberfamilie. Adam erzählte von den vielen unglücklichen Begebenheiten, die ihn letztlich hierhergebracht hatten und teilweise weit zurückreichten – etwa seine Geschwindigkeitsüberschreitung, die ihn kurzzeitig den Führerschein gekostet hatte. Hätte er einen Führerschein besessen, hätte er mich niemals gebeten, ihn zu begleiten. Er erzählte von den Buchungsfehlern, die uns in der Businessclass zusammengebracht hatten. Dann das überfüllte Restaurant im Hotel, was ihn zu Betty's Diner geführt hatte, wo er mich wiedertraf – die Frau mit dem Fragenkatalog bei der Essensbestellung. Die Gaunerfamilie, die uns alles geklaut hatte, wodurch es zu unserer Session in einer Bar gekommen war. Die Geburt im Bus. Und seine mangelhaften Spanischkenntnisse, die uns nach Calgary gebracht hatten – wo er letztlich erkannte, dass das zwischen uns mehr war und dass er sein Leben ändern wollte.

»Schlussendlich zeigt sich erst im Nachhinein, ob ein Unglück nicht vielleicht doch positive Aspekte hat. So gesehen kann ich nur sagen, dass diese mit unglücklichen Begebenheiten gespickte Reise für mich der absolute Glücksfall war. Für mein Leben …« – er hob sein Glas und sah mir tief in die Augen – »… und für mein Herz!«

Ich musste einmal tief durchatmen, so sehr hatten mich seine Worte gepackt. Meine Familie war ähnlich begeistert. Alle bedankten sich für diesen wunderbaren »Reisebericht«, der einer herzerwärmenden Weihnachtsgeschichte glich.

Nach dem Essen und ausführlichen Gesprächen spielte mein Dad auf dem Klavier, und Kaleo, der das Potenzial eines Superstars hatte, sang dazu einige soulige Schmachtfetzen, was für eine tolle Gänsehautstimmung sorgte. Das geräumige Erdgeschoss wurde schnell zu einer Tanzfläche umfunktioniert.

Adam und ich lagen etwas abseits aneinandergekuschelt auf einem der Sofas neben dem knisternden Kaminfeuer und genossen den Abend mit Blick auf meine tanzende Familie. Und als Kaleo »Unchained Melody« von den Righteous Brothers anstimmte, tanzten sogar Margaret und Harvey eng umschlungen miteinander.

Ich kuschelte mich an Adam und schloss die Augen, während ich Kaleos Gesang lauschte. Mein Herz tanzte vor Freude. Dabei war es mir ein Herzenswunsch, diesen wunderbaren Traum mit Adam zumindest noch eine ganze Weile leben zu dürfen!

Er strich mir durchs Haar: »Das mit uns ist nicht nur vorübergehend«, flüsterte er mir zu. »Das mit uns ist für die Ewigkeit.«

Seine Worte gingen tief. Bis ins Herz. Und ich spürte überdeutlich, dass der Weg, den wir gerade erst begonnen hatten, tatsächlich für den Rest unseres Lebens halten konnte, denn die großen und kleinen Stürme, die uns in einer Beziehung bevorstanden, würden wir ganz sicher meistern. Wenn nicht wir, wer dann? Wir hatten schließlich den Jahrhundert-Schneesturm Eros überstanden.

Der Liebe zu begegnen,
ohne sie zu suchen,
ist der einzige Weg,
sie zu finden.

Weitere Liebesromane dieser Serie von Anna Fischer

Fischer, Anna: »Herz in Reparatur«

Fischer, Anna: »Herz sucht Callboy«

Fischer, Anna: »Herz trifft Prinz«

Fischer, Anna: »Von Amor gemobbt«

Fischer, Anna: »Traummänner und andere Hirngespinste«

Fischer, Anna: »Seelenkuss mit Himbeereis«

Fischer, Anna: »Liebe deine Träume«

Von Amor gemobbt

»Jeder Mensch begegnet einmal im Leben seinem Schicksalsmenschen, aber die wenigsten erkennen ihn rechtzeitig.«

Zoé steht mitten im Leben, aber in der Liebe im Abseits. Als notorischer Langzeitsingle sehnt sie sich nach dem Partner fürs Leben. Endlich scheint sich das Liebesblatt zum Guten zu wenden, als sie auf geradezu schicksalhafte Weise dem Geschäftsmann Gérard vor die Füße fällt.

Wäre da nicht dieser mysteriöse Fremde, der behauptet, er wäre der Liebesgott Amor höchstpersönlich und hätte mit seinem Liebespfeil versehentlich den Falschen getroffen. Seine Aufgabe sei es, mit ihrer Hilfe den Fehler zu korrigieren und sie mit ihrem wahren Schicksalsmenschen zu verkuppeln. Andernfalls würde das nicht nur für Zoé ein bitterböses Ende nehmen …

Die romantische Liebeskomödie »Von Amor gemobbt« spielt in Paris, der Stadt der Liebe, und soll ermuntern, das Schicksal selbst in die Hand zu nehmen – für den Fall, dass Amor mal wieder danebenschießt.

Traummänner und andere Hirngespinste

»Warum geriet ich ständig an Typen, die sich vom Prinzen auf dem weißen Pferd in einen eselreitenden Sancho Pansa verwandelten?«

Wegen vieler Negativerfahrungen will Marietta der Liebe endgültig abschwören. Doch als sie nach einem Sturz mit Gehirnerschütterung ins Krankenhaus eingeliefert wird, verliebt sie sich in den Arzt. Zu ihrer großen Überraschung erwidert er ihre Gefühle.

Allerdings stellt sich bald heraus, dass ihr neuer Traummann nur eine Halluzination ist. Der echte Arzt hat keinen blassen Schimmer von dem, was sich Marietta da zusammengesponnen hat.

Nur die wahre Liebe kann sie von diesem Knacks heilen. Doch wie soll man sich auf jemanden einlassen, wenn man ständig dieses nervige Hirngespinst vor Augen hat?

»Traummänner und andere Hirngespinste« ist eine romantisch-verrückte Liebeskomödie über die Suche nach sich selbst, den Platz im Leben und die Hoffnung, dass es irgendwo da draußen doch noch wahre Traummänner gibt.

Seelenkuss mit Himbeereis

»Du hast mich betrogen und nichts auf dieser Welt entschuldigt das.«

Die Werbeagentin Sue Gilinski schließt ein Liebescomeback mit ihrem Mr Right Max kategorisch aus, auch wenn dieser seinen dummen Seitensprung bereut.

Doch als er aufgrund eines Unfalls im Koma landet, hat sie plötzlich seine Seele an ihrer Seite, mit der sie sich bis auf Weiteres arrangieren muss.

Das führt natürlich zwangsläufig zu privaten wie beruflichen Turbulenzen …

Liebe deine Träume

»Glaubst du an Liebe auf den ersten Blick?«

Als Klaras Beziehung ausgerechnet im verflixten siebten Jahr in die Brüche geht, bietet sich ihr die Chance, endlich ihren lang gehegten Traum zu verwirklichen: raus aus dem behüteten Dorfleben, hinein in die Großstadt, um als Journalistin in Berlin Karriere zu machen.

Nach schwierigem Start als Praktikantin in einem Boulevardmagazin bekommt sie überraschend die Möglichkeit, auf einer Filmpremiere ihren Kinoschwarm zu interviewen. Als er sich auch noch in sie verliebt, steht Klara vor einem Dilemma: Ist sie bereit für eine neue Beziehung? Und diesem real gewordenen Märchen überhaupt gewachsen?

»Liebe deine Träume« ist eine romantische Geschichte, die Mut machen soll, seine Träume anzugehen – auch wenn man gerade vor den Scherben seines Lebens steht.

Herz in Reparatur

»Du hast wirklich keinen blassen Schimmer, wie Männer ticken!«

Emma ist von Liebeskummer geplagt. Denn die ehrgeizige TV-Redakteurin wurde von ihrem Carl für eine Silikon-Barbie verlassen. Dabei wäre er vor allem auf intellektueller Ebene ihr »Perfect Match«.

Zu allem Überfluss soll sie jetzt auch noch den ehemaligen Baseball-Superstar Matt MacKenzie die Basics des Journalismus lehren. Eher würde sie einem Affen das Sprechen beibringen wollen, als für diesen selbstverliebten Playboy den Babysitter zu spielen.

Doch da Matt auf ihre Hilfe angewiesen ist, schließen die beiden einen Deal: Emma macht ihn fit für den Moderatoren-Job und im Gegenzug lehrt Matt sie, was Männer wirklich wollen, damit sie ihren Carl wieder zurückerobern kann …

Herz sucht Callboy

Paula wird in Sachen Liebe bitter enttäuscht. Deshalb kehrt sie nicht nur ihr, sondern auch ihrer Heimat Berlin den Rücken und wandert nach New York aus. Sieben Jahre später ist sie Top-Scheidungsanwältin und immer noch überzeugter Single.

Um bei ihrem konservativen Arbeitgeber den Karriereschritt zur Junior-Partnerin zu machen, muss sie jedoch zwingend verheiratet sein. Deshalb engagiert sie den Callboy Scott für eine Scheinehe. Leider entpuppt er sich als die Unzuverlässigkeit in Person. Doch nachdem sie ihn als ihren Verlobten ausgegeben hat, kann sie ihn nicht wie ein unpassendes Kleidungsstück umtauschen.

Als Paulas Plan, sich schnell standesamtlich trauen zu lassen, völlig außer Kontrolle gerät und plötzlich auch noch ihre zukünftigen Schwiegereltern auf der Matte stehen, müssen die beiden länger als gedacht das verliebte Pärchen spielen …

Herz trifft Prinz

Ellen hat nicht nur Pech in der Liebe, sondern auch in ihrem Job als Journalistin. Denn heutzutage wird immer mehr auf die Sensationsgier der Leser gesetzt. Statt über berührende Erlebnisse zu berichten, zwingt Ellens Konto sie dazu, Banales über Stars und Sternchen zu schreiben.

Als Ellen dahinterkommt, dass der charmante Hotdog-Verkäufer Jamal in Wahrheit ein Prinz aus der Südsee ist, der inkognito in San Francisco lebt, glaubt sie, die passende Geschichte liefern zu können. Ihre begeisterte Chefin möchte allerdings kein simples Portrait, sondern eine intime Undercover-Lovestory.

Trotz moralischer Bedenken überredet Ellen den ahnungslosen Jamal zu einer Tour durch Kalifornien. Doch dabei entwickeln sich unerwartet Gefühle und sorgen auf beiden Seiten für ziemliches Chaos ...

Printed in Poland
by Amazon Fulfillment
Poland Sp. z o.o., Wrocław

50335925R00214